# 옥상 상담소

| 555번지 사람들 |

# 옥상 상담소

구름 지음

| 555번지 사람들 |

"작은 동네 사람들이 오늘을 살아가는 이야기"

바른북스

# 서문

　　555번지 이야기는 파란색 지구별 작은 동네 이야기다. 다 커버린 어린 왕자들은 혼자가 아니어서 길 하나 건너면 가끔 투정쟁이 장미 송이들도 만나고 길들여지지 않은 뿔 달린 여우들도 만날 수 있는 그곳에서 스치듯 만나고 헤어지며 코가 짧은 코끼리를 만나도 이상하지 않은 곳. 내가 생각하는 것이 다가 아님을 알기에 그곳에 터를 잡고 살고 싶은 곳. 나와 당신에게 일어나는 소소한 일상을 돌아보게 한다. 555번지 이야기는 잠시 쉬고 싶은 당신에게 아프다고 말하고 싶은 당신에게 사랑한다고 말하고 싶은 당신에게 재밌고 쉽게 다가가서 말해준다. 구불구불 우리네 인생 같은 길을 사이에 두고 같은 듯 다른 주택이 다닥다닥 의지하며 모여 있는 곳, 도시와 도시 사이에 끼어 있는 아주 작은 곳. 회색도시 속에서 길 하나 건너면 들어갈 수 있는 곳. 같은 시간 속에 있지만

들어서면 다른 시간이 흐르는 곳. 555번지에 살고 있는 사람냄새
가 나는 이야기다. 다른 사람들의 삶을 들여다보며 위로와 응원을
보내고 받을 수 있기를 바라며 이 글을 오랜 기간 쓰게 되었다.

**새해를 맞으며**
**저자 구름**

# 목
# 차

## 102호 덕례 씨

## 201호 정혜 씨

## 202호 아라 씨

# 이사

# 초록 줄무늬 파라솔

이곳으로 이사를 하면서 나의 로망대로 만들어지길 바라며 집을 전체적으로 수리할 때 가장 신경 쓴 부분은 옥상이다. 나는 이곳에서 4계절을 느낄 수 있는 화단과 차를 마실 수 있는 공간, 그리고 옥탑방을 서재로 사용할 수 있게 리모델링을 했다. 옥상이라는 열린 공간에서 하늘도 맘껏 바라볼 수 있고 아름다운 계절을 느낄 수 있는 꽃들과 내가 좋아하는 다양한 차를 마시며, 계절을 오롯이 느껴보는 것을 원했다. 내가 좋아하는 초록색이 들어간 파라솔을 설치하고 그 옆에는 낮은 티 테이블을 배치했다. 의자는 딱딱한 플라스틱과 차가운 철재는 제외했다. 목제는 잠시 생각했다가 접었다. 내 몸을 있는 그대로 받아줄 수 있는 튼튼한 천으로 만들어진 캠핑 의자로 정했다. 색상은 진한 겨자색이 좋았다. 혹시 찾아올 손님을 위해 1개 더 준비했다.

변화를 앞둔 계절 간의 긴 싸움은 기온으로 누가 이겼는지 알 수 있다. 이사를 한 뒤 이곳에서의 생활은 즐겁다. 일단, 심신이 안정되고 편안해져서 좋다. 그리고 내 몸을 결박하고 있는 것들로부터 자유로워진다. 또 무언가 한없이 먹을 것을 갈망하며 사람이 단순해지는 이곳에 벚꽃 휘날리는 계절에 자리를 잡았고 아름다운 꽃들이 만발한 것을 보며 매년 다른 4계절을 꼬박꼬박 보냈다. 올해도 뜨거운 여름을 보냈으며 나뭇잎들이 노래지기 시작하는 가을을 맞았다. 시간 참 잘 간다.

어제보다 쌀쌀해진 오늘 즐겨 마시는 영지차를 끓여 내가 만든 커다란 머그잔에 가득 따랐다. 김이 모락모락 올라오는 컵을 들고 초록 줄무늬 파라솔 밑 낮은 테이블 양쪽으로 겨자색 캠핑의자 2개가 놓여 있는 옥상으로 올라갔다. 온몸을 있는 그대로 받아주는 캠핑의자에 몸을 깊숙이 넣었다. 손에 들고 있던 머그잔은 테이블 위에 올려놓고 두 팔로 몸을 감싸 안았다. 하늘은 맑다. 조용한 이 저녁에 오롯이 혼자인 지금이 좋다. 눈을 지그시 감았다. 저녁 바람이 분다. 한참을 그렇게 있다가 내려왔다. 얼마의 시간이 흘렀는지 모르겠다. 아득한 곳에서 자극적인 모깃소리가 꿈인 듯 가늘게 들렸다. '에에엥' 징 소리처럼 울림으로 남는 그 소리에 나는 사악한 마녀의 눈빛을 장착하고 소리를 쫓았다. 작은 방에 있던 모기 충격기인 전자라켓을 들고 모기를 찾아 헤맸지만 안 보인다. 소리만 난무하고 실체가 없다. 실망이다. 그 녀석은 없었다. 아니 안 보였다. 보이지 않았다. 아마 옥상에서부터 나를 노렸던 모기인 것 같다. 모기에게 무방비로 노출된 나를 위해 만든 말처럼 누가 그랬다.

'밤에 모기가 왱왱거리면 전자라켓을 들고 불을 켰다가 다시 꺼라. 그리고 모기가 눈치채지 못하게 조용히 누워서 모기를 기다려라. 어디선가 소리가 들리거든 모기가 있다고 생각하고 허공을 좌우 앞뒤로 휘둘러라. 그러면 어디선가 타닥타닥 모기가 튀겨지는 소리가 난다.'고 했다.

모기는 그렇게 잡는 거라고. 나는 그 말이 생각났다. 그래서 처음부터 전설처럼 내려오는 말대로 했다. 먼저 불을 껐고, 다시 불을 켜고 잠시 기다렸다 껐다. 조용히 누웠다. 두 손으로 전자라켓을 들고 기다렸다. 조용했다. 어두워서 아무것도 보이지 않는다. 어디선가 그 녀석 소리가 난다. 나는 누워서 버둥거리며 앞뒤로 좌우로 전자라켓을 휘둘렀다. 허공을 가르는 전자라켓은 가을 폭풍 소리를 냈다. 하지만 '타다닥' 튀겨지는 소리는 나지 않았다. 그 말이 정사가 아니라 야사임이 확인되었다. 전자라켓을 손에 들고 그렇게 잠이 들었다. 얼마나 지났으려나 가려움에 눈을 떴다. 일어나 거울을 보니 이마 오른쪽 눈썹 위에 물린 침 자국 주변으로 벌겋게 부어올랐다. 화가 났다. 어느 고서에서 읽은 '화가 나 못 견디겠으면 벽을 보고라도 소리쳐라.'라는 글귀가 기억이 났다. 나는 소리쳤다. 벽이 아닌 천정을 향해 소리쳤다. 야비하게 잠든 사이에 훅 치고 들어온 것은 반칙이었다. 그것도 이마에 밤톨만 한 크기로 상처를 냈다는 건 화가 날 일이었지만 침착하게 모기 상처에 스카치테이프를 잘라서 붙였다. 스카치테이프는 가려움을 줄여주는 데 용이한 물건이다. 새벽에 빨아들인 내 피가 그 안에서 딱딱하게 응고되는 공포를 느끼길 바라며 서둘러 옥상으로 올라갔다.

모기가 서식할 만한 곳을 찾았다. 물웅덩이 그런 곳은 보이지 않았다. 화단 옆에 있던 해충퇴치약이 담긴 분무기를 화단부터 옥상 코너 곳곳에 가려운 만큼 열성적으로 분부했다. 속이 후련했다. 가벼운 마음으로 출근준비를 하고 나왔다. 옆집 순딩순딩 아저씨와 마주쳤다.

"어디 다녀오세요?"

순딩순딩 아저씨는 손에 들고 있던 봉투를 높이 올려 보이며 웃었다. 엉클어진 은발 머리가 바람에 날렸다.

"슈퍼에, 일찍 나가시네?"

"오늘 회의가 있어서요."

전깃줄에 비둘기 두 마리가 일찍부터 자리를 잡았다.

"날이 차가워졌어요. 그런데 이마에."

"밤새 치른 전쟁의 훈장 같은 거죠."

"전쟁의 훈장이라뇨?"

"그런 게 있어요."

"그런 게 있어? 어젯밤에 옥상에 혼자 앉아 계시던데."

"보셨어요? 옥상 조용히 앉아 있으면 오롯이 내 세상인 것 같아서 좋거든요."

"나도 가끔 그래서 옥상에 오르긴 하는데, 어여 출근하셔."

아저씨는 웃으며 고개를 갸웃거리시더니 집으로 들어가셨다. 나는 차에 시동을 켰다. 내가 자리를 비운 이 골목에 앞집, 옆집, 뒷집, 사람 사는 이야기는 멈추지 않았다. 그렇게 이곳에서 원래 터줏대감이었던 것처럼 지냈다. 계절이 바뀌는지 비 오는 날이 많아졌다. 그날도 밤새 비가 내렸다. 가을 황사라 한동안 탁했던 하늘이 오랜만에 맑고 청아한 색을 찾았다. 하늘을 씻어내린 빗물은 옥상에 뱀이 지나간 자리처럼 누렇게 얼룩을 남겼다. 한바탕 물청소를 할 요량으로 호스를 준비해서 올라갔다.

"날이 좋죠? 꽃이 많네."

깜짝 놀라 두리번거렸다. 옆집 순딩순딩 아저씨가 당신 집 옥상에서 빨래 바구니를 들고 해맑은 얼굴로 나를 향해 웃고 있다.

"날이 좋네요."

"무슨 꽃이 그렇게 많아?"

"작약이랑 향국화, 뭐 이것저것이요. 꽃이 피는 게 신기해서요."

"꽃이 피는 게 뭐가 신기해?"

"글쎄, 뭐라고 설명하긴 그런데요, 아무것도 없는 흙에서 싹을 올리고 잎을 하나둘씩 달아 그 끝에 자기가 기다리던 환경이 되면 자기만의 색으로 아름답고 예쁘게 피어 올리잖아요."

"그게 신기하다니 그러는 사모님이 더 신기한데."

"사람은 이 작은 화초보다 못할 때가 많아요."

"그게 무슨…"

"화초들은 묵묵히 자기 일을 해내잖아요. 그렇게 일정한 간격을 두고 싹을 틔우고 잎을 내고 그 끝에 결실을 달고 향기를 불어넣죠… 움직이지 못하는 화초들의 탈바꿈에 움직이는 것들을 그 주변으로 다가오게 해서 함께하는 걸 보면 놀라워요. 나비도 날아오고 벌도 날아들고."

"듣고 보니 그러네."

··· 이사 ···

"네. 화초들은 주변에 움직이는 것들을 불러들이는 힘을 가지고 있어요. 그게 경쟁력이라는 건데, 사람들은 그렇지 않은 것 같아요. 없어도 있는 척하고, 있으면 더 있는 척하느라 분주하죠. 기다리라고 해도 기다리지 않아요. 성급해요. 꽃들은 잡초도 품는데 나만 자기 자신만 품는 사람들을 주변에서 많이 보잖아요. 가까이에 있던 사람들도 밀어내는 그런 사람들. 이야기하다 보니 좀 슬퍼지는데요."

"한참 듣고 보니 그런 것 같긴 한데 내 얘긴 것 같아 부끄럽네."

"아이고 아녀요, 아저씨 들으라고 한 말은 아닌데… 제가 말이 길었죠?"

집들이 붙어 있어 옥상과 옥상의 거리는 뛰어넘어갈 수 있을 정도로 가깝다. 빨래를 널면서, 물청소를 하면서, 멍하니 앉아 차 한 잔을 하면서 아저씨와 나는 옥상에서 오늘처럼 그날 살아가는 일상이야기를 나눴다. 아저씨는 안경을 코끝까지 내려쓰고 빨랫줄 위로 옷을 하나씩 털어 널었다. 몸이 움직일 때마다 안경이 번쩍였다. 햇볕이 반사되어 눈이 부셨다.

"그래서 그렇게 꽃을 많이 키우시는구나."

"자연이 가장 큰 스승이라고 누가 그러더라구요. 스승님들을 모시고 있는 거죠. 저에게 지혜가 좀 생길까 싶어서요."

아저씨는 많이 생길 거라며 웃으셨다. 아름다운 날에 예쁜 꽃들을 보고 바람 위에 올라탄 상큼한 향기를 맡으면서 주저리주저리 설파한 개똥철학에 웃음이 나왔다.

"사모님 댁과 우리 집을 함께 털어서 빌라를 지으면 어떨까?"

"네?"

"아니, 집이 점점 낡아지니 여기저기 수리할 일이 많아지니까."

"수리할 일이 많아지긴 하죠."

"요즘 세입자들이 새집만 찾아서 세놓기도 점점 힘들고."

"젊은 세입자들은 주택보다 원룸이나 새로 지은 빌라를 선호하죠."

"사모님 댁은 세놓기 어때?"

"저는 세입자들이 오래 살고 있어서 그런 고민은 덜 하고 있어요."

"그래요? 우린 길면 2년, 간혹 기간도 안 되어서 나간다고 하기도 하고, 고민이야."

순딩순딩 아저씨는 말씀하는 사이사이 깊은 한숨을 내쉬었다. 어르신들 안전 자산이었던 집 하나로 노후 자금을 마련하고 있는데 나이가 들어갈수록 세입자 대응하기가 버거워지기 시작한 것이다. 요즘 주택이용자들의 트렌드를 맞춰주기도 쉽지 않은 것이 현실이기도 하다. 우리 집도 공실이 생기면 예전보다 공실 기간이 점점 길어지고 있다. 이곳 다세대 주택들의 공통 고민일 것이다. 원룸이나 오피스텔 등 핵 개인화에 최적화된 건물에서 '함께'하는 사람들의 이야기들이 있을까? 물론 나름대로 살아가는 이야기가 없다고 할 수는 없겠지만, 이곳 골목의 터줏대감들인 작은 주택들의 이야기처럼 구수하진 않을 거 같다. 사람 냄새가 양념처럼 버무려진 인생 이야기 상자들이 즐비한 곳. 골목길 작은 상자들. 이곳은 내게 보물상자이다.

"그럼, 중개비용도 수리비도 많이 들겠네요?"

"그래서 두 집이 붙어 있으니까 사모님만 좋다고 하시면."

"아저씨 댁과 우리 집만 가지고는 안 될 거예요."

"우선 당장 두 집만이라도… 혼자서는 그냥 리모델링인가 뭔가만 된다고 하던데."

"조금 더 수리 잘하고 살다 보면 대대적으로 정비하지 않을까요?"

"그렇겠죠. 사모님이 안 하신다면 그때까지 기다려야죠, 뭐."

순딩순딩 아저씨의 집수리 핑계는 내 탓이 되었다. 널어놓은 빨래 사이를 왔다 갔다 하시며 멀리 높이 올라간 아파트를 바라보셨다. 참새 떼들이 옥상으로 날아들었다. 물청소를 마친 옥상 중간 빨랫줄에 모여 앉거나 날아오르면서 쩍쩍거린다. 바람에 눌렸던 아저씨 은발이 살아나 투명하게 흔들린다. 화단에 화초들도 살랑인다. 먼 곳에 시선을 두셨던 아저씨는 머리를 쓸어 정리하더니 흘러내린 파자마를 고쳐 입고 돌아서며 나를 바라보고 순박한 미소를 지어 보이셨다.

"그럼, 하나만 더 물어봐도 되죠?"

"뭔데요?"

"혹시, 사모님 댁 세는 얼마에 들어오나?"

나는 대답하지 않았다. 순딩순딩 아저씨는 내가 있는 쪽으로 가까이 다가와 호기심이 가득한 눈망울을 하고 내 대답을 기다렸다.

"아니, 그 얼마 전에 새로 들어온 2층 방 얼마에 세가 들어왔어?"

2층의 201호 입주금액이 궁금하셨는지 안경 너머 두 눈이 반짝거렸다. 나는 아저씨의 질문에 당황스러웠고 바짝 다가선 만큼 뒤로 물러섰다. 손에 들린 호스에서 물이 흘러 사방으로 튀었다.

"그건 왜 물으시는 건지…"

"아니, 2층은 우리 집 2층이랑 크기가 비슷한데 차이가 있나 해서."

아저씨는 옥상 난간을 잡고 내 쪽으로 몸을 내밀며 옥상과 옥상 사이 바람길에 상반신을 두었다. 곤란한 나는 시선을 피했고 손에 들고 있던 호스에서 흘러나온 물을 빗자루로 옥상 곳곳으로 밀며 쓸었다. 슬리퍼 위로 물이 치고 들어온다.

"글쎄요, 뭐라고 말씀드리기가 곤란한데요. 같아 보여도 상황이 다 다르니까요."

황사(黃砂) 얼룩이 지워지며 옥상은 새로 칠한 연회색을 다시 찾았다. 만족스러운 답을 듣지 못한 아저씨는 물청소하는 나를 물끄러미 바라보셨다.

"참 부지런하셔~ 깔끔하시고."

"임대 관련해서는 부동산 중개사와 상의해 보시는 게 좋겠어요."

아저씨는 가볍게 손사래를 치며 말했다.

"아… 아녀, 그냥 물어봤네. 불편했다면 미안해."

뒤늦게 올라온 아저씨 부인이 위험하게 기대어 있는 아저씨를 한참을 나무라시더니 나를 발견하고는 별일 아니라는 듯한 표정으로 인사를 하셨다. 부인의 성화에도 아저씨는 느긋하게 집 앞 골목을 천천히 내려다보시고는 빈 바구니를 들고 부인과 함께 내려가셨다. 나도 옥상에서 집 앞 골목까지 청소를 하고 주변을 정리했다. 요즘 부쩍 담배꽁초가 많이 눈에 띈다. 속상하다. 부동산 중개사가 육중한 몸을 흔들며 다가왔다.

"잘 있었어요?"

"어쩐 일이에요?"

"차 한잔하려고 왔는데 청소하시네요. 시간 괜찮아요?"

"다 끝났어요, 들어오세요."

"사모님 오시고 이 골목이 명품이 되어가는 것 같아요. 하시는 일은 잘되시고?"

"칭찬이 과해서 좋은데요, 일은 그럭저럭 무난하게 말씀하신 대로 터가 좋아서 그런가 봐요."

우리는 서로 마주 보고 웃으며 함께 옥상으로 올라갔다. 옥상에 놓인 2개의 캠핑용 의자에 앉았다. 우리는 먼 곳을 응시하며 민트와 로즈마리를 넣은 차를 마셨다. 향이 좋다. 주변은 조용했다. 후후 부는 소리와 호로록 마시는 소리만 났다. 슬며시 다가선 바람이 향을 나르고 차(茶)를 식혔다. 한동안 말없이 차(茶)만 마셨다. 긴 정적을 깨는 강아지 소리와 주의를 주는 짧은 헛기침 소리가 난다. 하루 4번 강아지들을 앞장세우고 골목길을 산책하는 골목길 끝 집 빨강 대문 닥스훈트들과 그분인 것 같다.

"전체 수리해서 그런지 집안도 아파트처럼 좋던데 옥상도 이렇게 꾸며놓으니 좋네요. 캠핑의자가 센스 있네, 센스 있어."

"그래요? 전에 살던 집보다 좁지만, 옥상이 있어 너무 좋아요."

"주택의 참맛은 옥상이죠. 잘 사셨어요. 여기서 마시니까 더 맛있어지는데요."

"잘 산 거 같아요. 여기서 보는 하늘이, 바람이, 햇살이, 새들이, 후두둑 지붕을 치며 떨어지는 빗물이 뭐하나 부족함이 없이 다 너무 좋아요."

"요즘 집값이 많이 올랐어요. 그때 잘 사신 거예요."

"그래요? 내 집이 조금 오르면 다른 집은 더 많이 오르니까 내 얘기 같지 않아서."

"그래도 사고 오르면 좋죠."

"부동산 손님은 요즘 어때요?"

"정부정책이 왔다 갔다 해서 영향을 받는 건지 뜸해요."

우리 이야기가 재미없는지 고양이가 그만하라고 야옹거린다. 한 마리가 그러니 여기저기서 작게 크게 가까이 또는 좀 멀리 서로를 확인하듯 야옹거린다.

"중개사님, 여기는 재개발이나 재건축 뭐 이런 거 안 해요? 이야기 나오는 거 없나요?"

"아직 없는데. 어디서 한대요?"

"아니요, 모르니까 정보가 많으실 거 같아 물어보는 거죠."

"글쎄요, 저는 못 들었는데."

"요즘 부쩍 주택들이 하나둘씩 없어지고 그 자리에 빌라들이 들어서던데?"

"집 장사를 하는 사람들이 사들인 다음 지어서 비싸게 팔고 빠지고 있긴 하죠. 왜? 집 파시게?"

"아니, 뭔 소리야? 그게 아니고 좀 전에 옆집 아저씨가 둘이 합쳐서 빌라 짓자고 하셔서."

"옆집 초대가수 집 말씀하시는 거죠?"

"초대가수요? 아니 은발 머리 아저씨요."

"그 집 사모님이 옛날에 '가수'였대요."

"그래요? 좀 전에 옥상에서 잠깐 뵙고 인사는 했지만…"

··· 이사 ···

처음 듣는 고급정보다. 햇살에 데워진 따뜻한 바람이 내 주변을 맴돈다. 옥상 물기는 다 말랐고 옆집 옥상 빨래도 다 말랐는지 가볍게 날렸다. 옆집 순딩순딩 아저씨는 널어놓은 빨래를 걷으러 옥상에 올라왔다. 중개사와 나를 보고 웃으며 인사를 건넸다. 옥상 너머 먼 하늘 끝에서는 노을이라는 핑크색이 흰 구름을 거칠게 감아쥐고 성큼성큼 내가 있는 이곳까지 오고 있다.

"안녕하세요, 부동산은 손님 많죠?"

"안녕하셨지요? 손님 없어요. 그러니까 여기서 수다 떨고 있죠. 우리 가수님은 잘 계시고요?"

"그럼요 자알 계시죠. 요즘 문화센터에서 하는 노래교실 강사로 바빠졌어요. 그건 그렇고 거기 좋죠, 꽃도 많고, 책도 많고. 천천히 이야기하시고 들어가요."

"이 집으로 이사 온 지 벌써 20년 되어가나? 이 집 올 때마다 이사 처음 올 때 그 느낌이 살아 있어 좋아요."

"벌써 그렇게 됐죠, 시간 참 빨라요."

"에고, 이제 그만 가봐야겠다."

아저씨는 빨래를 걷어서 총총 내려가셨고 중개사도 마무리한다고 돌아갔다. 오늘도 옥상에서 나누는 이웃들과 평범한 이야기들로 풍요로웠다. 날아든 새들도 지나가던 고양이들도 누군가와 함께하는 강아지들도 모두 넉넉했다. 차 향이 빠져나간 자리에 질투하듯 검은 구름들이 옥상을 가득 메웠다. 어젯밤처럼 곧 비를 뿌릴 것 같다.

내가 이 골목에 이사 들어왔을 때가 생각난다.

# 인연

내가 지금 살고 있는 집과 인연이 된 것은 동네친구 영순이 덕분이다. 일로 주말도 없이 뛰어다녔던 나를 영순이는 친구처럼, 언니처럼, 엄마처럼 챙겼다.

이사 문제도 마찬가지였다. 살고 있던 집이 뉴타운으로 지정되면서 값이 2배나 올랐다. 직장생활을 20년이 넘게 해서 겨우 마련한 집이 빌라 한 채여서 오른 집값을 체감할 수는 없었다. 그러나 부동산 이슈가 있을 때마다 누구나 집값에는 예민쟁이들이 되었다. 해마다 오르는 집값에 누구는 기뻐하고 누구는 한탄했다. 영순이는 뉴타운 지정만으로도 로또 맞았다고 했고, 이동하려면 지금이 적기라고 했다. 주변 부동산에서도 매매를 권했다. 나는 그 권유를 받아들였다. 친구는 매매가 된다면 서울에서 땅을 조금이라도 가지고 있으면 나중에 좋을 거라며 아파트가 아닌 주택을 적극

추천했다. 그렇게 그 친구는 집을 대신 알아봐 주고 그 정보를 나에게 공유해 줬다. 아마 한 달 동안 열 군데가 넘는 집을 본 것 같다. 맘에 들면 가격이 안 맞고 위치가 불편하면 가격은 맞았다. 들고 있는 자금에 주차가 되고 주변에 주거편의시설들이 가까이 있다는 조건만 맞으면 계약하기로 했다. 그런 물건이 나왔다는 연락을 받았다. 그때 난 출장 중이었고 서울에 올라왔을 때는 저녁 10시가 넘은 시각이었다. 영순이와 중개사가 기다려 준 덕분에 밤 깊은 시간에 낯선 골목길을 호기심 가득한 시선으로 여기저기 기웃거리며 걸었다. 작은 골목과 또 작은 골목을 지나 자그마하지만 네모반듯한 집 앞에 섰다. 2~3대 주차할 공간이 있었다.

대문을 열고 집 안으로 들어갔다. 1층에 2가구, 2층에도 2가구, 주인 세대는 3층에 거주하는 구조였다. 옥상은 넓었고 작은 옥탑이 하나 있었다. 밤에 봐도 집은 낡아 보였다. 주인은 이미 청담동으로 이사한 터라 비어 있는 3층은 들여다볼 수 있었다. 내부는 80년대식 주택으로 이중 구조의 천장 중앙에 무거운 샹들리에가 매달려 있었다. 나무로 마감된 벽은 칙칙했고 모든 방의 창문틀도 나무로 되어 있었다. 여름은 몹시 덥고 겨울은 심히 추웠을 것 같았다. 주방 싱크대 색상은 빛바랜 민트색이었다. 화장실까지도… 다 뜯어고쳐야 했다.

어쨌거나 위치와 구조, 주차장, 그리고 집 주변은 맘에 들었다. 영순이와 중개사는 나에게 번갈아 가며 이 집의 장점을 열심히 설명했다. 그중에서 '이 집의 터가 이 골목에서 제일 좋다.'는 말이 가장 기억이 난다. 현재 집 주인댁 남자아이들은 판검사로, 여자아이는 미국에서 병원에 근무한다며 이 집의 터가 애들 공부까지 잘하게 해주었다고 중개사는 입에 침이 마른다. 이야기를 들을 때는 '과연 집터 때문에 공부를 잘하게 되었을까?', '과연 집터 때문에 집안에 우환이 없었을까?'하고 의심하기도 했지만 터가 좋아서 그렇다는데 굳이 아니라고 어깃장을 놓을 까닭은 없었다. 그렇게 그날 저녁 11시가 다 되어서 계약서를 작성했다. 이 집은 이제 내 집이었다. 나는 시간을 쪼개가며 일에 몰두했고 그러는 사이에 이사 날짜는 다가왔다. 입주 날짜에 맞춰 집수리를 맡겼다. 물론 공사를 맡기기만 하고 한 번도 가보질 못했다. 그렇게 방치한 벌로 안방 창문이 완전하게 설치되지 않은 채로 이사를 하게 되었다. 이른 봄 낯선 곳에서의 첫날 안방 창문틀만 있고 창문 없이 휑 뚫린 집에서 짐들이 어지럽게 널린 상태로 노숙하듯 잠을 청해야 했다. 이사는 어땠을까? 준비가 부실하기는 뭐 안방 창문 없는 상태와 비슷했다. 트럭 위에 하나둘씩 이삿짐을 쌓아 얼키설키 여몄다. 트럭을 타고 새로 장만한 공사가 잘 마무리되어 있을 그 집으로 가야 하는데… 그 집의 위치가 어디인지 생각나지 않았다.

"대충 위치는 알겠는데… 자세한 주소를 주세요, 사모님."

"제가 정확하게 위치를 몰라요."

"진짜 위치를 몰라요?"

"계약하고 한 번 갔나… 골목길이었는데…"

기사 아저씨가 어이없어하면서 되받았다.

"계약서 좀 줘봐요. 거기에 주소가 있잖아요?"

"잠시만요 중개사에게 전화해서 알아볼게요."

기사 아저씨는 차에 시동을 켜놓은 채 핸들에 두 팔을 얹고 한심하다는 듯이 나를 한번 쳐다보더니 차 문을 열고 밖으로 나갔다. 담배를 피운다. 다른 트럭의 아저씨들도 차에서 내려 도란도란 모여서 담배를 피웠다. 나는 중개사에게 전화를 했다.

"중개사님 저예요 '최선아' 오늘 그 주택 이사…"

'네, 지금 이사하시는 거죠?'

"짐 싸서 떠나려는데… 집이 어딘지 생각이 안 나서요?"

'네?? 집 위치가 생각이 안 나요? 그때 저랑 한 번 가셨잖아요?'

"한 번 가긴 했는데… 밤이었고 골목이 많아서… 어디가 어딘지 모르겠어요."

'그래서 아직 출발하지 못하신 거예요?'

"네, 중개사님이 이삿짐 사장님께 위치 좀 설명해 주실래요?"

'그래요. 난 진작부터 여기서 기다리고 있는데… 바꿔줘 봐요.'

"잠시만요."

나는 이삿짐 사장님을 불렀다. 사장님은 담배를 급하게 비벼 끄며 전화를 받았다.

"여보세요?"

중개사의 목소리는 들리지 않았다. 이삿짐 사장님은 고개를 끄떡여 가며 전화를 받았다. 어딘지 알겠다는 말을 서너 번 하더니 전화는 끊어졌고 차에 시동이 다시 걸렸다. 2대의 트럭은 그렇게 출발했다. 이삿짐 사장님은 혼자 웃더니 말했다.

"내가 이삿짐만 만 번을 넘게 싸고 풀고 했지만 집 위치도 정확하게 모르고 짐을 싸보기는 처음입니다."

"그러시죠. 일이 많다 보니까 계약하기 전에 한 번, 공사 맡길 때 한 번 이렇게 두 번 가봤나 그래요."

"보통 계약하고 나면 자주 가서 집도 살피고 하는데… 더구나 공사까지 맡기셨으면… 더 자주 가보셔야 하는 거 아닌가요?"

차가 방지턱을 넘는지 출렁댔다. 나도 모르게 조수석 창문 위에 있는 손잡이를 꽉 잡았다. 엉덩이가 들렸다가 내려와 앉았다.

"아이쿠~ 그렇긴 한데요… 하는 일이 지방 출장도 많고 하다 보니… 믿고 맡겨놔서…"

"공사도 주인이 자주 들여다보고 먹을 것도 사다 주고 해야… 주인의 관심만큼 잔소리를 해야 잘 나와요. 특히 마감은요."

"믿고 맡겼죠. 믿어야죠."

"사모님 말씀대로 믿고 사는 사회가 되어야 하는데… 계약대로 잘 마무리됐는지 살펴는 봤어요?"

"아뇨… 공사 끝나 잔금 치르고 지금 처음 가는 걸요."

"공사 끝난 것도 보지 않았는데 잔금도 다 입금하셨다구요?"

"공사 끝났다고 하셔서 입금했죠. 잘해주셨겠죠…"

차가 코너를 돌았다. 휘청댔다. 내 몸이 창문 쪽으로 쏠렸다가 다시 운전석 쪽으로 쏠렸다. 이삿짐 사장님이 흥분한 것 같다. 트럭의 속도가 점점 높아지고 있다.

"공사는 그렇게 하면 안 돼요. 마무리된 것 보고 입금해야지…"

아저씨는 몹시 안타까워하셨지만 나로서는 짐을 풀면서 확인해 볼 수밖에 없었다.

"보내주신 사진으로 확인은 했어요. 공사 부탁한 사람도 제가 아는 분이라…"

"그럼 다행이긴 한데… 아는 분이 더한 경우도 많아요."

"네… 그런 말 여기저기서 듣긴 했지만 설마… 그런 일이 제게 일어나진 않겠죠?"

갑자기 걱정이 막 밀려왔다.

"기대하셨던 대로 다 잘돼 있으면 저도 좋은데… 모르는 일이죠."

그렇게 물어물어 내 집을 찾아갔다.

# 시작은 요란하게

............................................................................................

집 담벼락에 바짝 붙여 이삿짐 트럭들을 주차했다. 이삿짐들은 트럭에서 내려졌다. 그곳에서 지내온 많은 시간들이 이곳에서 다시 새로운 시간을 만들려 한다. 터줏대감처럼 거만한 고양이 두 마리가 낯선 이의 등장에 내려진 이삿짐 주변을 어슬렁거렸다. 앞쪽 벽면을 통으로 틔운 안방 창으로 짐들이 하나둘씩 들어갔다. 나는 심장이 뛰었다. 이곳에는 요정이 보내는 빛처럼 작은 기적들이 일어날 것 같은 생각으로 가슴이 설렜다. 낮은 집들과 골목 그리고 높고 넓게 볼 수 있는 하늘이 있는 옥상이 무척 맘에 들었다. 이삿짐 아저씨들은 장소에 맞게 짐들을 좌우로 흔들면서 적당히 배치했다. 이사를 나온 집보다 들어가는 집의 평수가 작아서 짐을 배치할 공간이 턱없이 부족했다. 뭔가 버려야 했다. 가장 먼저 이별을 생각한 것은 제법 공간을 차지하는 거실 장과 소파였다. 짐들이 다 들어오고 이사 비용을 계산하고 문을 하나씩 닫았는데… 뭔가 이상했다. 이중창인 안방의 창문이 전체 6짝이어야 하는데 앞으로 3개 뒤로 3개가 없었다. 어떻게 배열을 해도 가운데가 구멍이 나거나 양쪽으로 구멍이 났다. '왜 이럴까?' 당황스러웠다. 공사한 사장님에게 전화를 했다. 신호는 가는데 전화를 받지 않았다. 그러던 차에 창문 공사를 했다는 모르는 분에게 전화가 왔다.

"여보세요?"

'안녕하세요, 555번지 3층 주인이시죠?'

"네 그런데요. 누구시죠?"

'집 인테리어 공사 맡기신 강 사장 아시죠?'

"네."

'강 사장 요청으로 창문 공사한 사람이거든요.'

"그런데요?"

'아마 사모님 안방 창문을 닫을 수 없을 겁니다.'

"그러네요. 닫을 창문 개수가 부족해요, 왜 그런 거죠?"

'공사 다 했는데 잔금을 안 줘서 제가 어제 창문을 앞뒤로 3개씩 6개 떼어 갔어요.'

"네? 어제 오셔서 창문을 떼어 가셨다고요? 창문 공사대금을 강 사장에게 받으셔야지… 창문을 떼어 가셨다뇨?"

'사모님께 불편을 드려야 돈을 받을 수 있겠다 싶어서 그랬죠.'

"그렇더라도 두 분이 해결하셨어야지, 창문을 떼어 가셨다는 게 도무지 이해가 안 되는데요…"

'저도 어쩔 수 없습니다. 강 사장에게 사모님이 제게 입금하라고 말씀해 주시면 내일 창문 달아드릴게요.'

"어쩔 수 없다뇨… 그것도 오늘이 아니고 내일이라구요."

전화 통화를 하면서도 당황스러웠다. '이게 있을 수 있는 일인가?' 지금 생각해도 황당한 사건이었다. 납품해 놓고 말도 없이 무단 침입해서 다시 가져가는 것은 분명 절도였다. 그럴 수밖에 없었겠다고 이해는 되지만 이사를 들어오는 나에게 이러면 안 되는 거였다. 강 사장에게 여러 번 전화를 하고 문자를 남겼다. 나를 애먹이려고 약속이나 한 듯이 연결이 되지 않았다. 하루가 지난 다음 날이 돼서야 강 사장에게서 전화가 왔다.

'사모님 강입니다. 이사 잘 하셨죠?'

"사장님 어제 전화 연결이 안 되던데요… 이사를 잘 했냐고요?"

'네, 이사요. 어제 입주하시는 날 아닌가요?'

"이사는 했죠. 그런데 정말 모르신 건가요? 모른 척하시는 건가요?"

'무슨 일 있으셨어요?'

"공사 마무리했다고 보내주신 사진에는 창문이 온전했는데…"

'창문이요?'

"네, 안방 창문이요."

'안방 창문이 문제가 있나요? 제가 마지막으로 확인했을 때는 문제가 없었는데…?'

"안방 창문이 있어야 할 자리가 시원하게 뚫려서, 별을 세다가 간간이 날아든 벚꽃잎도 새며 지새웠네요."

'안방 창문이 없다고요?'

강 사장도 창문을 떼어 간 줄은 모르고 있었나 보다. 놀라는 눈치였다.

"그걸 지금 제게 물으신 건가요? 이삿짐 싸 들고 캠핑 온 것도 아니고…"

'창문이 없어요? 창문이 없다니요? 왜 창문이 없죠?'

"참나, 제가 어떻게 알겠습니까요, 사장님?"

'다 확인하고… 제가 문까지 잠그고 갔는데요?'

"창문 공사, 그러니까 대금을 지불하지 않으셔서 창문 공사하신 사장님이 제가 입주하기 전날 창문을 떼어 가셨다고 합디다."

'뭐라고요? 그 사람이 창문을 떼어 갔다고요?'

"네!! 그분이 오셔서 창문을 앞뒤로 합이 6개 떼어 가셨다구요. 어떻게 이런 일이 있을 수가 있나요?"

'죄송해요, 정말 몰랐어요.'

"제가 오늘도 벽에 구멍이 그것도 아주 커다란 구멍이 난 집에서 잠을 자야 하는지 궁금합니다."

'아뇨… 잠깐만요 사모님.'

강 사장은 무슨 생각을 하는지 한동안 말이 없었다.

'창문을 한 사장이 사모님께 전화해서 '창문 떼어 갔다.'고 하더라는 이야기죠?'

"이삿짐 옮기는데 전화가 왔어요, 창문은 자기가 떼어 갔다고… 제 전화번호는 또 어떻게 아셨는지."

'공사대금 때문에 그랬다고 했단 말이죠?'

"말씀은 그렇게 하셨는데… 정확한 건 제가 모르죠."

'하여간 죄송합니다.'

"창이 커서 가릴 것도 없고… 봄이라고는 하지만 밤에는 기온이 떨어져서 얼마나 춥던지 밤새 떨었다구요. 정말 속상해요."

'창문을 떼어 갔다는 게… 저도 할 말이 없네요.'

"창문도 없는 집에 짐도 다 들어와서 이렇게 벌여놓고 회사도 갈 수 없으니… 이제 어떻게 해야 하나요?"

'제가 지금 가겠습니다.'

"지금 오시면 창문을 바로 달 수 있긴 한가요?"

'측정값이 있으니 바로 준비해서 갈게요. 놀라셨겠어요?'

"제가 놀라기만 했을까요, 와들와들 떨면서… 오만가지 생각이 다 들더라니까요."

거듭 죄송하다는 강 사장에게 더 이야기하고 싶지는 않았다. 내 입장에서는 강 사장이 빨리 처리해 주는 것이 현명한 선택이었기 때문이다.

"환영식이 요란한 입주였지만 이런 경험 더 하고 싶지는 않네요."

'정확히 창문 어디 어디가 없는 건지 사진 찍어서 보내주실 수 있나요?'

"바로 찍어서 보낼게요. 오늘 중에 처리가 가능할까요?"

나는 사진을 찍어서 보냈고 미안하다는 문자와 오늘 중에 처리해 준다는 문자를 하나 더 받았다. 강 사장을 기다리는 동안 영순이와 함께 짐을 정리했다. 휴지를 사 들고 잠시 들린 중개사도 일손을 거들었다. 제자리를 찾지 못하고 있는 살림살이들은 하나씩 자리 배정받았다. 널브러졌던 짐들이 이렇게 저렇게 정리되면서 공간이 만들어졌다.

공간이 주는 안정이랄까 사라진 창문으로 날카로워졌던 예민함이 조금 가라앉았다. 작은 것들은 살아가면서 하나둘씩 정리하면 되었다. 점심때가 되었다. 이른 아침부터 움직였더니 배가 고팠다.

탕수육과 짜장면을 시켰다. 이 동네 이사 와서 처음 시켜 먹는 이 음식이 마치 동네 주민으로의 신고식을 하는 것 같아 설레기도 했다. 도착한 탕수육과 삼선 짜장면을 신문지 위에 놓았다. 탕수육 냄새가 고소하게 났다. 짜장면 그릇 라인에 나무젓가락을 대고 비벼 위에 덮인 랩을 뚜껑 들어내듯 떼어내고 노랗게 말려 있는 면 위에 장을 부었다. 새우 알이 탱글탱글하게 쏟아졌다. 초록 완두콩 서너 알과 노란 면이 까만 장에 버무려지면서 진갈색이 되었다. 탕수육을 영접할 때마다 피할 수 없는 갈등을 이 순간에도 느꼈다. 찍먹이냐 부먹이냐를 두고 둘러앉은 세 사람은 의견이 분분했지만 조금씩 양보해서 반반하기로 했다. 그렇게 먹을 것을 가운데 두고 우리는 허기진 배를 접고 둘러앉았다. 영순이와 나는 중개사가 해주는 동네 이야기와 예전 주인의 이야기를 반찬 삼았다. 새로운 곳에 대한 호기심은 차오르는 배와 넘치는 만족감으로 행복했다. 우리 주변에 널려 있는 이 작은 행복은 함께여서 두 배가 되었다. 왜 이사하는 날은 탕수육에 짜장면이 제격인지 조금은 알 것 같았다. 신문지 서너 장 위에 놓인 식사는 우리에게 요리가 되었다. 커피믹스를 진하게 탔다. 코끝으로 올라오는 달큰한 향과 손으로 느껴지는 따뜻한 안정을 담아 세상 부러울 것이 없는 자세로 지금이 아니면 사라질 이 순간을 마셨다. 강 사장이 트럭을 타고 왔다.

"사모님··· 강입니다. 들어가도 되겠습니까?"

"네, 여기요. 들어오세요."

"창문 어디가···?"

대포라도 한 방 정확하게 맞은 것처럼 뻥 뚫린 안방을 보더니 씁쓸한 입맛을 다셨다.

"참··· 이 사람 이거 심했네, 심했어··· 꼭 이렇게까지 해야 했나···"

강 사장은 혼자 창문을 보며 중얼거렸다. 영순이는 커피가 든 종이컵을 입으로 물고 빈 그릇들을 신문지에 잘 말아서 내놓았다.

"점심이 늦으셨네요?"

"뭐 이것저것 정리하다 보니 좀 늦었어요. 사장님은 식사하셨어요?"

"네, 창문 작업 맡기고 그 짬에 저도 짜장면 한 그릇 했어요."

나와 강 사장은 문짝을 잃은 창틀을 한동안 바라봤다. 강 사장은 창 쪽으로 다가가더니 장갑 낀 손으로 위아래 여기저기를 문지르더니 머리를 밖으로 내었다 들였다 해가며 연신 혼잣말을 중얼거렸다.

"제가 더 확인하고 마지막까지 살폈어야 했는데 이렇게 돼서···"

"이런 일이 내게 생긴다는 게 놀라워요, 신기하게 화가 났다가도 반이나 남아 있다는 것만으로도 고맙단 생각이 드는 것이."

조금 여유로워진 나는 언제 이런 경험을 해보겠나 싶어 황당함이 재밌기도 했다. 강 사장은 어처구니없는 상황에 거듭 미안해하면서 창틀을 잡고 밖에 주차된 트럭을 향해 소리쳤다.

"들고 들어와요. 빨리하고 갑시다."

강 사장은 밖을 향해 누군가와 이야기를 하더니 나에게 말했다.

"금방 처리될 겁니다."

"그분이랑 통화는 해보셨나요?"

"아뇨, 창문은 정확하게 맞춰 왔으니까 바로 달아드릴게요."

강 사장 손짓에 아저씨 둘이 트럭에서 창문을 2개씩 들고 올라와 신속하게 달아주고 나가셨다. 그분들도 이런 상황이 익숙하지 않으신 듯했다. 창틀에 창문을 끼워 넣으면서 서로 얼굴을 보고 야릇한 표정을 짓곤 했다.

"강 사장님이 빨리해 주셔서 그나마 다행이네요."

"진짜 창문을 떼어 간 건 몰랐습니다. 저도 이런 경우가 처음이라."

"사실, 잘은 모르겠지만 냉정하게 이 상황만 놓고 보면 설치된 물건을 주인 없는 시간에 말도 안 하고 들어와서 떼어 간다는 건 무단침입에 절도 아닌가요?"

"그러니까요… 그 사람이 심했어요. 이렇게까지 할 줄은 몰랐죠. 저도 사진을 보고 놀랐다니까요."

"창문은 새로 해 오신 건가요? 아니면 떼어 간 창문 회수?"

"새로 해 왔어요. 그 친구 전화도 안 받더라고요."

"순탄하진 않았지만 바로 처리가 돼서 다행이에요. 사장님도 고생하셨어요. 지내다가 일 생기면 연락 드려도 되겠죠?"

"그럼요, 사모님. 작은 잡음이 있었지만 새집에서 좋은 일 많이 있길 바랍니다. 언제든지 연락 주세요."

"애써줘서 고마워요. 조심히 가셔요."

그렇게 강 사장은 타고 왔던 트럭을 타고 돌아갔다. 영순이는 말없이 왔다 갔다 하며 지켜보더니 강 사장이 떠나자 젖은 손걸레를 들고, 짝을 찾은 창문이 다시 길을 잃지 않게 꼭꼭 눌러 주문을 걸 듯이 닦았다.

"참, 이런 일도 다 있네."

"그러게, 살다 보면 별의별 일도 많다더니…"

중개사와 영순이는 서로의 말에 맞장구를 치며 주거니 받거니 어이없는 이 상황을 재밌어했다.

"이 동네에서 중개사만 15년째 하면서, 이런 일 저런 일 다 겪어 봤는데 창문을 떼어 간 경우는 처음 봐요."

중개사는 내 눈치를 보며 계속 웃었다. 영순이도 한참을 웃더니 손걸레를 내려놓고 다 식은 남은 커피를 한입에 털어 넣었다.

"너 액땜이라고 알지? 더 좋은 일 있으려고 초장에 나쁜 일 다 겪게 하는 거야. 좋게 생각해."

"그래, 나도 좋게 생각하려고~ 나쁘게 생각해 봐야 나만 손해지 뭐."

중개사도 불편했을 내 마음을 위로했다.

"그래요, 사모님. 좋게 생각해요. 시작은 요란했으나 지내시는 동안은 평온하리라 뭐 이런 말도 있잖아요. 이 동네에 합류하신 걸 축하합니다. 입주선물로 휴지는 사 왔으니까 기분이다 다른 걸로 하나 더."

"이 집은 터도 굉장히 좋다고 하잖아. 너 이사 잘한 거야."

나보다 더 애태웠을 두 사람을 바라보았다. 고맙고 소중했다. 이 상한 사건으로 조금씩 다른 불편함을 품었을 창문을 활짝 열었다.

"그래 두 사람 말에 아멘이다. 할렐루야고 나무아미타불 관세음보살입니다요."

그렇게 나는 이 집과 요란하게 인연이 되었다.

이사를 온 지 일주일 만에 떠날 준비를 한 거실 장과 소파는 친구 동생 집에서 받겠다고 했다. 10년간 함께한 장과 소파는 그곳으로 입양을 보냈다. 집은 더 단출해졌다. 벽에 못은 박지 않기로 했다. 못을 박지 않으니 걸어놓을 수도 없었다. 벽은 그냥 벽이 되었다. 한 발 뒤에서 보니 시원하고 좋았다. 더 많은 공간과 면이 확보되었다. 욕심이 생겼다. 조금 더 여유로워지기 위해 짐을 더 줄여야겠다고 생각했다. '미니멀 라이프'를 위해 입양 보낼 목록을 더 만들고 나눔을 하면서 그렇게 20년을 아주 조금씩 조금씩 정리하다 보니 지금은 손꼽을 뭐가 없다.

안방에는 침대 하나 붙박이장 하나 나머지 공간에는 그림 두 점이 벽에 기대어 세워져 있다. 거실에는 TV와 스탠딩 에어컨. 서재에는 붙박이장과 책상 하나. 나머지 작은 방 하나는 싱글 침대 하나와 작은 서랍장이 화장대 역할을 하고 있다. 이게 전부이다. 주방은 2인 이상 손님을 받을 수 없을 정도로 최소한만 남겨두고 모두 떠나보냈다. 물론 불편함이 있지만 그래도 좋다. 처음에는 무심해서 길을 잃었고 그다음은 방관하다 안방에서 별 보기 캠핑을 했다. 이번에는 잘해보려고 한다. 입에 침이 마르도록 설명한 집터가 좋다는 그 말을 확인하기 위해서라도 매 순간 놓치지 않고 이 집과 재밌는 이야기를 만들어 보겠다고 다짐했던 이사했던 그때가 아련하다.

# 순딩순딩
# 아저씨

# 지나간 자리

가로등이 켜지고 골목에 깊은 그림자가
드리워질 때쯤이었을까 우당탕탕 부딪치고 깨지는 소리가 났다.
밖을 내다봤다. 골목에는 검은색 승용차가 브레이크 등을 켜고
서 있는 모습만 보였다. 더 깊이 살펴볼 수는 없었다. 거실에 있는
CCTV를 돌려봤다. 대문 앞에 놓인 음식물 쓰레기통과 검은색 승
용차가 충돌한 뒤 차는 멈췄고 음식물 쓰레기통은 산산이 부서지
며 날아오르다 타타닥 떨어졌다. 차주는 한동안 차 안에 머물러 있
었다. 한참을 그렇게 있더니 운전자가 내려 자기 차 앞범퍼와 보닛
위를 이리저리 살폈다. 그에게 상처 입은 음식물 쓰레기통은 안중
에 없는 것 같았다. 역시 그랬다. 그대로 주차하고 옆집으로 들어
갔다. 나는 옆집 순딩순딩 아저씨에게 전화를 했다. 신호가 간 지
한참 만에 전화를 받았다.

··· 순딩순딩 아저씨 ···

'여보세요? 누구세요?'

"네, 윗집이에요."

'윗집 사모님? 그런데 무슨 일이신가?'

"혹시, 검은색 BMW 525차량 그 집으로 들어가던데요?"

'네? 검은색 오이오차? 그게…'

"혹시 아시는 차인가요? 2층으로 올라가는 걸 봐서요."

전화기 너머 소음이 전해졌다. 행사가 있는지 손님들이 온 것 같다.

'네? 뭐라고요? 다시 한번.'

"지금 검은색 BMW 525요 그 차가 주차했는데 아저씨 댁 손님인가 해서요?"

'막내아들이 지금 들어오긴 했는데, 그리고 그건 우리 막내 건데… 왜?'

그랬다. 그 차는 그 집 막내아들 차였다. 전화기 너머로 들려오는 소리는 시끌시끌했다.

"그 차가 우리 집 음식물 쓰레기통을 박살 냈거든요."

'그래? 정말? 잠깐만 기다려 봐.'

전화기를 들고 아들에게 물어보는가 보다. 다 들린다. 기다렸다.

'너 들어오다가 앞집 쓰레기통 박았냐? 어 그래, 그래 그거, 에고 이 녀석아, 이게 그 집주인 전화다. 알았다.'

아저씨를 통하지 않고도 상황을 알게 되었다.

'아이고, 어쩌죠? 막내가 주차하다가 그랬나 보네 어쩐대.'

"주차하다 사고 날 수는 있는데요."

말끝이 흐려지는 것을 듣더니 아저씨는 바로 목소리가 작아졌다.

'내일 내가 한번 내다볼게.'

"그냥 두는 것은 좀 아닌 것 같아서 전화 드렸어요. 플라스틱이라 끝이 날카롭게 조각나서 이 밤에 지나다니는 사람들이 못 보고 다칠 수 있잖아요. 지금 치워야 할 것 같아요."

'아, 그래? 지금?'

"네, 지금 잠시 나와주세요. 저도 나갈게요."

'그래… 그럼 그래야지 뭐.'

나는 옷을 챙겨 입고 손에 빗자루와 쓰레받기를 챙겼다. 주황색 뚜껑은 공룡이 물어뜯은 것처럼 불규칙하게 부서져 있었다. 작거나 커다란 파편은 골목 아래 여기저기 신나게 날아가 널브러졌다. 한숨이 나왔다. 음식물이라도 들어 있었다면 더 처참했을 텐데 다행이다 싶다. 회색 몸통은 어떻게 눌려 터진 건지 중간 모서리부터 쪼개졌다. 파편들을 살피는 동안 옆집 순딩순딩 아저씨가 반소매 러닝셔츠에 파자마 차림으로 슬리퍼를 신고 나왔다. 누워 계셨던 건지 위로 눌려 솟은 옆머리가 흔들렸다.

"얼마나 부서졌나?"

"음식물이라도 들어 있었다면 더 곤란할 뻔했어요."

아저씨는 골목길 여기저기를 살피며 슬리퍼를 신은 발로 파편을 이리저리 모아 한곳으로 밀어 올렸다.

"아이고, 많이 부서졌네."

"몸통은 떨어지면서 더 부서진 것 같아요. 다시 사용하긴 어렵겠어요."

"바꿔드려야죠. 그런데 미안해서 어쩌지?"

"사고가 있을 수 있는데, 모른 척 주차하고 들어가서 속상했네요."

아저씨는 머리를 긁적이시더니 파자마를 추켜올리셨다.

"그러셨겠다. 사용하시는 건데 당장 불편하게 돼서 어쩌나."

"그래도 보셔야 할 것 같아서 나오시라 했어요. 그리고 음식물 쓰레기통은 주민센터에서 다시 받으면 되니 걱정 마셔요."

나는 들고 있던 빗자루로 골목 여기저기로 탈출한 조각들을 찾아 쓸었다. 옆집 순딩순딩 아저씨도 한참을 머뭇거리시더니 빗자루를 찾아 들었다. 아저씨는 위에서 아래로, 나는 아래에서 위로 모았다. 두 사람의 빗질하는 소리와 플라스틱이 바닥에 끌리는 소리만 골목 안에 가득했다. 밤 고양이는 그림자 길게 드리우며 그 주변을 조심스럽게 어슬렁거렸다. 배달 오토바이가 그 사이로 요란하게 멈춰 서더니 시동을 켜둔 채 배달 음식을 들고 앞집 계단을 뛰어 올라갔다.

"미안해~ 아들 녀석이 내려와서 죄송하다고 해야 하는데."

"그런데 오늘 무슨 날인가요? 손님이 오신 것 같은데…"

"애들 어멈 첫 음반 나온 지 55주년 행사를 집에서 간단히 하고 있거든."

"55주년 행사요?"

"에고 모르시겠구나 우리 와이프가 가수였거든 옛날 가수. 지금도 가수긴 하지만."

"중개사에게 들었지만 자세한 건…"

"멋있는 사람이지. 5년 주기로 아내를 위해 조그만 이벤트를 하고 있거든 오늘이 그날이라 아들 녀석 내외가 왔는데 이런 일…"

"아저씨도 자제분들도 멋진데요. 정기적인 가족 모임이 있다는 건 화목하다는 증거죠. 왜 매일 웃으시는지 알 것 같아요. 부러워요."

"그런가? 우리는 늘 하던 거라 그런 생각 못 해봤는데 생각해 보니 그렇긴 하네."

"어여 들어가셔요. 그리고 사모님께 55주년 축하한다고 전해주세요."

"그 말 꼭 전할게, 우리 가수님 좋아하겠네. 고만하고 들어가셔."

오토바이는 기름 냄새를 한껏 뿌리더니 사라졌고 아저씨는 손에 들린 빗자루를 들고 웃었다. 우리는 사소한 일상을 살아내는 데 쏟는 관심을 얼마나 많이 또는 얼마나 조금이라는 크기가 아니라 어떻게, 어디까지라는 방향과 방법에 무게를 두어야 행복해지나 보다. 55년 동안 5주년이라는 주기를 두고 누군가를 지속적으로 응원하고 축하해 주는 일. 오늘도 이런저런 작은 행복들이 흔들리며 포자처럼 퍼진다. 세상은 쉽게 우리에게 실마리를 알려주지 않는다. 너의 세상도 나의 세상도 다 달라서 서로 알려줄 수도, 보고 따라 할 수도 없다. 우리 집 음식물 쓰레기통도 오늘 공중을 가르며 산산조각이 날 거라고 생각하지 못했고, 아저씨네 가족도 5년에 한 번씩 하자는 약속을 지금까지 지속적으로 해올 거라고 생각하지 못했을 것이다. 오지 않은 내일을 위해 오늘을 아낄 필요는 없다. 지금 이 순간을 가장 가까이 있는 사랑하는 사람과 즐거운 시간을 보내야겠다. 혼자 남은 나는 손으로 바지를 털며 들어갔다.

# 호랑말코 아저씨

계절 갈이를 하는지 먹구름들이 무섭게 세력을 확장하더니 비가 내렸다. 그렇게 그날 저녁부터 그다음 날도 비가 내렸다. 비 오는 날은 저녁이 일찍 찾아온다. 아니 하루 종일 저녁, 저녁, 그리고 또 저녁이었다. '빵-빵-빵-빵' 신경질적인 경적이 경쟁적으로 저녁의 무거움을 깨뜨렸다. 비가 오는 날 소음은 멀리 가지 못하고 주변을 공격한다. 다투는 소리와 차량 경적, 그리고 사이사이 치고 들어오는 방향지시등 소리만으로도 골목은 총공격을 당하고 있었다. 아니 그 소음은 골목길 크고 작은 틈새로 파고들었다. 여기저기서 창문 열고 그만하라는 소리까지 쏟아져 연합군처럼 합류했다. 정신없이 번쩍거리는 불빛이 '가미카제' 공격처럼 하나씩 날아들어 내 안방과 거실 창문에 부딪히며 나뒹굴었다.

들어오려는 상아색 트럭과 나가려는 BMW 525가 대치하면서 생긴 일이었다. 피해는 고스란히 본인들을 포함한 골목에 거주하는 사람들의 몫이 되었다. 각자 비상등을 켜고 외나무다리에서 보기 싫었던 친구를 예기치 못한 자리에서 만난 것처럼 서 있다. 부슬부슬 내리는 비의 형체가 가로등에 선명하게 들켰다. 투명 망토가 벗겨져 들켜버린 비처럼 수줍게, 강하게, 또 초라하게 모습을 드러냈다. 차와 차 사이에서 옆집 순딩순딩 아저씨와 앞집 호랑말코 아저씨가 머리를 맞대고 대치 중이다. 앞집 호랑말코 아저씨는 키가 180이 넘는 장신이었다. 옆집 순딩순딩 아저씨는 170 정도로 아담한데 지금은 더 왜소해 보인다. 옆집 순딩순딩 아저씨는 언제나처럼 반소매 러닝에 파자마 차림이었다. 반대로 앞집 호랑말코 아저씨는 바지에 점퍼 차림을 하고 있다. 비는 그 두 사람을 피하지 않았다. 시간이 갈수록, 점점 작아지는 것은 옆집 순딩순딩 아저씨였다. 은빛 머리는 두상에 맞게 찰싹 달라붙었고 흠뻑 젖어버린 러닝도 연약한 가슴에서 빈약하게 자유롭지 못했다. 무거워진 파자마는 허리를 벗어나 엉덩이에 걸려 다리를 휘감으며 파스처럼 붙어 있다. 앞집 호랑말코 아저씨는 약간의 억센 옆머리 말고는, 앞에서 뒤통수까지 깔끔한 대머리라 비를 맞아도 별로 표가 나지 않았다. 옷도 빗물이 스미지 않는 방수복인 듯 다 튕겨냈다. 어두운 빗속에서의 골리앗과 다윗의 싸움이랄까. 그랬다. 이 두 분은 언제나 서로 눈만 마주쳐도 으르렁이다.

"차를 비켜줘야 나갈 거 아냐!!"

옆집 순딩순딩 아저씨는 팔에 힘을 주며 앞집 호랑말코 아저씨를 밀쳤다. 앞집 아저씨는 밀리지 않았다.

"어어 이 사람 봐라."

"당신이 밀면 내가 밀릴 것 같아 보여? 어디서 에잇!!"

호랑말코 아저씨는 기습당한 것에 놀랐는지 눈이 커지고 장딴지의 힘으로 버티며 순딩순딩 아저씨 어깨를 두 손으로 잡아 던지듯 밀었다. 순딩순딩 아저씨는 한없이 밀렸다. 전투적으로 열세였다. 일단 빗물에 젖은 슬리퍼와 젖은 러닝, 그리고 젖은 파자마는 적의 편이었다. 위치적으로 '비탈길'이라는 점이 상당히 불리했다. 그것도 위에서 공격이 아니라 아래에서 위로 공격하는 형세가 되니 두세 배는 힘이 들 수밖에 없었다. 《손자병법》도 안 보신 것 같다. 신체적인 열세도 한몫했다. 키도, 체중도, 근육도, 어느 것 하나 같은 급이 없었다. 두 아저씨는 볼 때마다 서로 으르렁대는 사이였다. 가끔 옆집 순딩순딩 아저씨와 집 앞에서 이야기를 나누고 있으면 앞집 호랑말코 아저씨는 먼발치에서 한참을 바라보곤 하셨다. 그뿐만이 아니다. 옥상에서 이야기를 나누고 있으면 앞집 아저씨도 자신의 집 옥상에서 나와 옆집 아저씨를 가까이하기에 너무 먼 당신처럼 뒷짐 지고 바라보곤 하셨다. 아마도 함께하고 싶은데 그러자고는 말하기는 싫은 그런 느낌이었다. 그냥 좋다고 하면 되는데 그게 어려운가 보다. 쓱 끼어들어 말을 하시면 되는데 MBTI의 I가 큰가? 그냥 〈짱구는 못 말려〉 스타일이다. 아마 이번 빗속의 으르렁거림도 관심 가져달라는 것으로 보인다. 어른들도 애들과 다르지 않다. 똑같다.

"그래 힘 좋으면 다야!! 밀어!! 밀어. 더 밀어보라고 이 사람아."

"이 사람이 이거 정신 못 차리는구만."

호랑말코 아저씨는 골리앗이 다윗을 바라보듯이 가소롭다는 듯이 바라보았다. 옆집 순딩순딩 아저씨가 안간힘을 쓴다. 비에 축축해진 고성이 계속되었다. 서로 두 팔을 두 손으로 꽉 잡고 힘을 주며 더 세게 밀었다. 역시나 순딩순딩 아저씨는 힘없이 한참이나 물썰매 타듯 밀리더니 슬리퍼에 발이 꼬이면서 나뒹굴었다. 앞집 호랑말코 아저씨는 옆집 아저씨가 오뚝이처럼 일어서며 다시 밀린 만큼 다시 제자리로 돌아오는 것을 보고 고개를 흔들었다.

"내가 주차하고 나면 그때 나가라고. 오늘 왜 그러지? 왜 고집이셔?"

"오늘은 내가 먼저 나갈 거야. 언제까지 당신에게 양보만 해야 하는 거야."

"양보? 양보 같은 소리 하네, 이 골목은 다 내 땅이야. 고마운 줄 알아야지."

"뭐라고 여기가 당신 땅이라고? 어이가 없네. 우길 걸 우겨야지, 아주 이거 흉악한 사람일세."

언제 나와 계셨는지 양쪽 집 부인들이 누가 먼저란 것도 없이 말리기 시작하셨다. 비가 내리는 골목은 그들의 그림자로 더 어두웠고, 더 찰지게 엉겼다. 두 차량에서 밝히는 라이트도 엉켜 있는 네 사람과 내리는 비와 함께 버무려져 뒤죽박죽되었다. 두 아저씨는 내려보고 있는 나를 발견했다. 눈이 빛났다. 옆집 순딩순딩 아저씨는 응원군 지원군을 만난 병사 같았다.

"어… 거기 사모님, 아니 여기가 앞집 이 작자 땅이라는데… 미친 거 아니야?"

··· 순딩순딩 아저씨 ···

나는 가만히 있었다. 차량 이동 문제가 땅 문제로 옮겨진 것에 대해 내가 나서서 할 말이 없었다. 그냥 쳐다만 봤다. 매일은 아니지만, 간간이 있는 일이라 말없이 바라만 봤다.

"아니 말 좀 해봐. 이 땅… 그러니까 이 골목은 우리들이 땅을 내놔서 만들어진 거잖아?"

"그렇긴 하죠. 그런데 지금 그 문제가 아닌 것 같은데요."

"정신없는 사람들이네. 이 땅이 뭐 니네들이 내놔서 그렇다고?"

앞집 아저씨는 방방 뛰며 큰 눈알이 빠질 정도로 부라렸다. 이에 질세라 옆집 아저씨는 불난 데 부채질을 했다.

"모르나 본데 이 땅은 당신이 내놓은 땅이 아니라 앞집 사모님과 우리 집이 새로 개축하면서 골목으로 통행할 수 있도록 십시일반(十匙一飯) 땅으로 내놔서 만들어진 거야. 이 영감탱이야. 뭘 알고나 말해."

그렇게 앞집 아저씨와 옆집 아저씨는 비 오는 날 격렬하게 싸우는 영화 포스터처럼 뒤엉켰다. 앞집 아저씨는 나와서 말리는 부인을 밀었는데 키가 작은 부인이 그대로 나동그라졌다. 옆집 아저씨 부인도 앞집 부인 넘어지는 모습에 놀라 소리치며 잰걸음으로 달려들며 자기 부인을 밀치는 앞집 아저씨 팔을 잡더니 입으로 물고 흔들었다.

"아아아 어딜 물어? 아아, 아파 안 놔아?"

"이 여자는 또 뭐야?"

아프다고 소리치며 물린 팔을 힘껏 흔들며 밀어냈다. 옆집 부인은 풍선인형처럼 흔들리더니 하나로 말아 올려 고정시킨 머리핀

이 날아가면서 긴 머리가 바람개비 방향으로 한 바퀴 허공을 돌아 부인의 양 얼굴에 달라붙었다. 한없이 초라하고 슬퍼 보였다. 메이크업도, 선글라스도, 화려한 옷도, 높은 부츠도 없는 부인은 그 부인이 아니었다.

호랑말코 아저씨는 옆집 부인에게 위협적으로 다가섰고 부인은 작고 마른 몸을 웅크렸다. 순딩순딩 아저씨는 달라붙은 은발을 휘날리며 몸을 날려 부인을 감쌌다.

"어디 여자에게… 이 사람 이거 매너가 아주 불량하구만 정말."

"당신 부인이 개야? 왜 사람을 물어뜯고 그래."

앞집 호랑말코 아저씨 부인도 자기 남편을 말렸다.

"아니 당신 왜 그래요? 힘없는 여자를 밀치기나 하고… 동네 창피하게 그만해요, 제발."

"아니 내가 뭘 밀친다고 그래. 물었다고 내 팔을. 당신이 알기나 해?"

"그만해요… 동네에서 서로 양보하고 그럼 좀 좋아요."

"내가 왜 양보해… 지네들이 양보해야지."

"서로 사이좋게 지내면 어디가 덧나요? 당신은 꼭 싸워야 직성이 풀리니 참…"

"이 사람이 지금 뭐라는 거야?"

서로 물러설 기미가 보이지 않자 앞집 아주머니는 옆집 아주머니에게 말했다.

"차 좀 먼저 뒤로 빼줘요. 우리가 주차하고 나가시면 좋겠어요."

"그래요, 교양 있게 삽시다. 비 오는 날 뭔 난린지 원."

"빨리 정리하고 들어갑시다, 들어가."

두 부인은 우울한 모습으로 남편들을 어르고, 달래고, 설득하며 먼저 차를 빼라며 매달렸다. 두 남자들은 부인의 말을 들었을까? 두 집 아저씨들은 부인의 말에 순순히 차로 들어가 시동을 켰다. 그런데 앞집 호랑말코 아저씨는 차에 오르자마자 차 빼라며 다시 삿대질을 했고 삿대질할 때마다 소리는 커졌다. 그러는 남편을 말리러 다가서다 미끄러져 차 앞으로 넘어졌다.

"아아, 발목이. 아이고."

앞집 호랑말코 아저씨는 급히 차에서 내려며 얼굴에 흘러내리는 빗물을 손으로 훔쳤다. 넘어진 아내 쪽으로 다가서서 다치니까 들어가라고 짜증을 내며 아내를 부축했다. 빗방울은 점점 굵어졌다. 발목을 다친 앞집 부인에게도, 움직이지 못하는 두 차량 위에도 비는 심판처럼 냉철하게 내렸다. 차에 앉아 있던 옆집 순딩순딩 아저씨가 경적을 울리며 창문을 내렸다. 자기 부인을 부축하고 있는 호랑말코 아저씨는 뒤를 돌아봤다. 앞집 아주머니는 남편 손에 기대어 안경을 고쳐 쓰며 옆집 아저씨를 향해 손사래를 쳤다.

"아이고, 아저씨도 그만하세요. 이것이 뭔 일이래요. 앞뒷집에서 서로 꼴 좀 보세요, 어떤가?"

"뭔 일이긴요. 당신 남편이 언제나 일을 만들잖아요?"

"그만합시다. 한두 해도 아니고 매번, 비도 오는데 얼굴 그만 붉히고…"

"당신 남편 동네 깡패라니까요. 다들 당해주니까 아주 만만하게 봐요, 그쵸?"

"그만하셨으면 됐어요. 애들 보기 부끄럽잖아요, 이제 그만하세요."

앞집 부인은 옆집 아저씨의 말에 더 큰 일이 생길 것을 직감했다. 씩씩대고 있는 자기 남편을 두 팔로 가로막았다. 순딩순딩 아저씨도 이렇게 오래 대치상황을 만든 적이 없는데 오늘은 왜 그런지 이해가 안 갔다. 뭔가 맺힌 것이 많은 것 같다.

"맨날 동네서 소리 지르고 못 잡아먹어서 안달이지, 너 깡패야 인마 몰랐어?"

으르렁대는 호랑말코 아저씨를 부인은 계속 달랬다. 울먹이며 절규하듯 짜내는 목소리가 골목을 찢었다. 언제 그랬는지 몰라도 안경알 1개가 깨져 보이는 모든 것이 불편했다. 빗줄기는 더 거세졌다. 제발 그만하라며 어른답게 좀 하라고 남편 가슴을 치는 아내의 손을 잡고 머뭇거렸다. 한동안 말없이 서 있더니 얼굴을 타고 흐르는 빗물을 손으로 훔쳐냈다. 심호흡을 여러 번 한 뒤 뭔가 결심한 듯 트럭 문을 열고 올라가 차를 움직였다. 옆집 순딩순딩 아저씨가 후진을 했고, 앞집 호랑말코 아저씨가 주차했다. 공간이 확보되자 BMW 525 아들 차 안에서 순딩순딩 아저씨는 한참을 차와 함께 비를 맞다가 골목을 빠져나가면서 전쟁이 끝났다. 옆집 부인은 어두컴컴한 구석 한곳에 검고 초라한 생쥐처럼 남편이 빠져나간 그 자리를 멍하게 지켰다. 허리는 더 굽었고 다리는 더 휘어진 채로 세상 잃은 표정으로 어둠이 되어 그렇게 있었다. 골목에 남겨진 두 부인은 서로 거리를 두고 미안하다는 인사를 하고 집으로 들어갔다. 이러한 승자도 패자도 없는 골목길 자리다툼은 간간이 계속 일어난다. 우주 그 많은 행성 중 작은 지구 속, 그것도 대한민국의 이 작은 도시 좁쌀만 한 골목에서 어른이 되어버린 어린 왕자들은 혼자가 아니어서 가끔 투정쟁이 장미 송이들도 만날 수 있고 길들여지지 않은 여우들도 만날 수 있다. 코가 짧은 코끼리를 만나도 이상하지 않은 곳이라면, 서로 다툼보다 상대를 이해해 보려고 한다면, 또 상대가 되어보기도 한다면 공존의 평화가 찾아올 것이다. 그래서 역지사지(易地思之)란 말이 생겨나지 않았을까? 그때그때의 기분들이 자칫 태도가 되면 안 되며 순간의 감정으로 원래 그런 태도를 지닌 사람이 되는 것을 우리는 조심해야 한다. 친해지고 싶은 표현을 과격하게 하는 앞집 호랑말코 아저씨가 조금은 부드럽게 손을 내밀길 기대해 본다. BMW 525는 자정이 다 돼서 다시 들어왔다. 젖은 옷을 그대로 입고 어딘가를 다녀오신 옆집 순딩순딩 아저씨가 감기에 걸리지 않을까 걱정이 되었다. 그 뒤로도 비는 무던하게 내리며 격전지였던 골목을 그렇게 씻어냈다.

# 당신을 만나는 기적

그날 밤 젖은 골목길 축축한 몸부림 뒤로 한동안 조용했고 평화로웠다. 며칠 동안 옆집 순딩순딩 아저씨 모습도 보이지 않았다. 이틀에 한 번은 옥상에서든 집 앞에서든 마주쳤었는데 도통 꼼짝을 하지 않으셨다. 무슨 일인지 걱정이 되었다. 그러다 2층 계단을 오르는 아저씨를 발견했다. 수척해진 모습이다.

"무슨 일 있으신 건 아니죠? 한동안 안 보이셔서 걱정했어요."

"이이고 제가 앞집 사모님 걱정시켰나 보네. 우리 가수님이 아파, 쉽게 일어나질 못하네그려."

"사모님이 편찮으셔요?"

"그날 여린 몸으로 놀란 데다가 비 맞고 소리 지르고 몸부림도 있고 해서 그런지… 다 나 때문에 그렇죠, 뭐."

"그러셨구나… 그래서 사모님은 좀 어떠세요?"

"열도 좀 내리고 몸살기도 나아지긴 했는데, 말을 도통 안 해. 목 관리에 철저한 사람이 막 소리 지르고 그랬으니 말 안 할 만도 하죠."

그날 일은 앞집 아저씨 부인에게 충격이었는지 그렇게 며칠을 앓아누우셨다. 아저씨는 못내 자기 탓이라며 미안해했고, 안타까워했고, 그 옆에서 최선을 다해 간호했다.

"아저씨, 옥상에서 차 한잔해요. 아저씨도 좀 쉬셔야 간호를 더 잘하실 수 있잖아요."

"그건 피해를 주는 건데."

"아녀요, 제가 뭐 해드릴 건 없고 차 한 잔 맛있게 만들어 드릴게요. 저희 집 옥상으로 오셔요, 차 준비해서 올게요."

"우리 가수님이 잠이 들어서 시간이 좀 있긴 한데, 그럼 차 한 잔 얻어 마셔볼까."

그렇게 아저씨와 나는 깊게 우려낸 우엉차를 한 잔씩 들고 불어오는 바람을 맞으며 같은 곳을 바라보고 있다. 하늘은 유난히 맑고 깨끗했다. 양띠 모양의 구름은 공기를 가득 품고 천천히 이동하고 있다. 차를 반쯤 마시다 궁금해졌다.

"아저씨, 아저씨는 사모님을 어떻게 만나셨나요?"

아저씨는 눈을 지그시 감고 한참을 계셨다. 입가에 미소가 피어올랐다. 그날을 떠올리는 것 같았다.

"그 사람 만난 건 내겐 기적이었지."

'기적이었다.'로 시작한 아저씨와 초대가수 사모님 사랑 이야기를 듣게 되었다. 초대가수인 아저씨 부인은 55년 전 음반을 내셨고 그 음반에 수록된 몇 곡이 지방을 오가는 고속버스나 트럭운

전자들에게서 인기를 끌면서 유명세를 탔단다. 그녀는 지방 행사에 초대가수로 빠지지 않은 섭외 1순위가 되면서 바쁜 날을 보냈고 그즈음 수안보 면사무소에 근무하던 아저씨가 지금의 사모님과 인연이 된 역사적인 수안보 벚꽃 행사가 진행된다. 온천으로 유명한 작은 지역 축제 준비 업무를 아저씨가 맡게 되었다. 53년 전 그날 이벤트 회사와 행사에 관련된 여러 일정을 조정하는데 지금의 사모님이 면사무소 문을 열고 벚꽃을 휘날리며 요정처럼 들어섰다. 아저씨는 첫눈에 심장이 멎을 것 같았고 큐피드가 쏘아 올린 화살에 자신의 가슴을 과녁으로 내어주셨던 눈부셨던 그 순간을 떠올렸다. 시간이 멈춰 아무것도 할 수 없었던 그때를 회상하며 목이 타는지 차를 한 모금 더 마셨다. 그렇게 순애보 같은 사랑이 시작되었다. 수줍음이 많았던 아저씨는 당차고 웃음 많은 그 여인에게 온전히 마음을 줘버리고 빈 껍데기가 되었다면서 눈웃음을 지으며 두 손으로 멋쩍게 머리를 쓸어 올리셨다.

사모님도 싫지 않았는지 함께 시간을 내어 수안보 벚꽃 길을 자주 걸으셨다. 특히 밤이면 야간 조명이 화려한 꽃길을 손잡고 걸을 때면 심장이 나대는 바람에 과호흡이 오기도 했다며 손으로 가슴을 쓸며 회상했다. 사모님이 먼저 프러포즈를 하시면서부터 이 순간까지 설레는 시간을 보내고 있다고 한다. 사랑스러운 이야기다. 멋지다. 결혼을 한 뒤 행사가 더 많아진 사모님의 매니저로 직업을 바꾸면서 숱한 축제와 행사에서 부인은 초청가수로, 아저씨는 매니저로 함께해 왔다. 초대가수의 그 시절은 걸쭉한 목소리와 현란한 춤, 화려한 메이크업과 패션으로 지방에 팬들이 많았다고 하셨다. 말씀 뒤에는 부끄러우신 듯 차를 한 모금 마셨다.

"아름다운 사랑 이야기네요."

"아름다운 사람이지. 그 사람과 함께 있으면 나도 아름다워진다니까."

"지금도 그렇게 좋으세요?"

"그럼, 내 심장인데. 생각만 해도 가슴이 뛰어. 주책이지."

고백하듯 내놓은 말에 전선 위로 날아든 비둘기 서너 마리가 구구거렸다. 건너편 빌라 창문 여닫는 소리가 난다. 옥상정원에 하늘거리는 꽃들도 아저씨의 이야기에 빠졌다 깨어난 듯 발그레해졌다. 꽃 향이 난다. 다 드신 찻잔을 내려놓으시더니 그림자를 거두며 일어서셨다.

"시간 가는 줄 몰랐네, 내가 너무 수다스러웠지. 늙으면 그래 지나봐 이해해. 우리 가수님 깨셨겠다, 이제 들어가 봐야겠어."

"수다라뇨? 아직도 심장이 뛰신다는 말씀이 깊이 남는데요. 담에 가수님과 함께 차 한잔해요."

"사모님 이야기를 가만히 들으면 말씀을 참 이쁘게 해."

"그런가요? 어여 들어가 보세요."

아저씨는 조심스럽게 계단을 내려가셨다. 53년 전이나 지금이나 언제나 그녀는 아저씨에게 스타였다. 수안보 작은 소도시 벚꽃이 만발하던 그곳에서 꽃잎 흩날리며 나타난 그녀는 언제나 당당하고 밝았다. 그만큼 이 동네에서도 유명 인사다. 그런 그녀가 아프단다. 맘 졸이는 초대가수 1호 열성팬인 순딩순딩 아저씨는 부인에게로 나비처럼 날아가셨다.

# 초대가수의 일상

그리고 계절이 바뀔 때쯤이었다. 여느 때처럼 골목을 청소하고 있는 내 뒤로 나이 든 세월에 잘 발효된 목소리가 들렸다. 옆집 순딩순딩 아저씨 부인 초대가수였다. 햇살 때문인지 부인의 모습은 보이지 않고 그녀를 감싸고 있는 화려한 옷과 챙 넓은 모자와 장갑, 그리고 신발이 눈에 들어왔다. 그녀는 선글라스를 살짝 들어 올리며 내가 뭘 하는지 궁금한 표정으로 나를 보았다.

"요새 담배꽁초를 버리는 사람들이 많아져서 이것저것 주변 정리 좀 하고 있었어요."

무릎까지 올라오는 부츠를 신은 한 발을 옆으로 내디디고 허리를 살짝 비틀면서 말했다.

"왜 담배꽁초를 아무 데나 버리고 가는 거야? 예의 없이."

··· 순딩순딩 아저씨 ···

"글쎄요, 왜 그럴까요?"

"알 수 없네, 그 사람들의 심리를."

부인은 그런 사람들의 심리를 알 수 없다며 검은 선글라스를 손으로 올렸다 내렸다 했다. 그리고 안경 너머로 주변을 천천히 둘러보더니 예의 없는 그 누군가를 찾는 것처럼 보였다. 그러다 발견된 버려진 꽁초를 보며 혀를 찼다. 레이스로 된 손 장갑에서 손가락을 하나씩 천천히 빼면서 걸어오더니 뭔가를 확인하려는 듯 나를 지나쳐 우리 집 대문 앞으로 걸어갔다. 가늘고 검은 버섯이 앉은 주름진 손으로 대문을 열고 몸을 반쯤 밀어 넣었다.

"깨끗하네, 집 관리 딱 내가 좋아하는 스타일이야, 잘하고 있네."

한참을 위아래로 관찰했다. 뭐가 더 궁금한 것이 있지 대문 안으로 들어갔다. 이리저리 훑어보더니 뭔가 알겠다는 표정으로 돌아나와 나를 보고 흡족한 미소를 지었다. 부인은 천천히 뒷걸음을 치며 최대한 자기 집을 멀리서 보고 싶은 만큼 거리를 만들고 몸을 만들어 고정했다. 시선이 2층에 머물렀다. 부인의 인상이 점점 우글우글해졌다. 자기 집과 우리 집을 번갈아 보시더니 '음, 그래그래.'라고 혼잣말을 반복했다. 부인의 목소리라도 들었는지 순딩순딩 아저씨가 창문 밖으로 얼굴을 내밀었다. 부인은 남편의 얼굴이 보이자 딱딱한 표정으로 올려다보았다.

"당신 거기서 뭐 해요?"

7cm 높이의 부츠를 신은 부인은 중심을 잃고 휘청댔다. 부인의 투정 어린 말에도 아저씨는 부스스한 흰머리를 두 손으로 번갈아 쓸어 넘기며 사마리아 인의 선한 웃음을 지었다.

"나 여기서 당신 보고 있지요. 언제 왔어요?"

아저씨 눈이 초승달처럼 작아졌다. 부인은 그런 남편을 보고 그만 되었다는 듯이 두 팔을 좌우로 휘저으며 들어가라는 손짓으로 답했다. 부인은 민망했는지 나를 보고 샐쭉한 표정을 지었다.

"우리 남편이 아직도 내가 좋대. 징그러워 죽겠어."

"한결같으면 좋은 거죠, 사모님은 좋겠어요. 그 연세에 동지애가 아니라 찐사랑을 받고 계셔서."

"찐사랑은 무슨~ 저 사람이 저래. 에이, 지나쳐, 지나쳐."

그러는 사이에 아저씨는 밖으로 마중을 나왔다. 부인은 기분 좋게 소리 내어 웃으며 오자 다리의 경망스러운 걸음걸이로 남편 손을 잡고 들어갔다.

골목길 사람들은 평범하지 않은 옷차림과 유난스러운 액세서리들로 초대가수 부인을 보면 수군대곤 한다. 사실 나도 기분에 따라 그분의 모습이 멋져 보일 때가 있고 괴기스럽게 보일 때도 있다. 우리 눈에 보이는 것이 다가 아니듯이 인생을 살아가면서 옳다고 생각해 오던 것들이 상황에 따라 옳을 수도 옳지 않을 수도 있다는 것을 알게 된다. 그러니 굳이 고집할 필요는 없다. 시작과 끝이 닿아 있듯이 옳음과 그름도 한곳에 있고 다름과 같음도 한곳에 있기 때문이다. 그녀를 빛내주는 것 중 으뜸은 그녀가 매일 쓰고 다니는 모자다. 모자는 계절별로 바뀐다. 여름에는 짚으로 엮은 챙이 넓고 앞뒤로 웨이브가 크게 진 와이드버림선비치 모자를 쓰고 다닌다. 국내에서는 흔하지 않은 모자 스타일이라 그 모자를 쓰고 나타나면 어디서나 눈에 띄었다. 그 모자를 쓰는 날이면 부인이 있는

··· 순딩순딩 아저씨 ···

곳은 해변이 되었고, 지중해 연안이 되었다. 햇살 아름다운 프랑스 센 강 주변 아니면 매력적인 요트들이 가득 정박해 있는 물빛 출렁이는 앙띠브에서 사랑하는 사람과 손잡고 걸을 때 쓰면 한 폭의 그림이 될 모자다. 호야킨 소로야의 〈해변의 여인〉 그림에서 두 여인이 불어오는 해풍에 날리는 모자를 잡고 걷는 것처럼 말이다. 모자를 쓰고 골목길을 누빌 때면 이 골목이 그녀의 챙 안으로 사라질 것 같기도 했다. 겨울에는 러시아 북쪽 지방에서 쓰는 샤프카 밍크 털모자를 쓴다. 밍크로 된 털모자를 쓰고 나오는 날 뒷모습은 유독 멋있다. 가끔 모자 털이 '밍크일까? 에코일까?' 궁금해서 손으로 만져보고 싶어지기도 하지만 말이다. 다음은 화장이다. 눈을 특히 강조하는데, 두껍고 진하게 눈썹을 그린다. 거기에 긴 인조 눈썹을 두 겹으로 붙여 눈을 강조하고 눈두덩이 새도는 모자와 옷차림에 따라 강렬한 색으로 맞춘다. 입술은 본인의 입술 위로 그린 라인에 진한 립스틱을 칠한다. 마지막으로 전체 입체감이 있게 나온 곳과 들어간 곳에 맞게 음영을 주면서 만족스러운 미소와 포즈를 취하면 완성이다. 하지만 그렇게 마무리된 부인의 메이크업은 우리가 보기에는 어딘가 불편하고 부자연스러웠다. 손톱으로 긁으면 두 줄 세 줄 깊게 길이 날 것도 같았다. 부인은 외출할 때마다 비슷한 기법의 화장을 했다. 아침, 점심, 저녁 비슷하게 메이크업을 한 얼굴의 절반을 덮는 액세서리 중 최고는 알이 큰 검은 선글라스다. 물론 매번 말끔하게 잘 되진 않았지만 부인의 의도는 읽을 수 있었다. 땀이라도 나는 날은 여기저기 얼룩으로 볼썽사나웠다. 그래도 언제나 당당한 그 모습은 늙는다는 것이 부인에게는 아무런 의미가 없다는 걸 알 수 있다.

부인의 얼룩진 화장에 관한 이야기를 하나 하자면 이랬다. 어느 주말 오후에 재래시장에 다녀오는 길이었다. 노을이 가득 들어선 시장에는 사람들로 붐볐다. 재래시장은 사람들 붐비는 맛이 있다. 여기저기 호객행위를 보는 재미도 있고 노상시식도 재래시장을 찾는 재미요소이다. 그래서 나는 커다란 마트보다 재래시장을 선호한다. 그날도 간단히 장을 봐서 돌아오던 길이었다. 내 앞으로 옆집 순딩순딩 아저씨가 부인과 함께 걸어가는 것이 보였다. 반가운 마음에 종종걸음으로 다가갔다.

"두 분 다정하게 시장 다녀오시나 봐요?"

"윗집도 사모님도 시장 다녀오시나 보다?"

"네, 간단히 장 좀 봤어요. 이것저것요. 아저씨는 장을 많이 보셨네요? 오늘 맛난 거 해 드시나 보다."

나는 내 장바구니를 한 번 보며 웃었고, 순딩순딩 아저씨는 두 손에 들린 장바구니를 들어 보였다. 부인은 말없이 내 손에 들린 장바구니를 물끄러미 쳐다봤다.

"그러게, 이것저것 사다 보니 가득이네."

석양을 밀고 들어온 바람은 농익은 붉은 구름을 조금 더 멀리 밀어내며 길을 물들였다. 우리는 잠시 말없이 걸었다. 부인은 한 손에 핸드백을 들고 허리가 불편하신지 엉덩이를 뒤로 빼고는 구부정한 모습으로 저물어 가는 석양이 선명하게 그려진 선글라스를 벗으며 얼굴의 근육을 다양하게 사용하면서 노래하듯이 말을 했다.

"윗집은 뭐 사셨어? 장바구니가 홀쭉한 게 뭐 없어 보이는구만."

두껍게 칠한 부인의 눈썹이 무섭게 나를 노려봤다. 시원한 바람 한 자락이 부인과 나 사이를 지나갔다. 빛이 드리워진 방향대로 누운 그림자들이 흔들렸다.

"생선 한 마리 사고, 국물 만들 거 무 하나요."

"알뜰하게도 장 봤네. 우린 그렇게 작게는 못 사."

나는 부인과 눈이 마주쳤다. 볼에 칠해진 분이 땀 때문인지 얼룩이 졌고 콧등에도 선글라스 자국이 선명했다. 지는 햇살과 바람이 모자 챙 사이를 비집고 부인의 얼굴에 멈췄다. 붉게 칠한 립스틱은 구름이 석양에 물들듯 입술 주변으로 번져 있었다.

"그러시구나, 저는 많이 사면 남아서 버리게 되더라고요."

"버리면 안 되지, 다 먹어야지. 안 그래 여보?"

부인은 남편을 바라봤다. 순딩순딩 아저씨는 미소를 지었고 은발 머리는 노을빛으로 물들고 있었다. 지나가던 강아지가 우리가 서 있는 곳에서 서성이다 지나간다. 아저씨는 무거운 장바구니를 한 번씩 손 안으로 밀었다 내었다 하면서 부드럽게 맞장구를 쳤다.

"그럼 다 먹어야지 남겨서 버리면 안 되지."

아저씨가 입은 반소매 티셔츠에 노출된 왜소한 팔 근육이 파르르 떨고 있다. 그래도 뭐가 좋은지 연신 싱글벙글하시다. 부인의 옷차림은 위아래로 쨍한 분홍색 사파리 디자인이었다. 거기에 굽 높은 말 장화. 바로 비행기 타고 아프리카로 가도 손색이 없는 복장이다. 신기하게 두 사람 패션이 이렇게 다른데 그렇게 잘 어울렸다. 순딩순딩 아저씨가 나를 보며 물었다.

"윗집은 잠잠해요? 지난번에 2층 안쪽인가? 왜 좀 불편한 사람 있었잖아?"

"아… 네, 뭐 불편한 건 아니고."

말끝을 흐리는 나를 보고 아저씨는 샐쭉 웃었다.

"아무튼 그 여자분은 좀 어렵더라고, 말도 짧고 트집도 많고."

"아저씨랑도 일이 있었나요?"

"아니… 그 집으로 들어가기에 인사했더니 자기 보고 왜 인사를 하냐며 차갑게 그러길래."

"그래서요?"

"이웃 간에 웃으면서 인사도 하고 삽시다, 하고 웃었더니. 인상을 쓰면서 인사하지 말라고 바늘처럼 한소리 하고 들어가더라니까."

"그런 일이… 그분은 자기 신경 써주는 거 안 좋아해서 그래요, 이해하세요."

나는 아저씨 이야기를 들으며 부인의 표정을 살폈다. 부인은 남편 말에 화가 났는지 붉은 입을 씰룩씰룩했다.

"당신은 젊은 여자에게 말을 걸고 그래요? 요즘 그러면 봉변당해요."

"아니 동네에서 서로 인사하고 지내면 좋지요, 봉변은요."

부인의 야단에도 순딩순딩 아저씨는 이번에는 2층 202호 이야기도 했다. 개구진 웃음을 지으며 지난번 우리 집 2층 아라 씨 일을 떠올렸다.

"거기 2층 202혼가? 거기는 요즘 어떤가 잠잠하네?"

'너무 그러면 우리 같은 사람은 다 죽어.'라고 했던 말이 생각나 내 얼굴이 붉어졌다. 아저씨는 호탕하게 웃었다. 이마는 웃음의 세기만큼 연한 갈색 주름 2~3개를 만들었다. 나는 급히 화제를 바꿨다.

"두 분 시장만 다녀오시는 건가요?"

"아니 노래교실 갔다가 들어오는 길에 장 보고 오는 거야."

"노래교실 두 분이 다니셔요?"

나는 재미있겠다는 표정을 지었다. 내 표정에 부인은 기분이 좋아졌는지 얼굴이 환해지더니 말할 때는 붉은색 립스틱만 보였다.

"아니 이 냥반은 집에 있다가 시장 같이 보자고 부른 거고."

"아 네…"

"노래교실은 나 혼자 다니지, 거기서 난 아직도 스타거든. 무대는 작아졌지만 그래도 좋아."

"그럼 노래 강사 하시는 거예요?"

부인은 내 얼굴에 손가락 3개를 폈다가 접고 다시 2개를 폈다가 접으며 말했다.

"세 사람이 일주일 동안 2일씩 하는데 나머지 날에도 내가 봐줘야 해."

"그러시구나. 노래 봉사도 하시고 좋은 일 하시네요."

윗니와 아랫니 앞부분에 립스틱이 묻은 걸 모르는 부인은 열심히 자기 자랑을 늘어놓았고 그 말에 스스로 심취해 갔다. 우리는 천천히 집으로 가는 가장 짧을 골목길로 들어섰다.

"노래라는 것이 제대로 하려면 무척 어려운 거야. 감정만 앞서도 안 되고 음만 잘 타도 안 되지, 그럼. 노래 속에 들어 있는 이야기를 정확하게 전달하기 위해 한 편의 영화를 찍듯이 부르는 거야. 쉬운 것 같아도 그렇지 않아."

부인은 갑자기 흥얼흥얼 콧소리를 냈다. 아마도 오늘 노래교실에서 불렀던 가락인가 보다.

"그러겠어요, 그런데 매일 활동하시면 많이 바쁘시겠네요?"

"내 삶이고 즐거움이지."

부인은 부츠를 한 번 내려다보더니 가볍게 흥얼거리며 스텝을 밟았다. 내 작은 감동의 표현에도 부인은 내 눈을 바라보며 팬 서비스하듯 손을 반짝반짝 흔들었다. 무대 위에서 함성을 유도하는 손짓과 몸짓이었다. 부인의 몸짓에 대답하듯 담을 타고 올라간 담쟁이덩굴 잎들이 바람에 환호하며 흔들렸다.

"여보 나 어때? 흐트러진 거 없지?"

"아이, 그럼 당신은 언제나 빛나고 이쁘지. 이쁘다 말다. 그래도 어디 한 번 더 볼까?"

아저씨는 장바구니 무게로 늘어진 두 팔 근육에 힘을 줘서 끌어당기며 대답하더니 다시 짐을 내려놓고 서서 안경 너머로 천천히 부인 얼굴을 살피기 시작했다. 나도 멈춰 섰다. 그 모습이 다정하고 따뜻해 보였다. 담 밑에 시샘하던 맨드라미가 검정 씨앗들을 폭죽처럼 터트려 쏘아 올렸다. 풍요롭고 붉었다. 순딩순딩 아저씨는 아내를 바라보며 세심하게 살펴준다. 젊었을 때는 세상이 반짝이며 반기더니 나이 들어갈수록 세상은 쓸모없다고 쳐다보지도 않는 나이가 되었다. 나이가 내 삶에 많이 스며들어도 감정이 있고, 해낼수 있는 의지도 있고, 경험을 살려 맛깔나게 더 잘 만들어 낼 수도 있는데 나이가 들었다고 세상에서 잊히는 건 너무 슬픈 일이다.

"우리 가수, 볼에 얼룩졌네. 입술도 조금 번졌고. 이쁜 얼굴 망가

졌네그려."

순딩순딩 아저씨 안경이 콧잔등에 걸렸다. 속상한 표정으로 자신의 손등으로 부인 얼굴에 얼룩을 닦으려는 듯이 다가섰다. 부인은 당황하며 한 발 뒤로 물러서서 눈을 가늘게 치켜뜨더니 남편을 향해 벌새처럼 쏘아붙였다.

"어딜 만지려고 그래욧? 어디예요, 내가 해야지 자기가 왜 만져? 어디?"

"아니, 나는 내가 해주고 싶어서 그랬지요."

민망해진 아저씨 손등은 허공에 그냥 멈췄다. 담벼락에 키가 작은 맨드라미는 더욱 붉어졌다. 부인은 핸드백에서 분을 꺼내고 거울을 들여다보더니 언짢아했다.

"뭐야~ 진작 알려주지?"

"나도 이제 봤어요, 진작 봤으면 이야기했겠죠."

아저씨에게 작은 투정을 부리며 분을 살짝 찍어 볼살이 밀리도록 두드렸다. 볼 이곳저곳에 바람을 넣어 부풀린 다음 빈 곳이 없는지 다른 얼룩이 없는지 살폈다. 한참을 두드려 발려진 분은 얼룩진 얼굴 위로 덕지덕지 발려나갔다. 아저씨는 부인의 모자 속으로 얼굴을 밀어 넣으며 안타까워했다.

"이런 모습 보이는 거 싫어하는 거 알면서, 이제야 이야기해 주고 아이, 속상해."

"내가 더 살폈어야 했는데, 에고 어떡해, 그래도 이뻐요."

"뭐야, 입술도 번졌네. 아이 흉해 몰라, 내가 이러고 다녔잖아요."

"당신 이빨에도 좀 묻었어요."

"여보!! 내 꼴이 우스워졌잖아요? 아이 속상해."

"아냐, 여보. 세상에서 제일 예쁜데 누가 당신을 감히 우습다고 할 수 있나요, 괜찮아요."

수채화 같은 풍경이다. 흥얼거리며 스텝을 밟던 왕년의 스타는 온데간데없고 애교쟁이 사랑스러운 여자가 있을 뿐이었다. 그 길에 불어 들어온 바람에 흔들리는 담쟁이 잎들이 부산했고, 그 밑에 자리하고 있는 맨드라미들만 부끄러워했다. 석양 그림자가 길게 드리운 가운데 멈춰 서 있는 노부부 한 쌍만 있을 뿐이었다.

"여보 곧 집이니 집에 가서 고쳐요. 여기 길에서는 내 예쁜 마나님 누가 볼까 싫어요."

"집까지 5분은 더 가야 하는데 그사이에 사람들이 보잖아요?"

"아니, 모자도 썼고 선글라스를 다시 끼면 안 보여요."

"당신이 어떻게 알아요?"

"지금 선글라스를 벗어서 보이는 거지. 걱정 말고 얼른 갑시다."

"몰라요. 당신이 몰라서 그러지 사람들은 다 알아본다고요."

순딩순딩 아저씨는 그런 아내 어깨를 토닥이고 달랬다. 부인은 손에 든 분을 핸드백 안으로 밀어 넣으면서도 입을 씰룩거리더니 남편이 바닥에 놓인 짐을 들기도 전에 앞장섰다. 순딩순딩 아저씨는 주섬주섬 짐을 챙겨 들고는 앞서는 아내 뒤를 종종걸음으로 좁히며 걸어가셨다. 날은 유난히 맑았고 골목으로 불어 들어오는 바람은 향기로웠다. 앞서 걷는 부인의 뒷모습은 구부정한 허리로 힘겹게 걷고 있는 투정쟁이 할머니가 아니라 20대 젊은 가수의 모습이었다. 집에 도착할 때까지 모자의 넓은 챙 그림자가 길게 늘어선

길 위를 아저씨는 걸었다. 저무는 하루를 등지고 뒤처져 걷는 아저씨 발걸음에 맞춰 나도 그 옆에서 나란히 걸었다.

"사모님 먼저 가셔서…"

"괜찮아. 얼굴이 망가지면 못 견뎌 하거든."

"그러시구나."

"화장 안 된 얼굴로는 대문 밖에 나가질 않아. 스타는 언제나 완성된 모습을 보여줘야 한다는 게 그 사람 신조거든."

"그런데 왜… 전에 비 오던 날 앞집 아저씨와 주차 문제로 실랑이 있었던 날이요."

"그날 무척 속상했지. 그 일로 우리 가수님이 많이 아팠잖아. 앞집 그 사람은 왜 매번 그 모양인지 원, 사람이 덜됐어."

나는 아저씨와 속도를 맞추며 한 발 한 발을 같이했다. 아저씨는 그날이 생각나셨는지 얼굴이 어두워지셨다. 나는 장바구니를 든 손을 바꾸며 아저씨 표정을 살폈다.

"그날 사모님을 뵈었는데 처음에는 못 알아봤어요."

"그 사람 맨얼굴로 나온 적이 없는데 그날은… 나 때문에… 아내가 창문 열고 내다보다가 속상해서 내려왔나 봐."

"아저씨 걱정돼서 나오셨나 보네요."

"비 맞고 서서 말리는 아내를 보니까, 더 화가 나서 그만."

아저씨는 고개를 좌우로 흔들면서, 그날 일을 떨쳐버리려고 하는 것 같았다. 그랬다. 보통 때면 순딩순딩 아저씨가 양보하면서 상황은 빨리 정리되었을 것이다. 그런데 아저씨는 그날 유난히 더 싸움을 거는 것 같아 보였다. 아마도 부인이 비를 맞으며 한편이 되어준 모습이 고맙고 애처럽고 그래서 더 속상한 마음에 체급이 다른 경기를 하고 있었나 보다.

"얼마나 속상했는지 집에 들어서는 나를 잡고 울더라고. 자존심 강한 사람이 그런 험한 몰골로 어처구니없는 일을 겪게 했으니 내가 너무 순해서 매번 당하는 거라며…"

아저씨는 풀 죽은 목소리로 말을 하며 터벅터벅 걸음을 옮겼다. 마주 불어오는 바람이 아저씨의 은발 머리카락 한 가닥 한 가닥을 위로했다.

"순하고 말고가 어딨어요. 그런 건 아니니까 속상해 마셔요."

"아니야, 내가 무르고 무던해서 그래. 나도 알지."

"이곳에 사는 사람들이 흔하게 겪는 일인데요, 뭐."

아저씨 그림자가 오늘따라 더 작게 보였다. 콧잔등까지 밀려 내려온 안경이 떨어질까, 아저씨는 머리를 뒤로 넘기며 얼굴을 흔들었고 쓸쓸한 아저씨의 목소리는 걸음걸이에 한 번 불어오는 바람에 한 번 그렇게 부서졌다. 먼발치에서 앞서 걷고 있는 아내를 바라보며 독백처럼 말을 했다.

"본인도 가끔 혼란스러워해. 내가 아닌 것 같다면서 거울 보는 시간이 길어지는 것이…"

아저씨는 가던 길을 멈추고 하늘을 한 번 보시더니 눈을 지그시 감았다. 그때 그 시절을 연상하고 계시는지 눈이 파르르 떨렸다. 아저씨 티셔츠를 풍선처럼 부풀어 놓더니 천천히 빠져나가는 바람은 담벼락 틈새에 터를 잡은 너도부추 동그란 꽃망울들을 부드럽게 어루만지며 지나간다.

"그러시구나, 바라보고 계시면 아저씨 맘이 애잔해지시겠어요."

"애잔하지. 하지만 난 아내가 여전히 이쁘고 사랑스럽거든."

옆집 아저씨는 77세 부인은 75세이다. 〈님아 그 강을 건너지 마오〉라는 다큐멘터리 영화처럼 수채화 같은 부부다. 칠순이 넘어서도 여전히 부인이 아름답고 사랑스럽다며 애교 섞인 툴툴댐과 자기만 아는 짜증들이 고맙단다. 이런 모든 것들은 '아직도 당신이 필요해요.'라고 들리고 '우린 잘 살고 있어요.'라고 생각하게 돼서 그 어떤 것도 감사하지 않을 수 없단다. 내가 할 일이 있어서 그 일이 초대가수를 위한 것이어서 행복하다고 말한다. 부럽다. 황혼이혼이 증가하고 있는 이때 보기 드문 부부의 모습이다. 나는 이처럼 맑고 순수하게 마음을 줘본 적이 있는지 돌아보게 한다. 옆집 아저씨가 나를 부끄럽게 하신다. 얼마 전 정년을 맞이한 선배로부터 졸혼했다는 전화를 받았다. 서울근교 전원주택에서 부인과 떨어져 살고 있다며 처음으로 경작해 본 고추와 배추를 나눠준다며 놀러오라던 선배 목소리가 생각나는 것은 왜일까? 그 선배는 전원주택에서 원하는 삶을 살고 있는 걸까? 선배 부인은 졸혼으로 자신이 바라던 시간을 보내고 있을까? 우리는 우리가 머물고 있는 이곳에서 영원히 내 것이라고 주장할 것은 없다. 잠시 누리는 것, 잠시 보관하는 것, 잠시 함께하는 것뿐이다. 그러니 순간순간 최선을 다해 사랑하고 즐겨야 한다. '왕년에'로 이야기를 시작하는 라떼들의 영웅일기들을 들어도 그렇다. 젊었을 때 잘나갔던 한때가 나머지 생을 살아가는 힘, 원동력이 되는 것처럼 말이다. 아마 부인도 무대 위에서 자기 존재를 느꼈던 그 순간과 그 시절을 생각하며 지금을 살아내고 있는 것은 아닐까? 얼굴에 주름이 늘어가고 화장이 잘 못 되어도 허리가 굽고 다리가 휘어져도 매일 도전하는 그녀는 어제도 오늘도 스스로 잘해내고 있음을 확인하고 확인받을 준비를 하고 있는 것이다. 파파라치들을 위해, 팬들을 위해, 훌륭하고 완벽한 무대를 위한 훌륭한 예술인으로서 오늘도 초대가수는 거울 앞에 앉았다. 자기의 삶을 살아가는 그녀에게 내일도 기적의 하루를 맞이하게 될 것이다.

# 아침 수련

옆집 순딩순딩 아저씨가 한동안 안 보이
던 장씨를 찾는다.

"장씨 어디 갔어?"

"101호 장씨 아저씨요?"

"네, 이 친구 연락도 없고 통 안 보여서. 걱정도 되고."

아저씨는 불안한 말끝을 흐렸다.

"아들이 아파서 병원에 계셔요… 시간이 좀 걸릴지도 몰라요."

"어디가 얼마나 아파서…?"

"제가 말씀드리기 좀 그러네요… 나중에 장씨 오면 여쭤보세요."

순딩순딩 아저씨와 장씨는 이 골목에서 형 동생처럼 지냈다. 한
동안 잠시 절에 쉬고 오겠다던 장씨가 오래도록 모습이 보이지 않
자 걱정 반 궁금증 반이었나 보다. 내가 그 두 사람 사이를 알게 된

건 장씨가 이사 오고 얼마 안 돼서인 것 같다. 이른 아침 밖으로 나오니 제법 쌀쌀한 바람이 옷자락 사이로 파고들었다. 옷깃을 앞으로 여며 쥐고는 단걸음에, 계단을 뛰어 대문을 열고 종종거리며 주차장으로 갔다. 급하게 뛰어나가는 나를 본 옆집 순딩순딩 아저씨가 인사를 건넸다.

"잘 지내죠? 날이 제법 쌀쌀하네."

옆집 순딩순딩 아저씨는 오늘도 파자마에 슬리퍼, 그리고 은빛 머리를 산발한 채 서 있다. 나는 가볍게 묵례를 했다. 또 다른 목소리에 몸을 다시 돌렸다.

"오랜만이네요, 사모님도 잘 지내셨죠?"

"아… 네, 잘 지내시죠? 그런데… 이렇게 일찍 두 분이서?"

"옆집 형님이랑 아침에 운동하는데 벌써 며칠 됐죠."

말끝을 흐리는 나에게 호탕하게 웃는 장씨는 170이 안 되는 아담한 키 그리고 짧고 단정한 스포츠머리를 하고 있다. 복장은 언제나 생활한복을 위아래로 입고 고무신을 신는다. 뭐 가끔 등산화를 신고 다니시기도 하지만, 오늘은 어느 절 보살님 같은 모습 같은 복장에 고무신이다.

"네, 운동. 좋죠. 그럼."

"동생, 이렇게 하면 되는 거야? 좀 봐, 어때? 이번에는 맞지?"

"아니, 형님, 아니, 저와 다르잖아요. 힘만 주지 말고 자, 저를 잘 보세요."

옆집 순딩순딩 아저씨의 바들바들 떨리는 목소리가 들렸다. 두 사람은 서로 마주 보고 서서 전혀 다른 자세를 취하고 있었다. 언제부터 서로 알고 운동도 함께하시며 지내신 건지 모르겠지만 보기 좋았다. 한 골목 안에 형 동생이 되는 일이 요즘은 흔한 일이 아니다. 생각과 현실은 항상 일정한 간격을 두고 떨어져 있기를 즐기는 것처럼 말이다. 장씨는 처음부터 다시 시범을 보인다. 두 팔을 태극 모양으로 한 손은 아래로 한 손은 위를 향해 손끝에 힘을 주고 부드럽게 원을 그리며 천천히 교차하며 올리고 내렸다. 발은 스쿼트 자세로 어깨너비보다 넓게 벌리고 발 옆 날에 힘을 주고 버텼다. 장씨는 자세가 완성되었는지 두 손을 멈추니 손끝이 파르르 떨린다. 한 호흡 가다듬더니 벼락같은 기합을 넣었다.

"야압!!!"

기합과 함께 두 발 옆 날은 신발을 비집고 나올 것처럼 부풀어 올랐다. 처음 보는 광경이었다. 기합 소리에 차가운 공기도, 이른 아침 산책 나온 강아지도 강아지 주인과 함께 걸음을 멈췄다. 전선 위 날아들던 비둘기도 그 위에서 휘청거렸다. 오늘 하루도 재밌을 것 같다. 그곳에 있는 두 사람이 잘 어울린다. 옆집 아저씨는 101호 장씨를 바라보며 다시 따라 했다. 이번에도 안타깝게 두 팔은 절반만 올라가고 내려갔다. 두 다리도 앞으로 쏟아질 듯 내밀고 발 모양은 팔자 모양을 그리고 있다. 볼에 머물던 동그란 힘은 배꼽 아래서 부풀어 오르더니 허리춤 아래로 밀어내려 하고 있다. 부스스하게 엉클어진 흰 머리는 윤이 났고 얼굴은 아침 햇살처럼 붉었다. 꼭 다문 입술에 눈은 벌겋게 충혈되었고 이마는 핏줄이 2개나 튀어 올랐다. 콧구멍은 점점 커졌고 귀는 빨개졌다. 연세도 있으신데 다치면 좋자고 한 일에 죽자고 덤빈 형국이 될 수도 있었다. 두 분의 오가는 이야기 속에서도 아저씨 얼굴은 점점 비트색이 되었고 증기기관차 증기를 뽑아내듯 콧구멍도 빠르게 벌름거렸다. 한 호흡 가쁜 숨을 내쉬며 바람 빠지는 목소리로 말했다.

"야야 압! 이게 마앗지이 동생?"

"그렇게 하면 다쳐요, 자 천천히 숨 쉬시고. 자아, 제가 손으로 자세를 좀 봐드릴게요, 힘 빼시고 형님! 힘 빼요, 이이고 형님 이렇게 힘 막 주시면 애도 낳겠어요."

"아닌데 잘하고 있는 것 같은데."

"오른쪽 팔을 좀 더 올려봐요. 자, 제가 잡고 있으니까, 천천히."

장씨는 본인이 취한 자세를 풀고 옆집 형님 자세를 교정했다. 옆집 아저씨 오른팔 겨드랑이를 눌러 고정하고 다른 팔을 밀고 당겼다. 신음소리가 약하게 나오더니 점점 악을 썼다.

"동생 아~ 아… 아파, 아프다고… 아아앗 아파, 아파 이 사람아!"

"형님, 너무 뻣뻣해서 그래요. 그래서 아픈 거니까 좀 참아요."

"뭐 내가 뻣뻣해? 무슨 소리야? 나 유연한 사람이야 동생."

"형님, 형님은 형님 몸을 잘 모르시는 것 같아요. 봐요, 지금 팔도 안 올라가시는구만, 뭐가 유연하다는 거예요, 형님도 참!"

"나 군대도 다녀온 사람이야 왜 이래 정말?"

"언제적 군댑니까, 50년도 더 지난 얘기를."

"그때는 날아다녔다니까, 참나, 안 믿네… 이 사람."

"정말요? 날아다니셨어요? 군대서 뭐 하셨는데요?"

"군대서? 취사병이었지, 취사병."

"중요한 역할이죠. 그런데 날아다녔다는 건 과장인데요?"

⋯ 순딩순딩 아저씨 ⋯

"아니야. 그거 간단한 거 절대 아니야. 음식 재료 들어야지, 날라야지, 씻어야지 칼질해야지 그것도 시간 맞춰 몇백 명분 식사 준비하려면 내 손이 안 보였다니까 아주 벌새처럼 날았어. 그럼 날았지."

아저씨는 호탕하게 웃었다.

"그럼 그때 그 멋진 근육 그거 다 어디 갔어요?"

"어디 갔긴 여기 다 있지."

"지금 형님 만져보니까 근육이 1도 없는데… 그 많던 유연함과 근육들은 다 어디 갔을까요?"

"자 보라고, 그때 내 손에 들렸던 칼과 삽질로 다져진 근육이야, 이게 안 보이나?"

순딩순딩 아저씨는 다시 팔과 다리를 털고 풀더니 각을 잡고 두 팔에 알 통을 만들며 보란 듯이 달걀만 한 알통을 2개 만들어 냈다. 병아리가 되긴 어렵겠다.

"봤지? 내 나이에 이 정도 근육 갖고 있는 사람 없어~ 봐봐."

"형님, 잘 봤고 알겠으니까 팔에 힘 풀어요. 근육 뭉치면 아파요."

"안 쓰던 근육과 유연성을 깨우는 건 무리야 이 사람아. 지금은 재능 있는 근육을 더 키워야지."

"형님!! 이제 형님 연세에는 작은 근육들이 잘 살아 있어야 좋아요. 조금씩 따라 해봐요, 엄살 피우지 말고."

"이 사람 보게. 내가 엄살 부린다고? 엄살 부리는 사람이 일주일째 하고 있나? 일주일 동안 이 시간에 나와서 운동하는 거 봤어?"

"알겠으니까 형님 함 봐요, 일주일 전하고 많이 달라졌잖아요. 팔다리에 힘도 생기고 멋있어졌어요."

옆집 순딩순딩 아저씨는 그 말에 으쓱해 하며 다리에도 팔에도 힘을 줘 잃어버렸던 근육 찾기에 몰입했다. 장씨의 칭찬에 더 열심히 자세를 취했다.

"그래 동생, 일주일 전보다 팔에 힘이 좀 생기긴 했어."

순딩순딩 아저씨가 취하는 보디빌더의 모습에 두 사람은 서로 마주 보며 그렇게 한참을 웃었다. 나도 그 웃음소리에 피식 웃음이 났다. 골목에 아침이 왔다. 기지개를 켜는 하늘은 오늘도 맑았다. 양팔을 벌리고 코를 들어 숨을 깊게 들이마셨다. 바람도 차가운 것이 미처 떨쳐내지 못한 잠자리의 따뜻함을 밀어냈다. 옆집 아저씨가 오늘은 그만하자며 장씨에게 보챈다.

"안 되겠어 동생, 오늘은 여기까지만 하자고."

"아니 오늘 뭐 하신 게 있다고 그래요. 자세 하나는 완벽하게 해 보고 들어갑시다."

"아니 아니야. 오늘은 여기까지 그러자고 여기까지만 하자고."

장씨는 더해야 한다고 형님 팔을 잡고 한 걸음 다가섰고 아저씨는 잡힌 팔을 빼려고 엉거주춤 뒷걸음질 쳤다. 이런 두 사람 사이로 고양이 한 마리가 힐끗힐끗 곁눈질하며 여유롭게 지나가고 멀리서 자전거 하나가 따르릉거리며 지나갔다.

"나머지는 내가 집에서 연습해 올 테니까 내일 아침에…"

"이왕 시작한 거, 그러지 말고 하나만, 하나만 완성해 봅시다."

"배고프다, 이제 들어가서 아침 먹자. 동생 그러자."

"형님이 그러시니까 저도 배가 고프네요. 그럼 여기까지 하고 오늘 집에서 좀 더 연습하세요."

묘하게 두 분의 모습이 보기 좋았다. 서로 낯설게 만나 어색한 인사로 시작되지만 결국 이웃사촌 가족이 된다. 나눠 먹고, 걱정하고, 기다려 주고, 응원해 주면서 불완전한 하나가 되는 것. 물론 멱살 잡고 욕지거리하고 삿대질해 가며 박 터지게 싸우기도 하지만 그래서 더 찰지게 우리를 연결시킨다. 이런 이유로도 이곳이 좋다. 사람 사는 냄새가 나서 좋다. 일상이 있고, 이야기가 있고, 그걸 나눌 수 있어서 좋다. 하루 주어진 시간의 전체 합은 같지만, 매시간 시간의 속도는 각기 다르게 지나간다. 그중 특히 아침 시간은 정신 없이 가버린다. 두 사람을 지켜보다 늦어진 출근을 서둘렀다. 구름 속에서 슬금슬금 달팽이처럼 움직이던 해는 어느새 환하게 골목을 비춘다. 밖으로 나오니 두 분은 사라지고 없었다. 호기로운 기합 소리와 바들바들 떨며 도전하는 두 사람을 생각하니 오늘 하루는 어떤 일들이 생길지 기다려진다. 운전 중에도 옆집 아저씨의 그만하겠다는 모습이 계속 떠올랐다. 슬리퍼에 힘겹게 매달려 있는 발가락들과 허리춤을 벗어난 파자마. 참새 소리와 함께 불어 들어오는 바람에 부산하게 흔들려 산발이 된 은발 머리. 싫다고 손사래 치는 분주한 두 손과 안경 너머 보이는 애절해진 눈썹까지, 긍정의 아이콘인 옆집 순둥순둥 아저씨와 호통쟁이 호랑말코 아저씨를 포함하여 여기 이곳에 살고 있는 모두는 가까이하고 싶은 1등 이웃이다. 보행 신호등 안에 초록색 사람 모양이 순둥순둥 아저씨로 보이기까지 한다. 신호가 바뀌었다. 액셀을 지그시 밟아 속도를 높였다. 창을 내리고 밀려드는 공기를 마셨다. 바람에 머리카락이 날린다.

# 101호
# 장씨

# 괜찮아 다 잘될 거야

.......................................................................................

오늘 아침 순딩순딩 아저씨와 한바탕 이
야기를 만들어 낸 장씨는 벽돌 같은 사람이다. 사람과 사람 사이
를 하나의 벽돌처럼 잇고 쌓아 함께하게 만든다. 오늘은 옆집 아저
씨의 염소 울음 같은 기합 소리가 우렁차질 때까지 찬찬히 꼼꼼히
눈높이 교육을 해주고 있다. 101호 장씨는 아들과 함께 살고 있다.
아들은 외자 이름으로 '장 훈'이다. 나는 여기서 세입자의 아버지
인 장씨 이야기를 해보려고 한다. 처음 101호를 계약할 당시에는
아들 혼자였다.

이사한 지 3~4개월쯤 지나서였던 것으로 기억한다. 아들인 훈
이 씨가 내게 문자를 남겼다.

「아버지와 함께 살게 되었습니다. 이번 주 안으로 이사하실 건데 말씀드려야 할 것 같아서요. 참고해 주셔요.」

그리고 보름 정도 지났으려나 집집마다 화사하게 벚꽃 망울을 터트리는 계절인 봄에 작은 봉고차 1대가 들어왔다. 소박한 이삿짐들이 내려지고 아들과 장씨는 함께 거주하기 시작했다. 햇살 좋은 어느 날이었다. 옥상에 빨래를 널고 있는 옆으로 빨래 바구니를 들고 올라온 장씨와 어색하게 이야기를 나눈 적이 있다.

"아들과 두 분이 사시는 건가요? 다른 가족은…"

"네… 아들과 둘이 삽니다."

"더 물어도 실례가?"

장씨는 나를 보고 웃었다. 더 물어봐도 된다는 의미다. 그래도 눈치를 보게 된다.

"그럼 부인은…?"

"아내와 딸은 포항에 살고 있어요."

장씨는 빨래 간격을 조정하더니 하늘을 한 번 보고, 이내 널린 빨래를 손으로 탁탁 폈다.

"한 세상 사는 건데… 다람쥐 쳇바퀴 도는 삶이… 회사 가기가 싫었어요."

"아, 네… 네?"

부인 이야기에서 너무 멀리 날아가 버린 이야기에 당황했다. 큰 돌덩어리를 툭 던져놓고 아무렇지 않게 자기 일을 하고 있는 장씨를 봤다. 빨래 바구니에서 젖은 빨래를 또 하나 꺼내 들고 공중에 털었다. 혼잣말인지 내게 해주는 말인지 헷갈렸다. 양손에 빨래를 잡고는 잠시 멈췄다. 눈꺼풀이 깜박일 때마다 그는 세상을 작은 단위로 잘랐다. 그리고 다시 말을 이었다.

"매일 셔츠를 입고 목을 조르는 넥타이를 매고 어제 마신 술을 몸에서 다 밀어내지도 못한 채 또 하루를… 왜 그랬는지 그날은 숨이 막히더라고요, 왜 그런 날 있잖아요?"

나는 하얀 이불 호청을 길게 널어 펴고 있었다. 장씨의 무거운 목소리에 잠시 호청과 함께 무겁게 흔들렸던 나를 찾아 이곳에 다시 소환했다. 뭐라고 한마디 해야 할 상황인 것 같다.

"사람은 누구나 문득 그럴 때가 있죠."

"내가 선택한 이 길이 유일한 것이 아닐 수도 있다는 생각을 그때 처음 했어요, 혼란스럽더라고요. 40이 넘고, 50이 되어서 회사에서는 인정받는 임원까지 되었는데."

눈이 부셨다. 옥상에 널린 흰 이불 빨래를 보는 즐거움을 가지고 싶었던 것은 내가 이곳을 선택한 이유 중 하나이다. 장씨 이야기는 빨래처럼 줄에 널렸고 그 위로 바람이 불고 있다. 눈을 지그시 감았다. 장씨 이야기를 들으며 나는 자잘한 수건들과 양말까지 널었다. 지붕 끝에 날아든 참새 서너 마리가 쩍쩍이며 날아오르고 내리기를 반복한다. 말을 잇던 장씨는 허탈하게 웃으며 그의 손은 가끔씩 허공 그 중간쯤에 멈추곤 했다.

"돌아보니 혼자 남은 것 같은 외로움이 밀려왔어요."

"우리 나이 때가 약간의 우울증 비슷한 증상이 있는 갱년기라는 고개를 지나잖아요?"

내 손은 일정한 간격으로 널린 빨래 끝을 잡고 접힌 부분을 폈다. 장씨는 빨래를 바라보며 이야기를 이어갔다.

"독방에서 벌 받는 것 같은 차가운 외로움 말이에요, 혹시 아시나요?"

"독방요? 그건 너무 무섭고, 차가움은 처절하게 외로워질 것 같은 느낌인데요."

"네, 그런 느낌으로 매 순간 엄습해 오는 차가운 외로움, 소름 돋는 외로움, 그런 거요 그때가 여름이었는데 내 몸은 얼음장이 되었어요, 팔에 소름이 돋더라고요."

"그러셨구나, 처음 겪는 감정에 무척 당황하셨나 보네요."

"그랬죠, 그런데 혹시 제 이야기가 불편하면 그만할게요."

"아니에요, 불편하다기보다 제가 들어도 되는지 몰라서요. 말씀하셔서 편해지시겠다 싶으면 하세요. 속 이야기하고 나면 어딘가 뻥 뚫린 것 같은 시원함이 있기도 하잖아요, 제가 도움이 될지 모르겠지만요…"

"저도 제 이야기를 편안하게 한 번도 누구에게 해본 적이 없어요. 내가 지금 어떤지 물어봐 줄 사람도 없고 포항에서는 관심도 없을 거고."

"저마다 살기 바쁘고 자기 아픔과 고독만 크게 보이는 게 현실이니까 이해하세요."

장씨를 보고 편안해지라고 웃어주었다. 앞집 담에 요염하게 앉았던 고양이가 고개를 길게 빼고 옥상을 올려다보더니 옆집 담을 가볍게 뛰어올라 사라졌다. 잠시 정적이 흘렀다. 나는 장씨가 다시 말을 하기를 기다렸다. 장씨는 빈 빨래 바구니를 옥상 한쪽으로 밀어놨다. 그리고는 옥상 난간 틀을 두 손으로 잡고 기대며 조금 전 하던 엉클어진 장씨 인생의 한 부분을 풀기 위해 실 한 가닥을 찾았는지 어색하게 이야기를 이었다.

"제가 왜 사모님에게 이런 말을 하게 되는지 모르겠네요."

"글쎄요, 편하셨나 보죠. 잘 모르는 사람이기도 하고. 〈임금님 귀는 당나귀 귀〉처럼 대나무숲이라 생각하셨을 수도…"

"그런가요? 사모님은 참 유쾌하신 분 같아요. 늘 주변에 사람들이 있고 행복해 보여요."

"사실 저도 복잡하게 살았는데 다 쥐고 있어 더 힘들었단 것을 알게 된 때가 있었어요. 왜 그런 거 있잖아요 다 내려놓으면 사회에서도 가족 사이에서도 사라질 것 같은 거. 그렇게 불안해도 하나씩 내려놓았더니 일도 좀 쉬워지고 사회적 관계도, 가족 간에도 내려놓은 그 공간에 오히려 더 꽉 들어오더라구요. 얼마만큼의 시간이 지나고 나니까 원래 그랬던 사람처럼 편하게 웃고 만족스럽게 보내고 있는 나를 발견하게 되었죠. 그 뒤로는 아침이 오는 게 너무 좋아요. 어제와 조금 더 다르게 살아볼 수 있는 기회를 맞이하는 기적. 사실 생각해 보면 아침을 맞는다는 게 당연하게 생각했는데 누구에게나 주어진 아침이 아니란 걸 모르는 척했던 것 같아요. '귀하게 소중하게 하루 24시간을 맞이해야겠다.' 그렇게 살고 있죠."

"그러시구나, 고민 없어 보였는데… 사람 말은 들어봐야 알고 겪어봐야 한다더니 그러네요."

"남의 떡이 커 보인다 하잖아요, 당사자가 되어보지 않으면 몰라요."

"그런가 봐요. 제 주변 사람들은 복을 발로 찼다며 다 손가락질하며 욕하는데, 뭐 그럴 수 있죠."

"어느 날 문득 그런 날 있잖아요? 갑자기 산다는 게 의미 없고 살아온 날들이 허무하게 느껴질 때, 그때 그러셨던 거 아닐까요?"

"지금 생각해 보니 사모님 말씀대로 그날이 그런 날이었나 보네요. 그날도 오늘처럼 날이 맑았어요. 군대 갔다 오고 나이 50이 될 때까지 많은 일이 있었지요."

장씨가 애잔해 보였다. 혼자 애써 위로하는 모습이 안쓰러웠다. 그냥 장씨를 보고 괜찮다는 의미로 미소를 지었다. 장씨는 아련한 눈빛으로 하늘을 쳐다보다 눈을 지그시 감았다. 바람이 숨바꼭질하며 빨래 사이사이를 스치며 날아다녔다. 어느 때인지는 모르겠지만 그때로 돌아간 것처럼 보였다. 참새들이 신이라도 난 걸까, 좋은 일이라도 생긴 걸까 여기저기서 찍찍거리며 무리 지어 날아 우리 주변을 맴돌았다.

"결혼하면서 가장이 되고 예쁜 아이 둘이 생기면서 가족이 늘어났어요. 기뻤어요 이게 행복인가 싶게 즐겁고 매일매일 작은 변화가 나를 더 단단하게 만들었죠. 집안도 회사도 다 별일 없었어요. 이래도 되나 싶게 말이죠."

"그게 우리네 사람들 살아가는 이야기죠. 순탄하게 살고 싶은 인생이기도 하고요."

장씨가 잠시 이야기를 멈춘 사이에 참새들은 남은 빨랫줄을 채워가며 앉았다. 배추흰나비 두 마리가 애정놀이 하듯 뱅글뱅글 장씨 주변을 돌았다. 우리 모두는 장씨 이야기를 함께 들었다.

"다 좋았다고 생각했어요. 애들 무탈하게 자라고, 간간이 가족여행도 가고, 어르신들도 찾아뵈면서 사람 노릇도 하고 그런 보통의 삶을 지향하면서 말이죠."

참새 떼는 장씨 말을 알아들었다는 듯이 쪅쪅거렸다. 하얀 이불 호청이 옥상에 커다란 그림자를 만들며 말라갔다. 장씨는 난간을 잡고 있던 손을 떼어 팔짱을 꼈다. 주변에 참새 서너 마리가 더 날아들었다. 만석이 된 빨랫줄을 아쉬워하며 옥상 주변을 맴돌다 옥탑 지붕 난간에서 미끄러져 퍼득거리다 겨우 자리를 잡았다. 방청객이 더 늘어나면서 객석은 만석이 되었다. 집들 사이로 만들어진 바람길을 타고 불어 올라온 골바람도 바삭거리며 말라가는 빨래와 함께 다음 이야기를 기다렸다.

"그게 행복이고 그곳에 내가 있다고 생각하기도 했어요."

"보통의 가장들은 대부분 그렇게 살고 있죠, 그렇게 살아주길 바라기도 하고요…"

"맞아요. 저도 그런 줄 알았는데 그 안에 '나, 장보성'은 없더라고요."

"연애와 결혼이 다르듯이 혼자와 함께도 다른데, 하물며 결혼 전 나와 엄마나 아빠 신분으로 전환된 나는 같은 사람이 아니니까요. 완전 다른 사람이죠. 이런 변화에 모두 충격을 받지만 충격을 행복이라 생각하는 사람과 그냥 충격으로 생각하는 사람과는 50 넘어 갱년기를 맞을 때쯤에서야 알아채지는 것 같아요. 우리 나이가 그런 것 같긴 해요."

"그래서 지난번에 그런 앓이를 했나 봐요."

나는 그냥 시선을 멀리 두고 들었다. 옥탑 지붕에 옹기종기 머물던 참새들은 하나둘씩 천천히 전선 위로 자리를 옮겼다. 장씨의 시선은 날아간 참새를 쫓았다. 줄에서 흔들리는 빨래들은 바람과 함께 너울대며 햇볕 냄새 가득 품고 조금 전보다 더 바삭바삭해질 것이다. 장씨를 바라봤다. 작은 사람이 더 작아져 보였다. 그이 짧은 머리는 속을 훤히 보여주며 더 얇고 짧아졌다.

"차 한잔하시겠어요? 우리 집이 은근 차 맛집인데. 모르셨죠? 이 골목에선 유명해요."

"그래요? 이사 온 지 얼마 안 돼서 그런지 처음 듣습니다."

"저기 보이시죠, 초록 줄무늬 파라솔과 낮은 티 테이블 그 옆에 캠핑용의자 2개. 저 혼자 즐기기 위해 만들었는데 동네 분들 모두 참새 방앗간처럼 다녀가는 곳이 되어버렸어요. 일명 '대나무숲 카페'인데 여기 와서 차 한잔하면 속 이야기 술술 풀어놓아야 일어설 수 있는 아주 무서운 곳인데, 어떻게 차 한잔하시겠어요?"

"그럼 그럴까요? 한 잔 주시면 저도 무서움에 벌벌 떨어보겠습니다."

장씨는 소리 내어 웃는 나를 바라봤다. 차를 준비해서 다시 옥상으로 올라갔다. 무겁게 꽃을 달고 있던 족두리꽃들이 자줏빛으로, 분홍빛으로, 또 흰빛으로 찬란하게 발색하며 옥상정원의 주인인 양 나비도 벌도 불러들여 옥상은 화단도 만석이 되었다. 햇살도 한껏 부풀어 갔다. 장씨 앞에 차 한 잔을 내밀었다. 장씨는 향을 맡았다.

"향이 좋네요. 무슨 차인가요? 이제부터 무서워해야 하는 거죠?"

"캐모마일과 유자청을 섞어 블렌딩한 차예요. 허브차 종류예요. 드셔보세요. 진정이 되실 겁니다."

장씨는 손에 든 찻물을 한참 응시하더니 다음 이야기를 꺼냈다.

"생각해 보니 저란 사람!! 참 미련한 사람이에요. 아니, 어리석은 사람이죠. 즐겨 먹던 점심을 먹고 사무실에 왔는데 속이 답답해지는 겁니다. 화장실로 달려갔죠. 미워지기 시작한 내 자신과 함께 전날 먹은 술과 아침 죽 먹은 거, 지난 묵은 것들이 꺼억꺼억 밀려나오듯이 오랫동안 변기를 붙들고 쏟아냈어요. 거울을 보니 창백해진 낯선 남자가 있더군요."

"여자들도 그 나이 때 비슷한 경험을 많이 해요. 아마 사모님도 그럴 때 있으셨을 걸요. 표현하지 않아서 그렇지."

"그래요?"

장씨의 시선은 찻잔 동그란 둘레에 고정되었다. 깊은숨을 두세 번 몰아쉬었다. 나는 차를 한 모금 마셨다. 부는 바람에 앞머리가 살랑거렸다. 주변은 조용했다.

"여자들도 애들 다 키워놓고 나면 비슷한 공허함에 무방비로 노출되거든요. 아줌마라는 제3의 성으로 산다는 게 쉬운 일은 아니에요. 오죽하면 여성도 아닌 제3의 성이란 말이 나왔겠어요. 아세요, 제3의 성?"

"처음 들어요, 제3의 성이라니? 그런 말이 있군요…"

"네, 그래요. 남성은 결혼해도, 애를 낳아도, 사회생활을 해도 남성으로 살잖아요. 여자는 여성이 아닌 제3의 성인 새로운 종으로 바뀐다는 신조어가 생길 정도니까 두렵죠, 경험해 보지 못한 종이 된다는 것이."

장씨는 찻물을 입에 넣고 한동안 삼키지 않았다. 내 말에 당황한
것 같다. 나는 차 향을 한 번 맡고 입에 한 모금 물었다. 입안 가득
향이 넘친다. 내가 말을 이었다.

"반백 년 넘게 살다 보면 그제야 삶을 진중하게 돌아보게 되나
봐요, 여자든 남자든."

"사모님 이야기를 듣다 보니 저만 생각하고 살았나 하는 생각이
드네요, 와이프도 겪었을 수 있고, 아님 겪고 있을 수도 있다는 생
각을 지금에서야 하게 되니 말입니다."

"사람은 다 변하잖아요, 자의든 타의든 말이에요. 세상은 계획대로
되지 않아도 자기가 생각한 대로 보이는 법이죠. 절대 딱딱하지 않아
요, 유연하죠. 어떤 결정을 해서 이 자리에 있던 결과를 받아들이면
편해지는데 내가 원하던 결과가 아니라고 부정하기 시작하면 힘들어
지는 거죠."

장씨는 묵은 숨을 몰아쉬었다. 손안에 찻잔을 품었다. 온기가 약
해졌다. 콧속으로 상큼한 바람이 들어온다. 2층 정혜 씨가 옥상에
올라와 우리 두 사람을 발견하고 후다닥 내려갔다. 말 없던 장씨는
찻잔을 바라보며 지난 그때를 다시 회상했다.

"내 답답함은 많은 것을 바꿔놨어요. 저도 애들 엄마도, 두 아이
에게 많이… 미안하죠. 어른도 무서울 수 있고, 울고 싶을 수 있고,
외로울 수도 있는데 잊고 살았더라고요. 그날 저녁 거래처 약속을
다음으로 미루고 나니 걱정보다 신기하게 마음이 편안해졌어요.
엄마의 품속에 안긴 아기처럼 말이죠. 퇴근하자마자 서둘러 아내

와 이야기하고 싶었고 애들에게도 이런 내 마음을 알려주고 싶었어요. 사춘기도 겪지 않았던 내가 마치 사춘기를 겪고 있는 것처럼 마음이 요동치더군요. 그런데 그날따라 아내도 큰 녀석도 작은딸 녀석도 다음에 이야기하자며… 마치 다 알고 있다는 듯이, 별거 아니라는 듯이 말이죠.”

　장씨는 그때를 생각하며 캠핑의자에 깊숙이 묻었던 몸을 일으켜 세우더니 널어놓은 빨래 쪽으로 한 발 한 발 옮겼다. 그림자도 그만큼 따라 걸었다. 그리고는 그때 지었을 씁쓸한 표정으로 외로운 듯 몸을 두 팔로 감싸 안았다. 골목에 산책 나온 강아지가 짖는다. 조금 큰 녀석인지 소리가 우렁차다. 옥상에 널린 빨래의 그림자들은 조금씩 방향을 바꿨다. 장씨도 그 가운데 서서 말을 이었다.

　“그런 내 감정을 누구와도 이야기를 나눠보지 못하고 그다음 날 사표를 내고 회사에서 집까지 걸었어요. 20년을 넘게 지나다니던 길이었는데 주변이 낯설어서 당황했어요. 처음 보는 것처럼 삼거리 식당도 보이고, 빵집도 보이고, 가끔 이용했던 멋쟁이 헤어샵도 보이더군요. 그렇게 걷는데 그 길이 좋았어요. 홀가분하고, 뭐랄까 그냥 신났어요. 들뜬 기분으로 집에 와서는 어제 눈길도 주지 않았던 아내와 아이들에게 사표를 냈다고 선포하고 쉬겠다고 말했더니, 처음에는 농담이냐며 믿지 않았어요. 그러다 내 표정을 보고 그게 아니라는 걸 알게 되었는지 큰 사고를 쳤다며 난리더군요. 얼마나 가슴을 맞았던지 지금 생각해도 그곳이 얼얼해요.”

　“이런 이야기가 맞는지 모르겠지만… 살림하는 여자들이 자주 하는 말인데요. 설탕 떨어지면 소금 떨어져, 간장도 떨어져… 수중에 돈도 떨어져… 동시에 다 떨어진다는 말이 있어요."

"그게? 무슨."

"하나가 부족해지면 다른 것도 함께 부족해져서 결국 요리를 못하게 되는 거죠. 술이 술을 부르듯이 결핍은 결핍을 부른다는 겁니다. 무얼 해도 안 되는, 어떻게 해도 안 되는 그런 카오스에 빠지는 거예요. 그리고 그 상황은 내 선택으로 비롯된 것이 아니라 다른 이유가 있을 거라고 믿는다는 거죠. 다 자기가 선택한 것에 대한 결과인데 말이에요."

"사모님도 그러실 때가 있나요? 사모님은 결핍 같은 건 없으실 것 같은데."

"아뇨~ 네버. 결핍 덩어리예요. 카오스, 혼돈 그 자체죠. 그래서 다는 몰라도 조금은 이해합니다. 그리고 말씀은 안 하셔도 사모님도 애들도 다는 아니어도 조금은 이해했을걸요~"

장씨는 과거와 현재를 왔다 갔다 하듯 눈빛이 크게 흔들렸다. 그는 오른손으로 왼쪽 가슴을 쓸어내리더니 씁쓸하게 입맛을 다셨다. 아내와 아이들이 조금은 이해했을지 모르겠지만 생각해 보면 자기 결정에 식구들은 그런 변화를 반기지 않았다며 '다 미친 짓'이라고, 몰매 맞듯 받았던 외면과 불편한 말들이 떨어져 지내는 동안 더 외롭고 아프게 했다고 회상했다. 이해해 줄 거라 믿었던 가족들도 그 순간은 남이었다고 말하던 장씨는 질식할 것 같았던 그때 감정으로 얼굴빛이 파래졌다. 마른침을 삼키는지 목젖이 크게 흔들렸다. 혼자 한 결정에 반기는 사람이 없으니 눈치를 보기 시작했고, 부부간에 불편한 긴장이 맴돌았다. 나를 찾는 자유와 맞바꾼 가족

간의 조용한 다툼. 조건 있는 맞바꿈이 될 거라 생각을 못 했던 장씨와 이해할 수 없다는 가족 구성원들 간의 투닥거림이 사회생활의 옥죄임과는 다른 결박으로 힘겨워했다. 아마도 얼마간 이러한 거칠거칠한 상황들이 지속되었고 끝내 잘 해결되지 못했다. 여자는 여자끼리 남자는 남자끼리 나눠지는 것으로 종결이 되면서 지금 장씨는 아들과 함께 살게 된 거였다. 장씨는 허탈한 소리로 웃었다. 옥상 너머로 가까운 곳에 높게 지어진 건물을 바라봤다. 그 건물 안에도 사표 내기 전의 수많은 장씨들이 일하고 있을 거다. 한동안 정적이 흘렀다. 장씨는 눈이 부시는지 눈살을 찡그렸고 이마에 긴 주름을 만들었다. 조용했던 주변은 작은 소음들로 깨어 있다고 말하고 있다.

"살아간다는 게 끊임없이 출렁이는 파도 같잖아요. 그래도 지금 이 순간은 햇살과 적당한 바람, 그리고 맑은 하늘과 사랑스러운 구름이 다 있는 곳에 계시잖아요. 세상이 가끔은 내게 유난히 혹독하게 군다고 생각하지만 누구에게나 세상은 그렇게 와요. 받아들이는 사람이 혹독하게 생각하면 혹독한 모습으로, 기회라고 생각하면 기회의 모습으로 오는 거죠. 혹시 알아요? 가족이 더 단단해지기 위한 또 다른 시작일지."

"그럴까요…"

장씨는 찻잔을 들고 천천히 움직였다. 찻잔을 바라봤다. 그리고 옥상 난간에 내려놓았다. 위태롭게 놓인 찻잔이 장씨인 듯 보였지만 더 이상 움직일 공간이 없는 곳. 앞으로 나아갈 수도 뒤로 물러설 수도 없는 곳이었지만, 지금은 다시 선택할 수 있는 기회가 주어진 찻잔이 되어 있었다. 멀리 강아지 소리가 들린다. 마실 나갔던 강아지가 돌아오는가 보다. 장씨는 다 마신 찻잔을 내게 건넸다.

"서울로 취업 된 아들이 집 주소를 알려주며 같이 있지 않겠냐고 하더군요. 먼저 손 내밀어 준 아들이 고마웠어요. 보내준 주소를 보고 또 봤죠. 가슴이 먹먹해지더라니까요. 이렇게 아들과 함께 살고 있으니까 함께 살았던 그때가 그리워지는 것이… 사람 욕심이란 것이 참…"

"자식인데요~ 표현은 잘 안 해도 왜 아버지를 모르겠어요. 잘 자라서 그때보다 더 많이 이해할 수 있는 나이가 되니까 연락한 것 아니겠어요? 자식은 약이 되기도 하고 병이 되기도 한다는데 지금은 약이 되었네요."

"잘 지내보려고 합니다. 애비인데 어떻게든 도움이 되어야죠."

"다~ 괜찮아요. 그럴 수도 있죠. 잘 이겨내셨다고 말해주고 싶네요. 그때 결정이 미안할 일도, 창피할 일도 아니라고 생각해요. 멀리 돌고 돌아온 것처럼 길고 험난한 여정이었지만, 인생이 순탄하지 않아서 할 이야기가 많은 거 아니겠어요? 이제부터죠."

"그랬으면 좋겠습니다."

장씨는 깊이 있었던 이야기들을 소환해서 털어버린 듯 시원섭섭한 표정으로 머쓱한 웃음을 지었다. 나는 두 주먹을 가볍게 쥐고 '파이팅!'해 줬다. 장씨가 웃었다.

"대나무숲 카페에서 시커먼 내 속 다 내려놓았네요. 카페지기의 의도대로 말이죠."

"이름이 좀 촌스럽죠? 가슴에 품고 사는 멍울들을 다 털어놓아도 되는 곳, 그러고 나면 속 시원해지는 곳, 입보다 마음을 먼저 열 수 있는 곳, 괜찮다고 편들어 주는 곳, 다 잘될 거라고 응원해 주는 곳, 간판은 없어도 아는 사람만 아는 그런 노포 같은 카페랍니다."

"운영자 의도대로 속도 시원하고, 위로도 받은 것 같고, 응원도… 맞네요, 대나무숲 카페. 덕분에 한결 가벼워졌어요."

"오늘 차 한 잔으로 지난 일을 다 잊을 수는 없겠지만 그래도 조금 가벼워지셨으면 좋겠어요. 오늘 이 순간부터 힘든 일 끝, 불행 아웃, 행복 시작, 즐거움 가득, 좋은 일 많이~ 아시죠?"

장씨는 가볍게 웃더니 한 손에 빈 바구니를 들고 천천히 발을 옮겼다. 라일락 화분 옆에 한창 꽃을 피워 올린 사계 국화 무리와 바늘꽃, 블루세이지 무리가 경쟁하듯 향기를 품어내며 하늘거린다. '과거는 망각의 손에, 미래는 신의 손에, 현재는 우리의 손에 있다.'고 루카우스 안나이우스 세네카가 그랬는데 장씨가 세네카의 말대로 과거는 망각에게 줘버리고 미래는 신에게 던지고 지금 현재를 느끼고 그 안에서 행복해지길 바라본다. 장씨는 아들과 그렇게 우리 집 1층 101호에 함께 살게 되었다.

# 검은 봉지의 비밀

장씨는 간간이 낮에 집을 비웠다. 그는 집 근처 허름한 건물 2층에 명상수련원을 차려 운영하고 있다. 가끔 등산화를 신고 외출할 때는 커다란 박스에 검은 봉지들을 한가득 담아와서 주변 사람들에게 나눠주곤 했다. 검은 봉지 안에는 각종 푸른 잎 채소들과 고추 가지들이 들어 있었다.

"맛있게 드세요. 오늘 수확해 온 겁니다."

장씨는 집에 돌아오면 동네 어르신들에게도 한 봉지씩 손에 들려주었다. 봉지를 받으신 어르신들은 각자 봉지를 열어보고 옆집 봉투를 곁눈질했다. 그러시는 분 중에는 남의 것이 커 보인다고 바꾸자고 투정하는 사람들이 항상 있다.

"옥이네 봉지가 더 커 보이는구먼."

"고추는 그 집 것이 더 크네."

"거기 깻잎 많이 들어 있는 것 내 거랑 바꿔줘 봐."

여기저기서 자기 봉지를 높이 들어 흔들거나 봉지에 눈을 박고 들여다보며 어르신들은 한마디씩 애를 끓이는 마음을 전했다.

"잘 먹을게요. 매번 이렇게 신세를 져서 어쩌나?"

"지난번 것도 잘 먹었어요."

"채소가 엄청 보드랍더라고. 억시지 않아서 좋더구먼."

빠진 치아 사이로 발음이 새어 정확하진 않았지만 정겹게 들렸다.

"지난번 준 고추가 달아서 밥에 물 말아서 된장하고 고추하고만 먹었다니까."

"우리 한 봉지 더 줘."

장씨에게 빈 한 손을 애타게 내미는 분들도 계셨다. 그는 검은 봉지로 일주일에 한 번씩 골목을 들썩들썩하게 했다. 야채를 나누는 날은 집에만 계시던 어르신들이 장씨가 나타날 시간에 앞서 맞춰 양지바른 곳에 옹기종기 자리를 잡고 동네 이런저런 사건 사고 이야기들을 나누며 기다리셨다. 얼마 전에 집 앞에 내놓고 키웠던 블루베리 화분 도난사건이 있었다. 그리고 담 사이 좁은 땅에 고추와 가지를 키우던 꽃무늬 티셔츠를 입는 아주머니 텃밭도 일정한 간격으로 도난을 당했다. 파출소에 신고가 접수될 정도로 이 골목에서는 큰 사건이었고 화재였다. 애지중지 키우던 블루베리를 도난당한 아주머니는 몸져누우셨고 이런저런 도난 사건에 경찰이 2인 1조로 동네를 순찰하기 시작했다. 그리고 얼마 전에 우리 집 현관에 메모를 붙여놓기도 했다. 도난당한 기간에 해당하는 CCTV를 볼 수 있겠냐는 문구였다. 블루베리 아주머니 아들도 우리 집에 메모를 붙여놨었다. 협조 바란다고 말이다. 처음에 그런 메모가 붙어 있었을 때는 누가 장난치는 줄 알았었다. 그 사건은 장씨가 나눔 하는 날 이야기 소재가 되었다. 사건은 입에서 입으로 점점 커졌고 심각하고 무섭게 다듬어지고 있었다. 여기에는 옆집 순딩순딩 아저씨도 은발 머리 반짝이며 함께했다. 그렇게 한참 이야기 삼매경에 빠질 때쯤 찌링찌링 장씨 자전거가 들어서는 소리가 울리면 옹기종기 모여 앉았던 어르신들의 고개는 소리 나는 쪽으로 일제히 돌아갔다. 장씨의 자전거 소리는 사건의 화제를 마법처럼 사라지게 하고 모여 있던 모든 어머님들을 장씨에게 집중시켰다. 길냥이들도 뭐 얻어먹을 것이 있나 하고 서성거렸고 허리춤 높이의 담을 가볍게 올라간 검은 고양이가 꼬리를 한껏 세우며 기다렸다. 시선이 멈춘 곳은 소리가 나는 그곳. 검은 봉투 가득한 자전거 뒤에 누런 박스를 싣고 나비처럼 날아 들어오는 장씨가 있는 곳이다.

"어! 장씨다."

누군가의 외침에 멈추었던 시선이 분주함으로 바뀌었다. 어느 어머님은 두 손으로 무릎을 누르며 일어섰고 어느 분은 지팡이에 의지하기도 했지만 먼저 일어선 분이 내민 손을 잡고 일어서기도 했다. 느린 듯 분주한 광경은 일주일에 하루 오늘의 풍경이 되었다. 그분들에게 장씨는 한여름에 나타난 한복 입은 산타였고, 어머님들은 울지 않고 선물을 기다리는 맑고 사랑스러운 아이였다. 고양이도 빌라 담에서 주변을 견제하며 가볍게 뛰어내리더니 조용히 한 발 한 발 내디디며 유연하게 움직이며 다가섰다. 전선 위에서 종종거리며 자리를 옮기는 비둘기들로 전선이 흔들렸다.

"어여 와, 와 이리 늦었더노 기다리다 죽어 뿔겠다 마."

"오늘은 뭐 가지고 왔는가?"

"사람 수는 맞춰 왔제?"

"가지는 지난번에 1개만 들어 있어서 그랬는디 오늘은 좀 많이 넣었나 몰라."

각자가 바라는 마음으로 반겼다. 주변을 맴돌던 고양이도 야옹이며 의견을 더했다.

"뭐 그리 말들이 많아, 주는 대로 먹지 욕심은 많아 가지고 에이."

"그러게, 가져가고 싶은 만큼 가지가 열리는 것도 아니고 말이야."

"1개면 어떻고 2개면 어때서? 줘도 지랄이야 지랄."

이 입 저 입에서 튕겨 나온 말들로 어지러웠다.

"시끄러워요! 시끄러. 서로 밀지 말고 한 줄로 서요."

옆집 순딩순딩 아저씨는 이 행사의 규율 반장처럼 앞으로 나섰다. 이 상황에서도 자기의 위치를 정확하게 각인시키며 시끌시끌한 소리들을 시끄럽다는 그 한소리로 제압했다. 어머님들은 옆집 아저씨의 손짓에 맞춰 엉성엉성 줄을 섰다. 장씨는 자전거를 세우고 뒤에 묶어놓은 줄을 풀었다. 옆집 순딩순딩 아저씨가 박스를 받아 들었다. 모든 상황이 슬로우모션이다. 순딩순딩 아저씨가 박스를 받아 들면서 엉성했던 줄은 맨 앞줄 어머님의 지팡이부터 이탈하더니 뒷줄 짧은 파마머리 어머님의 배가 반대쪽으로 밀고 나가면서 바로 뒤의 아주머니를 팔로 밀쳤고 뒤의 아주머니는 넘어지지 않으려고 두 팔을 허공에 휘저으며 뒷걸음질을 쳤다. 엉성한 한 줄이 일순간에 흐트러지더니 박스를 중심으로 반원이 헤쳐 모였

⋯ 101호 장씨 ⋯

다. 순덩순덩 아저씨는 박스를 높이 들고 소리쳤다.

"한 줄!! 한 줄 아니면 안 내려놓습니다. 한 줄!!!"

팔이 아픈지 들고 있던 박스를 옆으로 내리며 다시 크게 말했다.

"거기 아주머니 한 줄로 서라니까요 한 줄 몰라요, 한 줄?"

반원으로 옹기종기 모였던 대열이 다시 흩어지면서 삐뚤삐뚤 한 줄이 만들어졌다. 서로 조금 더 앞으로 뒤로 밀고 당기며 자기 자리를 만들어 갔다.

"할머니, 쫌 옆으로 서요~오."

"누가 할머니래?"

"난 똑바로 섰다. 너나 똑바로 서."

서로서로 한 줄로 섰다고 아옹다옹들이다. 박스가 내려지고 뚜껑이 열렸다. 검은 봉지들이 눌린 풍선처럼 밀려 올라왔다. 장씨는 자전거를 들여놓고 옆집 형님과 함께 순서대로 한 봉지씩 나눠줬다.

"여기요 자 받아요. 어허, 거기 파마머리 어머님!!"

한 사람씩 검은 봉지를 들려서 옆으로 빠지라고 손짓했다.

"밀지 말고… 참나, 다 준다니까 그러셔?"

자기 몫의 봉지를 받아 들고 박스에서 점점 사라지는 봉지를 바라보며 아쉬워했다.

"왜? 점점 없어지니까 불안해?"

"아줌마! 받았으면 들어가세요. 뭘 그렇게 지켜봐요? 다 똑같아."

옆에서 불뚱 튀게 곁눈질을 하던 꽃무늬 티셔츠를 입은 아주머니에게 순덩순덩 아저씨가 한마디 했다. 아주머니는 이에 질세라 봉지를 거세게 흔들어 보이며 눈을 흘겼다.

"아니, 쳐다보지도 못해요? 아저씨가 가져온 것도 아니면서 생색은."

옆집 순딩순딩 아저씨는 두 손에 봉지를 들고서 쳐다봤다.

"그러니까 옆으로 좀 비켜달라고 하잖아요? 받으셨으니까."

"더 받으려고 한 게 아니라 뒤에 서 있는 영진이 엄마 기다리는 것이구먼. 알지도 못하면서 참나, 누가 보면 자기 것 나눠주는 줄 알겠어."

꽃무늬 티셔츠 아주머니는 얼굴이 빨개지더니 볼살을 흔들며 두툼한 한 손에 나눠준 검은 봉지를 들고 비켜섰다. 그 손에 들린 봉지는 유난히 작아 보였다.

"아, 빨리 나눠줘, 얘기 그만하고. 다리 아프구먼."

"주고 나서 둘이 따로 나머지 얘기해 힘들어."

"쳐다보면 어떻다고 그래요? 그리고 받았으면 비켜줘요, 방해 말고."

"봉지 속에 들어 있는 양은 비슷할 텐데 욕심은."

장씨는 웃으며 부드러운 목소리로 달랬다.

"어머님들 다 하나씩 가져가실 수 있으니까 걱정 마세요."

"고마워요, 장씨."

어머님들이 웃으면서 박수를 쳤고, 봉지 든 손을 흔들기도 했다. 장씨가 준비해온 신선한 야채는 박스 안에서 옆집 순딩순딩 아저씨 손을 거쳐 각자의 손에 들려졌다. 박스가 바닥이 날쯤 기다렸던 모든 사람들은 봉지 하나씩을 들고 저녁거리가 해결되었다며 만족스럽게 들어갔다. 순딩순딩 아저씨는 몇 개 안 남은 검은 봉지를 빼고 박스를 접어 재활용 코너에 세웠다. 장씨는 옆집 형님 손에 봉지 2개를 쥐여주었다.

"오늘도 고마워 형님. 누가 뭐라 해도 형님이 도와주셔서 일찍 끝났네요."

"그래 동생이 집마다 문고리에 검은 봉지를 하나씩 걸고 다니는 것을 봤을 때 놀랐잖아. 요즘 세상이 흉흉한데 말이야, 얼마 전에도 여기저기서 화분에 심은 것들을 뽑아가는 일들이 생겨서… 오해받을 수도 있고. 에그 여기도 오염됐어, 쯔쯧쯔."

"그러게요, 이렇게 하니까 세상 좋은데 그땐 몰랐죠."

"한곳에 모아서 드리는 게 좋겠다는 내 말 듣길 잘했지, 봐, 얼마나 좋아?"

"그러게요, 제 생각만 하고 문고리에 봉지 걸다 욕먹은 적도 많았어요."

"다 내 맘 같지 않다니까. 지금은 다들 좋아하시잖아, 동생을 얼마나 기다리시는데. 도난사건에 장씨가 범인이라는 말도 나왔었다니까. 봉지 걸고 나오는 걸 누가 봤는지, 참나."

"그랬어요? 저를요? 그런데 아직 범인이 안 잡혔나요?"

"수사는 하는 것 같던데… 한 달 됐을라나… 그건 그렇고 동생은 걱정이 안 되나? 나는 걱정인데?"

"뭐가 걱정이에요?"

"사람들이 이렇게 받다가 안 받게 되면 섭섭해할 텐데… 농사라는 게 한정판이잖아."

"그래도 어쩔 수 없죠, 뭐? 그분들도 한정판이라는 거 알고 계실 거예요, 걱정 마셔요. 신선 야채 리미티드 에디션 뭐 이런 거죠."

"안 받을 땐 받아서 좋았다가도 받다 안 받으면 좋은 소리 안 하더라고."

둘이 이런저런 뒷이야기를 하고 있는데 201호 정혜 씨가 대문을 열고 나오다 두 사람을 보고 고개를 숙이더니 걸음을 재촉했다. 옆집 순덩순덩 아저씨는 그런 201호를 보고 검은 봉지 하나를 들고 흔들며 가져가라고 소리쳤지만 그녀는 뒤도 돌아보지 않고 길을 재촉했다. 아저씨는 차갑다며 혀를 찼다. 그녀가 사라진 그곳에서 아까 눈을 흘겼던 꽃무늬 티셔츠 아주머니가 큰 가슴 위로 무언가를 들고 나왔다. 슬리퍼를 끌며 성큼성큼 다가오는 아주머니를 보고 아저씨들은 무의식적으로 뒤로 주춤 물러났다. 아주머니는 두꺼운 입술을 양쪽으로 부드럽게 밀며 미소를 지었다.

"거기 서 있어요, 안 잡아먹으니까. 뒷걸음치기는."

세 사람 사이가 가까워지니 그것이 보였다. 아주머니의 크고 두툼한 두 손으로 들고 있는 쟁반 위에 유리컵 2개가 위풍당당하게 놓여 있었다. 컵 속 얼음 조각들은 형광색 음료가 든 유리잔과 부딪치며 와글와글 소란스럽게 흔들렸다. 그녀는 아저씨들에게 음료를 내밀었다. 음료 색상만큼 시원한 향이 일었다.

"이게 뭐예요?"

그녀는 늘어진 배를 실룩거리며 쟁반을 더 가까이 들이밀었다.

"한 모금 하시고 맞혀봐요, 이게 뭔가?"

그녀는 재미있다는 표정으로 두 사람에게 음료를 내밀며 웃었다. 옆집 아저씨의 호기심은 유리잔에 맺힌 물방울에 머물렀다. 두 아저씨들은 조심스럽게 한 모금 마셨다. 시원했다.

"신기하네, 시원하고 갈증이 해소되는 게… 그런데 뭔지 모르지만 익숙해… 동생은 어때?"

"저도 맛도 그렇고 알 듯 말 듯 생각이 날 듯 말 듯 하는데, 뭘까요?"

두 사람은 잔을 들고 입 안 가득 한 모금 더 마셨다. 옆집 순딩순딩 아저씨는 아리송하다는 표정으로 아주머니를 봤다. 그녀는 호탕하게 웃으며 쟁반으로 부채질을 했다.

"박카스예요, 박카스."

"이게 박카스라고요?"

두 아저씨의 눈이 휘둥그레졌고 그녀는 또 한 번 골목이 떠나가라 웃었다. 두 아저씨의 잔 속 얼음이 녹고 있는 남은 음료를 흔들었다.

"몰랐죠? 최근에 업그레이드된 '박카스'예요."

"아 그래요? 박카스 색이 이런 색이었어요?"

"내가 받기만 해서 특별히 최고 좋은 '박카스'로 가져왔죠~"

"박카스 많이 마셔봤지만 이렇게는 처음 먹어봐요."

아주머니는 두 아저씨 옆으로 육중한 몸을 옮겼다. 가슴이 흔들렸고 그 아래 뱃살도 흔들렸다. 시원할 때 쭉 들이켜라며 손으로 재촉하며 눈웃음을 쳤다.

"얼음을 넣어서 먹으면 시원하고 좋아요. 나는 그렇던데."

아주머니는 그동안 박카스가 이렇게 예쁜 색을 가지고 있는지 몰랐을 거라고 '나만의 비법' 공개인 박카스 수다를 한참 쏟아냈다. 수다와 함께 두 아저씨는 마지막 얼음까지 입에 넣고 와그작 깨물었다. 목젖이 크게 위아래로 움직이며 소리를 냈다.

"그런데 아주머니도 작은 텃밭 작물 털렸다고 누가 그러던데⋯ 사실이여~"

"어떤 몹쓸 사람이 글쎄 다 자라지도 않은 고추를 뿌리째 뽑아 갔어요⋯ 어제는 가지가 조그맣게 2개 막 매달았는데 글쎄 그것도 뿌리째 뽑아 갔더라구요. 블루베리는 아세요? 큰 고무통에 키웠는데 무거워서 그랬는지 고무통은 그대로 두고 블루베리 나무만 쏙 뽑아 간 거?"

"말은 들었는데 진짜로 그런 일이 있었네~ 경찰이 수사 중이라던데⋯ 그것도 사실이에요?"

"신고를 했으니 수사인지 순찰이지 모르겠지만 요즘 매일 이 골목을 다니면서 살피는 것 같더라구요. 그럼 뭐 해요, 아직 못 잡았는데. 블루베리 언니는 몸져눕고⋯ 에이 속상해. 그 언니가 애지중지한 건데⋯ 여기에도 흉흉하게 이런 일이 생긴다는 게 맘 아파요."

그녀는 두 아저씨 눈앞에서 오동통한 볼을 흔들며 속상하다고 말한다. 장씨는 화재를 돌려 신기하다며 남은 한 방울까지 입에 털어 넣고 빈 잔 가득 골목 끝에 걸린 햇살을 가득 담아 아주머니에게 건넸다. 꽃무늬 티셔츠 아주머니는 유리잔을 받아 들고 '야채값이야.'라며 커다란 엉덩이를 흔들며 들어갔다. 아저씨들은 한동안 골목 그 자리에서 그렇게 피로를 풀었다. 사건은 오리무중이지만 박카스 냄새 때문인지 피곤한 고양이 두 마리가 '섭섭하다옹'거리며 나눠주지 않는 아저씨들 옆을 벗어나지 못하고 서성였다. 주말

농장에서 검은 봉지에 담겨 이곳까지 온 연둣빛 푸른 야채들은 박
카스 음료 두 병이 되었다.

# 추억소환

주말농장 나눔이 끝나갈 무렵이었다. 우리 집 현관에 검은 봉지 2개가 걸려 있었다. 장씨가 다녀간 모양이다. 하나는 가벼운 풍선처럼, 다른 하나는 물풍선처럼 밑으로 처져 있었다. 가벼운 봉투 속의 내용물은 상추와 나물용 깻잎 그리고 붉게 물들어 가고 있던 고추 10개 남짓이 나머지 봉투는 달걀만 한 크기의 고구마와 감자가 한 번에 먹기 좋은 양만큼 들어 있었다. 내용물은 주말농장이 잠시 휴업 상태에 들어갈 것이라고 말하고 있었다. 동네 어르신들이 많이 섭섭해했다. 늦은 가을 불어오는 바람에 날아든 낙엽들이 주차장 구석에 이른 가을부터 늦은 가을까지 가을을 쌓아갔다. 장씨는 이른 새벽이 되면 날아든 낙엽들과 버려진 담배꽁초, 애들이 먹다 버린 과자봉지 등 길 잃은 쓰레기들을 열심히 쓸고 담고 치웠다. 조금씩 떨궈내는 계절에 담과 아스팔트

틈 사이로 계절을 잃고 새순을 틔운 제비꽃이 유난히 파랬다. 이른 아침 망중한을 즐기던 비둘기들이 놀라 날아올랐다. 비질이 끝나 깨끗해진 그곳에서 옆집 순딩순딩 아저씨와 장씨는 운동을 했다. 구령 소리도 지난번보다 커졌고 신음소리도 점점 늘어났다. 유연성이 떨어진 나이에 자세를 다양하게 취하며 근육을 늘리려고 하니 몸 따로 마음 따로 움직였을 것이다. 이른 출근을 준비하던 앞집 호랑말코 아저씨가 두 사람의 요상한 자세를 질투의 눈초리로 쳐다봤다.

"아침부터 뭣들 하는 건지."

둘만 하는 모양에 짜증 난다는 듯이 혀를 끌끌 차며 다 들리도록 한소리 하더니 멈춰 서서 불편한 시선으로 쳐다보다 트럭 쪽으로 걸어갔다. 옆집 아저씨가 자세를 취하다 풀고 일어서면서 버럭 화를 냈다. 이런 분위기 오랜만이다. 요즘 잠잠하다 했다. 때마침 힘들어 그만할까 말까 했는데 핑계를 찾은 것 같다.

"뭐라고 하셨소? 다 들리는구먼."

"뭐, 내가 틀린 말 했어? 둘이 아침마다 보기 흉하게 말이야. 그리고 되지도 않는 소리 내는 거 그것도 듣기 싫고, 이 동네가 당신들 거야 뭐야?"

트럭 문을 열고 올라서려던 앞집 아저씨는 차 문을 다시 닫았다. 마치 기다렸다는 듯이 허리춤에 손을 올리고는 두 사람을 향해 돌아섰다. 옆집 순딩순딩 아저씨는 배를 내밀고 다가서서 앞집 호랑말코 아저씨와 똑같이 허리춤에 손을 올렸다.

"내가 뭘 하든 당신에게 허락받아야 해? 내 집 앞에서 운동도 못

하냐?”

“이게 운동이야? 족보도 없는 이게 무슨 운동이야.”

“당신은 말이야 사사건건 시비고 트집이야? 당신이야말로 여기가 당신 거야?”

“아니 당신 집 앞에서 하든 말든 상관 안 하는데.”

“상관 말라고 그러니까.”

“시끄럽게 몇 달째야 지금? 이 사람들아!”

호랑말코 아저씨는 코를 벌렁거리고 눈을 크게 뜨고 제압하는 듯 다가섰다. 장씨가 두 분의 막았다.

“두 분, 그만하세요! 앞뒷집 사시면서 서로 잘 지내면 좋잖아요?”

“당신 앞집 살지? 이 사단은 당신 때문인데 몰라서 그러는 거야, 지금!!”

“저 때문에요? 두 분 다 그러지 말고 친구처럼 지내시면 좋겠는데.”

앞집 호랑말코 아저씨는 맘을 들켰는지 얼굴이 벌게지더니 얼토당토않은 소리 하지도 말라며 보폭 넓은 발걸음으로 바짝 다가섰다. 이에 질세라 언감생심 나를 친구 하냐며 받아들일 수 없다고 반항하는 옆집 순딩순딩 아저씨를 향해 앞집 아저씨는 더 언성을 높였다.

“그러니까 내가 누구와 친구 하든 말든 시끄럽고 낼부터 당장 치워. 정신 사나우니까. 아침부터 뭐야, 속 시끄럽게 에이!!”

“아니 나는 절대 못 치워. 내가 왜 치워, 이제 근육이 생기고 있는데 말이야.”

“뭐? 근육? 근육 같은 소리 하고 있네. 삐쩍 말라가지고 어디 근육이 붙어 있을 데가 있냐."

"내가 말랐든 돼지처럼 쪘든 뭔 상관인데, 그리고 내가 말라도 근육질인 건 모르네 이 냥반이? 난 못 치워!"

앞집 아저씨는 이제는 지겹다는 듯이 시계를 한번 보더니 차 문을 잡고 다시 올라가 시동을 걸었다. 그리고 차 창문을 내려 옆집 순딩순딩 아저씨와 장씨를 번갈아 처다보더니 좋은 말로 할 때 그만하라며 으름장을 놓고 골목을 빠져나갔다. 두 사람은 지구와 달처럼 일정한 간격을 두고 보름달이 되기도 하고 초승달이 되기도 했다.

"지랄, 저 인간은 아주 나만 보면 못 잡아먹어서 안달이야."

"형님도 저분만 보면 흥분하시는 거 아시죠. 형님하고 친구 하고 싶다는 말을 저렇게 하실 수도 있잖아요? 저는 앞집 어른이 화내시는 게 친구 하잔 말로 들리던데?"

"뭐 친구? 저 인간이 나랑? 동생이 잘못 안 거야. 저 인간 절대 그런 인간이 아니야."

"그래도 형님이 먼저 손 내밀어 보세요. 그렇게 해주시길 기다리실 수 있잖아요."

"아냐!! 절대 그럴 일 없어! 아침부터 왜 이러는 거야 동생까지?"

장씨와 옆집 순딩순딩 아저씨는 불편해진 마음을 뒤로하고 마무리 운동을 한 다음 인사를 나누고 헤어졌다. 기온이 떨어지면서 옆집 아저씨 파자마는 겨울용 두툼한 갈색 줄무늬 파자마로 바뀌었다. 신발은 앞발이 나오는 국민 세 줄 슬리퍼에서 앞발이 가려지는 미국 크룩스 슬리퍼로 바뀌었다. 늘 애처롭게 보이던 아저씨 발가락은 미국으로 여행 간 발가락이 되어 있었다. 요즘 날씨도 급(急) 춥거나, 급(急) 덥거나, 비가 폭우처럼 쏟아지거나, 땅이 갈라지듯 마르거나 일기예보를 무색하게 한다. 오늘도 예보와 다르게 기온이 곤두박질치더니 골목으로 몰려든 검은 구름은 이곳을 빛이 없는 창고처럼 만들었다. 가로등은 시간을 무시하고 깜박였다. 그 불빛에 뭔가 조금씩 빛나는 것들이 보였고 그것들은 바닥을 적셨다. 비가 내린다. 아주 차가운 비가 내리고 있다. 시간이 갈수록 기온은 더 떨어졌다. 거실에도 불을 켰다. 보일러 온도를 높였다. 온몸에 한기를 느낀 나는 카디건을 하나 꺼내서 걸쳤다. 창문을 열고 밖을 내다봤다. 흩날리던 빗물은 서로 엉겨 붙어 눈발이 되어 내리더니 골목에 얇고 하얀 이불이 되었다. 그렇게 눈(雪)은 눈발을 키워가며 계속 내렸고, 쌓였다. 점심때가 한참 지나서부터 사람들이 하나둘씩 나와 눈(雪)을 쓰는 소리가 들렸다. 골목 끝 빨강 대문집부터 옆집, 우리 집 할 것 없이 철문들이 열고 닫히는 소리가 요란했다. 누가 먼저란 것도 없었다.

"어제까지 봄 날씨 같더만 오늘은 눈이 내리네요."

"그러게, 내리는 품새를 보니 많이 오겠어."

"지금도 제법 쌓였는데."

"그러게요, 그사이에 많이도 쌓였네요."

여기저기 비질 소리가 합주같이 들렸다. 쓱쓱싸악 장씨는 그 가운데 지휘자였다. 장씨는 밀대를 지휘봉 삼아 아래에서 위로 눈(雪)을 밀어 올렸다. 매끄럽지 않은 바닥에 걸리는 소리가 요란했다. 쌓인 눈(雪)의 무게만큼 속도가 줄었지만, 밀대는 순식간에 골목의 많은 눈(雪)을 한곳으로 모았다. 밀대가 지나간 뒤를 따라 옆집 아저씨는 비질하며 도왔다. 동생 껌딱지처럼 늘 주변에 있다. 골목은 다시 원래의 모습을 찾아갔다. 너도나도 눈을 맞으며 함께 그 자리에 있었다. 하늘에서 쏟아진 덩치 큰 눈방울들을 맞으니 어릴 적 생각이 났다. 머리에 쌓인 눈과 힘껏 한 비질로 빨개진 손바닥을 보며 행복했다.

"모여서 하니까 금방 끝나네요."

"어릴 적에 눈 오면 내복 차림으로 뛰어나가 눈사람 만들고 했는데."

"지금 애들은 그렇게 안 놀아요. 나가자니까 왜 나가자고 하냐며 게임 해야 한다고 짜증 나니까 건드리지 말라고 그러더라니까."

"눈사람을 만들기도 하고 눈을 작게 크게 뭉쳐서 형하고 친구들이랑 던지고 맞고 하면서 시간 보냈던 어린 시절이 그립구만 그리워."

"나도 그렇게 컸는데. 머리도 다 젖고 옷도 다 젖어 엄마에게 등짝과 엉덩이를 맞을 생각에 움츠러들곤 했지만 그래도 그 추위가 마냥 좋았는데 말이죠."

"다들 왜 그래요? 웬 옛날 타령? 지금도 안 늦었어요. 우리 눈싸움 함 할까요?"

"애들은 눈 싫어해요. 그 시간이면 게임 하고 유튜브 하나 더 볼걸요."

"아니 게임 하겠다는 애들 말고 우리끼리 하자구요. 좌측집 우측집 이렇게 편 먹고."

"좋은 생각인데요. 그래도 될까? 그래도 함 해봅시다."

"이 나이에 민망하게 다들 왜 그래요?"

"민망이라뇨, 우리 나이가 어때서요. 하늘에서 놀아보라고 눈도 뭉텅뭉텅 내려주시는구만."

사람 맘은 다 똑같은가 보다. 한 분이 모아놓은 눈더미로 잽싸게 달려가더니 두 손으로 눈(雪)을 한 움큼 집어 단단하게 뭉치고는 누군가에게 던졌다. 그 하나의 눈 뭉치가 하늘을 나는 그 순간 그 곳에 있던 어른들은 4~50년 전, 그때 그 어린아이가 되었다. 서로 더 큰 눈(雪) 공을 만들겠다고 아우성이었고 그렇게 뭉쳐진 눈 뭉 치는 누구를 향해 날아가는지 여기저기서 날아올랐다. 누구는 맞 았고 누구는 던졌다. 한사람이 웃으니 모두가 웃었다. 그 위로 눈 (雪)은 계속 내렸고, 머리 위에도 콧등에도 어깨 위에도 내렸다. 저 마다 앞가슴에 옆구리에 등에 눈맞은 자국이 하나씩 생길 때마다 조금씩 더 행복했다. 얼굴은 붉게 상기되었고 웃고 있는 입에서는 오랜만에 한 팀이 된 사람들을 응원하는 환호성들이 골목 가득 내 리는 눈(雪)이 되었다. 그렇게 한참을 뛰고 소리치고 뒤엉키고 몇 시간을 완벽한 혼자였다가 완벽한 모두가 되었다. 우리들은 세상 고민 없는 시간을 보낸 뒤 난장판이 되어버린 눈을 다시 쓸어 모 으며 현실로 돌아왔다. 저마다 상기된 얼굴로 서로를 바라보고 한 바탕 웃었다.

"들어갑시다. 수고들 했어요. 모처럼 웃고 즐거웠네요."

"눈싸움 그거 잊어버린 줄 알았는데 신기하게 몸이 기억하네. 들 어들 가셔요. 다음 눈(雪) 오는 날 또 놀아봅시다."

서로 묻은 눈(雪)을 탁탁 털어주고 털어내며 들어갔다. 눈(雪)은 소리 없이 꾸준히 같은 속도로 내렸다. 좀 전의 골목길 환호성을 두툼하게 덮으며 소복이 쌓였다. 퇴근시간이 되자 더 많이 더 굵게 내린 곳으로 귀가 차들이 들어오기 시작했다. 옆집 순덩순덩 아저씨와 장씨가 커다란 비와 밀대를 들고 다시 치우기 시작했다. 벌써 몇 번째인지 모르겠다. 이 집 저 집에서 뒤늦게 눈 쓸기에 합류했다. 눈(雪)이 치워지고 있는 그 길로 앞집 아저씨 트럭이 들어섰다. 사람들은 벽 쪽으로 눈(雪)을 밀어붙이며 차가 지나갈 자리를 만들어 주었다. 트럭은 천천히 움직여 들어와 후진해서 주차를 했다. 앞집 호랑말코 아저씨가 차에서 내렸다. 그는 여기저기를 두리번거리더니 여러 사람들이 눈을 쓸어 모아둔 곳을 지나 장씨와 순덩순덩 아저씨가 서 있는 곳 앞에 멈춰 섰다.

"옆으로 밀어야지 앞뒤로 밀면 돼? 이렇게 치우면 차가 미끄러지는데."

"잘 들어와 주차하셨잖아요, 뭐가 문제예요?"

"아, 참 말귀 못 알아듣네."

"고맙다 수고한다 말은 못 해도 지금 너무하시는 거 같습니다."

장씨는 순덩순덩 아저씨 앞으로 한 걸음 나서며 호랑말코 아저씨를 견제했다. 앞집 호랑말코 아저씨는 천천히 얼굴이 일그러졌다.

"치우는 거 좋은데 이렇게 앞뒤로 치우면 안 된다고 좌우로 치워야지, 이 딱한 모지랭이 사람들아!! 염화칼슘을 뿌려, 그럼 눈(雪)이 녹지. 다 쓸린 것 같아도 살짝 남아 있다구. 그럼 눈(雪)이 없는 줄 알고 달리다가 미끄러져 위험하단 말야. 하여간 답답해."

"무슨 말씀인지 알겠는데요, 이 많은 눈(雪)에 그냥 뿌려서는 원하는 효과 없어요, 얼마나 많이 내렸는지 아시잖아요."

"참 답답하네. 눈(雪)이 보이면 조심하는데, 없다고 생각하면 조심하지 않지. 더 위험해. 다 필요 없고 한 바가지씩 막 뿌려!!"

다른 사람들은 두 사람 이야기를 한참 듣더니 장씨 이야기에 응원을 보냈다. '그 많은 눈(雪) 위에 그냥 살포만 하면 효과가 없다.', '환경에도 안 좋다.', '다 생각하고 하는 거다.', '당신은 눈 한번 안 쓸어보고 왜 그런 말을 하냐.' 등 수고가 무시당했다는 생각에 여기저기서 볼멘소리들이 나왔지만 호랑말코 아저씨 틀린 말은 아니었다. 한동안 그 좁은 길은 스피커 앰프처럼 웅웅댔다. 옆집 순딩순딩 아저씨는 그 틈에 엉덩이를 빼고 머리를 들이밀면서 한마디 했다.

"그래 당신 말도 일리가 있지만 여기 사람이 눈(雪) 치운 감사는 고사하고 시비조로 이야기하면 맘 상하지, 당신이 눈(雪) 치운 것도 아니면서."

앞집 아저씨는 상대하기도 싫다며 자기 집 앞으로 들어갔다.

"저 인간은 이상해 싸라기 밥만 쳐드시는지 늘 시비야."

장씨와 옆집 순딩순딩 아저씨는 다른 분들에게 고생하셨다고 먼저 들어가시라고 들여보내고, 두 사람은 쌓아 놓은 눈(雪)들을 흩어지지 않게 다독이며 마무리하고 있었다. 언제 다시 나왔는지 호랑말코 아저씨는 그 옆을 지나가면서 목장갑 낀 손에 염화칼슘을 한 움큼 들고 두 아저씨가 있는 곳으로 던지듯 뿌렸다. 크고 두툼한 손에 염화칼슘이 가득 든 바가지를 들고 또 한 주먹 공중으로 뿌렸다. 덜 쓸린 눈(雪)을 공격하듯 날아 우박처럼 후두두둑 떨어졌다. 뿌려질 때마다 소리를 냈고 바닥엔 작은 구멍 큰 구멍들이 생겨났다. 그리고 물이 되어 흘렀다. '나는 말이야, 이런 사람이란 말이야.'하는 걸음걸이와 자세를 한동안 두 사람은 말없이 바라봤다. 호랑말코 아저씨 손에 가득 들렸던 염화칼슘은 덜 쓸린 눈(雪)을 만나 물이 되었다. 그리고 빈 바가지를 보란 듯이 두 사람 앞에서 탁탁 털었다.

"봐! 다 녹았지? 멍청하기는… 이건 이럴 때 쓰라고 있는 거라구, 알겠어? 이 사람들아."

두 사람의 비질과 밀대질을 비아냥거리듯 거들먹거렸다. 그 유치함에 순덩순덩 아저씨는 '하여튼 지랄이네, 우리가 다 쓸어놓은 길에 뿌리니까 금방 녹았지.'라며 소심한 불만을 터뜨렸지만 장씨는 무심하게 호랑말코 아저씨를 봤다.

"잘하셨습니다, 어르신. 큰 눈(雪) 어느 정도 쓸어 놓고 마무리하려 했는데 어르신이 해주셨네요. 담에는 어르신이 눈(雪)을 쓸고, 저희가 뿌리겠습니다."

앞집 아저씨는 '그럽시다.'라는 말을 하더니 혀를 차며 거만하게 어깨를 움직여 들어갔다. 두 아저씨도 장비를 챙겼다. 그렇게 밤이 깊어지고 세상이 고요히 잠든 새벽 어디쯤 졸린 시계는 살금살금 지나가고 있었다. 툴툴거리는 여러 남자 목소리가 내 단잠을 깨웠다. 창문을 열었다. 코끝이 아리는 알싸한 바람이 훈훈한 방 공기를 밀치고 들어왔다. 눈 앞에 펼쳐진 것은 설원 그 자체였다. 전선 위에도, 주차된 차 위에도, 고양이 발자국으로 눌려진 그 위에도 솜사탕처럼 소복소복이 얹어져 있었다. 앞집 아저씨는 장성한 두 아들들과 골목을 쓸고 있다. '쓰으윽 싸악' 골목 치워진 눈(雪)만큼 비질 소리도 거칠다. 앞집 아저씨는 두 아들과 말로 눈을 치우는지 요란했다.

"너는 인마, 남자 새끼가 힘이 그렇게 없어서 어디다 쓰냐?"

"왜요? 잘하고 있잖아요?"

"너 쓸고 지나온 자리를 봐라. 눈을 쓰는 거냐 쓰는 척하는 거냐? 똑바로 하란 말이야. 이렇게 힘주며 쓸어야지. 봐, 봐."

"아버지!! 잘 쓸고 있어요. 제 빗자루질은 제가 알아서 할게요. 아버지는 아버지나 잘 쓰세요."

큰아들은 쓸던 비질을 멈췄고, 말꼬리는 날카로웠다. 반항이다. 작은아들은 서서 눈치만 보다가 한쪽 구석에서 비질을 했다. 그때 우리 집 철 대문이 웅장하게 열렸고 강호로 내려온 고수처럼 장씨가 빗자루를 들고 성큼성큼 나갔다. 그는 가볍게 스트레칭을 했고 그 모습을 앞집 세 남자가 발길과 손길을 멈추고 지켜봤다.

"요란하구만 요란해 지가 소림사여 뭐여, 아침마다 저러더니 지금도 그러네."

앞집 호랑말코 아저씨는 혀를 차며 두 아들을 보고 불편하다는 듯 툴툴댔다. 장씨는 아랑곳하지 않고 빗자루를 잡고 비질을 시작했다. '쓰으으윽 쓱' 장씨의 비질에 밀려 움직이는 눈(雪)의 양도 달랐다. 두 아들은 아버지 비질과 확연히 다른 장씨의 비질을 경외의 시선으로 쳐다봤다. 한참 비질에 몰입하던 장씨는 잠시 멈춰 반대쪽에서 비질하던 아버지와 두 아들을 바라봤다.

"비질도 요령이 있어야 하는데… 물론 잘 아시겠지만 다리에 힘도 좋아야 하구요."

"나보고 요령이라고 했어, 장씨?"

"근육을 쓰시면 좋다, 뭐 이런 거죠."

"나도 한 근육 해 이 사람아. 와, 오늘 아침부터 도전의식 불사르네."

"옆집 형님과 저처럼 매일 잔근육을 키우는 운동을 같이하시면 좋으실 텐데…"

한마디 던지고는 배시시 웃더니 다시 비질을 했다. 경쟁적으로 쓸어내던 눈은 한곳에 쌓였고 길은 말끔해졌다. 앞집 아저씨와 지친 두 아들은 말이 없었다.

"함께 치우니까 좋네요. 그렇죠, 어르신?"

"비질은 어느 정도 끝난 것 같은데… 어떻게 두 아드님이 염화칼슘 뿌려서 마무리? 어때요?"

두 아들은 아버지를 바라봤다. 골목을 중심으로 사람 사는 이곳은 계절에 따라 풍요로웠으며 쓸쓸하기도 하고 달달하기도 하면서 각자가 아니라 여기 지금 우리는 함께여서 좋다. 강아지 두 마리가 주인보다 앞장서더니 쌓아놓은 눈(雪)더미 옆에 멈춰서 코로 이리저리 냄새를 맡고 그 위에 참았던 소변으로 맘껏 영역표시를 하고 지나갔다. 그 녀석들 온기만큼 구멍이 났다. 비둘기는 지붕 위로 날아오르다 전선에 매친 얇은 살얼음에 당황한 날갯짓을 하며 퍼덕거렸다. 눈가루가 휘리릭 날리면서 햇살과 함께 무지개를 만들었다. 골목길을 사이에 두고 바라보고 있는 두 집 남자들의 경쟁심으로 나는 모처럼 편안한 겨울 아침을 맞았다. 열린 창끝에 보이는 하늘은 맑았다. 눈을 지그시 감고 코로 흉곽이 터질 듯 깊은 호흡을 했다. 차갑고 시린 숨이 쉬어졌다.

# 겨울 여행

그렇게 계절은 하루하루 깊어졌고 찬 공기가 들어찬 골목은 추웠다. 도난사건도 멈췄고 사람들 사이에서 잊혀갔다. 추위는 사람들을 소심하게 했고 붐볐던 골목길 여기저기에서 사람의 인기척을 지웠다. 길 끝 작은 화단의 화초들은 말라비틀어진 몸을 바스락거리며 계절을 받아들였다. 눈(雪)이라도 내리면 한바탕 놀아볼 수 있는데 살을 에는 바람만 파고들었다. 그날 아침에 장씨의 전화를 받았다.

'아들이 친구들과 스키장 간다고 해서 저도 잠시 절에 며칠 다녀오려 합니다. 요즘 날이 추워서 그런데 온수 쪽으로 물은 좀 틀어놓긴 할 겁니다.'

"네, 겨울 여행 가시나 보네요, 잘 다녀오세요. 그리고 집은 비어 있는 동안 동파 조심해야 되어서, 그렇게 해주시면 좋죠."

··· 101호 장씨 ···

'보일러실이 문제가 되지 않게 한 번씩 들여다봐 주십사 하고요.'

"네, 한 번도 동파된 적이 없긴 하지만 들여다볼게요."

'고맙습니다. 한 3~4일 정도 집을 비울 겁니다.'

그렇게 장씨는 절로 아들은 스키장으로 부자가 각자의 겨울 여행을 떠났다. 장씨와 장씨 아들이 비운 골목은 더 조용했다. 장씨가 자리를 비우고 4일째 되던 날 매섭던 겨울 날씨도 봄이라 착각할 정도로 푸근했다. 그날, 장씨가 돌아오기로 한 그날. 우리 뇌리에서 잊혔던 사건, 그 사건이 발생했다. 바로 옆집 순딩순딩 아저씨네 집에서 말이다. 아저씨가 2층과 3층 계단 코너에서 애지중지키우던 우리나라 토종 백합꽃인 오렌지 픽시라는 나리꽃을 큰 화분에 키우시던 것을 도난당하신 거다. 남자가 혼자 들기 힘들 정도로 커다란 화분에서 키우고 계셨던 오렌지 픽시 하나가 화분만 남겨두고 사라졌다. 아저씨는 동네방네 찾고 다니셨다. 왜 화초들만 뽑아 가는지 알 수가 없었다. 옆집 순딩순딩 아저씨도 파출소에 신고하고 올라오는 길에 잠시 만난 나에게 속상한 이야기를 한참 하셨다. 그러다 장씨가 어디 갔냐고 물었다. 불길한 생각이 잠시 스쳤지만 고개를 털며 오늘 돌아온다고 했던 날이라고 말씀드리고 일을 봤다. 장씨는 오지 않았다. 그리고 또 일주일이 지나갈 때쯤이었다. 낯선 여자가 현관문을 두드렸다.

"누구세요?"

"101호 장 훈이 엄마거든예, 문 좀 열어주세요."

"누구시라고요?"

"여기 1층에 훈이 엄만데요, 애가 병원에 입원해서 지가 포항에서 올라온 거거든예."

"1층 훈이 어머님이시라고요? 연락을 받은 게 없었는데요? 그런데 병원 입원이요? 누가요?"

"우리 아들예, 다쳤으예"

나는 현관문을 조금 열어 문 앞에 서 있는 나이 든 여자를 봤다. 처음 보는 얼굴이었다. 그녀는 호흡이 거칠어지더니 울먹이며 힘겹게 말을 했다. 나는 머릿속이 복잡했다. 그런 일이 있었으면 장씨는 분명히 내게 연락을 하셨을 텐데. '아닌가? 그럴 정신도 없는 상황이었을까? 그래서 연락을 못 하신 걸까?' 혼란스러웠다.

"무슨 말씀이신지… 만약… 정말인가요?"

"지금 애 아빠는 병원에 있거든예, 애 옆에 있다고요."

"불안하고 다급하신 건 알겠는데요… 제가 장씨 아저씨와 통화를 해볼게요. 죄송한데 그때까지 기다려 주시겠어요?"

옆집 순딩순딩 아저씨네 도난사건이 있은 뒤라 낯선 여자의 등장은 나를 불안하게 했고 그녀가 쏟아놓은 무시무시한 말들은 나를 더욱 움츠러들게 했다. 그녀는 두 손을 비비며 두 발을 동동거렸다. 입술이 바싹바싹 타들어 가는 것도 보였다. 그녀는 어쩔 줄 몰라 했다. 나는 문을 닫고 장씨와 통화를 시도했다. 신호음이 갔다. '지금은 전화를 받을 수 없어…' 전화를 끊고 다시 시도했다. 그렇게 몇 번을 했는지 모르겠지만 한참 만에 전화가 연결되었다.

"여보세요?"

감이 먼 장씨 목소리가 들렸다.

'네 사모님.'

"다름이 아니라 여기 훈이 어머님이라는 분이⋯ 아니 아저씨 부인이라고 하시는 분이 오셨어요. 아드님이 병원에 계시다고⋯"

전화기 너머는 이곳과 다른 세상인 듯했다. 목소리는 공허했고 음성은 울렸다.

'네 맞아요. 제가 지금 병원에 있습니다. 아들 녀석이 사고가 나서⋯ 잠시만요.'

장씨는 전화 받기 편한 곳으로 옮기는 것 같았다. 슬리퍼 소리가 났고 문이 열리는 소리가 들린 뒤 연이어 문이 닫히는 소리가 났다. 그리고 장씨의 울음이 섞인 것인지 장소가 울려서 그런 것인지 모르겠지만 장씨의 말이 징처럼 구슬프게 전화기 속에서 흘러나왔다.

'사모님 애들 엄마가 집에 갔을 겁니다, 병원비가 좀 급해서요. 미리 전화를 드렸어야 했는데, 제가 경황이 없다 보니 놀라셨죠? 도대체 무슨 일인지 병원에서 눈으로 보고 있으면서도 믿어지지가 않아서요.'

"어떻게 그런 일이⋯ 얼마나 다친 건가요?"

'응급으로 1차 수술을 하고 의식은 돌아왔는데, 움직이질 못합니다. 제가 자리를 길게 비울 수가 없어서 애 엄마를 보냈어요. 애 엄마와 이야기 좀 나눠주세요. 그리고 부탁을 들어주시면 고맙겠습니다. 부탁합니다. 사모님.'

장씨의 목소리 뒤로 다급한 누군가의 목소리와 바퀴 굴러가는 소리들이 혼재되어 잡음처럼 메아리쳤다. 그렇게 전화는 끊겼다.

"훈이 아버님과 통화했습니다. 어머님과 이야기하라 하시네요."

훈이 엄마는 내 팔을 두 손으로 덥석 잡았다. 아팠다. 놀랐다. 나는 무의식적으로 뒷걸음질 쳤다. 부인은 충혈이 된 눈으로 나를 봤다. 그녀는 울먹이다 눈물을 흘렸다. 주머니에서 휴지를 꺼내 코를 크게 한 번 풀더니 힘이 빠지는지 팔을 축 늘어트렸다. 나는 아무 말도 할 수가 없었다.

"주인 사모님 혹시 우리 훈이가 계약한 전세금 일부… 빼주실 수 있을까예? 수술을 한 차례 했는데… 한 번 더 해야 한다고 하네요."

"네에? 전세금을요? 얼마나 큰 사고이기에 수술을 2번씩이나 해요?"

"모르겠어예, 애가 많이 아파하니까 고마 정신이 다 없으예…"

"그나저나 두 분 너무 놀라셨겠어요. 어떻게 사고가 난 건가요? 교통사고예요?"

"아니… 어떻게 사고가 났는지 사실 지도 잘 모르겠어예. 사고 수습한 구급대원의 이야기를 전해 들은 것이 전부인데. 그분들 말로는 스키장에서 뒤에서 내려오던 사람이 우리 훈이를 덮쳤고 그라면서 중심을 잃고 속도제어를 못 하고 내려오다 앞사람이 보이니께 피한다고 한 것이 고마… 펜스에 충돌했다 카데예…"

잠시 정적이 흘렀다. 부인은 다시 호흡이 가빠졌다. 상상만 해도 무서운 듯 눈을 질끈 감았다. 그리고 고개를 들어 심호흡을 했다. 그녀의 무너져 내린 마음만큼 칼바람이 불었다. 아이 앞에서 참았던 무서움과 두려움에 난도질당한 그녀는 가슴을 부여잡고 떨고 있었다.

"머리가 부딪치는 바람에 머리와 목이 심하게 다쳐서 응급 이송이 되었다 캅니더."

"아 악~ 어떻게 그런 일이?"

나는 너무 놀라 소리를 질렀고 빠르게 두 손으로 입을 막았다. 상상만 해도 너무 무서웠다.

"1차 수술비는 포항에서 급하게 마련했어예. 머리도 머리지만 목을 많이 다쳐서 위험했다 캅디더."

"목을요? 1차 수술은 잘 된 거죠? 지금은 어때요? 의사 선생님은 뭐라셔요?"

나는 폭풍 같은 질문을 쏟아내고 그녀의 손을 잡았다.

"감사하게도 잘 되었다고 했지만, 애가 아직 몬 움직여예, 의사 선생님은 2차 수술하고 경과를 한번 보자 카던데, 한 번 더 수술을 해야 한다 카는 말에 온몸이 덜덜 떨리는 게…"

그녀의 충혈된 눈에서 붉은 눈물이 소리 없이 흘렀다. 본인이 대신 수술을 받을 수만 있다면 아마 당장 환자복 갈아입고 수술대에 누웠을 거다. 그녀의 심장이 벌건 불 구덩이 위에 던져져 타고 있다. 엄마 맘이란 것이 그런 건가 보다. 나는 그만하길 다행이라고 괜찮아질 거라고 그녀의 등을 쓸어 위로했다. 나도 이 상황이 혼란스러웠다. 스키장 가는 날도 아침에 명랑하게 인사를 건네며 웃던 훈이 씨가 생각났다. 그런 그가 수술을 2번 받아야 하는 상황이라니, 왜 두 사람 모두 오랫동안 돌아오지 않았는지 이해가 되었다. 부인은 그 자리에 쪼그리고 앉아 고개를 떨궜다.

"그 냥반이 아들 옆에 있는데, 자기가 수양이 부족해서 이런 일이 생긴 기라고 자책하는데 지난 일 생각하면 미워 죽겠지만서도 자책하는 것 보니께네 그것도 맘에 아프데예."

"2차 수술은 잡혔나요? 제가 수술비로 얼마나 준비해 드려야 할까요?"

"예에, 오늘 담당 의사 선생님에게서 수술날짜 듣고 오는 길입니데. 전세보증금이 5,000만 원이라 카던데, 그중에 절반 해주시면 좋겠는데… 가능하시겠지예? 부탁 좀 하입시데이. 꼭 해주셔야 됩니데이, 아들 목숨이 달렸어예."

"언제까지… 저도 갑자기라… 만들어 볼 테니 걱정하지 마시고 들어가서 좀 쉬셔요."

"쉬긴요, 병원에 이것저것 가지고 갈 것이 있어서…"

"집 비밀번호는 알고 계시죠?"

"훈이 아버지에게 들어서 알고 있어예."

그녀는 코를 푼 휴지 끝을 손가락으로 말았다 폈다 불안해했다. 가까이 있는 나를 먼발치에서 바라보듯 길게 바라보더니 내 손을 잡았다. 헝클어진 머리, 퉁퉁 부은 얼굴, 며칠째 입었을 같은 옷, 뒤축이 구겨진 신발이 상황을 짐작하기에 충분했다. 그녀는 고맙다고 인사를 서너 번 하더니 아들과 애들 아빠 갈아입을 옷 챙겨서 다시 가봐야 한다고 말했다. 그녀는 다리에 힘이 풀렸는지 휘청댔다. 계단 난간을 잡고 한 발 한 발 조심스럽게 내려갔다. 고양이 두세 마리가 몰려다니며 어슬렁거렸다. 시계 초침만 책책거리며 세상이 돌아가고 있음을 알게 했다. 시간이 흘렀다. 나는 자금을 마련을 위해 동분서주하며 며칠을 보냈다. 전세 계약서와 준비된 자금을 들고 병원으로 향했다. 입원실을 찾았고 병실 문을 열고

··· 101호 장씨 ···

들어섰다. 창가 쪽으로 누워 있는 장씨 아들과 간호하고 있는 장씨를 발견했다. 작은 소리로 인사를 하고 조심스럽게 발을 떼며 병실로 들어섰다.

"좀 어떠셔요? 사고 소식 들었는데 이제야 와보네요."

"여기까지 와주시고… 불편을 끼칩니다."

장씨는 앉아 있던 의자에서 일어서며 내게 의자를 내주었다. 그의 눈빛이 흔들렸다.

"여기 잠깐 앉으세요. 애 엄마가 잠시 자리를 비웠어요."

"2차 수술은 잘 되었다고 들었어요. 정말 그만하기 다행입니다."

"그러게요, 이만하길 천만다행이라고 생각하고 있어요. 많이 좋아지고 있고요. 회복 속도가 생각보다 빠르다고 의사 선생님도 말씀하시네요."

"빨리 털고 일어나야겠다는 의지가 정말 중요하다고 들었어요."

"그래서 애 엄마와 함께 최선을 다하고 있는데 중요한 건 아들 녀석의 의지인데, 다행히 잘 이겨내고 있어요, 말도 제법 잘하고… 감사한 일이죠."

나는 훈이 씨를 바라봤다. 얼굴에 멍든 자국이 풀어지고 있는지 보랏빛과 겨자 빛으로 얼룩이 졌다. 그는 바싹 마른 목소리로 잘 지냈냐며 사고가 있었다고 말했다.

"이만하길 정말 다행입니다. 소식 듣고 무척 놀랐어요."

"어머니께서… 전… 세… 금 말씀… 하셨다고…"

"네, 힘드시면 굳이 말씀 안 하셔도 됩니다."

그는 입술이 말라서 갈라져 있었다. 조금 더 이야기를 하면 얇아진 입술이 터질 것 같았다. 그는 괜찮다며 입술에 침을 살짝 발랐지만 다시 가물어 갈라진 논바닥이 되었다.

"사모님… 괜… 찮으시… 면 전세… 계약… 관련해… 서 어머님… 께 일… 임할게요."

"네, 알겠어요. 일반병동에 계신 걸 보니 회복이 빠른 것 같아 맘이 좀 놓이네요."

"사모님 덕분에 수술날짜 미루지 않고 바로 해서, 경과도 좋았고 예, 그래 지금 이렇게나 좋아진 것 같아요."

"아닙니다. 제 덕이라뇨? 제가 도울 일이 이것밖에 없네요."

입원실 문이 열리는 쪽으로 장씨가 몸을 돌렸다. 들어서던 부인이 나를 발견하고 종종걸음으로 다가왔다. 그녀는 내 손을 잡고 나를 한 번 쳐다보더니 아들 볼까 뒤돌아서 눈물을 훔쳤다. 준비해 온 절반의 전세보증금과 개인적으로 약간의 위로금을 얹어 그녀 손에 쥐여주고는 무거운 걸음으로 병실을 나섰다. 택시도 많았지만 좀 걸었다. 찬바람이 귀와 코끝을 빨갛게 조였다. 어제의 훈훈했던 날씨는 없었다. 머리카락이 날린다. 목에 두른 목도리를 단단히 여몄다. 코트 주머니 깊은 곳에 손을 찔러 넣었다. 그렇게 한참을 걸었다. 빨리 봄이 오면 좋으련만 게으른 시간만 재촉하게 된다.

그렇게 또 몇 주가 지났다. 그 사이에 눈(雪)이 내렸고, 쌓였고, 치워졌다. 삭막해진 화단에 초록 새싹이 여기저기 얼굴을 내밀었다. 바람이 분다. 그렇게 차갑지 않다. 햇살이 옥상 위에서 환하다. 겨우내 묶여 있던 초록 줄무늬 파라솔을 폈다. 따스하다. 계절이 바뀌는 것이 느껴진다. 창고 옆에 장씨가 쓰던 긴 빗자루는 그렇게

··· 101호 장씨 ···

장씨를 기다렸다. 101호에 가끔 장씨 부인이 잠깐 다녀간 것이 전부다. '내가 전화하면 괜히 방해될 거야.', '좀 나아졌나?', '별일은 없겠지.' 궁금한 것이 많았지만 내가 알고 싶은 것은 중요하지 않았다. 그렇게 또 며칠이 지나갔다. 우리 집 대문 기둥 양쪽으로 커다란 토분에 심어놓은 향국화 2개 중 1개가 사라졌다. 토분은 있는데 탐스럽고 커다란 향국화만 사라진 것이다. 토분을 바라보고 황망해하고 있는데 뒤에서 옆집 아저씨가 안부를 건넸다.

"아니… 사모님, 뭐하셔? 에구에구… 토분에… 여기도 몹쓸 짓 당하셨네… 쯔쯔즈 나도 얼마 전에 오렌지 픽시라는 나리꽃 큰 거 하나 또 도난당했잖아 알고 계시지? 화분은 두고 꽃만 글쎄… 여기도 그랬네, 그건 그렇고 장씨는 아직? 한… 두 달 넘었지 아마… 안 보여서."

"장씨는 집안에 일이 있어서 못 오셨어요. 당분간도 그러실 것 같아요. 그건 그렇고 아저씨네도 또 없어졌어요? 희한한 일이네요."

"난 이번이 두 번째 신고지. 사모님도 신고해~ 이 사람 이거 아주 버릇이 안 좋아, 잡아야 돼. 작년 봄부턴가 가을부턴가 반려식물들만 쏙쏙 뽑아 가니 상습범이야 이거."

"참 별일이 많아요… 동네도 맘도 흉흉한 게 좀 그러네요."

"그건 그렇고 동생 집안에 무슨 일이 있을 게 뭐가 있어? 부인과도 헤어졌다고 들었는데…"

"꼭 부인 일이 아니라도 일이 생길 수 있죠."

"말 좀 해봐요. 뭔 일이야…힘든 일이면 서로 도와야지 안 그래?"

둘이 이런저런 이야기를 하고 있는데, 장씨 부인이 집에 왔다.

옆집 아저씨는 더 눈이 동그래졌다.

"누구신가?"

"훈이 어머님이셔요, 장씨 부인."

옆집 아저씨는 대문을 열고 그녀를 한동안 바라봤다. 그녀는 집 안을 청소하고 빨래를 해서 널고 옷가지를 챙겨 나갔다. 며칠은 똑같았다. 그리고 2~3일 뒤에 훈이 씨 여동생이라고 집으로 찾아왔다. 그녀는 장씨 아들과 닮았다. 애들 둘이 다 장씨를 닮은 것 같다. 네 가족이 서로 애지중지하는데 둘씩 갈라져 살다니 서로에게 고문이었겠다. 이곳이 낯설었을 장씨 딸과 나는 거실에서 차 한 잔을 나눴다. 그녀에게 오빠의 근황과 부모님의 상황을 물어봤다. 그녀의 말은 이랬다. 오빠의 두 번째 수술은 잘 끝났고, 고비가 있어 일반병동에서 중환자실로 옮겨져 치료를 받았고 잘되어 다시 일반병동으로 옮겨 치료 중이란다. 아빠와 엄마도 서로 의지하며 계시다고 힘든 일을 겪긴 했지만 다시 네 가족이 함께하게 되는 계기가 되었다며 부드러운 미소를 지었다. 그녀는 이번 주까지만 있고 포항으로 돌아간다고 말했다. 그냥 모든 것에 감사하단 생각이 들었다. 옆집 순덩순덩 아저씨는 슬리퍼를 신고 아침마다 장씨 체조를 혼자 했다. 바람은 늘 그 길로 불었고 고양이들은 장씨 빈자리를 메우려는 듯이 두세 마리씩 야옹거리며 몰려다녔다. 하루가 다르게 햇살은 점점 따사로웠고 옥상이 흰 이불 빨래를 받아들이는 계절이 되었다. 이불 빨래를 해야겠다. 싹을 틔우던 잎에서 작은 봄꽃을 피어 올리며 화단은 조금씩 생기를 찾아갔다. 대문 앞에 놓인 토분에서 사라진 향국화의 행방을 찾기 위해 옆집 아저씨의 두 번째 오렌지 픽시가 사라진 날과 향국화 사라진 날을 집중적으로 CCTV를 돌려 봤다. 연세가 있으신 어머님이 새벽 3시에 마대 자루 하나와 과도 칼을 들고 슬리퍼를 신고 목적지를 향해 뒤도 살피지 않고 걸어가셨다. 아저씨네 대문을 열고 들어갔다. 그리고 얼마의 시간이 흐른 뒤 손에 나리 줄기를 한 움큼 잡고 나와 뿌리에 달린 흙을 우리 집 대문 앞 CCTV 앞에서 털더니 가지고 온 마대자루에 넣어 야무지게 여몄다. 그리고는 우리 집 대문에 한 손을 짚고 슬리퍼에 떨어진 흙을 하나씩 들고 털더니 마대자루를 들고 유유히 사라졌다. 처음 보는 분이었다. 우리 집 향국화도 CCTV 앞에서 한참을 칼로 흙을 파내더니 향국화 줄기들을 한 손에 잡고 나머지 손으로는 토분이 흔들리지 않게 누르며 흔들어 천천히 빼냈다. 뽑아내는 솜씨가 한두 번 해본 솜씨가 아니었다. 전문가 수준이었다. 그리고 지난번과 똑같이 준비해 온 마대자루에 담고 슬리퍼에 묻은 흙을 털었더니 마대자루를 들고 골목 위쪽으로 사라졌다. CCTV 화면은 캡처해서 골목 전신주에 붙이고 우리 집 대문에도 순덩순덩 아저씨 대문에도 붙였다. 그리고 경찰서를 찾아갔고 신고와 함께 범죄 상황이 고스란히 찍힌 CCTV 화면을 증거로 제출했다. 경찰은 도움을 줘서 고맙다고 인사를 하고 하루빨리 검거해서 알려드리겠다고 했다. 내가 뭔가 도움이 된 것 같아서 뿌듯했다. 조금만 기다리면 곧 범인이 누군지 왜 그랬는지 알 수 있을 것이다. 그사이에 도난사건이 발생하지 않게 잘 지키는 것만이 방법이었다. 그 소식을 들은 피해자들은 일제히 우리 집으로 몰려왔다. 다 같이 옥상에서 차를 마셨고 각자 속상한 마음을 털고 가셨다. 범인은 잡히지 않았지만 모두 해결된 그런 기분이었다. 한동안 이 골목은 잠잠했다. 그렇게 아무 일 없던 것처럼 며칠이 지나 장씨와 아들 훈이 씨는 겨울 여행을 떠나서 봄 벚꽃이 만발한 사랑스러운 계절에 상처를 이기고 이곳으로 다시 돌아왔다. 두 사람은 많이 변했다. 아들은 누워 있었고 직장도 다닐 수 없었다. 장씨의 짧은 머리는 장발이 되었고 수염은 얼굴 절반을 덮었다. 아들은 부모님과 함께 101호 좁은 집에서 지냈다. 우리 집 1층은 다시 생기를 찾았다. 훈이 씨가 퇴원하고 병원 치료 다니기를 두어 달쯤. 한여름이 오기 전 어느 맑은 날이었다. 부인이 우리 집 현관문을 또 두드렸다.

"포항으로 내려가려고 합니다."

"내려가시게요? 그동안 고생 많으셨죠?"

"고생은예, 다시 건강하게 돼서 감사하고 덕분에 가족이 함께 모이게 돼서 감사하다 아입니까. 이런 방법은 아니었지만… 어렵게 돌고 돌아 다시 뭉쳤으예."

"좋은 일이네요, 힘들고 어려운 일만 있음 살기 힘든데 그 사이에도 웃을 일을 주시네요."

"이번 주에 이사하고 싶은데 나머지 보증금은 이사 가는 날 맞춰서 주실 수 있을까 해서예? 그카고 사모님, 집에 아직 환자가 있어… 낯선 사람들이 들어오는 것은 좀 신경이 쓰이거든예, 자식 키우시니까 이해하시지예? 우리 이사 나가고 부동산에 내놔 주이소마, 어렵겠지만 부탁드립시데이."

"그래도 부동산에는 내놔야… 좀 알아보고 최종적으로 말씀드려도 될까요?"

부인은 그러라고 하면서 돌아갔다. 계단의 라일락 화분에 꽃망울이 유난히 많이 매달렸다. 라일락도 지난겨울이 혹독했으니 꽃이 피면 향기가 작년보다 더 진할 것이다. 화초 도난사건 범인은 오리무중이었고 경찰들은 하루에 한 번씩 골목을 순찰했다. 나는 다음 날 1층 현관문을 두드렸다. 부인은 급히 나왔는지 짝짝이로 슬리퍼를 신고 나왔다.

"이번 주 언제 가시나요?"

"이번 주 토요일에 갑니더, 포항 집 정리가 그때 된다고 해서 다시 시작해 보려고예."

"잘되었네요. 그러면 토요일에 이사 나가시는 것 보고 아드님 통장으로 입금해 드릴게요."

"참말로. 고맙습니다."

장씨는 부인과 나누는 대화를 들었는지 문을 열고 나왔다.

"주인 사모님이 잘해줘서 편하게 재밌게 살다 갑니다. 이곳이 많이 그리울 것 같아요."

"아닙니다. 제가 장씨 아저씨 덕분에 신선한 야채도 잘 먹고, 재활용도, 골목 청소도, 눈 오는 날도 혜택을 받은걸요. 아마 동네 어르신들 다 섭섭해하실 겁니다. 특히 옆집 형님은 우울증에 걸리실 수도 있을걸요."

벚꽃이 영그는 계절에 온 가족이 모여 화려한 꽃들이 만개하는 뜨거운 계절이 되었다. 사랑해야 할 때 그러지 않은 사람들은 다 잡아가야 할 것 같은 신비스러운 봄을 넘어 여름 어느 쯤에 머물

러 있다. 장씨의 미소 때문인지 촘촘했던 콧수염도 턱수염도 조금
씩 움직이며 여유가 보였다. 장씨의 장발은 더 길어져 뒤로 묶였
다. 조금 낯설다. 단단하고 단정했던 모습이 지금은 어깨에 기타를
메어주면 멋있는 가수처럼, 런웨이에 세우면 매력적인 모델처럼
보였다.

"여기 잠시 살면서 제가 정신적으로 도움 많이 받고 가는걸요.
모두 좋은 분들이셔요."

"아들도 건강 찾고, 가족이 모여 살다 보면 더 아름다운 날들이
올 거라 생각해요. 그럼 마무리 잘하시고 이사준비도 잘하셔요."

장씨는 씁쓸한 표정을 지으며 앞으로 쏟아진 머리를 한 손으로
쓸어 넘겼다. 부인과도 인사를 하고 밖으로 나왔다. 골목을 한 바
퀴 돌았다. 부는 바람도 제법 더웠다. 발걸음이 무거운 건지 가벼
운 건지 모르겠다. 담벼락에 그려진 그림들은 겨울을 지내고 색이
바랬다. 꽃 모양으로 붙여진 타일 몇 조각은 떨어져 나갔다. 길바
닥에 그려진 '안심귀가'란 글귀도 사람들의 발밑에서 얇아졌다. 아
무 생각 없이 이 골목에서 저 골목으로 한참을 걸었다. 아마도 장
씨가 걸어온 길은 그 끝에서 다시 만나는 길이었나 보다. 큰길 모
퉁이에 자리한 현대슈퍼 아주머니가 문을 열고 나를 보고 어딜 그
렇게 넋 놓고 가냐며 급한 거 아니면 차 한잔하고 가라고 불렀다.
걸음을 멈추고 현대슈퍼 쪽을 쳐다봤다. 작은 아주머니는 손을 밖
으로 내밀며 들어오라고 손짓을 했다. 나는 횡단보도를 건너 슈퍼
로 들어갔다.

"어떻게 저를 보셨어요?"

··· 101호 장씨 ···

"손님도 없고 해서 밖을 내다보고 있는데 지나가시길래 불렀죠. 뭔 일 있어요? 보니까 아주 멍하니 걷고 있던데."

"산다는 게 뭔가 싶어서요."

"산다는 게 뭐 별건가요. 하루 세 끼 굶지 않고 자식 뒷바라지 잘하고… 그럼 되지."

"그러게요. 굶지 않고 자식 잘 키우는 게 인생에 있어 큰일은 큰일이죠."

"무슨 일… 있구나?"

아주머니는 까만 눈동자를 반짝이며 나를 살폈다. 나는 아무 말도 하지 않았다. 슈퍼 칸칸이 어떤 물건이 들어왔나 왔다 갔다 하면서 해찰했다. 세제가 있는 칸에서 반대쪽 라면이 진열되어 있는 칸으로 발을 옮겼다. 아주머니 눈은 나를 따라 움직였다. 라면 한 봉지를 들고 이리저리 살펴보고 있는 나에게 재촉했다.

"아니 얘기 좀 해봐요. 궁금해 죽겠네."

"무슨 일은요… 저는 아무 일도 없어요. 일이 있다면… 101호 장씨네가 이번 주 토요일에 이사 가는 거 말고는 별일 없는데요?"

"101호 장씨 아저씨가요? 그분 참 양반인데… 어디로 간대요?"

"포항으로요… 잘되었죠."

"장씨가 이사 가서 멍한 표정으로 걸었던 거예요?"

"아뇨… 그래서라기보다 그냥 '나' 나란 무엇인가?' 뭐 이런 거 생각하느라…"

"'나란 무엇인가? 뭔 소리야?"

"잃어버린 나를 찾겠다고 회사 그만두고 이혼하고, 눈에 넣어도 안 아픈 예쁜 딸도 보지 못하고, 그렇게까지 해서 '잃어버린 자신'은 찾았는지 몰라?"

"뭔 소리래? 장씨가… 뭘 잃어버렸다는 거야? 아님… 자기가 뭘 잃어버렸다는 거야?"

"아니, 내가 아니고 장씨요. 큰아이가 많이 아팠어요. 가족 모두가 힘들게 이겨내고 모두 포항으로 내려가거든요. 해피엔딩이죠."

"뭔지 몰라도 자식 가진 부모는 죄인이야."

"왜, 죄인이에요? 자녀 많이 낳으면 국가에서 지원도 해주는데?"

"지원… 그까짓 것 아무것도 아냐, 일하고 벌어다 바치는 벌을 받고 있는 죄인일 뿐."

슈퍼 아주머니는 한숨을 깊게 몰아쉬었다.

"아주머니야말로 뭐가 있구만?"

"아니… 있긴 뭐가 있어? 자식 이야기하니까 뭐 그렇다는 거지."

"말해봐? 내가 아니고 지금 본인 속이 답답해 죽겠다는 얼굴인데."

"내가 보기엔 장씨 아저씨 애가 아팠다는 거 말고 뭐가 더 있는 거 같은데… 무슨 일이야?"

"가족과 함께 내려가서 그곳에서 다시 자리 잡아보겠다고 하시더라고요. 함께 살던 아들이 지난겨울에 스키 타다 다쳐서 5개월가량 병원에 있다 나왔거든요."

슈퍼 아주머니의 작고 검은 눈이 반짝거렸다.

"에그머니나… 큰 사고였나 보네~?"

"이번 일로 가족이 다시 뭉친 것은 박수 치며 환영할 일인데… 어렵게 선택한 것을 한순간에 다 놔야 한다는 것… '부모' 역할은 사표도 없는 극한직업 같아요."

"자식이 '원수'란 말도 있잖아…"

아주머니는 계산대 안에 서 있다가 의자에 털썩 앉았다. 한숨을 깊게 내쉬기를 서너 번 하더니 눈을 지그시 감았다 떴다. 나는 라면 2개를 들고 앞뒤로 번갈아 봤다. 침묵이 흐르고 슈퍼 아주머니는 창밖으로 지나가는 차들을 한동안 보았다. 나도 슈퍼에 진열된 많은 물건을 뒤로하고 말없이 창밖을 보았다.

"아주머니도 무슨 일 있었어? 아까부터 이상해… 뭔가 있다니까? 표정이 갑자기 왜 그래요?"

"나도 아들놈이…"

"한동안 슈퍼에 안 왔더니… 그동안 뭔 일 있었네, 있었어? 아들이 왜요? 그 착한 아들이…"

"뭔 일은 아니고… 하루 15시간 이상 여기 처박혀서…"

나는 라면을 들고 계산대 앞에 섰다. 그녀는 잠시 말을 아끼더니 라면 2개를 계산했다. 봉지를 꺼내 라면을 담다가 답답한지 작은 주먹으로 가슴을 두드렸다.

"자식들 뒷바라지 끝나면 홀가분하게, 다른 사람들 살듯이 홀가분하게 살아보려 했더니만…"

"…했는데, 하면 되죠?"

"졸업 한 학기 남겨두고 다시 시험 봐서 지가 하고 싶은 전공으로 다시 대학 간다고 지랄을 하는 통에…"

"나는 또… 아프지 않은 게 어디예요, 놀랐잖아요? 아주머니 아들도 사고 난 줄…"

나는 크게 숨을 들이쉬었다가 다시 몰아쉬며 자라 보고 놀란 가슴을 손으로 쓸어내렸다.

"결혼하고 먹고살기 힘들어서 슈퍼 시작했는데, 이게 고난의 길이지 뭐야. 주말을 챙길 수 있나, 애들하고 놀러 한번 가볼 수가 있나, 명절 때 부모님을 찾아뵐 수 있나, 남편과 손잡고 결혼기념일 이런 거 한번 할 수가 있나? 여긴 '감옥'이야, '감옥'…!"

"에그… 참나, 공부한다는데… 조금 더 가르치면 되죠? 놀랐네, 놀랐어요."

"이제 6개월만 더 버티면 나도 자유 시간을… 나만의 시간을 가져보겠다는 희망이 있었는데… 이 망할 놈의 새끼가 자기만 알고 엄마는 개똥으로 생각하잖아."

아주머니는 짜디짠 묵은 이야기를 조금 내놓더니 창밖을 내다보며 세상 잃은 표정을 했다. 거칠게 움켜쥔 라면 2개를 봉지에 담아 내 앞으로 밀었다.

"1,800원. 카드? 현금?"

"카드."

"지 인생에는 자기밖에 없다나… 참나, 부모는 자기 인생에 없대 글쎄…"

생각할수록 화가 치밀어 올라오는 모양이다. 목소리가 거칠어지더니 떨린다.

"아들이 너무했네. 그냥 졸업하고 취업해서 그동안 고생한 엄마를 좀 해방시켜 주지, 너무했구먼… 난 아줌마 편이야. 진정해요. 여기 카드."

"현금 좀 가지고 다녀, 영수증은?"

"됐어요."

"나쁜 놈의 새끼 같으니라고…"

아프지 않으니 다행이고, 나쁜 짓 하는 것이 아니고 공부 더하겠다는 것이라 다행이었다. 부모가 되면서 주어진 상황이 감옥이라면 형량은 종신형일 것이다. 종신형에서 성실이 역할을 다하면 모범수로, 출가까지 시키고 나면 집행유예 석방까지는 갈 길이 멀다. 어느 중학교에서 학생들에게 질문을 했단다. 그 결과가 현실을 반영하고 있는 것 같다. 설문 내용을 정리하자면 이랬다.

'세상에서 가장 필요한 것을 하나만 선택하라는 질문에 대한 대답은 '엄마'란다. 하지만 세상에서 함께 살 수 없는 것 하나만 정한다면 이란 질문에도 '엄마'란다. 아빠는 없고 엄마만 필요하지만, 또 필요가 없는 거다.'

이 의미는 무엇일까? 많은 생각을 하게 한다. 자식들은 이런저런 이유로 부모를 쉽게 석방시키려 하지 않는다. 자식은 분명 신의 선물이다. 그 선물이 누구에게는 '보석'이 되기도 하고 누구에게는 '감옥'이 되기도 하는 것 같다. 어떤 것이 맞는지 잘 모르겠다.

현재를 살아가면서 얻어지는 것에 의미를 둔다면 지금 나를 둘러싸고 있는 이 세상 모든 것이 다 소중하다고 생각한다. 신은 자식도 선물로 주지만 만물 모두에게 주신 또 하나의 선물이 있다. 그게 바로 오늘이라는 선물이다. 너에게도 나에게도 공평하게 내려주신 선물. 오늘이라는 기적을 매일 선물로 받으면서도 이런저런 푸념으로 낭비하고 있는 우리는 얼마나 대담한가?

나는 봉지에 담아준 라면 2개를 들고 좀 전에 걸어 나온 길 반대쪽 작은 골목으로 방향을 틀었다. 잘 정돈된 빌라 화단에 흰 철쭉 분홍색 철쭉꽃들이 풍성하게 만개했다. 손길 잃은 화단과 대조되었다. 고양이 두 마리가 철쭉꽃 밑에서 머리를 내밀며 슬금슬금 기어 나왔다. 해가 떨어지면서 바람이 불었다. 바람에 구름이 움직인다. 꽃 무리가 흔들린다.

# 다시 한번

주말이 되었다. 이른 아침 골목에 청색 1
톤 트럭 2대가 들어왔다. 대문이 양쪽으로 활짝 열렸다. 101호의
짐이 분주히 나갔다. 아들은 부인과 먼저 포항에 갔다고 한다. 장
씨는 묶어놓은 짐들을 들고 날랐다. 이삿짐 아저씨들은 큰 짐을 꺼
내 차곡차곡 짐칸 시작 선에 맞춰 쌓았다. 옆집 순딩순딩 아저씨는
파자마 차림으로 활짝 열린 대문을 잡고 뒤통수가 짓눌린 흐트러
진 은발 머리를 안쪽으로 넣었다.

"장씨, 동생 있어? 오늘 이사야? 동생~ 짐 싸?"

옆집 순딩순딩 아저씨의 서운한 목소리가 짐 속에 묻혔다. 안에
서는 아무런 대꾸도 없었지만 급한 마음에 몸은 벌써 현관으로 들
어섰다. 잔잔한 짐들이 널려 있는 곳에서 장씨가 몸을 일으켰다.

"누구… 아~ 형님… 이른 아침 어쩐 일이세요?"

"동생 이사 나가는데 내려와 봐야지."

"형님에게 말씀드려야 했는데… 경황이 없어서… 엉망이지만 들어오세요."

장씨는 형님에게 들어오라고 잔잔한 짐들 사이로 길을 만들었다.

"아냐~ '내가 뭐 거들 게 없나?'하고 와봤지. 동생 바쁜데 불편하게 하려고 한 건 아냐… 알지?"

"형님, 제가 형님 마음 다 알죠. 도와주실 거 없어요. 다 한 걸요."

옆집 순덩순덩 아저씨는 장씨에게 다가서다가 짐에 걸려 장씨 쪽으로 넘어졌다.

"어쿠… 괜찮으세요?"

"아아아… 미안 내가 좀 덤벙대잖아?"

어색한 미소를 지으며 장씨가 잡았던 팔을 손으로 쓸어 만졌다. 넘어질까 봐 순간적으로 강하게 잡았던 곳이 아팠나 보다.

"그렇게 넘어지면 큰일 나요."

"동생 간다니까… 다리에 힘이 빠져서 그러지."

장씨는 형님을 조금 넓은 자리로 안내한 뒤 허리춤에 손을 얹고 널려 있는 짐들을 두리번거리기 시작했다.

"짐을 다 싸서 형님께 뭐 드릴 게 없네요."

"무슨 소리야? 내가 뭐 먹으려고 온 것도 아닌데… 우리 아침 운동 말이야, 이제 각이 좀 잡혀가고 있는데… 많이 생각날 거야."

"형님이 잘 따라 해주셔서 그렇죠. 제가 없더라도 꾸준히 운동은 하셔야 해요."

"해야지 그럼! 동생이 가르쳐 준 건데…"

"그동안 해온 동작만 반복하셔도 충분해요."

서운하고 섭섭하고 아쉬운 표정들이 눈가에서 볼을 타고 입가에 머물렀다. 이삿짐 아저씨들은 그 둘 사이를 왔다 갔다 하며 짐을 날랐다. 장씨는 이곳저곳 짐 무더기 사이를 돌아다니며 그 속에서 뭔가를 열심히 찾았다.

"형님 고무 밴드 가지고 운동하면 좋겠다 싶어 찾고 있는데…"

"고무 밴드… 그게 뭐야?"

"탄력이 좋아서 그걸 사용하면 좋을 것 같은데… 안 보이네요."

"됐어. 동생 없이 내가 혼자 뭔 지랄 났다고 하겠어? 동생이랑 하니까 한 거지."

분주해진 장씨를 보고 있던 옆집 순딩순딩 아저씨는 내 속을 모르냐는 듯 이 눈을 흘겼다. 귀여운 모습에 장씨가 웃었다. 덜 닫힌 박스 안에서 찾고 있던 고무 밴드가 보였다. 옆집 순딩순딩 아저씨는 장씨가 건넨 고무 밴드를 받아 들고 손으로 한번 당겨보더니 바닥에 내려놓고 만지작거리며 중얼거리듯 말했다.

"나 혼자… 글쎄? 앞집 호랑말코 그 사람 혼내준 게 동생인데, 그 인간 동생 이사 간 줄 알면 아주 펄펄 날뛰겠지. 그 꼴을 또 볼 걸 생각하니… 이 고무 밴드로 때려줄 수도 없고."

"앞집 아저씨가 성격이 급하고 말을 앞서 하시는 분이라 그렇지. 좋은 점만 보시고 친구 하며 지내시면… 어때요, 형님?"

"동생은 자꾸만 친구 하라고 하는데 난 그게 안 된다고!! 그 인간이랑은 안 맞아!!"

"형님과 앞집 아저씨는 관계 수선이 좀 필요해 보이긴 해요."

"관계 수선이라고? 그 인간이랑은 그딴 거 필요 없어. 친구? 말도 꺼내지 마!"

"그분도 평생 일만 하시는 분이신 것 같던데요. 아마 모르긴 몰라도 동네친구⋯ 없을 걸요. 그러니 형님이 친구 해주시면 좋겠다, 뭐 그런 생각이 드는데⋯"

"그 인간 친구가 있건 없건 난 모르겠고. 관계 수선 그런 거 세탁소 가서 하는 것도 아닐 거고."

"가만히 보고 있으면 그분도 귀여운 데가 있던데요⋯ 그러지 마시고 부드러운 형님이 너그럽게 품으세요."

"독선이 아주 하늘을 찔러요. 지가 뭐 이 골목의 대장이야 뭐야 유치하게⋯ 그 인간 그런지 벌써 10년도 훨씬 넘었지. 그 인간이랑 나랑은 달라도 너무 달라서 품는다는 것은 있을 수가 없다고. 그리고 품어도 하필이면 그 인간을 품어야 해, 내가? 어림없어!!"

"세상에 안 품어지는 인간은 없다고 어떤 스님이 말씀하시던데⋯ 앞집 아저씨부터 품어보는 거죠. 형님은 잘하실 수 있을 거 같은데, 안 그래요?"

"그 인간은 가시야 가시⋯ 고슴도치처럼 온통 가시라 품을수록 내가 아파. 에이 몰라 그 인간 이야기 그만해."

"고슴도치도 공격할 때나 가시를 세우지, 알고 보면 부드러운 동물이에요."

"아, 몰라, 동생 이사 가서 속상해 죽겠는데 그 인간 이야기는 이제 고만하자고."

옆집 아저씨의 세상 잃은 모습에도 무심하게 짐들은 정리되고 공간은 비워졌다. 이삿짐 아저씨 둘은 굵은 밧줄을 주거니 받거니 하면서 좌우 앞뒤로 단단히 여미고 그 위로 초록색 그물망을 쳤다. 이삿짐들은 단단히 결박당한 채로 포항까지 가야 했다. 밖에 나와 있던 나와 옆집 아저씨에게 장씨가 다가섰다.

"그동안 고마웠습니다. 신세 많이 졌어요."

"아닙니다. 함께 지내는 동안 도움을 많이 받았어요. 포항 가시면 지난 일은 다 바다에 던져버리시고 새롭고 재밌게 보내셔요."

장씨는 깊은 인사를 했다. 그리고 옆집 아저씨에게 다가가 두 손을 잡으며 콧수염과 턱수염 사이에 하얀 이를 내보이며 웃었다. 두 사람이 잡은 손은 위아래로 흔들었다. 아쉬운 만큼 흔들었던 것 같다. 옆집 순딩순딩 아저씨는 몸 전체가 흔들렸고 눈물이 그렁그렁했으며 목이 메었다.

"형님 고마웠어요. 운동은 계속하셔요, 꼭이요. 건강하게 잘 지내시고요."

"그래 내 걱정 말고 동생이나 잘 살아. 포항 가면 연락할게, 잘 살아."

장씨는 운전석 옆자리에 가볍게 올랐다. '드르륵큭'하고 시동이 걸리더니 속도를 천천히 올려 좁은 골목을 깃털처럼 가볍게 빠져나갔다. 길 잃은 산비둘기 한 마리가 공중을 두세 바퀴 돌더니 목적지를 찾은 듯 트럭이 빠져나간 곳으로 사라졌다. 옆집 순딩순딩 아저씨는 트럭이 빠져나가고 난 뒤에도 한동안 말없이 서서 바라봤다.

앞집 담장에 패랭이꽃들 사이를 고양이 두 마리가 장난치다 한 마리가 훌쩍 뛰어내리니 남은 한 마리도 뒤따라서 사라졌다. 패랭이가 흔들렸다. 오후가 되니 햇살은 뜨거웠다. 이른 여름이 오려나보다. 나는 머리띠를 다시 야무지게 밀어 올리며 고정했다. 두 팔을 걷고 양쪽으로 이삿짐 나가기 좋게 열어놓은 대문을 하나씩 하나씩 고정시켰다. 마당을 쓸었다. 오랜만에 하는 비질이다. 201호 정혜 씨가 모자를 눌러쓰고 내려오다 멈춰 서서 1층에 있는 나를 바라봤다. 4~5초 정도… 무척 길게 느껴졌다. 그녀는 그렇게 나를 뜨겁게 바라보더니 밖으로 나갔다. 잠시 후에 청소 전문가들이 오셨고 그분들 손에서 101호는 쓸고 닦이고 전체 소독으로 마무리되었다. 1층 101호에 새로운 공기가 들어차면서 다른 이야기를 들을 준비를 마쳤다. 늦은 오후에 중개사가 육중한 몸을 흔들며 집 상태를 확인하고 갔다. 두 달 뒤면 내 또래 여자분이 101호에 이사 들어 오시기로 했다. 어떤 이야기를 들고 오실까 기대된다.

우리는 가끔 끝없는 구렁텅이로 자신을 몰아넣는다. 한번 시작하면 멈출 수 없는 끈질김은 도대체 어디서 나오는지… 살아가면서 우리는 스스로를 집요하게 추적하고 쫓고 괴롭히는 가해자가 되기도 하고, 희망과 의지를 불어넣고 끈적이고 축축한 공포 앞에서 히어로가 되기도 한다. 세상이 복잡한 미로라는 굴레라면, 그 속에서 탈출구를 찾기 위해 선택을 해야 한다면 스스로를 무너트리는 삽질보다 히어로가 되는 게 낫지 않을까? 가장 확실한 사랑은 자기 자신을 사랑하는 거라고 했다. 장씨도 히어로가 되어 자기 자신을 지금보다 더 많이 사랑하길 바란다.

주먹 크기만 한 분홍빛 자줏빛 작약겹꽃들이 햇볕을 받아 진한

향기를 품어낸다. 마당에 있는 수도에 호스를 연결하여 물을 뿌렸
다. 커다란 대야에 이불이라도 넣고 거품 가득 두 발로 날아든 물
살을 피해 이리저리 뛰며 밟아야 할 것 같은 날이다. 102호 덕례가
대문을 열고 들어서다 멈췄다. 물웅덩이가 되어버린 마당 한가운
데로 쏟아지는 햇살을 바라보고 있는 그녀를 보고 웃었다. 참 아름
다운 날이다.

# 102호
# 덕례 씨

# 연애 맛, 깊은 맛

덕례는 이리저리 날아든 물방울들을 피해가며 고개를 숙이고 손으로 막았다. 마당 한복판에서 벌어지고 있는 물난리 때문이었다. 호스를 벗어난 자유분방한 물방울들은 잘 달궈진 프라이팬에 던져진 물처럼 미끄러지듯 튀었다. 나는 그 한가운데 있었다.

"덕례~ 이리 와봐, 신나고 좋아 같이하자."

"남사시롭게… 뭐여 어른이? 아주 신났구만, 신나셨어. 근디 뭔 일이당가?"

나는 서 있는 덕례를 행해 손으로 물을 튕겼다.

"아니 진짜로… 뭔디 그래싸까 참말로, 물 티구마잉."

나는 호스 소나기를 맞고 머리와 옷과 얼굴이 물 범벅이 되었고 그녀는 날아오는 물방울들을 이리저리 피하면서 목젖이 보이도록 환하게 웃었다.

"뭐긴 보면 몰라~ 물청소하고 있잖아, 물청소."

"시방 이것이 청소라고? 아무리 봐도 망나니 물놀이… 그런 건디?"

그녀는 물기들을 피해 까치발을 들고 벽에 바짝 붙어 벽을 쓸며 조금씩 발을 옮겼다.

"옆에 장씨 아저씨 오늘 이사 간다고 하셨는데 가셨구나. 그치?"

"응, 오늘 이사 가셨어. 좋은 분이셨는데 그분도 좋아지셔서 가셨으니 잘됐지. 그래서 그런가, 날이 좋아 그런가, 기분이 좋네."

"한동안 섭섭해서 으짜쓰까. 계절별로 야채 나눔해 주시고 그랬는디… 솔찬히 섭섭하긴 혀, 여그랑 인연이 될라믄 좋은 사람 또 안 오것소."

"내 또래 아주머니 한 분이 오시기로 계약했지. 분명 좋은 분이실 거야~ 덕례 동생 그렇게 서 있지 말고 시원하고 좋은데, 어때?"

"나는 젖는 거 딱 질색이랑께 음마~ 들어가요잉."

덕례는 자기 몸이 들어갈 만큼 문을 열고 쭈꾸미가 소라 빈껍데기 들어가듯 미끄러져 들어갔다. 그녀는 102호에 살면서 우리 집에 이사 들어오고 나가는 것을 10년 넘게 보고 있었다. 나와 함께 이곳에서 11년째 동거 중이다.

그날 하루 종일 청소로 해가 저물었다. 청소장비를 창고에 넣어두고 몸에 먼지를 털어내며 계단을 올라가는데 맛있는 냄새가 마치 계단에 앉아서 나를 기다리는 것처럼 반겼다. 그 냄새는 오래전 할머니께서 해주셨던 그런 냄새였다. 맛있는 냄새, 그리운 냄새, 입에 침이 고이는 냄새, 할머니가 보고 싶은 냄새였다. 시장기가 돌았다. '오오 냄새가 음, 음, 맛있네, 죽여주는구먼.' 사납게 달려 드는 묵은지 자갈자갈 끓이는 냄새를 최대한 마시며 한 발 한 발 천천히 올라갔다. 전화가 울렸다. 덕례 전화였다.

'언니~ 지금 들어갔지? 현관문 닫히는 소리 나던데?'

"어, 지금 들어왔어. 배고파서 저녁 준비하려고… 맛있는 냄새가 너무 괴롭혀서 말이지."

'옴마~ 냄시가 맛나게 났는가벼~ 그거 우리 집이여. 그 냄시.'

"그 냄새에 내 배가 꾸르륵거리며 반응을 하는 거야, 참느라 힘들었어. 대체 뭔 짓을 한 거야?"

'찌개 끓이다 보니 쪼까 많이 해서 전화했는디 그라고 보면 언니는 뭘 하면 안 줄 수가 없게 해. 재주야 재주.'

"그래서 뭔데? 묵은지지. 냄새가 묵은지야… 묵은지에 뭐 했는데?"

덕례가 전화기 속에서 개구지게 깔깔 웃었고 나는 전화기 속으로 입에 고인 침 넘어가는 소리를 보냈다.

'아니… 별거 아닌디, 엄니가 묵은지를 보내줘서 통으로 깔고 멸치 넣고 자갈자갈 쪼리고 있지.'

"그래? 새 밥에 멸치 먹은 묵은지를… 상상만 해도 죽인다, 죽여! 혼자 먹긴 그렇지?"

'그래서 전화했다. 와서 한 숟가락 같이하자고, 물놀이 장난 아니던데, 허기지지 않아?'

"배고프지~ 길게 한 줄 찢어서 따끈한 밥 위에 얹어 먹으면 개꿀이겠는데… 지금 내 배에서 천둥 치고 난리야. 구세주가 따로 없네, 없어, 근데? 내가 가도 되겠어?"

나는 벌써 입에 침이 고였고 '그럼 됐어.'라고 할까 봐 얼른 밥 이야기를 꺼냈다.

"밥 가져갈까? 1개 2개? 2개는 가져가야겠지!"

'내 밥은 있응께 언니 밥만 가져와. 그럼 상 차린다, 반찬은 알제 묵은지?'

"그럼 알지 묵은지 멸치 김치찜 찌개!"

'찌개 말곤 없응께, 그리 알고… 싸게 내려오쇼.'

전화가 끊어졌다. '앗싸 묵은지!' 나는 쾌재를 불렀다. 냉동실에서 밥을 2개 꺼내 식탁 위에 올려놨다. '우후 배고프다 배고파~' 코를 벌름거리며 묵은지 김치찜 찌개 먹는 것을 상상했다. 청소하며 입었던 옷과 양말을 뚜껑이 열린 세탁기를 향해 '덩크슛'했다. 양말 한 짝은 들어가고 한 짝은 옆에 떨어졌다. 하지만 다시 주워 담지는 않았다. 화장실에 들어가 양치하고 손을 닦았다. 슬리퍼를 신고 계단을 두 계단씩 내려갔다. '타타타 타탁' 난간에 손은 없고 잡을 듯 말 듯 쓸면서 내려갔다. 그렇게 달려가 102호 현관 앞에 서서 벨을 눌렀다. 내가 그렇게 빠른 사람인 줄 처음 알았다. 호흡이 거칠고 얼굴은 상기되었다. 문이 열렸다. 맛있는 묵은지 김치찜 찌개 냄새가 확 쏟아져 나와 나를 할퀴었다. 패배의 눈을 감았다. 진하게 멸치육수를 품은 묵은지 김치찜 찌개를 영접하기 위해 경건하고 공손한 자세로 폐 속 깊은 곳부터 차곡차곡 채우듯이 숨을 천천히 들이켜며 조심스럽게 눈을 떴다. 그리고 묵은지가 놀랄까 봐 교양 있게 천천히 말했다.

"동생, 나야… 늦었나?"

현관에 들어서서 신발을 하나 벗고 다음 신발을 벗으려는 나를 덕례가 막았다. '배신인가? 같이 먹지 않겠다는 건가? 그럼 너무 잔인한데.' 나는 표정 잃은 얼굴로 덕례를 바라봤다. 덕례는 내 손을 바라보더니 내게 다가와 내 눈을 깊게 들여다봤다.

"아~ 언니~ 손에… 밥? 밥은 어디 갔어? 빈손이구만?"

내 손을 봤다. 빈손이었다. 생각했다. '이런…젠장!' 밥 2개는 식탁 위에서 천천히 냉기를 내보내고 있을 것이다.

"아~ 싸게 가서 가져와 하여간 못 말려. 올 때까지 좀 더 쪼리고 있을랑께."

"알지 내 맘…? 냄새가… 고문이다. 두 손가락으로 야무지게 찢어서."

"아아~ 알았당께, 알았승께~ 싸게 밥 가져와요. 냄비 국물 쫄면 짜다, 짜."

덕례는 싱겁게 웃었다.

"알았어 금방 올게."

"나이 들면 다 그래, 괜찮으니까, 싸게 가져오랑께~ 밥통에 나 먹을 만큼만 있어서 그러니까."

나는 뒤돌아 3층까지 단숨에 올라갔다. 비번이 잘 눌러지지 않았다. 두세 번 만에 문이 열렸다. 차가운 밥 2개를 전자레인지 속에 넣었다. 전자레인지 신호음 소리가 이렇게 애간장을 태우는 줄 몰랐다. 잘 데워진 밥 2개를 꺼내려 급히 손을 넣으니 뜨거웠다. 놓쳤다. 손이 빨개졌다. 귀를 만질 새도, 호호 불어 뜨거움을 식힐 새도 없었다. 다시 오븐용 장갑을 찾아 끼고 조심스럽게 데워진 밥

2개를 꺼냈다. 입고 있던 티셔츠 밑단을 잡고 앞으로 주욱 당긴 다음 그 위에 얹었다. 그리고 조심스럽게 문손잡이를 팔꿈치로 누르고 밀어 열며 휘청댔다. 놀랐다. '우후, 이러면 안 되지, 위험했어.' 밥이 쏟아지면… 곤란했다. '후우 머리가 쭈뼛… 큰일 날 뻔했어.' 생각만 해도 그건 안 될 일이었다. 좀 전에 두 계단씩 뛰어가던 내가 하나하나 발을 조심스럽게 내디디고 있다. 찌개와 거리가 가까워질수록 그 냄새가 발톱을 세우고 나를 향해 돌진하며 유혹했다. 덕례는 방 창문까지 활짝 열어놨다. 방 가운데 큰 창을 통해 빠져나간 묵은지 향은 동네 사람들에게 '식사하세요!'라고 말하는 것 같았다. 아마도 누군가는 허기를 느꼈을 것이다. 비둘기 두 마리가 바닥에서 무언가 열심히 쪼고 있다. 배달 오토바이들이 번갈아 드나드는 소리가 요란하다. 동네는 묵은지 냄새로 몸살을 앓았다. 드디어 102호 앞에 섰다. 감격스러웠다. 곧 먹을 수 있다는 생각에 뒷목에 걸려 늘어난 셔츠 목 라인과 밥을 받치고 있는 티셔츠 중앙 배에 닿는 부분이 밑으로 푹 꺼졌다. 변형된 셔츠는 안중에도 없었다. 현관문이 열렸다. 방문도 활짝 열려 있다. 그 안에 밥상이 아름답게 차려져 있다. 나는 그 앞에서 멋지게 먹어볼 생각이다. 입맛을 다셨다. 신발을 벗어 던지는 내 발차기에 신발이 날개를 펴고 날아갔다. 밥 2개를 밥상 위에 올렸다. 뚜껑을 열었다. 뜨거운 김이 모락모락 피어올랐다. 밥 향이 달큰하다. 우리 둘은 만반의 준비를 하고 밥상 앞에 앉았다. 나는 숟가락을 들고 생각한 그림대로 밥을 한 숟가락 양껏 떠올렸다. 밥을 이고 있는 숟가락을 그릇에 수평이 되게 올려놓고 두 손으로 묵은지 하나를 LED

등 가까이 들어 올렸다. 영롱하게 익은 김치의 투명한 몸통이 보인다. 잘 익었다. 그리고 잎 자락 끝에서 떨어지는 진한 국물 한 방울이 묵은지가 가득 들어 있는 냄비 속으로 떨어졌다. 얼큰한 국물이 붉은 왕관을 그리며 튀어 올랐다. 나는 한 가닥을 찢어냈다. 그리고 밥숟가락 위로 떨어지지 않게 돌돌 말아 쌓고 김치 끝은 왼손으로 잡고 오른손으로 숟가락을 들어 입을 크게 벌리고 천천히 밀어 넣었다. 잘 삭은 세월의 농익은 맛과 코끝을 타고 넘나드는 시골 어머님의 손맛 그 향이 조화롭게 밀려 들어왔다. 몸통은 아삭했고 잎은 부드러웠다. 입안 촉촉한 국물은 좋은 멸치에 맛있는 햇살이 녹아들어 구수하고 진했다. 바다 향이 넘치지도 부족하지도 않았다. 간도 좋았다. 국물을 한 숟가락 떠서 밥알을 적셨다. 밥알들이 붉게 물들어 가며 밥알들도 묵은지가 되어 그 향이 되었다. 그렇게 밥 두 공기를 게 눈 감추듯이 먹어 치웠다. 냄비 가득했던 묵은지 김치찜 찌개는 바닥을 보였다. 우리는 서로 말이 없었다. 서서히 배가 차오르는 짜증 속에서 바닥이 보일 때까지 숟가락을 놓지 않았다. 산책 나온 강아지들이 짖는 소리가 난다. 우리는 입가에 고춧가루가 요염하게 붙어 있는 얼굴을 바라봤다. 닦아내기 싫었다. 수저를 놓고 다리를 상 밑으로 길게 뻗었다. 저린 줄도 모르고 먹었나 보다. 두 팔로 비스듬히 지지대를 만들어 몸을 기댔다. 배가 둥그렇게 부풀어 올랐다. 만족스러웠다.

"잘 먹었어. 김치가 맛있는 거야? 솜씨가 좋은 거야?"

"내가 솜씨가 좀 좋지. 김치도 맛나고, 울 엄니 솜씨는 동네서도 유명한께."

"오랜만에 할머니 생각하며 먹었네 내가 먹은 밥알만큼 막 신나."

"언니는 어떨 때 보면 애 같아. 낮에도 그러더니 그렇게 좋았어?"

"어, 완전 좋았어. 편안하고 안락한 맛이었어."

"배고팠던 건 아니고? 배고프면 뭐든 다 맛나거든…"

"아니거든, 배 안 고팠거든. 멸치를 넣고 묵은지를 졸이지 않았다면, 그 냄새가 나를 붙잡지 않았다면 난 필시…"

"필시 뭐여? 배는 부르는데 먹은 걸 후회한다, 뭐 이런 거여 뭐여 시방?"

"묵은지가 아니었다면, 아마 난 고구마 반쪽에 아몬드 브리즈 하나 먹고 말았겠지. 밥을 두 공기나 먹고 배가 남산만 해진 것은, 다 덕례 엄니 탓이네."

"언니도 참… 그래 울 엄니가 저 멀리 전라도서 일을 벌였네, 벌였어! 울 엄니가잉!"

"그래, 엄니가 하셨어. 서울을 평정하셨다니까~"

"울 엄니가 다 했제잉…? 내가, 이 덕례가 한 게 아니고… 지금 대답 잘해야 혀?"

"그래 덕례가 마지막 피날레를 장식하긴 했지. 그래 선심이다. 끝내주는 덕례 작품이여!"

덕례는 환하게 웃으며 잔뜩 부른 배를 두드리고 있는 나를 보며 눈을 찡긋거렸다. 둘 다 포만감 가득한 얼굴로 마주 바라보고 소리 내어 웃었다. 열린 창문 밖으로 웃음소리가 길을 타고 내려갔다. 앞집 차가 나가는지 시동 켜는 소리가 요란하게 났다. 바람이 불어 들어온다. 우리는 방 가운데 둥그런 상 밑으로 다리를 뻗고 누웠다. 고양이 두세 마리가 창가에서 '맛있는 냄새 난다~옹.'하며 한참을 야옹거렸다. 덕례가 누워서 흥얼거리듯이 말했다.

"언니, 내가 40이 넘었잖예…"

"그런데… 왜 새삼스럽게 나이는?"

"언니, 나 말이여, 만나는 남자 생겼어."

덕례는 고개를 돌려 나를 바라봤다. 그리고 이상야릇한 미소를 지었다. 수상했다. 담백하게 툭 던진 말에 나는 벌떡 일어나 앉았다. 급하게 일어나려다 무릎으로 밥상을 건드렸다. 밥상 위의 수저가 쏟아졌다. 빠르게 두 손으로 상을 잡았다.

"아이쿠 내가 지금 무슨 말을 들은 거야?"

"언니! 놀랐잖아? 그게 그렇게 놀랄 일이당가?"

"그래, 놀랄 일이지. 좋은 일이고 언제부터야?"

덕례는 전자 조립품 생산직에 근무한다. 공장은 집과 좀 멀었다. 그녀는 집에서 새벽 6시 반에 나섰고 들어오는 시간은 저녁 7시에서 8시 사이였다. 그렇게 그녀는 시계 같은 사람이다. 얼굴이 네모형에 머릿결은 거칠고 굵은 동아줄 같았고 숱도 많았다. 머리 길이는 등 날개 위치쯤 제법 긴 머리를 묶지 않고 다녔다. 바람이 불어 머리카락에 스며들면 머리카락은 뽀글이 가발처럼 부풀어 올랐다. 어깨도 듬직하게 넓었다. 날씬한 편은 아니었다. 신발은 운동화로 발목까지 오는 캔버스 화를 주로 신고 다녔다. 아래는 늘 청색과 검은색 또는 흰색 진을 입었고, 위에는 점퍼나 청재킷 종류로 코디를 했다. 보이시한 매력이 있는 친구였다. 그녀는 묵직하고 오래 숙성된 깊은 장맛과 사람 냄새가 나는 사람이다. 그런 덕례가,

10년 동안 왜 혼자 있냐며 친구라도 하나 만들라고 해도 귀찮아서 싫다고 했던 그녀가 남자가 생겼단다. 아주 담백하게 날것으로 던졌다. 자기를 빤히 쳐다보고 있는 나를 흘깃 보더니 얼굴이 붉어졌다. 쑥스러운 모양이다.

"일주일 되었을라나. 근디 뭘 그렇게 뚫어지게 본당가, 부끄럽게… 뭐? 남자 생긴 여자 첨 봐?"

"너무 날것으로 던지는 거 아냐? 초장 아니면 와사비라도 발라서 던져야지."

"뭐라고? 포장할 것도 없고 초장을 칠 것도 없는디 바르긴 뭘 발라, 참말로."

"그래, 날것이든 익힌 것이든 멋진 일이다. 덕례의 연애라~!!! 좋다, 야. 와우~~"

"내가 남친 생겼는데 왜 언니가 신난대… 언니는 쫌 이상시러."

덕례가 그러거나 말거나 나는 기분이 좋았다. 남자 이야기는 입도 뻥긋 못 하게 하더니만 마흔 넘어 찐 남친이 생겼다는 말을 들으니 내가 들떴다. 철부지 언니처럼 기뻐 날뛰는 나에게 눈을 살짝 흘겼지만 귀여웠다. 고만하라며 부산하게 상을 치우는 그녀에게 더 이야기해 달라고 졸랐다.

"그 남자가 반년 넘게 여러 가지 알 수 있는 신호? 애정? 뭐 그런 표식을 보내서, 내가 모른 척했지만서도…"

그녀의 웃음소리는 덜거덕거리는 그릇 부딪치는 소리에 묻혔다.

"아주 즐겼네, 즐겼어. 왠지 다른 뭔가 있을 것 같은데. 뭐야?"

"뭐시가 달러 다르기는, 다 똑같지."

"어땠어? 좋았지? 그런데 왜 모른 척, 응큼하긴, 아닌 줄 알았는데 이제 보니 여우네, 여우야~"

"그럼 싸인 준다고 바로 반응해야 혀? 그래도 내가 덕렌디."

"그럼 덕례지, 시원하고 화끈하고 멋지고!"

"아는 척하고부턴 휴식시간에 자판기 커피 두 잔으로 시작했제."

"자판기 커피라… 낭만적이다. 누가 먼저 달달한 자판기 커피를 내밀었을까?"

나는 장난기 어린 눈빛과 말투로 물었다. 덕례는 어린아이처럼 키득거리며 설거지를 하다 멈추기를 반복했다.

"뭐, 내가 먼저 건넸지. 내가 좀 터프하잖여?"

"터프하지, 덕례는 터프해도 너어무 귀엽게 터프하지. 자긴 모르지 귀여운 거?"

덕례 어깨가 쓰윽 올라갔다 내려왔다. 그릇 위로 쏟아지는 물소리에 우리의 이야기가 섞였다. 그녀는 남친과의 짧고 즐거운 시간을 생각하듯 얼굴을 들어 앞을 응시하더니 배시시 웃었다. 나는 말없이 지켜봤다. 열어놓은 창문으로 모기 한 마리가 날아들었다. 불만 보면 달려드는 날벌레도 두세 마리 따라 들어왔는지 안방 전등 갓 주변에 검은 점 3~4개가 왔다 갔다 한다.

"언니가 보기에 내가 귀여워?"

"그럼 귀엽지… 만화 캐릭터 같아, 몰랐어?"

내 시선은 모기를 조준하고 두 손은 전등갓을 향해 움직였다. 놓쳤다. 다시 모기를 찾아 두 손을 들고 이리저리 움직이며 말했다.

"어메, 어메… 뭔 일이대, 내가 귀엽다고잉, 웜메 징그러라. 나이가 몇 갠디 귀엽다요."

눈을 질끈 감았다 뜨더니 두 팔을 어정쩡하게 벌리고 모기를 향해 종횡무진하고 있는 나를 정신없어했다.

"아따, 시방 머하쇼잉?"

"문 열어 놔서 모기가 들어왔어. 불나방도."

"언니, 그래 갖고 모기가 잡히겄소? 내가 본께 모기가 언니를 잡겄네."

"그래 지난번에 모기 한 마리랑 밤새 씨름하고 세 방이나 물렸어."

"언제? 모기가 물었다고?"

그녀가 한소리 하고 깨끗이 정리된 싱크대 위에서 커피포트에 물이 끓었다. 김이 주방 천장에 닿았다. 좁은 주방이 수증기로 가득 찼다. 어두운 밤에 102호 안방만 불이 켜진 듯 환했다. 우리 둘은 주인공처럼 빛 가운데 앉았다.

"언니, 헛소리 말고 차 한잔하시고 퍼뜩 올라가쇼, 여기 그릇도 내가 다 씻었응께 올라갈 때 가져가고."

내 앞으로 깨끗이 닦인 빈 밥그릇 2개를 내밀었다. 그리고 커피잔을 꺼내 차를 내왔다. 나는 눈치를 살피며 차를 마시며 웃었다. 덕례는 차 한 모금 마시더니 계속 웃고 있는 내게 손을 내밀어 팔랑거리며 그만하라고 난리다. 두툼한 입술을 삐죽거리다 오므리다 한다.

"이그 이그, 언니! 그만 웃어… 그만하랑께. 나가 괜히 말했는가, 그만하라고."

"차~ 뭐야? 이거 맛있다."

나는 뜨거운 차를 들고 한 모금을 입 안 가득 물었다. 향이 구수하고 가벼웠다. 나를 붙잡는 시늉을 하는 손짓을 피해 찻잔을 들고 창가로 갔다. 모기 대신 내 웃음을 쫓아내려고 덕례는 방석을 들고 좌우로 흔들었다.

"언니 앉아. 서 있지 말고 왜 실없이 그러는데… 시방?"

"내가 뭘? 뭐가, 왜 그래? 근데 동생, 이게 뭐야? 먹어본 듯 안 먹어본 맛인데…"

덕례는 방석을 내려놓고 앉으라고 손짓을 했다. 그리고 찻잔에 우러난 찻물을 한참 바라보더니 말했다.

"언니, 이거시 뭐시냐면…"

나는 장난기가 발동해 그녀의 말을 가로챘다.

"남친이 준 거? 혼자 먹으라고 줬을 텐데… 내가 먹어서 어째?"

"아냐, 뭔 소리여, 시방? 앗따, 언니는 참말로 몇 년 앞서구마잉."

"엄니가 산에서 이것저것 몸에 좋다는 거 캐다 말려서, 뭐시여 내가 지금 변명하는 거여? 에고, 모르겠다… 아따 이 언니 참말로, 그랑께 그거시 아니라 조용히 좀 들어보랑께, 엄니가 산에서 이것저것 몸에 좋은 거 캐서 씻어서 말려서 덖어서 먹기 좋게 차 봉지에 담아서 보내주신 거구만. 이 귀한 걸 혼자 먹을라다 한 잔 더 내놨더만 쉰 소리는…"

덕례는 펄쩍 뛰며 손가락으로 차 봉지 사이즈를 그려가며 열심히 설명했다.

"알았다 알았어. 누가 뭐래? 그래 '연애 맛'은 아니고 '깊은 맛'이네… 깊은 엄니의 맛~"

··· 102호 덕례 씨 ···

우리는 찻잔을 들고 창가에 기대섰다. 어느새 어둑어둑해졌다. 하루 참 빨리 간다. 암청색으로 깊어진 밤하늘과 검게 물들어 가는 골목을 바라봤다. 201호 정혜 씨가 늦은 귀가를 하는지 후다닥 집으로 들어서는 것이 보인다. 함께 다니던 강아지가 안 보인다. 2층 계단으로 오르는 구두 소리가 울린다. 가로등 빛이 앞으로 더 밝고 뒤로 길게 어두웠다. 차 한 모금씩 마실 때마다 깊어가는 저녁 그 어디쯤 각자 다른 곳에 시선을 두었다.

"언니? 2층?"

"응, 2층 누구? 201호 정혜 씨, 왜?"

"그냥? 뭐 하는 사람이야? 표정이 없어. 인형 같달까? 언니는 야 그 좀 해봤는가?"

"뭐 딱히 긴 이야기는 없었어, 틈을 안 줘. 그리고 사람마다 다 다르니까."

"근디, 언니 안 가? 언능 가소, 여서 살것네, 살것어."

"알았어, 간다, 가. 치사해서 간다"

고양이 서너 마리가 저녁 운동 나왔는지 무리를 지어 어슬렁거렸다. 새로운 녀석들도 보이는 것이 한두 달 전보다 길고양이가 많아진 것 같다. 나를 조심스럽게 바라보는 녀석이 있다. 흰털에 검은 점박이를 한 고양이가 앞발 하나를 들고 갈까 말까를 고민하고 서 있다. 낯선 고양이다. 달마시안 닮은 고양이는 처음 본다. 음식 냄새에 야옹거렸던 그 고양이는 아닌 것 같다. 어느 집 이야기를 몰래 듣고 왔을까 허리와 골반이 부드럽게 흔들며 좌우를 살피더니 한 발 한 발 천천히 내려놓는다. 바닥에서 무언가 열심히 쪼던 비둘기들은 사라졌다. 여기는 침묵 속에 빠진 것처럼 고요하다. 앞집 호랑말코 아저씨네 3층 큰 방의 열려 있던 창문을 닫는 소리가 거칠게 들린다. 앞집은 어느 것 하나 순한 게 없다. 깊어진 어둠은 밖으로 기어 나온 것들을 조심스럽게 움직이게 한다. 우린 그러고도 한참을 있었다.

"아, 안 가? 언능 가랑께."

"난 남자친구 얘기 더 듣고 싶은데…?"

덕례는 얼굴을 붉히며 내 어깨를 밀쳐냈다.

"아따 고만하랑께."

"알았어. 간다, 가. 부러워서 간다."

"부럽긴 뭣이가 부러워? 실컷 먹여놨더니 부럽다고 투정이네…"

"알았어 간다 가. 근데 아까… 어제 들어온 거야 오늘 들어온 거야?"

"뭔 소리여 시방? 이사한다 해서 시끄런께 자리 피했구먼. 음마!! 지금 무슨 야시꾸리한 상상을 하는 겨 징그럽게? 징하다… 징혀. 언능 올라가 쉬셔."

"내가 가긴 가는데… 나머지 연애 얘기 꼭 해줘. 알았지, 파이팅!"

"파이팅은~ 무슨…"

덕례는 얼굴이 빨개졌고 나는 손뼉을 치며 웃었다가 등 떠밀려 나왔다. 빈 밥공기 2개를 들고 나온 밤공기가 시원했다. 배도 부르고 연애 이야기에 흥분도 했다. 대문 밖으로 두런두런 사람 소리가 났다. 발걸음 소리가 분주하게 들린다. 강아지 소리도 난다. 주인과 함께 산책 겸 볼일 보러 나온 빨간 대문 닥스훈트 여섯 마리인 것 같다. 한동안 으르렁대더니 조용해졌다. 계단을 올랐다. 2층 센서 등이 켜졌다. 201호를 바라봤다. 서로 살갑게 지내면 좋겠구면, 혼자 자기 세상에 있는 정혜 씨가 살짝 걱정이 되었다. 그날 밤은 유난히 고양이들이 우리 집 주변에서 떠날 줄 몰랐다. 우리 집 보일러 창고 쪽은 길고양이들의 아지트다. 거기 모여 '애애앙'거리며 아기 울음소리를 냈다. 덕례가 연애한다니까 따라쟁이 고양이들도 연애 중인지 한밤에 〈러브캣츠〉 공연이 그들만의 아지트 여기저기서 야옹야옹 열렸다. 덕례가 시작한 사랑놀이에 고양이들도 일제히 환영해 주는 것 같기도 했다.

# 달콤하게, 배부르게

덕례는 남친이 생기더니 귀가 시간이 늦
어졌다. 오늘도 늦나 보다. 1층을 보니 컴컴하다. 자주 늦는 걸 보
니 신이 난 모습이 상상이 되었다가 걱정을 하다가 웃음도 나왔다.
하지만 지금 덕례가 없는 1층에는 온기를 잃은 어두움만이 가득했
다. 오늘 저녁은 산책을 나가기로 맘먹고 늘 입던 트레이닝복에 운
동화를 신었다. 내가 걷는 골목에 숨은 이야기를 찾아 나설 생각
이다. 여러 가지 길 중에 아무도 가지 않은 길을 걸어가는 것이 가
장 아름다운 도전이지만 난 누군가가 지나갔던 조금 전에도 누군
가가 걸었던 그 길로 걸을 것이다. 귀에 이어폰을 끼고 계단을 내
려왔다. 대문 밖 주차장 안쪽에서 나온 그림자가 골목 밖까지 길게
드리워졌다. 내 차 뒤에 있는 2개의 그림자를 눈으로 좇았다. 그곳
은 어두웠다. 두 사람이 있었다. 그곳을 보며 헛기침을 두세 번 했

다. 놀라며 가로등 불빛 중간쯤 나온 두 사람은 덕례와 한 낯선 남
자였다. 눈이 마주쳤다. 미안했다. 덕례의 작은 눈이 커졌다. 밤 고
양이가 놀라며 경계의 빛을 쏘듯이 그 작은 눈도 그랬다.

"언니… 이 밤에 뭐 한당가?"

나는 달리는 자세를 취하며 제자리 뛰기를 해 보였다.

"나, 뭐 하냐고? 봐~ 뛰고 있지~ 뭐 하긴?"

"아니 근데… 자기는 여기서~ 여기 으슥한 곳에서 뭐 했어?"

"뭐 하긴?"

"그래~ 뭐 했을까?? 몰라서 묻는데, 어?"

"아따~ 뭘 그런 걸 물어쌌소 짓궂게? 다 암시롱 그랬쌌네… 참
말로."

덕례는 부끄럽다는 듯이 주먹을 쥐고 내 가슴을 두드리더니 나
에게 눈을 찡긋거렸다. 작은 눈이 볼살에 덮였다 풀렸다 했다.

"내가 알긴 뭘 알아? 말해줘야 알지, 모르지 난. 그 구석에서 뭐
했어? 뽀뽀했어?"

"아따, 뭐래? 이 언니가… 안 했어."

덕례는 뒤에 서 있는 남자에게 걱정 말라는 듯이 손짓을 하고는
두 팔로 나를 뒤로 밀면서 가로등 불 밖으로 밀어냈다.

"안 했어? 진도를 팍팍 빼야지 일이 되지."

"징그럽게 뭔 소리야, 거기꺼적은 아직 아니여. 뭐시가 급허다
고…"

"거기까지 안 갔어?"

"아따, 안 갔당게. 갈라 했구만 언니 땜시 좋다 말았는디 지금 응

원이여~ 방해여~"

"그래? 그럼 다시 마저 해. 나 못 본 걸로 하고 운동 갈 테니까."

나는 제자리 뛰기를 하는 척하며 뒤에 서 있는 덕례 남친을 살폈다. 어떤 사람인지 궁금했다. 어둠 속에 머뭇머뭇 서 있던 남친은 느릿느릿한 걸음으로 그녀 등 뒤로 다가왔다. 체격은 그녀보다 컸고 키도 몸집도 그랬다. 안경을 쓴 순진한 모습에 안심이 좀 되었다. 덕례는 나를 한 번 더 밀었다. 말에는 애교가 손끝에는 부드러움이 느껴졌다. 그녀는 지금 노랑 빛깔 레몬 트리다. 부드럽게 떠밀리는데, 기분이 좋았다.

"아따~ 언니 이러기야."

"이러기지? 내가 지금 얼마나 기분 좋은데 모르겠어?"

"몰라! 참말로 징하네잉. 언니는 나이를 어디로 먹는당가, 막내마냥 참말로. 옷을 보니 달밤에 체조하로 나왔능갑네?"

"어 그래… 동생은 연애하고, 나는 달밤에 체조하구, 부럽당 부러워, 들어가셩."

"나도, 필준 씨 보내고, 들어갈라니께."

"벌써? 재미진 시간 더 보내, 방해했다면 미안! 좋아서 그랬어."

"내가 알지, 유난시런 거. 언니는 뛰기나 하쇼, 조심허고."

손을 흔들며 그들로부터 멀어졌다. 그 자리에 40대의 성숙한 여자는 없고 초등학교 3학년 볼 빨간 아이가 서 있었다.

내 몸은 앞을 향해 달렸고 눈은 뒤에 두었다. 그녀의 남친 이름은 유필준이었다. 내게서 점점 멀어지는 두 사람이 궁금했다. 보낼지 같이 들어갈지 상상만으로도 재밌었다. 이어폰에서 흘러나온 노래는 들리지도 않았다. 그렇게 동네 골목을 사각으로 엮어 세 바퀴를 뛰었다. 늦은 시간인데 현대슈퍼에 불이 환하게 켜져 있다. 아주머니는 안 보이고 아저씨가 저녁 가게를 지켰다. 아주머니가 멍하니 창밖을 보며 한숨 섞어 한 말이 생각났다. '감옥이라고… 이제는 이 공간을 벗어나고 싶다고…' 횡단보도 앞에 서서 통창 안에서 분주하게 움직이는 남편을 바라봤다. '남편은 아내 맘을 알긴 할까?' 아주머니 마음이 편해졌는지 궁금하다. '현대슈퍼 아주머니도 남편이랑 연애할 때 가로등 밑에서 아옹다옹 사랑을 나누었으리라… 그 시절을 떠올리며 맘이 부드러워지길…' 그렇게 바랐다. 목덜미에서 땀이 흐른다. 겨드랑이도 축축해졌다. 푹신한 운동화를 신었지만, 발바닥도 아팠다. 한 블록 남겨놓고 걸었다. 짙은 어둠은 이야기들을 꼭꼭 가두었는지 오늘 밤은 찾기가 어렵다. 아마 고양이들에게 다 줘버렸는지도 모르겠다. 골목길 사이사이 주황색 가로등 빛이 예쁘다. 코너 작은 화단의 꽃들도 잠을 자는지 꽃잎을 야무지게 접고 조용했다. 뒤로 길게 늘어진 내 그림자도 달밤에 체조로 날씬해졌다. 걸음 사이사이 바람이 느껴졌다. 심호흡을 했다. 여름밤 골목으로 밀고 들어온 바람이 이마에 맺힌 땀방울들을 부드럽게 쓸고 지나갔다.

집 앞에 다다랐다. 102호 불이 켜졌다. 밖에서도 어떤 프로그램을 보는지 짐작이 갈 정도로 TV 소리가 크게 들린다. 오늘 하루 덕례는 달콤하게, 나는 배부르게 보냈다.

# 지우고 싶은 나

        그렇게 이런저런 이야기들로 며칠이 지
났다. 우체부 아저씨의 오토바이 소리가 들리더니 좁은 우체통 한
가득 밀어 넣고 가셨다. 우편물들을 꺼내서 하나하나 분류했다.
'이건 까칠이 201호 거, 이건 이사 간 101호 거, 이건 내 거, …이
건… 누구지? 이런 사람 없는데… 잘못 넣으셨나?' 주소를 보니 우
리 집 주소가 맞았다. '이하진?' 처음 보는 낯선 이름이라 우편물
에 적힌 '이하진' 우편물은 반송함에 넣었다. 그리고 제대로 분류
된 우편물을 각각 해당 호실에 전달했다. 그다음 날 우편물에도
'이하진' 이름으로 우편물이 놓였다. 나는 다시 반송함에 넣었다.
그날 오후에 덕례는 일찍 퇴근을 하고 3층 벨을 눌렀다.
  "누구세요?"
  "1층! 아따 언니, 나랑께. 나와봐."

··· 102호 덕례 씨 ···

"무슨 일이야? 이 시간에 웬일이야?"

"언니? 혹시 우편물… 그거 반송시켰던데, 왜 그랬어?"

나는 문 앞에 기둥처럼 서서 숨을 몰아쉬며 딱딱한 목소리로 이야기하는 덕례를 보고 당황했다.

"내가? 우편물을… 그럴 리가 없지? 현관 앞에 다 놔두었는데… 뭘 반송했다는 거야?"

이해할 수 없다는 내 표정을 한참 살피더니 그제서야 '헉'하더니 두 손으로 입을 황급히 막았다. 잠시 정적이 흘렀다. 호흡도 멈췄다. 눈이 커졌고 콧구멍도 양쪽으로 넓어졌다. 그녀는 고개를 뒤로 15도 정도 넘겼더니 어깨를 움츠렸다. 많이 당황한 것 같다. 그런 그녀를 보고 나도 모르게 따라 하고 있었다.

"왜 그래, 응? 뭔 일이야?"

"언니…"

"그래… 언니 왜? …뭔데? 말해봐."

"이하진?"

"어? 이하진? 이하진이 누군데?"

"언니… 내가 이하진이야."

"동생이 '이하진'이라고? 동생은 '이덕례'잖아. 지금 뭔 소리 하는 거야?"

덕례는 나와 눈을 마주치더니 손을 덥석 잡았다. 이덕례가 '이하진'이라니…?' 서로 눈을 크게 뜨고 아무 말 없이 응시했다. 침묵이 흘렀다. 계단 화분에 핀 블루세이지가 품어낸 향기와 바람에 사그락거리는 소리에 고요가 깨졌다. 하늘에 별은 보이지 않지만 시간이 보낸 어둠이 몰려들고 있었다. 현관 앞의 센서 등이 어둠을 재고 있는지 켜졌다 꺼졌다 한다. 우리는 시간의 경계가 흐릿한 곳에 서 있었다.

"언니, 내가 앞으로 '이하진'이야."

"아니⋯ 덕례 동생이 '하진'이라고? 그럼 '덕례'는 본명이고 '하진'은 가명이야?"

"아니, 언니, 내가 뭐 본명 따로 있고 가명이 어디 있어?"

"그럼 왜 덕례가 이하진이야? 가명도 아니라며?"

"연예인도 아닌데 가명은⋯ 그냥 덕례가 하진이라니까. 답답하네, 어찌 설명해야 한당가⋯"

나는 머리가 혼란스러웠다.

내가 알던 덕례가 갑자기 '이하진'이라니. 나를 보며 덕례는 열심히 자초지종을 설명했다. 귀에 들어오지 않았다. 그냥 멍하니 그녀만 바라봤다. 열심히 설명하고 있는데 내가 알고 있는 이 세상 언어로 말하는 것 같지 않았다. 들리지 않았다. '뭔 소리야.', '지금 내게 왜 이러는 거야.'하는 표정으로 바라만 봤다. 그녀는 이야기하다가 자기도 웃긴지 실없이 내 앞에서 웃었다.

"하하하⋯ 하하⋯ 언니 표정이 이해가 되는데 웃긴다, 하하하하."

웃음소리 한번 호탕했다. 두 손으로 박수까지 얹어 웃는다. 배꼽을 잡고 혼자 웃는다. 유연하게 허리를 휘어가며 웃는다. 나는 더 어리둥절했다.

"아니 왜 웃는 거야? 지금 무슨 상황인 거야? '덕례'가 '하진'이라며 본명도 가명도 아니라니?"

"언니, 자, 천천히 내 말 잘 들어."

"그래, 잘 듣고 있어. 들어올래, 옥상으로 올라갈까?"

"옥상으로 가자."

"그래 그럼 먼저 옥상에 티 테이블에 옆에 캠핑의자 있잖아, 거기 앉아 있어, 차 가지고 올라갈게. 뭔 소린지는 그때 듣자. 내가 모르는 쌍둥이 동생이 있는 것도 아닐 거고~ 여튼 올라가 있어."

"언능 올라와."

차를 준비해서 옥상으로 올라가니 석양이 물들어 가고 있어 어디서 볼 수 없는 뷰가 내 앞에 있었다. 쟁반을 들고 그 자리에 서서 지금 이 순간만 볼 수 있는 아름다운 오늘을 바라봤다.

"뭐 혀. 어여 앉아봐. 그것은 뭐시당가?"

"이거~ 네가 너무 심오한 이야기를 할 것 같아서 유자청을 깔고 다즐링 티백으로 찻물을 우렸지. 맛은 아마 달콤쌉쓰름 은은한 향기가 나는 일명 삼색차라고 불러주면 좋지."

"하여튼 언니는 치장 참 잘해~ 고건 알것고, 아까 하진이 말이여."

"그래 예명도 쌍둥이도 아닌 하진이… 그 사람이 누구란 거야."

"참말로 고거시 아니랑께, 아따 답답한 거."

차를 티스푼으로 깊숙이 넣어 젓더니 한 모금 마셨다. 그리곤 배시시 웃더니 나를 보고 다시 한참을 웃으며 손뼉을 치며 숨이 차도록 웃었다. 그 모습에 나도 무슨 상황인지 모르겠지만 같이 웃었다. 웃는 나를 보고는 호흡을 가다듬더니 다시 옥상이 흔들릴 듯 발을 굴렀다. 몹시 웃긴 모양이다. 그녀가 석양에 물들고 있는 모습을 바라보며 차를 한 모금 입에 물었다.

"언니… 내 이름 이덕례!"

"그래, 너 이름 이덕례, 그래서 뭐?"

"그래~ 이덕례, 어릴 때 학교에서도 동네에서도 놀림감이었어. 어른들은 '똥례 아녀~ 똥례, 어디 가냐?'하시면 나는 성을 냈제. '나 똥례 아니거든.'하고 말이여, 나는 내 몸에서 똥 냄시가 나는 줄 알았당께… 그뿐인가 친구들도 우리 집 앞에서 '똥례야 놀자.' 하면 그때마다 이불 뒤집어쓰고 못 들은 척하고 그랬는디. 그럼 '똥통 깐에 빠졌는갑다 똥례 너 똥깐에 있냐?' 이럼서 우루르 우르르 몰려다님서 아주 못살게 굴어서… 내 이름이 이게 뭐냐고… 예쁜 이름 달라고… 울고불고 해도 엄니는 괜찮다고만 헌디, 난 참말로 안 괜찮았거든."

"그래서…? 그게 이하진이랑… 혹시 개명?"

"개명 맞아, 언니도 내 이름, 처음에 계약서 쓸 때 한 번 더 물어봤잖예?"

"내가… 그랬나? 순박하고 좋던데… 촌스럽다기보다, 요즘은 특이한 이름 좋아하잖아."

"대부분 내 이름 이야기하면 나를 한 번 더 봐. 언니는 언니가 '덕례'라는 이름으로 불리면 좋겠어? 언니도 아니잖예."

"글쎄~ 생각을 안 해봐서."

"그래서 평소에 갖고 싶었던 이름으로 다가 떡하니 해부렀지."

"개명~ 큰맘 먹었겠다. 진짜 촌스럽다고 개명한 거야? 근데 언제?"

덕례는 엄마 앞에서 울고 있었던 그날을 회상하는 듯 눈망울이 아련해졌다. 어릴 적 상처는 죽을 때까지 가지고 간다는데 여자아이가 매일같이 놀림을 당했다면 요즘 말로 오랜 기간 가스라이팅을 집단적으로 가한 것이 된다.

"혼자 생각에 '이 이름으로 평생 살아야 하나?' 자존감도 떨어지고, 사람들이 두렵더라고. 근디 음… 뭐랄까~ 직장생활 하게 된께 이름은 안 부르더라고. '이 과장!' 이렇게 부르지, 그래서 잊고 살았는디, 가끔 고향 친구들 만날 때는 가짜 이름으로 있잖예, 그거 예명, 개명하고 싶었던 이름 '이하진'으로 알려주고 만나긴 했었제."

"동생이 너무 밝아서 그런 아픔이 있는지는 몰랐네, 친구들에게는 이미 '이하진'으로?"

"누가 알것는가? 모르는 사람들은 나를 볼 때 등본을 떼 오라고 하는 것도 아니고 내가 이름이 '이하진'이라는데, 그래도 언젠가는 바꿔야지 생각은 했응께~"

"듣고 보니 맘이 쫌 아프다. 진작 말하지 그랬어, 같이 10년을 넘게 살면서… 서운할라 하네."

"서운해 말어, 언니에게는 그냥 덕례도 좋았응께."

"그럼 다행이고…"

"필준 씨를 자주 만나고 주변 사람들에게도 소개하는 일들이 잦아진께 바꿔야겠다, 생각을 하면서도 차일피일 미루다 사달이…"

"사달?"

"고향 친구들 만나는 날… 터질 것이 터졌는디… 아따 지금 생각해도 아찔하네 아찔해. 내가 게을러서 난 사달이라 뭐라 말도 못하겠고…"

"왜? 그 사이에 뭔 일 있었어?"

"필준 씨가 '덕례 씨 덕례 씨'라고 부를 때마다 어릴 때 '똥례'라고 놀림당했던 생각이 났지만 서도 그건 암시랑도 안 했어, 기분만 쪼까 그랬지… 징한 년들…"

"징한 년들…?"

그녀는 씩씩댔다. 우리 둘은 일어나서 옥탑방 벽에 기대어 섰다. 비스듬히 기대어 보는 하늘은 각지게 잘려나간 모습이었다. 그녀는 그날을 생각하는지 골목의 가장 먼 곳을 바라보았다. 마른침을 한 번 삼키더니 맘을 먹은 듯 말을 했다.

"사건이 있었어… 지금 생각해도 쫌 창피허고 시른디…"

"말하기 싫음 하지 마 안 해도 돼."

"글쎄, 내가 남친 생겼다니께 보여달라고 지랄들 해서…"

"누가? 고향 친구들이?"

"그려~ 친구 년들이지. 하도 그래서 지난주에 연차 내서 만났거든."

"여자 친구들은 남친 생기면 궁금해하잖아. 막 보여달라고~"

"그랑께, 가시네들이 지네들은 하나도 아니고 둘씩 꿰찬 것들도 있는디, 내가 남친 하나 생겼단께 보여달라고 성가시게 해싸서. 사실 자랑도 하고 싶었고."

"그게 남친 있는 자의 권력 아니겠어? 보통 여자들은 사귀는 내 남자가 멋지고 좋으면 내놓고 자랑하고 싶어 하지. 그건 그렇고 그렇게 친구들을 만났는데…"

나는 호기심이 가득한 몸과 귀를 크게 키우며 말을 계속할 수 있게 추임새를 넣었다.

"만났지. 친구들 약속 장소로 비싼 택시까지 타고 갔당게. 옴
메… 지금 생각해도 지랄이구만… 으메. 갔더니 깨벗고 한동네서
컸던 지지배 5명이 먼저 와 있더라고."

"남친 생긴 친구 환영해 주려고 했겠지?"

"뭐~ 다 존디, 내가 들어서자마자 이것들이 나를 보고 손을 흔들
며 '하진아 여그여 여그.'하기에 나도 모르게 손을 흔들며 '어.'하
고 대답했지 뭐야."

뜨거운 차를 벌컥 마시더니 놀라며 한 발 번쩍 들었다. 덕례는
몸을 부르르 떨더니 의자에 다시 앉았다. 입을 데었거나 순간 불편
한 기억이 떠올랐구나, 그렇게 생각했다. 이어지는 말은 의외였다.

"필준 씨가 내 팔을 잡고 앞으로 더 가지 못하게 하더니 나를 보
고 '저긴 하진이란 사람 찾는데요… 덕례 씨가 아니고…'하잖아.
아~ 씨 정말 쥐구멍이라도 있으면 들어가고 싶더라니께."

"놀랐겠다."

"언니! 나 심장 멎는 줄~"

그 상황을 떠올려서 그런지 한 발로 바닥을 탁탁 치며 손끝을 물
어뜯었다. 불안하면 나오는 행동이다. 손끝을 침으로 불려가며 한
참 물어뜯더니 옷에 닦고 다시 한 모금 마셨다.

"순간 당황해서 이러지도 저러지도 못하고 정말 도둑질하다 걸
린 것 맹키로… 필준 씨에게 '그게 말이여, 그런 게 아닌디.'라면서
눈치만 보고 있는디, 참말 어디 가나 눈치 없는 지지배들이 꼭 있
당께, 지지배들이 빈 의자를 요란시럽게 손으로 털면서 멀찌감치
서 있는 나를 뚫어지게 봄시롱 징그럽게 웃더라고 이것들이."

"당황했겠다… 그런데 친구들은 친구 놀리는 재미 말고 반가워서 그랬겠지. 이하진으로 알고 있었다며… 그럼 친구들 잘못은 아닌데."

"앗따~ 그래도 그라제, 그것들이 실실 웃음시롱 내 옆에 서 있는 필준 씨를 힐끗거려 감서 아주 여러 가지로 나를 곤란하게 하더랑께."

"친구들이야 장난 발동 걸리면… 한 명도 아니고 5명이나 나왔으면 다 역할이 있었을 텐데…"

"그랑께 말이여라. '하진아이 여그 앉즈랑께 나가 자리도 깨깟이 닦았다야, 니 자리여.' 함시롱 한 지지배가 시작하니까 다른 지지배들도… 웜마 썩을 것들. 어째야 쓰까 싶어 속 터져 죽는 줄 알았다니께."

"속 안 터지고 잘했나 보네, 여기 온전한 채로 있는 걸 보면, 친구들이 동생을 많이 좋아했네~ 그래서 필준 씨는 뭐래?"

"근디 날 한 번 보고는 '하진 씨 앉읍시다.' 그러더니 내 손을 잡고 빈 의자에 날 먼저 앉히더라니께 글쎄… 거그서 내가 좀 깊이 반했제."

"필준 씨가 아무렇지 않게 받아준 게 센스 있다!"

"지지배들은 상황을 모릉께… 날 '하진'이라고 부르고 필준 씨는 '덕'하고 나를 부르려다가 말고 '하진 씨'라고 어색하게 불러주면서 잘 얼버무리더라구. 커피 한 잔 마시는데 뜨건 줄도 모르고 꿀떡 샘켰다가 어찌나 뜨건지 눈물이 나더랑께… 지옥이 따로 없더만 지옥이."

한참을 툴툴대며 그때 간 졸였던 이야기를 했다. 덕례는 고개를 절레절레 흔들었다. 생각할수록 무척 속상했는지 한숨을 여러 번 내쉬었다. 그녀는 속사포처럼 그날의 일들을 쏟아내더니 후련한 듯이 일어서서 옥상 난간을 잡고 골목길을 내려다보았다. 덕례 아니 하진이는 말없이 고개만 설레설레 흔들었다. 맘을 많이 졸였는지 작은 두 눈이 촉촉해졌다. 테이블에 찻잔을 들고 의자에 몸을 맡긴 채 먼 하늘을 올려다봤다. 청아했던 푸른빛은 짙은 암청색으로 변해갔다. 덕례는 한참을 그렇게 있더니 테이블 위를 박자도 의미 없이 톡톡 두드렸다. 한동안 적막했다.

"어찌나 창피한지… 참말로 언니가 몰라서 그라제 나가 엄청 당황했당게. 술 취한 친구들 택시 잡아 태우고 꼼꼼하게 택시번호도 사진으로 찍더라구."

"다 자기 생각해서 했겠지, 친구들이 좋아서 했겠어?"

나는 덕례 등을 토닥여 줬다.

"…"

"동생이 더 잘해야지, 그럼 되잖아."

"나도 알지, 언니 나가 그걸 왜 모르겠능가? 든든하기도 하고 고마워서 눈물이 나더라고 여태껏 내게 그렇게 살갑게 해준 사람 없었는데 어디 있다 이제 나타났는지…"

덕례는 고개를 숙이더니 촉촉해진 눈가를 손으로 한 번에 쓰윽 닦았다. 옆집 201호가 들어오나 보다. 현관 키 누르는 소리가 들린다. 강아지 소리도 난다. 덕례는 촉촉한 눈을 동그랗게 뜨고 고개를 갸우뚱하더니 궁금하다는 듯이 나를 봤다.

"언니, 그런디 2층 말이여, 강아지 안고 다니는… 왜 있잖여 지금 들어간 그 사람."

"201호 정혜 씨? 갑자기 왜"

"궁금해서… 집 앞에서 우연히 만나 인사를 몇 번 했는디도 반응이 없더랑께. 내가 그녀의 빌런이여 뭐여 기분이 쪼까 그랬는디."

"에이~ 빌런은 무슨. 정혜 씨가 사람을 좀 가려서 그래, 근데 이야기하다 말고 딴 얘기야~ 급히 온 거 보면 하고픈 진짜 이야기가 있을 거 아냐? 그리고 필준 씨를 늦게 만난 만큼 소중한 게 많으니까 아껴주면 되지."

"소중하지, 근디 말이여… 소중하다 생각하니께 불안해지는 거 있지? 내 맘을 아는가 모르는가 친구들 다 보내고 나를 바라보더니 '오늘 힘들었죠, 고생했어요.'라는데 언니… 그 말에 내 가슴이 태풍 한가운데로 들어가드라니께, 어지러웠당께."

"지금 자랑하는 거야? 자랑질하려고 나 불러낸 거지 그지?"

"언니!! 내가 자랑질은~ 그게 아니고 그날 바로 말했어. 오래가면 더 오해하게 되니께."

"뭘 말해? 이름?"

"어, '내가 앞으로 하진이가 되려고 해.' 그랬더니… 더 묻지 않고 그냥 '그럼 내가 '하진'으로 알고 있으면 되겠죠?'라고 하는 거야. 그러더니 내 등을 토닥이더니 꼭 안아주면서 맘 쓰지 말고 들어가 쉬라고 그러는 거야."

"그 남자 멋져지는 데 한계가 없구나."

덕례는 달콤한 눈물을 손등으로 또 한 번 쓰윽 밀어 닦더니 주머니에서 휴지를 꺼내 코를 힘껏 풀었다. 입가에 만족스러운 미소가 살짝 일었다.

"이 남자 미쳤지, 겉모습은 순하고 털털하게 보이는데 멋지고 매너 좋고…"

그녀는 그 사람 때문에 행복하다 든든하다 사랑할 수밖에 없다는 표현을 투박한 말투로 내게 자기 기분과 속내를 다 보여주고 있다. 내가 들어봐도 미친 매력을 가지고 있는 거 같다. 부러우면 지는 건데 부러웠다.

"필준 씨 그냥 못 보내겠더라고 그대로 보내면 다시 못 볼 거 같아서…"

"엥~ 다음이 있었어? 안 끝난 거야? 그럼 그날 안 보냈어?"

"아니… 그래서 개명에 대해 간단하게 설명했다고, 아 참 이 언니."

"잘했어. 필준 씨는 뭐래?"

"뭐라고 하긴, 눈이 웃고 있던데… 맘이 놓였지."

"잘했네… 간단하게라도 이야기해 줘서 필준 씨가 그날 방랑자 같은 밤을 보내지 않았을 거야, 잘했어! 동생도 생각이 깊구만. 필준 씨 많이 좋아하는구나?"

"내가 뭐시가 깊어… 좋아허지 사실인께. 글고 생각이 깊은 사람이 이런 일을 만든당가. 어쨌거나 저쨌거나 감동의 뽀뽀를~ 그날 처음으로 진하게 뽀뽀를 허락했지."

"뽀뽀? 으으, 뽀뽀?"

"또, 또 그런다 쫌~ 좋긴 좋더만… 히히히."

"그래서 서두른 거야? 추진력 하나는 끝내준다 정말. 하긴 된통 놀랐으니 그럴 만도 하지."

"그 담날 회사 반차 내고 그동안 알아둔 절차대로 법원에 신청했지. 필준 씨에게도 법원에 개명 신청한 이야기 해줬고."

"필준 씨야 한창 열애 중인데 뭔들 안 이쁘겠어? '이하진' 좋네… 근데 난 '덕례'도 좋았어 진짜로."

덕례는 쑥스러운 듯 눈웃음을 치며 내 등을 '인디언 밥' 놀이 벌칙 때리듯이 사정없이 그것도 빠른 속도로… 엄청 아팠다. 덕례는 아니 하진이는 내 등에서 손을 떼면서도 웃었다. 무섭게 날아드는 하진이 손이 무섭다. 테이블 위에서 흔들리는 찻잔들이 위태로웠다.

"언니 참말로 우여곡절 끝에 만들어진 이름으로 온 우편물 말이야? 아따 이제서야 본론에 당도했네."

"그래 우편물… 사실 '이하진'이란 사람으로 우편물이 계속 와서 나는 동생이 개명했다고 상상도 못 했지. 동생 같으면 상상했겠어?"

"내가 이야기 안 했응께 몰랐겠제."

"그래 몰랐지, 그래서 내가 생각해 낸 것이 '우리 집으로 누가 주소를 몰래 돌려놨구나.' 했지. 요즘 그런 사람들 많거든. 동네 반장이 한 번씩 조사하러 다닐 정도니까."

덕례는 빈 찻잔을 쟁반 위에 올려놓고 일어서서 옥상을 한 바퀴 천천히 걸었다. 남의 집에 주소를 해놓는 사람이 있다는 내 말이 신기했나 보다. 작은 눈을 동글동글 굴렸다.

"그렇구나… 참 요상시런 사람들이 참말로 많당께. 그래서 언니, '이하진'으로 오는 우편물은 내 거니까 그런 줄 알아."

"그럼 전화번호는 그대로야?"

"개명하니까 휴대폰 번호도 바꿔야 하더랑께. 귀찮은데 어쨌겠어? 바꿨지… 히."

"그럼 알려줘야지… 요즘 전화 안 받아서 이상하다 했어~ 연애로 시간이 부족한 줄 알았지 이런 일이 있을 거라곤."

"고만! 그러잖아도 지금 전화헐 팅께 입력해 놔."

덕례는 아니 '하진'이는 검은색 진 뒷주머니에서 휴대폰을 꺼내 내게 전화를 걸었다. 새로운 번호로 떴다. '102호 이하진'으로 번호를 저장했다. 앞으로 '이하진'으로 오는 우편물은 덕례 집 아니 하진이 집에 가져다 놓아야 했다. 개명하고 난 뒤, 그때부터 시작이었다며 바로잡아야 할 이 그리 많은지 처음 해보는 일이라 그런지 하나씩 해결해 나가는 이야기를 하면서도 즐거워했다. 새로 태어나는 거니 어디 하나라도 쉬운 게 있을까 이덕례가 살아온 삶의 여정을 토대로 세워진 또 다른 덕례이다. 지난 세월이 아니라 지금 이 순간 이 찰나에 덕례와 하진으로 동시에 머무르다 점점 덕례를 떠나 보내고 온전히 하진이로 살아가는 것에 대하여 혼란스러워하지 않기를 바랐다. 법원 신청만으로 모든 게 정리되는 것은 아닌가 보다.

"나도 신청만 하면 되는 줄 알았는디 근디 말이여, 바꾸고 바꾸고 또 바꿔야 할 것들이 한두 가지가 아니여… 아주 뭐 하나 쉽게 되는 게 없당께. 참말로 복잡시러버. 언니에게 알려줄 새도 없었응께… 섭섭해하지 말더라고."

"지금이라도 알았으니까 됐지 뭐. 그런데… 뭐가… 그리 많이 복잡한가?"

"복잡? 그렇게 간단한 게 아녀. 하나하나 내가! 나를 말이여 증명하면서 이거시 말이 된당가 싶다가도 내가 나를 증명을 해야 하니께 환장하겠더라니께. 오늘도 은행 하나하나 찾아감서 이름 변경 신청했구먼. 시간도 솔찬히 걸리고…"

"법원 명령이면 한순간에 바뀌는 게 아니구나? 그렇겠네… 그러고 보니 임대차 계약서도 바꿔야겠다. 한동안 혼란스럽겠네."

"그것뿐이 아니라 당장 여그서도 우편물 반송되고… 이름 바뀐 건 존디. 내가 뭔 짓거리 한 건지 참말… 헷갈린당께."

"반송은 개명한 줄 모르고 그리된 거니까… 어쩔 수 없고 앞으로 잘 갖다 놓을 게. 하나하나 자리 잡혀가겠지, 첫술에 배부르겠어?"

"그런 자잘한 일들이 복잡시럽게 꼬이게 한당께. 그러니까 계약서 그런 건 좀… 낭중에 합시다. 지금은 급한 거부터 처리하고."

"그래 그러자. 그런데… 개명한 사람 이야기만 들었지 이렇게 가까이에서 개명한 사람을 난 처음 보거든."

"개명한 사람 보니까 어때? 신기해?"

하진이는 여유가 생겼는지 나를 놀리듯 물었다.

"그래, 그래 신기하다. 신기해 주우~욱겠다."

내게 주어진 오늘은 나를 공격하는 적이 아니라 분명 내 편이 되어야 한다. 이하진이라는 이름을 손에 쥘 때까지 잘 버텨준 덕례를 훨훨 날아가게 놔버리면 좋겠다, 미련 없이 말이다. 하진이는 조그마한 핸드백에서 개명 후에 새로 받은 주민등록증을 내 눈앞에 가까이 들이대며 보여줬다.

"주민등록증용 사진도 새로 찍고 다시 태어난 느낌이겠다."

"모르는 소리 마쇼. 태어나기도 전에 죽것는디 언니는 나를 월매

나 안다고 그런당가?"

"글쎄~ 다는 모르지만 한 집에서 10년 넘게 살았으면 하진이 인생의 4분의 1은 한 공간에 있었던 거잖아?"

"징허네요, 내 인생의 4분의 1이나 여그 있었네. 그리 생각은 안 해봤는데…"

"사람 사는 게 다 거기서 거기야 뭐 별다른 게 없어. 삼시 세끼 따뜻한 밥 먹고 사는 동안 덜 아프고 어제보다 오늘 좀 더 많이 웃고, 평화롭고 여유롭게 차 한잔할 수 있다면 좋은 인생이라 생각하는데… 동생은 안 그런가?"

"나도 별시론 게 없다는 주의지만… 또 모르제 뭔 일이 생길란가는."

"TV 프로그램에도 〈삼시세끼〉 이런 거 있잖아. 인생 별거 없어. 너무 부정적으로 보지 말고, 긍정적으로 생각해 보면 그래서 이름도 원하는 이름으로 개명이란 것도 해보고 새로운 경험을 한 거잖아. 물론 번거로움도 있긴 했지만…"

"언니는… 어째 그리 모든 걸 좋게만 생각한다요, 연구대상이랑께."

말처럼 다 되면 좋으련만 잘되지 않는다. 말을 미리 하는 것은 아마도 말처럼 되길 바라는 주문일 것이다. '그렇게 되어라.'하는 주문. '꼭 이루어져라~'하는 주문. '하쿠나마타타'다.

"나는 언니가 그만하면 잘하고 산다고 보는디?"

"그래? 덕례가 그렇다면 하나는 성공이네."

"뭐가? 내가 인정하는 게 언니는 성공이야 이게?"

"그래, 성공이란 게 꼭 크고 위대한 것만은 아니라고 보는데…?"

"자고로 성공은 큰 것이어야제, 작으면 그것이 성공이간디?"

"안 그래 작은 성공이 주는 물망초 같은 기쁨이 있지."

'물망초 같은 기쁨. 안개꽃 같은 기쁨' 그 소소한, 그래 내가 이룬 작은 일상의 연속. 자잘한 행복들이 큰 행복 하나보다 난 좋다.

"언니? 물망초 보기는 했어?"

"그럼, 서울 양재 화훼단지에 가면 없는 게 없어."

"그래?"

"꼭 구매하지 않아도 한 달에 한 번은 가지. 거기서 많이 봤어. 분홍색, 파란색, 노란색 다양한 물망초들. 우리 집 옥상에 화단에 파란색 꽃을 피우는 물망초도 있는데 몰랐구나?"

"물망초를 아는구마잉 우리 동네 지천에 깔린 게 물망촌디, 그걸 돈 주고 산다고? 서울은 별걸 다 팔아먹는당께, 앗따 눈뜨고 코 베인다는 말이 맞긴 허네."

"옥상 화단에 함께 있는 아이들을 그렇게 집으로 데려온 거야. 봐봐 저기~ 여기서도 보이잖아, 이쁘지. 너도 가끔 여기 티 테이블에서 차 한잔하는 여유 좀 부려봐."

"언니랑 같이 있응께 차도 마시는 거지, 혼자 맥없이 뭐덜라고 여그서 차를 마신당가. 뭐 올망졸망 이쁜 것들 많이 있긴 한데 자고로 커피는 카페에서 마셔야 제맛인디. 난 그려."

"너가 있는 여기 이 동네서는 엄청 유명한 카페야. '대나무숲 카페'. 너가 살아온 시간도 내가 살아온 세월도 다 내놓고 서로 들어주고, 다독여 주고 말하면 긴데 그건 그렇고 하진아, 동생이 하진이란 인물로 지금보다 풍요롭게 살아갈 거라 생각하니 좋다."

하진이는 멋쩍은 듯 내 어깨를 '툭'하고 쳤다.

"그래 언니! 나 '하진'이라고, 이제부터 '하진'이라고 불러."

점차 그림자 실루엣이 길어지고 진해져서야 우리는 그렇게 많은 시간 동안 이야기를 나눈 걸 알게 되었다. 하늘에 높이 떠 있는 해는 가버리고 달이 별들과 함께 우리에게 쏟아졌다. 덕례와 하진이에게 보내는 축하 폭죽처럼 내렸다. 비둘기들은 다 어디로 들어갔는지 지붕 위에도 전선 위에도 조용하다. 고양이들도 이맘때 한두 마리는 어슬렁어슬렁 이야기를 염탐하듯 꼬리를 흔들며 천천히 걸어 다니는데 지금은 한 마리도 보이지 않는다. 하진이는 나를 보며 시간을 묻더니 자기 손목시계를 보았다.

"워메~ 시간이 요로코롬 되었네… 약속 있는데. 아따 급하게 돼부렀구마잉. 시방 2시간도 넘게 수다 떨었네 먼일이당가."

"그래? 약속이 몇 신데? 덕례 특종에 시간 가는 줄 몰랐다 야~ 저녁 약속이야?"

"어 저녁 약속이야 언능 나가야 된께 오늘 이야기는 여기까지 하자고. '이하진', 우편물 알지… 반송하지 말어."

하진이는 계단을 내려가면서 다시 우편물 이야기를 했다. 사라지는 하진이를 봤다. 아니 담뱃불처럼 타오르다 회색 재로 사르르 바람에 날려 없어지고 있는 '덕례'를 보았다. 나는 사라진 '덕례'가 아니라 다시 시작하는 '하진'이를 향해 목소리를 높였다.

"하진아… 좋은 시간 보내라."

"언니~ 고마워!"

"하진아~~"

"앗따 언니 고만해!"

"하진이… 왜? 언니 여기 있다 하하하."

나는 두 손을 입에 대고 다시 내려가는 하진이와 동네방네 모두 다 들으라고 더 큰 소리로 불렀다. '하진아 이하진~!'. 그렇게 덕례는 '이하진'이라는 새로운 이름으로 사라질까 불안해하는 소중한 남친을 만나러 갔다. 잊고 싶은 나도 나이고, 새롭게 만들어 갈 나도 나이다. 어느 것 하나 소중하지 않은 것은 없다. 다만 지금의 나를 진솔하고 귀하게 대해야 새로운 나를, 기대했던 나를, 원하는 대로의 내가 만들어질 것이라는 것은 분명하다.

# 이하진으로 살아가기

대문 앞 우편함에 우편물들이 쌓여 있다. '이하진'으로 전달된 우편물은 덕례가 있는 102호에 가져다 놨다. 물론 우편물이 '이하진'으로 완벽하게 바뀌어 온 것은 아니었다. '이하진'으로 10통 오면 '이덕례'로 20통이 왔다. 40년 동안 사용해 온 이름을 쉽게 떨쳐낼 수는 없나 보다. 그렇게 '이덕례'는 점점 '이하진'이 되어갔다. 초침만 바쁜 시간이 흐르는 동안 하진이의 사랑도 도란도란 깊어갔다.

주말이다. 날이 좋았다. 바람도 제법 시원해지고 배불렀던 고양이들은 홀쭉해진 배를 늘어뜨리고 골목길을 여유롭게 산책을 하고 있다. 음식물 쓰레기통 물청소를 했다. 청소도구를 들고 대문 앞과 주차장 그리고 집 앞 골목길을 쓸었다. 담배꽁초는 왜 이렇게 아무 곳에나 버리는지 알 수가 없다. 어느 구청인가 주민센터에서는 1g당 30원에 구매한다고 하던데… 여긴 그런 것도 없나 보다. 아마 여기도 그런 제도가 있다면 담배꽁초만 줍는 아르바이트가 생길 법도 한데 말이다. 길도 깨끗해지고 용돈도 벌고 나는 비질을 절반만 하면 되니 누이 좋고 매부 좋은 일인데 그런 제도는 미치지 않는 곳인가 보다. 빗자루로 모서리에 박혀 있는 담배꽁초를 집중적으로 파내듯이 공격했다. 꽁초 하나가 튀어나왔다. 가끔 허리가 아프니까 한 번씩 펴줘야 했다. '우두둑'거리는 소리에 귀가 시원하고 허리는 통증이 줄어들었다. 머리를 뒤로 제치고 하늘을 봤다. 양팔을 좌악 펼치고 손끝에 힘을 주었다. 쓰레받기와 빗자루는 공중에서 흔들렸다. 팔뚝에서도 등 가운데서도 '뚜두두욱' 소리가 났다. 내 뼈들은 자리를 이탈하는 게 취미인가 보다. 구름 속에 있던 해가 슬금슬금 벗어나니 내 이마와 미간에 주름이 짜글짜글 잡혔다. 나는 세상을 지배하는 햇살을 패잔병처럼 초라하게 피했다. 들고 있던 빗자루에서 자잘한 흙들이 떨어진 신발을 털며 주변을 마무리했다.

"언니~!"

소리 나는 곳으로 몸을 돌렸다. 눈이 부셔서 잘 보이지 않았다. 역광이다. 돌아보는데 눈물이 났다. 골목길로 들어서는 두 사람의 검은 실루엣이 보였다. 둘은 손을 잡고 있었고 점점 내게 가까이 왔다. 눈물이 한 방울 흘러내린 뒤에 나를 부른 사람이 보였다.

"하진아~ 어디 갔다 와?"

"멀리서 본게 혼자 중얼거림시롱 뭐라 뭐라 하던디 혼자 뭐 한당까?"

"어? 내가 중얼거렸어? 들렸어?"

"아따 언니는 내가 언니 말을 어찌 듣는다요? 순진허긴."

"그렇지… 난 또 내가 속으로 한 말이 들렸나 해서 깜짝 놀랐지."

하진이는 투박하게 웃었다. 그러고 보니 하진이 옆에 남친 필준 씨가 함께 서 있었다.

"두 사람이… 이 시간에… 같이…"

"뭘 그렇게 찬찬히 봐 쌌는가, 별일 아녀."

"그래 뭐가 별일이겠어?"

나는 두 사람을 번갈아 쳐다봤다. 필준 씨 인사에 나도 얼떨결에 고개를 숙여 인사를 했다.

"안녕하세요? 아침 일찍 하진 씨 집에 인사드리고 오는 길이에요. 오해 마셔요."

필준 씨 이야기는 내 궁금증을 싹 날려버렸다. 나는 두 사람 얼굴을 번갈아 봤다.

"그래요, 부모님 찾아뵈셨구나, 그런데 이렇게 이른 시간에~?"

"엄니가 어디 가신다고… 다녀갈 거면 일찍 오라캐서… 출근하듯끼 바빴다니께."

"그랬구나, 엄니는 안녕하시고?"

"울 엄니야 씩씩허제 내가 걱정이지 엄니는 건강혀."

"네가 뭐가 걱정이야 젊은데… 엄마가 걱정이지."

"아니 말이 그렇다는 거지, 엄니는 오늘 친구들이랑 놀러 간디야~"

"시간 될 때마다 좋은 곳 많이 보고, 좋은 거 많이 드시고, 그러시면 좋지."

"나보다 여행도 많이 당기고 몸에 좋다는 건 다 쓸어 드시니 병원 가서 신체나이 검사하면 울 엄니가 아마 내 동생 아니냐고 할걸, 그란디 필준 씨 보고 엄니가 좋다네~ 필준 씨가 좋대."

하진이는 입을 크게 벌리고 호탕하게 웃었다. 기분이 좋은 모양이다. 우리 둘이 마주 보고 이야기하느라 옆에 필준 씨가 있다는 것도 잊었다.

"필준 씨는 하진이 집에 가셨는데 어떠셨어요?"

"어른을 뵙는 것은 어려운 일이죠."

"그래도 인사를 드리고 만나면 어른들은 많이 안심하시지~"

그는 머쓱한 미소로 하진이 눈치를 살폈고 하진이는 소풍 앞둔 어린아이마냥 신나 보였다. 나이 40이 맞나 싶을 정도다.

"엄니가 좋다고 허니 인자 뭔가 본격적으로 해봐야것다 싶은디 ~ 언니 생각은 어떠신가?"

"내 의견이 필요한 건 아닐 거고 들어보니 또 자랑질 같은데… 맞아?"

"아따 언니는 의견을 묻는 것인디 자랑질이라니 속이 밴댕이구먼, 밴댕이~"

"부러워서 그런다 왜? 난 질투도 못 하냐?"

나는 이야기를 들으며 쓰레기봉투를 묶어 한쪽 벽에 세웠다. 필준 씨가 하진이 옆으로 바짝 다가서더니 한 손으로 어깨를 감싸 안았다. 그리고 부드러운 눈빛으로 하진이를 내려다보았다. 하진이가 그이 품속에 쏘옥 안겼다.

"하진 씨, 언니도 좋다는 의미로 말씀하시는 건데…"

"필준 씨 나도 알아, 근디 필준 씨가 모르는 게 있어, 언니는 질투가 장난 아니랑께."

"다 하진 씨 위해서 그러시는 것 같아요."

"안당께~ 말은 저렇게 암시랑 않게 하면서도 응근 날 경쟁자로 본다니께, 지금도 봐바~ 시방 저 표정."

남친 말에 작은 눈을 더 작게 뜨면서 애교가 가득한 비음을 섞어 가며 말을 받았다. 나도 모르게 참았던 웃음이 왈칵 쏟아졌다. 마녀의 손톱을 내보이며 다가섰다.

"으악~ 난 질투쟁이다. 무섭지~ 난 부러워 죽겠다~ 하지낭~!"

"음마 보랑께~ 언니가 자진해서 이실직고항 거."

얼굴을 구기고 흰 이를 드러내며 손톱을 바짝 세우고 한 번 더 하진이 앞으로 다가섰다. 하진이는 필준 씨 뒤로 반쯤 숨듯이 섰다. 날이 좋아서 그런가 더 이뻐 보인다.

"워메… 왜 그래쌌는가 무섭네~잉. 언니가 나 지금 겁주는 거여?"

"하진 씨 고만하고 들어갑시다."

"언니는 하던 거나 하시숑 나는 필준 씨랑 들어갈랑께."

"들어가서 알콩달콩해라~ 좋을 때다 많이 해라."

"언니!"

하진이는 눈을 크게 뜨고 나를 향해 큰소리치더니 얼굴이 빠르게 홍시가 되어간다. 필준이 앞장서고 하진이가 뒤를 따르며 집으로 들어갔다. 잠시 후에 하진이 방 창문 열리는 소리가 났다. 나는 청소도구를 창고에 넣었다. 계단을 올라 옥상으로 올라갔다. 하늘이 맑았다. 흰 구름 한 점 없다. 바람이 닿기는 너무 높았다. 참새

떼들이 뒤 블록 빌라와 빌라 사이 공간으로 날아와 옥상 빨랫줄에 앉기 시작했다. 한 마리, 두 마리, 세 마리… 그렇게 한 줄에 조랑조랑 앉았다. '째애엑 쩍쩍' 뭐라고 하는지 수다 삼매경이었다. 옥상 화단에는 푸른 잎들을 무성하게 피워 올렸다. 잎과 잎 사이에, 가지와 가지 사이에 꽃망울을 피워 올려 옥상은 화려한 팔레트처럼 선명하고 영롱했다. 벌들도 나비도 한두 마리 날아다녔다. 호스를 연결해 물청소하고 물을 주었다. 무지개가 피더니 퍼져나갔다. 깨끗해진 옥상에 남은 물기는 햇살을 받아 보석이 되었다. 눈이 부셨다. 파라솔 끝자락이 흔들린다. 오늘은 눈부시게 빛나는 날인가 보다.

아침부터 많이 움직였는지 출출했다. 냉장고를 열고 한참을 아래위 칸을 오가며 스캔하고 있는데 벨이 울렸다. 201호 정혜 씨였다. 스피커 버튼을 눌렀다.

"네, 무슨 일이신가요?"

"좀 나와보세요, 너무하시는 거 아닌가요?"

"네? 뭐가 너무하다는 건지…?"

"나와보시라니까요?"

그녀는 오늘도 화가 나 있다. 어제보다 더 얇고 날카로운 목소리로 말한다. 잠시만 기다리라고 한 다음 위에 옷을 하나 더 입고 문을 열고 나갔다.

"정혜 씨가 왜 이렇게 화가 나셨을까요?"

"오늘 무슨 요일이죠? 일요일이잖아요 쉬어가는 날! 아닌가요?"

"일요일이죠. 각자 일정에 따라 다르겠죠? 그걸 물어보시려고 올라오신 건 아닌 것 같은데요."

그녀는 목소리를 떨었다. 좀 흥분한 것 같다. 난 당황스러웠다. 그녀 얼굴 표정을 보면 불쾌해서 견딜 수가 없는 표정이고 몸까지 부들부들 떨고 있는 것도 같았다.

"말을 돌리지 말고 그냥 편하게 말씀하세요."

"제가 지금 말을 돌리는 건가요, 아니잖아요?"

"지금 정혜 씨가 일요일에 대해서만 말씀하셔서… 그런데 오늘이 일요일이라서 화가 난 건 아닌 것 같은데요?"

"일요일이라서 아래층에서 들리는 소리 때문에 더 화가 났죠."

"일요일이라 화가 난 건 내가 해결해 드릴 수 없는 부분이고 1층에서 들리는 소리요? 어떤 소리요? 1층 어디를 말씀하시는 거죠?"

정혜 씨는 검지 손가락을(내게 들이밀고) 세워 좌우로 흔들면서 흔들면서 화를 냈다. 얼굴이 점점 달아올랐다. 40도 정도… 될까? 눈도 충혈이 됐다. 이러다 얼굴이 터질 것 같았다. 호흡도 가빴다. 티셔츠 끝도 흔들렸다.

"불쾌해서 견딜 수가 없어요, 도대체 집 관리를 어떻게 하시는 거죠?"

"아니 그러니까 집 관리 어떤 부분인지 정확하게 말씀해 주셔야 제가 알죠."

"주말은 쉬는 날이잖아요, 안 그래요?"

"말씀드렸다시피 사람마다 다르죠. 쉬는 사람도 있고, 일하는 사람… 놀러 가는 사람… 다양하죠 그런데 하고 싶은 말씀이…?"

"제게 일요일은 쉬는 날이거든요. 1층 102호 말인데요."

"네, 1층 102호요? 그런데요…?"

"이상한 소리가 올라와요. 듣기 거북하고 불결한 소리요."

"이상한 소리요? 1층 하진 씨를 말씀하시는 것 같은데… 거긴 조금 전에 집에 들어갔는데… 무슨 소리가 난다는 걸까요?"

"소리가 난다니까요? 저를 의심하시는 건가요?"

"아니 의심한다는 게 아니고 제가 조금 전까지 같이 이야기하고 왔으니까 하는 말이죠."

"지금 내려가셔서 조용히 시키세요. 저는 견딜 수가 없어요."

"그래요? 전화 먼저 해보고 말씀드려도 되죠? 무작정 조용히 해 달라고 할 수는 없지 않겠어요?"

"지금 내려가서 들어보면 될 일을 어렵게 하시네요. 한동안은 골목에서 검은 봉투 나눠준다고 101호 아저씨가 시끄럽게 하고 또 며칠 전에는 옆집 202호가 그러고 정말 정신 사나워서 살 수가 없어요… 그런데 오늘은 1층까지 가세하니까 제가 너무 괴로워요. 약 먹고 좀 나아졌는데 잊었던 일들이… 하여튼 제가 좀 힘드니까 도와주세요."

"정혜 님 불편하셨다는 말씀은 알겠는데요… 상황 파악을 해보고 말씀드릴게요. 조금 진정하시고 들어가 계셔요."

"아니 난 지금 당장 조용히 해줬으면 좋겠다니까요? 내 말 무슨 말인지 이해 못 해요? 세입자 받을 때 좀 가려서 받으세요. 정말 수준 떨어져서…"

"힘드시다는 건 알겠는데 그렇게까지 말씀하시는 건 좀 듣기가 그렇네요. 사람 사는 곳이 다 비슷하죠, 들어가 계시면 알아보고 말씀드릴게요."

정혜 씨는 굉장히 공격적인 자세로 말을 내뱉었다. 그리고 사실 젊고 건강한 남녀가 사랑을 한다는데 이것은 말릴 수 있는 일이 아니다. 아니, 적극 장려해야 할 일인데… 말리란다. 뭐 좀 심하면 말려야 되겠지만… 심하다는 정도가 다 개별적이라 난감하다. 그녀에게 남녀에 관련해서 안 좋은 경험이 있는 것인지 이와 비슷한 상황에 괴롭다고 이야기했던 것이 맘에 걸린다. 그녀와 4년째 함께 하고 있지만, 생활 작은 소음도 힘들어하고 시간이 감에 따라 낡아지는 것들에 대해서도 불편해했다. 할머니께서 어린 내게 해 주셨던 이야기가 생각난다.

'이쁨도 너 안에 있고 미움도 너 안에 있단다. 그걸 꺼내 쓰는 것은 너 맘이다. 그러니 네가 미운 마음을 선택해서 힘들어지는 것도, 이쁜 마음을 꺼내 써서 행복한 것도 다 너의 선택이지 다른 누구의 선택도 아니다.'라고 말이다. 조금도 불편하거나 싫은 것은 참지 못하는 그녀와 할머님의 가르침을 나누고 싶어진다. 일단 정혜 씨 마음을 진정시키는 게 급선무였다. 세입자 간에 다툼이라도 생기면 모두가 불편해지니 달래보기로 했다. 기분 좋게 안팎으로 깨끗이 청소하고 날이 좋아 오늘 하루 잘 지나가겠다고 생각했는데… 정혜 씨의 표정은 내게 날벼락과 같았다.

"내 입장이 아니라… 지금 내가 나만 위해서 따진다는 겁니까?"

"많이 불편하셨다는 것은 알겠는데요 제가 알아보고 말씀드린다고…"

"오히려 제게 따지시는 것 같은데… 아닌가요?"

"그럼 어떻게 할까요? 직접 하시겠어요?"

"202호도 그러더니 102호까지… 그러니까 저는 짜증 나는 겁니다, 아시겠어요?"

그녀는 언성을 높였다. 날카로운 음성이 말캉한 내 기분을 찔렀다. 계속 들어주고, 풀어주려고 맘을 먹었는데도 짜증이 난다. 화도 나려고 한다. 그녀의 얼굴이 점점 붉어지고, 가늘고 긴 손가락은 하얘졌다. 목소리는 더 떨었고 팔도 다리도 떠는 게 보였다. 진정이 안 되는지 그녀는 두 팔로 자기 몸을 감싸며 불안한 발놀림을 했다. 어떤 것이 그녀를 불안하게 하는지 알 수 없으니 도울 수도 없다. 막연히 '그냥 시끄럽다, 조용히 해라.' 이것으로는 별로 도움이 될 것 같지 않다. 그녀는 계속 흥분하고 있다.

"이건 공중도덕에 관한 문제죠? 어떻게 제 입장만인가요?"

"한집에 살면서 너무 크게 자극적으로 생각하지 맙시다. 한곳에 거주하다 보면 불편한 일이 생기겠죠 왜 없겠어요? 서로 양보하고 배려하면서 함께하는 거죠. 그러니 정혜 씨가 조금 참고 기다려 주시면 내가 이야기해 보고 말씀드릴게요."

"그 배려와 양보를 나만 해야 하니까 문제죠."

"꼭 그렇게만 생각할 것은 아닌 것 같아요. 어찌 되었든 오늘 일은 내가 알아보고 그래도 불편한 일이 생기면 그때 다시 말씀하시죠, 어때요? 그럼 되겠죠?"

"난 주말에는 아무 생각 없이 쉬어야 해요. 특히 이런 소음에 저는 트라우마가 있어요 한번 계기가 되면 견디기 힘듭니다. 신경 써 주셔요."

"네, 네…? 이런 소음이 어떤 것인지 그게 정혜 씨 잊었던 트라우마를 어떻게 자극하는지는 몰라도 제가 알아보고 말씀드릴 테니, 들어가 계세요."

"결과는 문자로 주세요."

"그러죠, 문자 드릴게요."

강아지 짖는 소리가 들렸다. 그녀는 잘 든 칼로 도마 위에 무를 조각 내듯이 날카롭게 내려치고는 쌩하고 등을 보이며 내려갔다. 도어락 비번 누르는 소리가 들렸다. 현관문이 열리고 강아지 짖는 소리는 더 크게 들렸다. 그러더니 문이 닫혔다. 어떤 아픔이 있는지 잘 모르겠지만 세상을 자기 울타리화하는 정혜 씨가 좀 아쉬웠다. 전화를 걸었다. 이상은의 '비밀의 화원'이란 곡이 흘러나왔다. 사람 맘이 간사해서 좀 전에 불편했던 마음이 언제 그랬냐는 듯이 사라지고 나도 모르게 어깨가 들썩이며 몸 전체가 리듬을 탔다. 내가 좋아하는 곡이기도 했다. 이상은이란 가수의 덜 다듬어진 목소리가 담백해서 좋았다. 노래 1절 중에 누구나 조금은 다르다며 완벽한 사람은 없고, 조금 부족하고 외로운 나를 보라는 부분은 내가 위로받고 싶을 때 반복해서 들었던 부분이다. 이 곡이 하진이 휴대폰 컬러링이라니 매칭이 힘들었다. 지금 그녀의 상태는 '비밀의 화원' 2절에 나오는 가사가 더 맞을 것 같다. 다시 꿈을 꾸게 되었는데 그게 바로 당신을 만나면서 시작된 것 같다는 고백 부분 때문에 이 곡을 컬러링으로 선택했다고 생각하기로 했다. 전화를 안 받는다. 다시 전화했다. '비밀의 화원'이 다시 흐른다.

'언니~ 왜? 좀 전에 봐놓고 뭐 벌써 전화랑가? 뭔 일인디~?'

"지금 뭐 해? 시끄러운 뭐 그런 거 하는 거야? 여튼 뭐 하냐고?"

'시끄러운 거 뭐? 왜?'

"아니 2층에서 올라왔어. 컴플레인 들어왔다고, 몰라. 소음이 견디기 힘들다고 그러네."

'2층에서 컴플레인… 왜? 어떤 소음?'

"나야 모르지… 그래서 전화해서 묻잖아?"

'암껏도 안 했는디 뭐가 시끄럽다고 했을까나?'

"아무것도 안 하고 둘이 그냥 있었다는 거지?"

'아따 암껏도 안 했당게.'

"그래… 알겠어. 미심쩍지만 네가 그렇다니까 그런 줄 알게."

'아니 뭐시가 그런 줄 알아, 참나… 2층 그 사람도 요사스럽지만 언니도 좀 껄쩍지근한가벼~?'

"난 껄쩍지근한 건 없는데… 2층은 그럴 수 있지, 사람이 다 똑같나?"

'아 그란게… 2층에서 뭐라는디 그려요?'

"아니 자기 쉬는데… 좀 불편하다고 그랬어. 별말 없었고…"

'아니 쉬면 되지 뭐가 불편하대? 우리가 불편하다는 게 말이 된당가? 내가 쉬지 말라고 하길 했어 뭐? 뭣 땀시 그란디?'

많이 억울한 말투였다. 볼멘소리가 계속이다.

"모처럼 쉬는데… 그럴 수 있잖아. 또 2층이 예민하고."

'그냥 TV 보고, 이야기하고 있는디… 뭣 땀시 요란이대 요란은?'

"지금 사랑을 요란하게 하고 있는 건 아니고?"

'언니~!'

··· 102호 덕례 씨 ···

"아니… 그렇게 생각할 수도 있잖아?"

'그래 키스는 했다 뭐! 그것까지 2층에 허락받고 해야 되는 거야, 지랄~'

"부러워서 그러는가? 2층도 질투할 만큼 이쁜 사랑 하니까."

'음마!! 이쁜 사랑~ 별일일세. 그럼 2층 보고… 사랑하라고 혀~ 뽀뽀도 하고 부둥켜안고 있기도 하고 요란하게 사랑도 하라고 하랑께, 그럼 난 지금부터 본격적으로 해볼랑께.'

웃더니 볼멘소리가 누그러졌다.

"알았어~ 좋은 시간 보내. 내가 잘 이야기할게."

'집주인… 그거 솔찬히 힘들구마잉, 들어가 언니~'

201호 진정혜 씨에게 문자를 보냈다.

「1층은 공중도덕을 해칠 만한 어떤 것도 없었답니다.」

답신이 왔다.

「정확히 확인하신 겁니까? 확인 안 해보시고 대충 답하시는 거 아닙니까?」

다시 문자를 보냈다.

「통화해서 컴플레인 들어왔다고 이야기했습니다. 그쪽에서 해준 이야기 전달해 드린 겁니다. 오해가 없길 바랍니다.」

그녀는 더 이상 문자를 보내지 않았다. 도와달라는 말이 맘에 걸려서 2층으로 천천히 내려갔다. 그래도 처음 이사 와서 1년간은 나 이외 누구와도 말 한마디 섞지 않았던 그녀가 조금 누그러지긴 했다. 좋아지는 건지 더 나빠지는 건지는 잘 모르겠지만 말이다. 정혜 씨가 문을 열고 나오다 나를 보고 멈칫했다. 나는 웃음으로 인사를 대신했다. 재미없는 그녀는 나를 그렇게 잠깐 바라보더니 강아지를 품에 안고 앞서 내려갔다. 그 잠깐의 멈춤으로 모든 걸 대신했다. 고맙다는 말도 도와달라는 말도 반갑다는 인사도 모든 것이 견디기 힘들어서 탈출한다는 그 어떤 것도 없는 표정으로 말이다. 말이 사라진 나라에 살고 있는 공주처럼 그녀는 한마디 하지 않고 밖으로 나갔다. 그녀를 삼켜버린 골목길을 바라보았다. '어떤 이야기를 품고 있길래 저렇게 날카로워졌을까?' 내 맘이 아리다. 그런데 하진이는 정말 키스만 했을까? 궁금하긴 하다. 하진이는 사랑의 날갯짓으로 날아오르는 중이고 정혜 씨는 펼친 날개를 접어 작은 가슴에 꼭꼭 숨기고 있는 중이다.

# 201호
# 정혜 씨

# 수상한 그녀

그녀가 사라진 골목에는 시간차를 두고 떨어지는 빛이 차곡차곡 쌓였다. 201호는 말도 표정 없이 사라졌다. 그녀를 처음 만난 건 5개월 부족한 4년 전 부동산에서다. 중개사의 전화를 받고 시간 맞춰 부동산으로 향했다. 들어서는 문 끝에 달린 작은 종이 요란하게 흔들렸다. 그곳 사무실 가운데 있는 원탁 테이블에 단정한 차림의 여자가 한 사람 앉아 있었다. 그 사람이 바로 지금의 201호다. 그렇게 그곳에서 그녀를 처음 만났다. 옆에 앉아 옆모습을 보니 얼굴은 하얗고 조그마했다. 긴 머리를 하나로 묶었고 두 손은 청바지 얇은 허벅지 위에 놓여 있었다. 잠깐 눈이 마주쳤다. 나를 바라봤으나 의미 없는 눈빛이었다. 나는 부산스러운 중개사와 눈인사를 하고 어색하게 앉아 있었다. 중개사는 나를 보고 웃더니 새삼스럽다고 너스레를 떨고는 내 앞에 마주 앉아

··· 201호 정혜 씨 ···

있는 그녀에게도 부드럽게 인사를 건넸다.

"두 분 모두 잘 지내셨죠? 오늘 계약하실 두 분 다 오셨으니 서로 인사를 나누고 시작해 볼까요?"

중개사는 호탕하게 웃으며 손뼉을 탁탁 털듯이 몇 번 부딪치며 우리를 번갈아 보며 웃었다. 중개사는 먼저 도착한 그 여자분을 보며 이야기를 이어갔다. 그녀는 긴장한 듯 다시 한번 자세를 고쳐 앉았다. 내가 앉은 곳에서 그녀가 있는 곳까지는 가까운 듯 멀게 느껴졌다. 나는 앉은 의자를 그녀 쪽으로 약간 돌렸다. 자기 쪽으로 돌려 앉으려고 움직이는 나의 모습에 그녀는 멈칫하더니 의자를 조금 뒤로 밀어내며 내게서 그만큼 멀어졌다. 경계하는 것이 느껴졌다. 중개사는 그런 그녀에게 이미지 관리를 하는지 가식적인 미소를 보이고 내게도 가식과 절친의 미소를 적적히 섞어가며 웃었다.

"사모님, 이쪽은 진정혜 님. 입주할 분이세요."

중개사는 육중한 몸을 좌우로 실룩거리며 나와 그녀를 인사시켰다. 그리고 계약서류 뭉치를 들고 우리가 있는 테이블 위에 올려놓으려고 몸을 돌리는 순간 중개사의 엉덩이가 반대쪽 책상 위에 아슬아슬하게 쌓아 놓은 각종 서류와 광고 전단지, 그리고 어디서 받았을 명함들을 건드렸다. 우당탕탕 번개가 한 번 내리치더니 바벨탑처럼 위태로웠던 그 많은 종잇조각들이 나비처럼 날아서 우박처럼 바닥에 쏟아졌다. 우리는 멈췄고 위치를 잃은 종이들은 공중에서 자유를 느끼고 있었다. 중개사는 들고 있던 서류를 우리 테이블 위에 올려놓고 몸을 조심스럽게 틀면서 늘 있는 일이라는 듯이 멋쩍은 미소를 지었다. 커다란 엉덩이를 높이 쳐들고 허리를 숙여 쏟아진 물건들을 모았다. 두툼한 두 손으로 모아진 서류 더미들은 다시 책상 위로 던지듯이 올려졌다. 언제든지 다시 바닥으로 곤두박질할 위태로운 것들에게서 난 눈을 돌렸다. 중개사는 우리가 있는 테이블 중간자리 의자를 길게 빼고 앉더니 어디가 불편한지 다시 엉덩이를 들고 좌우 위아래를 살피고는 의자를 당겨 앉았다. 중개사의 얼굴에서 땀이 흘렀다.

"놀라셨죠? 정말 힘들다 힘들어. 살은 왜 빠지지 않는지… 지방들은 내 몸이 강남인 줄 아나 봐요, 방 빼라고 별짓을 다 해도 기적이 없어요. 참나~ 하하하."

중개사는 이마와 목에 흐르는 땀을 닦으며 자기 몸으로 농담을 몇 번 하더니 시원한 웃음으로 소란했던 것을 묻었다. 요란하게 원탁 테이블은 만석이 되었다. 난리법석 중에도 그녀는 말이 없었다. 공허하게 벽을 응시하던 눈은 중개사가 테이블 위에 놓은 서류로 향했다. 중개사가 질문을 하면 그녀는 정해진 답이 있는 것처럼 최소한 짧게 의사표시를 하는 것이 전부였다. 그녀의 짧은 답에 중개사는 고개를 들어 한 번씩 확인의 눈 마주침을 했다.

"이름이 진정혜 님 맞으시죠?"

"네."

"주민번호, 연락처, 주소, 여기 보시고 기재된 것 확인 부탁해요?"

"맞아요."

중개사는 계약서 맨 윗줄부터 한 줄 한 줄 읽어 내려갔다. 간간이 그 구간에 해당하는 사람을 바라보며 답을 요구하기도 했다.

"진정혜 님이 입주할 201호는 방 2개, 거실, 화장실 하나… 확인하셨고요. 거주지에서 지하철 10호선 장정역까지 도보로 5분 거리에 있습니다."

"네."

"근처 편의시설로는 성강시장과…"

중개사의 설명에 그녀는 눈을 지그시 감더니 오른손 검지로 스크린을 넘기는 듯한 움직임과 함께 '패스'라고 말했다. 중개사는 서류를 보고 읽던 것을 멈췄다.

"네? 패스라고요?"

"네, 패습니다. 집에서 뭘 해 먹을 게 아니라서요."

그녀는 그 짧은 말도 하기 싫은 듯 고개를 끄덕였다. 곧 들릴 듯 말 듯 작은 소리로 '대충 넘어갈 건 넘어가지…'라는 다 들리는 혼잣말을 했다.

"아, 네 그럼 다음… 의료시설… 어떻게, 이것도 패스할까요?"

"이건 하셔야죠! 생명과 직결된 내용인데요."

"아… 생명… 서진병원과 성라병원 두 곳이 있어요. 학교는…"

"학교는 패스."

그녀의 검지 손가락 움직임에 중개사는 또 멈칫했다.

"학교는 패슨가요?"

"네, 애가 없으니 알 필요 없겠죠!"

"그래요, 하여튼 여긴 8학군 동네라는 것 알아두세요."

"패스라고요, 제가 다음으로 넘어가 달라고 말씀드렸는데요."

"그래도 알려드려야 할 의무사항이라… 저는 안내해 드렸습니다."

그녀의 언짢은 말투에 중개사가 한숨을 쉬며 그녀의 눈치를 봤다. 중개사는 그녀의 딱딱한 말에 말끝을 흐렸고 그녀는 심기가 불편하다는 기색으로 답변을 대신했다. '패스'로 생긴 분위기는 길 잃은 겨울이 중개사의 가슴골을 타고 흐르던 땀을 얼려버렸다. 그러고도 한참을 알려줄 의무에 대해 고지한 후에 그녀를 향해 펜을 주며 이상이 없다고 생각하거든 사인하라고 펜을 내밀었다. 창백한 그녀의 두 손은 실장이 건네주는 펜을 향해 배추흰나비처럼 다가와 펜을 채 갔다. 중개사가 손끝으로 가리키는 곳에 그녀만의 엠블럼을 그렸다. 누가 위에서 조정하는 마리오네트 인형처럼 그녀의 손목이 움직였다. 그녀의 손은 가냘팠고 뼈가 앙상했다. 손가락과 손안에서 놀고 있는 펜이 무거워 보였다. 중개사 손에 들려 있었을 때 그 펜은 튼실하고 따뜻하고 뭔가 해낼 것 같은 풍요로운 기운으로 종이 위에서 춤을 추던 펜이었다. 그런데 같은 펜이 그녀 손으로 옮겨진 순간 가냘프고 서글프고 억울하고, 춥고 한없이 기운 없는 펜으로 마지막 잉크를 쥐어짜듯 그녀를 위해 목숨을 건 열악한 충신이 되었다. 그녀는 서류 위에 운명을 달리한 펜을 올려놓더니 나와 중개사를 번갈아 쳐다봤다. 눈치 빠른 중개사가 웃으면서 진정혜 씨의 눈을 바라봤다.

"혹시 중간에라도 궁금한 게 있으면 이야기해 주세요."

"두 분 잘 들으세요, 혹시 틀린 부분이 있으면 바로 이야기해 주셔야 합니다. 먼저 보증금부터 갈게요."

그녀는 멈칫하더니 아무 말 없이 고개만 끄덕였다. 시선이 다시 계약서 용지 위로 떨어졌다. 중개사는 임대 보증금액과 특이사항

··· 201호 정혜 씨 ···

과 이사 날짜, 시간을 연이어 이야기하였다. 중개사는 보증금과 월 입금분을 서로에게 확인했다. 우리는 누가 먼저랄 것도 없이 고개의 흔들림을 사용해서 몸으로 이야기했다. 중개사는 마지막이라는 멘트를 섞어가며 진정혜 씨 눈치를 봤다. 기본적 보호조항과 임대인과 임차인의 법적 의무를 알려준 뒤 특이사항 기재를 위해 서술한 것을 읽기 시작했다.

"진정혜 님 입주할 집 상황은 보셔서 아시겠지만 여기는 다세대 주택이라 전기 계량기는 따로 있어 각자 계산하면 됩니다."

"네… 자동 이체해 놓을 겁니다."

"좋아요 하지만 수도요금은 계량기가 하나라 부과된 금액을 입주한 사람 인원수로 나눠 2달에 한 번 주인이 문자로 안내해 줄 겁니다."

"계량기가 따로 없나요?"

"네, 하나여서 금액을 나눕니다."

"불편하군요."

그녀는 건조한 말을 흘렸다.

"다음 진행할게요, 특이사항 첫 번째 방금 설명해 드린 수도요금은…"

"패스."

"패스요?"

"네, 패스요. 다 이해했으니까 넘어가시죠."

"그럼 다음 특이사항 2번째, 관리비 있습니다."

"주택이 관리비가 있어요?"

"관리비요? 관리비가 왜 없어요, 공공주택이잖아요?"

"원룸 뭐 이런 데만 있는 걸로 아는데요?"

"아니죠, 세 살아보셔서 아시잖아요? 그리고 비교해 보시면 아시겠지만 다른 집들은 관리비만…"

그녀는 중개사의 말을 끊었다.

"다세대 주택에도 관리비가 있다는 이야기는 처음 들어보는데요?"

눈을 크게 뜨더니 불만이 가득한 볼을 움직여 중개사에게 볼멘소리를 했다. 아마도 옆에 있는 나 들으라고 한 것 같다. 옆에서 듣고 있는데 좀 부담스러웠다. 하지만 난 그녀의 말과 표정을 그냥 보고 듣기로 했고, 중개사는 그녀를 이해시키기보다 달래는 쪽으로 말을 이어 했다.

"여기 입주하시겠다고 결정한 계기도 다른 집보다 깨끗하고 안전하다는 생각에 결정하신 것 같은데… 아닌가요?"

"세를 놓으려면 당연히 안전하고 깨끗해야죠. 그게 당연한 거 아닌가요?"

"당연하다는 것은 그냥 당연해지는 것이 아니에요. 노력하고, 신경 쓰고, 부족한 것 채우고, 그래야 당연해지는 거죠. 시간과 비용이 들어서 말이죠. 세상에 당연한 건 없어요. 같이 사는 곳인데 서로가 시간과 비용을 분담하는 게 맞죠. 어떻게 할까요? 관리비가 부담스럽다면 다시 알아봐 드려야 할 것 같은데… 그렇죠?"

그녀는 대답이 없었다. 나도 그녀를 말없이 쳐다봤다. 중개사는 눈치를 보며 부드러운 목소리로 말을 이어갔다.

"입주하시려고 한 집은 화재보험도 들어 있고, CCTV도 있어요. 이 동네에서는 경찰도 도움을 받으러 올 만큼 안전한 집입니다. 계단, 주차장, 정기적으로 대문밖에 배출되는 쓰레기. 보셔서 아시겠지만, 주인이 관리를 잘하고 계십니다."

"네 봤어요. 그런데 당연한 걸 생색내시는 것 같아서… 알겠으니 넘어가시죠."

나는 열심히 관리해 온 것을 부정당한 느낌이 들었다.

"들어오실 분이 부당하고 불편하다고 생각하시는 것 같은데 무리하게 계약하지 마시죠 중개사님. 불편하게 시작하면 끝도 좋지 않더라구요. 제 집에서 함께 좋은 마음으로 살아갈 사람으로 다시 알아봐 주세요."

나는 자리에서 일어섰고 그녀는 불편한 감정을 드러내며 쳐다봤다. 중개사는 내 손을 잡고 끌어내리며 다시 자리에 앉혔다.

"사모님 왜 그래요? 잘 이야기하면 되죠."

"설득까지 해가며 하긴 싫은데요… 주변 시세보다 저렴하고, 역세권에다가 세입자 안전을 위해 다 준비해 놨는데, 알아달라는 건 아니지만 이런 말을 듣게 될 줄은 몰랐어요."

"사모님 에구!! 사모님 오늘따라 왜 그러실까, 앉아요."

중개사는 눈웃음을 쳐가며 그녀를 보았다.

"정혜 씨 조건이 안 맞으면 계약 진행이 어려운데, 어떻게 더 생각해 보시겠어요?"

눈치 보는 목소리에서 설득하는 목소리로 그리고 점차 단호한 목소리로 변해가는 중개사의 노련함이 보였다. 잠깐의 침묵이 흘렀다. 그녀의 숨소리가 거칠게 들렸다. 중개사도 이번에는 눈을 서류 위에 고정시키고 조용히 기다렸다. 그녀가 입을 열었다.

"뭐… 있다면 어쩔 수 없죠."

중개사는 빨리 다음으로 이어갔다.

"특이사항 3번째 애완동물 강아지, 고양이, 포유류 등은 금지입니다."

그녀는 중개사 말이 끝나자마자 벌떡 일어섰다. 마치 바닥에 탁구공이 튕겨 튀어 오르듯 가볍고 맑게 튀어 올랐다. 그녀가 앉았던 철제의자는 급하게 뒤로 밀리면서 고막을 자극하는 소리를 냈다. 실장과 나는 멍하니 그녀를 올려다봤다.

"저는 강아지 없이는 못 사는 사람입니다. 제가 집을 보여달라고 했을 때 이 집은 강아지 한 마리 정도는 키우게 할 수 있게 주인과 잘 상의해 주겠다고 하셔서 계약하려고 나온 건데… 지금 무슨 말씀을 하시는 거죠? 계약이 장난인가욧?"

"제게 그런 이야기를 하셨다고요?"

"네에, 제가 집을 구하는 조건의 최우선 조건은 강아지였다고요! 못 들었다, 기억이 안 난다, 그런 말씀은 하지 마시죠?"

"아니… 언제…?"

중개사는 나와 그녀를 번갈아 쳐다보면서 난처해했다.

"제게 주인이 계약하기로 했다면서 그때도 말씀하셨거든요, 강아지 이야기!"

그녀는 앙상한 손으로 주먹을 다시 꼭 쥐었다. 몸은 점점 실장을 향해 넘어질 듯 다가서며 강아지 이야기를 압박했다. '이번에는 결코 양보하지 않으리라.'라는 그녀의 단호한 의지가 보였다. 주먹을 풀더니 두 손으로 테이블을 잡았다. 손가락이 부러질 듯 창백해졌다. 힘을 얼마나 주고 있는지 손등으로 굵은 핏줄이 튀어 올랐다. 또 잠깐 정적이 흘렀다. 고요했다. 시간도 멈추고 공기 순환도 멈추고 심장도 멈췄다. 일상의 소음들만 벽 틈과 문틈 사이로 들어와 시끌시끌했다. 뭐 하나 평이하게 넘어가지 못했다. 그녀의 얼굴은 붉게 타오르는 아침 해처럼 점점 붉어졌고 펄펄 끓어오르던 마음은 너울처럼 그녀의 볼 위에서 춤을 췄다. 동공이 커지고 쌍꺼풀수술한 지 얼마 안 된 눈처럼 눈 주위가 부풀어 올랐다. 테이블을잡고 있던 손에 힘을 주고 한 걸음 뒤로 몸을 밀었다. 다시 의자가밀리면서 요란한 소리를 냈다. 그랬다. 의자가 바닥에 거칠게 뒤로 끌리면서 소름 돋는 쇠 긁힘 소리를 낸 것이다. 그 소리에 중개사도 나도 귀를 잡고 몸을 움츠렸고 그녀는 얼굴로, 온몸으로 난색을 표했다. 순식간에 일어난 일이다. 나는 '깜짝이야, 뭐야? 놀랐잖아.'를 연속으로 떠올리면서도 입 밖으로 말이 튀어나올까 가슴을쓸었다. 중개사는 콧등에 송글송글 맺힌 땀방울을 여유롭게 닦으며 그녀를 보았다. 중개사와 그녀 사이에서 내가 갈래를 타줘야 할것 같았다.

"중개사님이 201호를 그렇게 보여주셨다면 이분은 화를 내시는 당연한 거고, 애완동물 키우는 것은 안 된다고 사전에 말씀하셨는데진정혜 님이 기억을 못 하는 것이면 이 계약은 할 수 없는 거네요?"

"아니 나는 분명히 말했죠. 사모님 털 알러지 있는 걸 아는데…내가 강아지가 된다, 안 된다 했겠어요?"

중개사는 눈이 동그래지며 나를 향해 손사래를 쳤고 그녀의 눈은 부싯돌처럼 불꽃이 튀었다.

"중개사님!! 중개사님이 된다고 하셨거든요, 분명히."

"사람은 저마다 듣고 싶은 이야기만 듣는 경향이 있으니 두 분이 서로 어떤 것이 맞는 것인지 생각해 보세요. 저는 그 자리에 없었던 관계로 이렇다, 저렇다 하기는 좀 어렵네요."

나는 사실 애완견과 묘(猫)는 좋아하지 않는다. 멀리서 보는 것은 좋지만 무엇보다 털 알러지가 심해서이다. 그녀가 먼저 입을 열었다.

"중개사님이 강아지는 조율 가능하다고 하셨지 안 된다는 이야기는 분명 없으셨어요. 그래서 저는 약속대로 강아지랑 입주할 거니까 그렇게 해주세요."

한 치의 양보도 없는 차갑고 투명한 목소리로 단호하게 의견을 말하더니 입술을 꼭 다물었다. 그리고 테이블 쪽으로 바짝 의자를 끌어 앉았다. 전투적인 자세였다. 아직 그 어떤 것도 결정된 것이 없는데 서로 조율해 나가야 할 부분에 대한 단호한 말과 태도가 마음에 걸렸다. 사람 겪어봐야 안다지만 또 하나를 보면 열을 안다고도 했으니 나만 불편해질 게 아니라 함께 사는 다른 사람들도 불편해지면 곤란했다. 중개사는 나를 보고 눈을 가늘게 뜨며 불쌍한 표정을 지었다.

"사모님, 사모님께서 이번만 양보해 주시면 안 되겠습니까? 강아지는 수를 늘리지 않고 한 마리만 키우는 것으로요…"

"강아지를 키우는 사람은 모르지만 안 키우는 사람은 날리는 털들과 냄새가 불편하거든요, 강아지 냄새가 집안에 배면 곤란하구요. 그게 저도 저지만… 다른 세입자들이 불편해할 수도 있고… 그리고 이야기를 들어보니 중개사님이 조율 가능하다고 하셨지 된

··· 201호 정혜 씨 ···

다는 확답을 정확하게 하신 건 아니네요."

"그렇긴 한데 그래도… 문과 틀 파손시키면 원상복구 요구하시면 되고… 냄새도 당연히 이사 갈 때 정리해야죠, 그렇죠. 그렇지만 제가 실수한 것 같아요. 잘 설명하고 양해를 먼저 구했어야 했는데… 사모님께서 양보 좀 해주세요. 죄송해요."

오랫동안 알고 지내던 중개사의 기운 빠진 모습을 보니 마음이 복잡했다. 내 안에 갈등이 일었다. '그냥 일어서 말아? 안 돼. 그렇지만 강아지는…', '아냐 중개사 말대로 진행하기엔 2년이란 기간이… 너무 길다.' 머릿속이 호숫가 물안개처럼 뿌옇고 아득했다. 숨을 고르며 혼란스러운 머릿속을 정리했다. 그리고 결단을 내렸다.

"진정혜 님 혼자이십니까? 그리고 강아지는 한 마리구요?"

받아들이려고 맘을 먹어서 그런지 그녀의 눈은 '저는 정말 불편하지 않게 잘할 겁니다. 믿어주세요.'라고 말하는 것처럼 보였다. 조금 전 모습과 표정에 내 고개가 갸우뚱해졌다.

"네, 한 마립니다."

"중개사님이 실수한 거라 하시니…"

"강아지 수는 늘리지 않고 짖는 소리도 없을 겁니다. 또 강아지로 파손된 기물과 냄새에 대해서는 이사할 때 처리하고 변상할게요."

나는 쓴 입맛을 다셨고 그녀는 열심히 자신을 대변했다. 자기가 해야 할 것에 대해서도 앞서 이야기를 해나갔다. 눈빛은 분노에 찼다가 차분해지더니, 맑았다가 슬퍼 보이기까지 했다. 그녀 옆에 앉아 있던 실장은 볼펜으로 서류 위를 이해하기 어려운 박자로 볼펜과 종이 사이의 보이지 않는 현이 끊어질 듯 팽팽한 긴장감이 넘치는 연주를 했다.

"그럼, 강아지는 한 마리만입니다. 주변에 집들이 붙어 있는 다세대 밀집 지역이라 강아지 털들과 짖는 소리는 한집에 거주하는 사람들과 주변에도 피해를 줄 수 있으니 조심해 주셔야 합니다. 또 집에 강아지 냄새가 밸 수 있어요."

"그럼요. 잘 알죠."

"전문가에게 청소 도움을 받아도 주세요. 그다음 세입자가 강아지를 좋아하지 않는 분이 입주할 때는 배어 있는 강아지 냄새로 불편할 수 있습니다."

"네네, 잘 알고 있습니다."

"말씀하신 내용 기재하고 그대로 약속하시면… 제가 수용할게요." 눈치만 보던 중개사도 얼굴이 다시 환해지며 내 말을 받았다.

"진정혜 님 사모님이 하신 말씀 이해하시고 받아들이시는 거죠?"

그녀는 고개를 심하게 앞뒤로 흔들며 강한 수용의 의사를 표시했고, 중개사는 기다리던 사자처럼 그녀의 수용 의사를 낚아채듯이 말을 이어갔다. 중개사의 목소리는 봄날 아지랑이처럼 귓가에 가늘게 가늘게 메아리치듯 하나씩 조율되었고 각자 서명 날인하는 곳에 이름과 도장을 찍었다. 나와 그녀, 그리고 중개사 세 사람은 중도금 날짜와 잔금 그리고 이사 날짜를 서로 확인하며 마지막으로 입주 날짜 중 이사 시간을 조율한 뒤 계약금 입금이 송금되면서 테이블 위의 '뒤죽박죽전'은 이렇게 마무리되었다. 그녀는 전력 질주하고 돌아온 육상선수처럼 힘 빠진 몸을 스르륵 일으켜 세우더니 커다란 달력이 있는 벽 쪽으로 걸어갔다. 손가락으로 무언가를 가리키며 혼자 뭐라 뭐라 하는 것 같았다. 뒤돌아서서 그녀는 가벼운 목례를 하고 문틈 사이로 바람이 빠져나가듯이 한 번도 뒤를 돌아보지 않고 시야에서 사라졌다. 그녀가 머물던 자리는 여름 장마처럼 미처 떠나지 못한 습한 바람과 들척지근한 바람 한 움큼이 있었다. 필시 그 자리에 젤리처럼 발라 놓고 간 것이다. 그렇게 우리 셋이 함께 앉아 있었던 원탁 테이블 위에는 한여름의 끈적끈적함과 다가올 겨울의 차가운 살얼음 꽃이 성급하게 피었다. 4년 전 3월 봄날 계약을 하고 봄이 한창인 4월 말 벚꽃이 꽃비처럼 흩날리는 날 우리 집 201호에 그녀는 입성했다.

# 봉고차와 스타일러

동네 집집마다 크고 작은 벚나무들이 만
개한 그 계절에 우리 집 201호가 진정혜라는 새로운 사람을 맞았
다. 나는 부동산에서 잔금을 받고 먼저 집으로 올라와 대문을 양
쪽으로 크게 열었다. 짐이 편하게 들어오게 하기 위해서다. 한참을
기다렸다. 옆집 순딩순딩 아저씨도 궁금한지 왔다 갔다 했다. 앞집
호랑말코 아저씨도 열린 대문 앞을 몇 번 기웃기웃하시더니 '누가
들어오냐.'며 물으시고는 뒷짐을 지고 이내 사라지셨다. 건물의 그
림자가 점점 앞으로 쏟아질 무렵 봉고차 1대가 뒷바퀴에 벚꽃잎들
을 달고 들어왔다. 그리고 조수석에서 그녀가 내렸다. 운동화에 코
듀로이 바지를 입고 맨투맨 티를 걸친 모습으로 조금 긴 단발머리
를 하나로 묶었다. 한 달 전 머리보다 많이 짧아졌다. 그녀는 봉고
차 뒷문을 힘껏 열어젖히더니 작은 박스들을 들고 날랐다. 봉고차

··· 201호 정혜 씨 ···

안에 들어 있던 그녀의 이야기들이 우리 집 2층으로 날라졌다. 몇 개의 박스가 옮겨지고 작은 3단 서랍장이 그곳에서 나왔다. 봉고 차에 제법 많이 실려 온 것에 놀랐다. 그런데 우리가 기본적인 이 삿짐이라고 생각하는 부피가 제법 나가는 살림살이들은 없다. 우리 집은 기본이 세팅되어 있지 않은 집인 줄 알고 있는 그녀의 이 삿짐 구성이 그래서 더 이상했다. 짐을 같이 나르자고 제안했지만 거절당했다. 그렇게 그녀는 천천히 자기가 어제까지 살아온 인생이 다치지 않게 부정당하지 않게 조심스럽게 옮겨졌고 텅 빈 봉고 차는 가볍게 골목을 빠져나갔다. 순딩순딩 아저씨는 봉고차가 빠져나간 곳을 바라보시더니 궁금한 눈빛으로 집 안을 살폈다.

"오늘 이사 온 사람이지? 그런데 봉고차 한 대?"

"네 오늘부터 이곳에서 함께 살 사람이에요. 짐은 글쎄요…"

"아가씨?"

"네, 가족은 현재 강아지 한 마리."

"강아지… 요즘 반려동물이다 뭐다 하며 가족처럼 생각한다던데."

"점점 외로워지는 세상이잖아요, 누구라도 함께하면 좋죠."

"그러게… 우리 늙은이들도 강아지 많이들 키우더라고, 사람보다 낫다면서."

"저는 애완견 키우는 사람과 첫 동거라 어쩔지 모르겠어요."

"우리 큰아들은 새벽에 일 나가고 그러는데 막 시끄럽게 짖고 그러진 않겠지."

"잘 관리할 겁니다. 강아지에 대한 애정이 진심인 것 같더라고요."

"근데 오늘 강아지는 안 보이던데?"

"그러네요, 강아지가 안 보이네요?"

궁금했다. 단출한 세간살이에 놀랐고 보이지 않는 강아지에 놀랐다. 열린 대문을 조정해서 다시 고정시키고 들어왔다. 그렇게 날이 저물어 가던 그때 1톤 트럭 1대가 집 앞에 정차했다. 그리고 건장한 청년 둘이 내리더니 담요에 쌓인 커다란 짐을 트럭 위에서 이리저리 움직였다. 냉장고보다 높았고 넓이는 좁았다. 담요에 말려 내려진 무거운 그 짐이 궁금했다. 정혜 씨는 현관문을 열고 계단으로 내려와 고정시켜 놓은 대문을 힘들게 비틀어 열었다. 두 남자는 짐을 지고 밀면서 2층으로 들어갔다. 한참을 방안에서 위치를 잡는지 덜커덕거리는 소리와 정혜 씨의 얇은 목소리만 밖으로 나왔다.

"아니 여기로요 조금 더요 조금 더."

"더요? 안 들어가요. 그리고 이건 너무 벽에 붙이면 안 돼요, 공기가 통해야 돼요."

"그럼, 앞으로. 앞으로 좀 당겨봐요."

"앞으로요? 한 번에 알려줘야지 자꾸 말을 바꾸면… 참나 아가씨가 힘들게 하네."

"지금 하고 있잖아요, 앞으로. 네… 조금 더요, 네, 네, 좋아요."

커다란 물건은 주인이 원하는 위치에 놓였는지 조용해졌다. 잠시 후 정혜 씨는 운동화를 구겨 신고 후다닥 뛰어나갔다. 다시 돌아온 그녀 손에 멀티탭이 들려 있었다. 전기선을 연결하다 부족했나 보다. 해는 지고 없고 그 자리에 가로등이 붉게 길을 밝혔다. 경적소리가 들린다. 앞집 호랑말코 아저씨 차가 들어온다. 차가 나가야 차가 들어올 수 있는 좁은 골목이라 길 중간에 서 있는 트럭을 보고 불편한 심기 그대로 경적을 울렸다. 앞집 아저씨는 차에서 내려 큰 물건을 싣고 온 차량 번호를 불러가며 나오라고 소리쳤다. 정혜 씨와 트럭 아저씨들이 밖으로 나왔고 정혜 씨는 호랑말코 아저씨의 화난 얼굴을 보고 중간에서 어쩔 줄 몰라 했다.

"아니 퇴근 시간에 남의 집 주차장에 들어가지도 못하게 차를 대놓고, 연락처도 없고, 뭐 하시는 겁니까."

"네~ 지금 뺍니다요. 다 끝나서 가려고 했어요."

"앞집 이사 들어온 찬가? 아침에 봉고차는 뭐여~? 이사를 뭐 종일 하고 그래."

나도 앞집 아저씨에게 자초지종으로 설명하고 양해를 구했다.

"아침에 이삿짐 내리는 것 보고 나갔는데 이 시간까지 이사를… 혼자라며 알겠으니까 어여 차 빼요."

정혜 씨가 앞집 아저씨 앞으로 다가서며 짐을 2번에 옮기느라 이사가 늦어서 이렇게 되었다며 정중하게 양해를 구했다.

"아가씨가 오늘 이사 들어온 분인가?"

"오늘 앞집 2층에… 봉고차는 작은 짐, 트럭은 큰 짐인데요"

앞집 아저씨는 자기 트럭 운전석에 올라탔고 커다란 짐 하나를 싣고 온 이삿짐 차량은 급하게 후진으로 골목을 빠져나갔다. 앞집 아저씨는 그렇게 열린 공간으로 주차를 시원하게 하고 활짝 열린 우리 집 대문 안으로 들어서며 위아래로 두리번두리번하더니 혼잣말을 했다.

"2층 안쪽이구만… 이 집은 여자들만 들어와. 1층 장씨 말고는 다 여자만 있네."

"그러네요~ 여자들이 살기 좋은 집이긴 하죠."

호랑말코 아저씨 혼잣말에 나는 불편한 맘으로 답을 달았고 정혜 씨는 말없이 2층으로 올라갔다. 앞집 호랑말코 아저씨 목소리에 옆집 순딩순딩 아저씨가 출두했다.

"남의 집에 뭐라고 훈수질하는 거야, 여자만 살든 남자만 살든 그런 말 실례 아닌가?"

"또 나타나서 뭐라고 하네, 참 당신은… 하여간 들어가."

"나는 내 알아서 들어갈 거니까 신경 쓰지 말고 그쪽이나 들어가셔~ 저 인간은 10대부터 지금까지 쭈욱 사춘기야 아니 70이 넘었으니까 칠춘긴가…"

변덕스러운 앞집 호랑말코 아저씨를 향해 옆집 순딩순딩 아저씨는 혀를 끌끌 찼다. 두 분의 투탁거림에 진정혜 씨가 밖으로 나오다가 두 주먹을 꼭 쥐더니 강풍처럼 말을 했다.

"제발~ 두 분 그만 구경하시고 이제 그만 돌아가세요. 불구경도 아니고 이사하는 거 처음 보시는 겁니까? 이제 그만 신경 끄시고 돌아들 가세요, 좀 불편합니다."

정혜 씨의 불호령과 밀어내는 손짓들로 두 아저씨는 서로 번갈아 쳐다보며 어이없다는 듯이 멀어졌다. 그녀는 밤새 정리하느라 분주한 밤을 보냈다. 한참을 지나 밤이 으슥한 골목에 두 아저씨는 다시 뒷짐을 지고 우리 집 앞을 고양이처럼 궁금해하며 어슬렁거렸다. 그렇게 그녀는 강한 환영식을 받으며 이 골목 이야기 속으로 들어왔다. 나중에 알았지만 그녀의 커다란 그 하나의 짐은 스타일러였다.

# 명품 강아지

입주하고 그다음 날 사건이다. 일명 '명품 강아지' 사건이라고 이름 붙였다. 이른 아침부터 강아지가 짖기 시작했다. 잘은 몰라도 어린 강아지의 불안한 소리였다. '멍 멍~머엉' 무슨 일로 강아지가 왜 이렇게 짖는지? 어디 사는 강아지인지 귀 기울여 한참을 들었다. 우리 집안에서 나는 소리였다. 그 강아지는 20여 분을 쉬지 않고 짖었다. 지치지도 않고 일정하게 울어대더니 점점 더 큰소리로 짖었다가 잠시 쉬는 듯하다가 다시 시작하기를 반복했다. 벽을 긁는 사가락 거리는 소리도 간간이 들렸다. 아침에 잠을 자야 하는 분들의 불만이 여기저기서 들렸다. '누구네 집의 갠지 몰라도 조용히 좀 시켜요.', '아니 개를 키우면 조용히 시키는 게 예의지 요즘 예의도 없어.', '뉘 집 갠가?' 강아지는 사람 소리가 들리면 더 맹렬하게 짖었고, 짖는 소리가 강렬해지면 사람들은 더 볼멘소리로 응수했다. 강아지와 사람들은 서로 지지 않으려는 듯 으르렁거렸다. 옷을 대충 입고 밖으로 나갔다. 한 층을 내려갔다. 소리가 더 크게 들렸다. '멍~멍 크으릉 머엉~멍' 다가가는 동안 소리가 약해졌다. 2층 복도 쪽으로 걸어갔다. 내 발자국 소리가 들려서 그런지 사가락 사가락 현관문을 긁는 소리가 난다. 현관에 귀를 대봤다. 그 전날 입주할 때 보이지 않던 강아지다. 문 하나를 두고 강아지는 나에게 구조신호인지 경계의 신호인지 모르겠지만 마지막 에너지를 쏟아부었다. '멍어엉~ 멍멍' 이 녀석이 지쳤는지 아무리 짖어도 오지 않는 주인을 기다리며 2~3초 멈췄다가 다시 짖는 것을 반복했다.

나는 201호 정혜 씨에게 전화를 했고 벨이 울리고 한참 만에 전화를 받았다.

'누구세요?'

"3층 주인인데요, 강아지가 2~30분째 계속 짖어요."

'내 강아지는 그럴 강아지가 아닌데요?'

"아니 그럴 강아지가 있고, 아닌 강아지가 있는 게 아니잖아요?"

'내 강아지는 명품이에요. 훈련도 잘되어 있고요.'

"난 그런 건 잘 몰라요. 어쨌든 강아지가 오랫동안 짖고 있고… 아플까 봐 겁날 정도로 짖고 있어요."

'201호에서 나는 소리가 확실해요?'

"정혜 씨 강아지 맞아요, 주변에서 강아지 때문에 불편한 말씀들도 하시고, 어떻게 해야 하지 않겠어요?"

'다른 집 강아지 짖는 소리를 착각하신 거 아니죠? 내 강아지는 명품 순종이라 그렇게 짖어본 적이 없는데…'

"아니, 그 집 강아지가 명품인지 순종인지 모르겠지만… 이 소리 안 들리세요? 본인 강아지 소리 아닌가요? 제가 201호 앞에 있는데 어떻게든 해결해야 할 것 같은데."

그녀의 그럴 리 없다는 단호하고 확신에 찬 목소리에 휴대폰을 현관문 앞에 가까이 대주었다.

'들리긴 하는데… 다른 집 강아지가 아니라 저희 집에서 나는 명품 순종 강아지 소리란 말이죠? 이상하다.'

그녀의 확고함이 조금 무너지는 것처럼 목소리가 흔들렸다. 나는 다시 한번 천천히 말했다. 그녀는 생각을 하는지 말이 없었다.

"너무 소란스러워서 동네 분들이 난리예요. 내가 어떻게 도와드려야 할까요?"

그녀는 '정말 자기 강아지가 맞냐.'고 확인을 한 번 더 하더니 알겠다며 목소리를 흐리며 말했다. 그녀는 또 말이 없었고 나는 답답했다. 강아지가 계속 짖는 소리를 들어보라고 휴대폰을 소리가 나는 쪽으로 다시 돌렸다. 강아지의 크고 작은 소리와 애끓는 소리는 내 휴대전화기를 타고 그녀의 귓속으로 전해졌다. 잠깐의 정적이 흘렀다. 나는 전화기를 201호 현관문에 더 바짝 갖다 댔다. 그 순간 전화가 툭 끊겼다. 그녀는 인정하기 싫은 것을 인정하는 데는 그렇게 오랜 시간이 걸렸지만 그렇게 끊긴 전화기는 그녀가 오겠다는 건지 그냥 알겠다는 건지 명확하게 하지 않고 그냥 끊겼다. 그녀와 통화를 하는 동안에도 동네는 정혜 씨 명품 강아지로 아수라장이 되었다. 앞에서 한소리 하면 뒤에서 두 소리 하며 사람들은 덜컹덜컹 말을 쏟았다. 어디 한 곳에서 말을 하면 기다렸다는 듯이 이어받으면서 잡음이 되었다. 운동회 달리기 계주도 아니고 너도나도 받지 않으면 안 되는 것처럼 계속되었다. '강아지 주인~! 좀 어떻게 해봐요? 나 이제 잠들었는데… 젠장.', '야~ 똥개! 조용히 좀 해.' 주변 여기저기서 볼멘소리들이 2차전을 예고하듯 내가 있는 이곳으로 모였다. 내가 피해를 끼친 것 같아서 마음이 불편했다. 나는 휴대폰을 주머니에 넣고 강아지를 달래보려고 현관 앞에 쭈그리고 앉았다. 그리고 현관문을 사이에 두고 강아지랑 이야기를 시도했다.

"목 아프다 그만해. 너 주인에게 이야기했으니 곧 오지 않을까?"

"멍멍머~ 어엉 멍멍"

"알아들은 거야? 좀 쉬고 있어 그만 짖고… 주변 아저씨들이 화 나신 것 같아. 너도 들리지 저 소리들."

"멍어엉 멍~ 멍 멍어엉"

"이사하고 분위기 바뀌니까 불안해서 그런가 본데 살아보면 여기도 괜찮아. 그래 조금만 기다려 보자. 내가 있어 더 불안하다면 나 간다."

"멍머멍 멈어어엉"

"너 명품이라며? 훈련도 잘 받은 강아지라던데 혹시 섞였니?"

"멍멍~ 머머어엉 멍"

'내가 지금 뭐하는 거야? 말도 못 하는 강아지랑…' 고개를 절레절레 흔들며 2층 복도를 벗어났다. 점점 멀어지는 발자국 소리를 들어서 그런지 잠시 짖는 걸 멈추더니 다시 맹렬히 짖었다. 내가 어떻게 할 수 없었다. 문을 따고 들어갈 수도, 동물 보호소에 신고를 할 수도 없었다. 그렇게 또 10여 분이 넘었을 때쯤이었다. 다시 그녀에게 전화를 걸었다. 신호음이 갔다. 어떻게 하겠다는 건지 모르니 더 답답했다. 그녀는 전화를 받지 않았다. 순하고 훈련도 잘 받은 명품 강아지가 지금 무지막지하게 짖어대고 있다고 그녀에게 말하고 싶었다. '알고는 계시나, 명품 강아지라 안 짖기는…' 텔레파시도 무전이니 잘 들었으면 좋겠다. 아침 시간에 날아든 새들은 전선 위에 앉아 명품 강아지인지, 아닌지 내기를 하며 이곳을 바라보고 쑥덕대고 있었다. 대문 열리는 소리가 났다. 쇠 대문은 암수가 서로 부딪히며 크고 날카로운 소리를 냈고 급한 구둣발이 계단을 치는 소리가 났다. 나는 현관문을 열고 나왔고, 그녀는 자기 집 문을 벌컥 열었다. 강아지는 주인을 보더니 끄웅끄웅 애절한 소리로 바꿨다. 아래층에서 그녀의 소리가 들렸다.

"아이구 그랬어요? 그래, 그래… 짖었어? 불쌍한 것 무서웠구나! 그래도 너는 명품이야 짖으면 짝퉁이다. 명품은 명품답게 해야지. 이런 행동은 품격을 손상시키는 거야 알았지? 순종! 명품! 배운 강아지답게 담에 그렇게 짖고 그러지 마! 그래그래, 같이 가자."

명품을 강요당하는 것처럼 들렸다. 강아지에게도 하는 신종 가스라이팅 그런 느낌이었다. 그럴 때마다 '크으응 멍~ 멍' 콧잔등을 찌그러트리며 으르렁댔다가 애교 부리는 것이 좀 전과는 확연히 달랐다. 계단을 내려오다 그녀를 봤다. 그녀는 가방을 사선으로 메고 앉은 채로 강아지를 두 손으로 쓰다듬으며 얼굴을 마주 보더니 강아지를 들어 자기 가방 위에 앉히며 일어섰다. 이제야 보이는 강아지는 연한 갈색이었다. 털이 길었다. 머리 위로 빨간색 리본 핀을 한 걸 보면 강아지는 암컷인 것 같다. 품에 안긴 강아지는 작았다. 삼각형 모양의 얼굴도 작았다. 그 녀석은 짖을 땐 짝퉁처럼, 지금은 명품처럼 그녀의 가방 위에 뻔뻔하게 앉아 있다. 나는 한참 재채기를 한 뒤 강아지와 눈이 마주쳤다. 까만 눈이 이쁘다. '네가 그 명품 강아지였구나, 요크셔테리어.' 강아지의 깊고 까만 눈동자에 고인 눈물이 반짝이며 촉촉했다. '안녕 반갑다. 우리 처음 보네, 눈을 보니 많이 울었구나? 명품 요크셔테리어! 여기도 살 만하단다.'라고 눈빛으로 말했다. 입가에도 침이 고였고 촉촉해야 할 콧등은 축축해져 있었다. 강아지는 내 말에 대한 답인 듯 촉촉한 눈망울을 깜박였다. 아마 낯선 이곳에서 주인과 분리불안으로 혼자 남겨진 순간 무섭고 외롭고 서러워서 더 짖었던 것 같다. 잠깐이었지만 명품 요크셔테리어 눈이 맑게 빛이 났다. 그 녀석을 바라보며 주인과 나눈 비밀 이야기를 눈으로 일러줬다. '너 명품이라며 그렇게 짖었어? 이구이구 너 주인이 그럼 짝퉁이라던데… 너 그거 알고 있니?'라고 이간질했더니 마치 그 녀석이 내가 건넨 속말을 알아들은 것처럼 반응했다. 이를 살짝 내보며 '크으응…'거린 걸 보니 짝퉁의 모습을 들킨 것이 못내 화가 난 건지, 우리 주인은 그럴리가 없다는 믿음에 대한 것인지 주인을 한 번 올려다보고 나를 한 번 보더니 다시 크르릉거리며 경계를 했다. 그녀는 손으로 강아지 엉덩이를 토닥였다. 어쨌거나 그 녀석은 주인의 품에서 평온을 찾았는지 편안해 보였다.

"주인 보니까 언제 그랬냐는 듯이 평온해 보이네 다행이다 그만하길, 그렇지?"

그녀 들으라는 듯이 이야기했다. 그녀는 강아지를 내게서 멀리 몸 뒤로 숨기며 나를 쳐다봤다. 눈빛이 날카롭다. 긴장된다.

"우리 강아지에게 어떻게 하신 건 아니시죠? 이 아이는 명품 강아지라 한 번도 이렇게 짖고 그러지 않았는데… 이상하잖아요?"

"털 알려지 있는 내가요? 밖에서… 강아지에게 뭘 할 수 있나요?"

"집이 이상한 건 아니겠죠?"

"글쎄요, 집이 이상한지 낯설어서 그런지 명품이 아니라서 그런지는 제가 잘 모르겠는데 확실한 것은 동네방네 요란한 강아지가 입주했다는 신고식은 했네요."

강아지가 그렇게 짖어댄 것이 내 탓이라는 듯 말하던 그녀를 뒤로하고 앞서 내려갔다. 그녀는 계단을 내려오면서 까칠한 혼잣말을 했다. 나는 불편을 끼친 상황에 대처하는 그녀의 태도가 편하지 않았다. 대문 밖에서 그를 불러 세웠다. 그녀도 강아지도 멈췄다. 우리는 서로 그렇게 한참을 쳐다봤다.

"정혜 씨, 고맙다는 인사는 해야 하는 거 아닌가요? 그리고 이 집이 문제라고 하셨는데요… 제가 여기서 19년째 살고 있는데 아직 아무런 일도 없었거든요. 그런데 정혜 씨 품에 안긴 명품 강아지 님은 왜 그랬을까요? 갑자기 궁금하네요. 앞으로 또 이런 일이 생기면 어떻게 하실 건지도 알려주셔요?"

"이 아이가 짖을 애가 아닌데… 뭐에 놀라지 않았으면 그럴 리가 없어서 그래요. 그리고 그렇게까지 말씀하실 건 없다는 생각이 드는데요?"

"아뇨!! 죄송한 건 죄송하다 미안한 건 미안하다 고마운 건 고맙다 이야기하며 살아야 한다고 저는 생각합니다. 오늘 일은 '고맙고 죄송하다.' 말씀하셔야 한다고 생각해요."

그녀는 내 말에 그 어떤 말도 하지 않았다. 나는 기분이 좋지 않았다. 인색한 그녀의 태도가 미웠다. 동네방네 시끌시끌했던 것이 집 때문이라는 말도 안 되는 그런 말에 더 미웠는지 모른다. 그녀가 나타나기까지 주변 사람들의 불편한 마음은 안중에도 없이 그녀는 시계를 보더니 두 손은 강아지를 쓰다듬고 다독거리며 골목길 끝으로 사라졌다. '참 인색한 사람이군, 인색한 사람이야!' 뒤가 불편한 채로 출근했던 그날이 생각난다. 그렇게 그날 아침 '명품 요크셔테리어 강아지 사건'은 일단락이 되었지만 좁은 골목길 다세대 집들은 강아지 울음소리와 함께 요란한 아침을 맞이해야 했다. 그 뒤로 명품 강아지 요크셔테리어는 짖지 않았다. 뒤늦게 명품이 된 건가.

# 깨진 거울 사건

....................................................................

'명품 강아지 사건'이 있고 3~4개월쯤 지
나서의 일이다. 유난히 더운 여름을 견뎌내고 있었다. 그녀가 이사
들어오고 만날 일도 이야기할 일도 거의 없었다. 그녀는 숨듯이 지
냈고 난 바빴다. 그날도 늦은 저녁 나는 골목길 입구 코너를 돌아
들어섰다. 주차하고 어두워진 나는 주차장 벽면 1층과 2층 사이
코너에 설치되어 있는 CCTV를 보았다. 2층 201호는 작은 방 창문
이 열려 있었고 먼 불빛을 물고 온 그림자가 드리워졌다. 안방 쪽
에도 불이 켜져 있는지 맞은편 적벽돌 건물 벽에 불빛이 반사되었
다. 1층은 아무도 없는 모양이다. 창문에 불빛의 흔적이 없다. 나
는 주차장 이곳저곳을 살펴보고 집으로 들어가는 버릇이 있다. 잘
살피지 않으면 약한 내리막 경사가 있는 골목으로 바람 타고 버려
지고 풀어헤쳐진 쓰레기들이 주차장 구석으로 날아들기도 하고

보일러 창고 뒤편에 고양이들이 터를 잡기도 하기 때문이다. 주차장 뒤쪽과 보일러실 앞은 버려진 것들과 길 잃을 것들의 아지트였다. '잘 여며 내놓으면 좋으련만…' 매번 귀찮은 일이지만 쓰레기들을 정리한다. 어떻게 이곳에 모여들었든 쓰레기들은 또 다른 쓰레기를 불러들인다. 떼를 지어 서열을 만들고 조무래기들을 몰고 무리 지어 다닌다. 우리가 생각했던 것보다 아주 조직적이다. 어느 골목이나 그 골목을 주름잡는 쓰족들(쓰레기 조직들)이 깨끗한 꼴을 못 보고 몰려다니며 바닥에 붙어 떨어지지 않고 악취를 풍기고 눈살을 찌푸리게 하며 행패를 부린다. 밤하늘은 구름 한 점 없이 암록색 위로 뿌려진 별들이 유난히 빛났던 그날 저녁에도 쓰족 소탕작전을 폈다. 내 구역을 침범하는 쓰족들을 일망타진하는 작전이다. 강력한 비질로 종량제 봉투에 모두 잡아들이는 것으로 일망타진 한 흐뭇함을 안고 그곳을 벗어나려는데 작고 가는 낯선 여자의 목소리가 들렸다.

"내가 말했던 여자야."

나는 멈춰 섰다.

"오늘은 좀 일찍 들어왔네."

귀가 쫑긋거려졌다. 소리가 나는 곳을 찾았다. '어디서 나는 소리지?' 발길을 돌려 보일러 창고 쪽을 향해 휴대폰 랜턴을 켰다. 아무것도 없었다. 보일러 쪽에 자리 잡은 채 졸고 있던 고양이가 휴대폰 불빛에 노란 동공을 키웠다. 그 녀석은 천천히 허리를 길게 늘이며, 일어나 경계를 하더니 좌우로 꼬리를 아주 천천히 흔들고는 후다닥 담을 넘어 달아났다. 또 소리가 들렸다. 나를 지켜보면서 이야기하는 것 같았다.

"주차장에서 나가는 거 못 봤는데… 어디 갔지?"

이야기를 들어보면 분명 나를 찾는 것 같았다. 온몸에 소름이 돋았다. 두 팔로 어깨를 감싸고 손으로 팔을 쓸어내렸다. 밥 먹다가 숟가락 들고 뛰어나온 불편한 기분 화장실에서 큰일 보고 물 안 내린… 묵직하게 찝찝한 기분이 들었다. 앞으로 걸어 나오면서 옆집과 뒷집을 빠르게 스캔했다. 불은 하나 건너 켜져 있긴 했지만 열린 창문은 없었다. 소곤대는 이야기에 다시 귀를 기울였다.

"그래, 혼자 사는 것 같기도 하고… 큰 애들은 있는 것 같긴 한데?"

다시 그 목소리가 들렸고 소리는 옆집도 뒷집도 아닌 것 같았다. 눈을 돌려 우리 집 1층에서 3층까지 아주 빠르게 살펴봤다. 1층 하진이는 귀가 전인지 불이 켜져 있지 않았다. 천천히 돌아보며 하나씩 확인해 나갔다. '하진이 아직 귀가 전이신데… 그럼 어딜까? 202호 아라 씨도 불이 켜지지 않은 걸 보면 퇴근 전이겠고…' 그 옆인 201호만 불이 켜져 있다는 건 상당히 의심해 볼 여지가 있었다. 3층은 내가 아직 집에 들어가지 않았으니 당연히 컴컴했다. 옥상 옥탑도 내가 사용하는 서재이니 당연히 컴컴했다. 하늘에 달빛만 휘영청 밝았다. 혹시 내가 너무 피곤해서 헛소리가 들리는 건지 고개를 세차게 흔들어 보았다. 또다시 소곤거리는 소리가 들렸다. 이건 분명 환청은 아니다.

"어, 그 여자다, 주인 여자! 아직 주차장에 있네… 뭐 하는 거지?"

내 머리 위쪽에서 나는 소리가 분명했다.

"그래~ 아직도 주차장이야."

모른 척하고 조금 앞으로 가다가 뒤를 돌아 2층 열려 있는 창문을 봤다. 201호 진정혜는 창문 쪽 벽에 몸을 숨기고 누군가와 이야기를 하고 있었다. 소곤대는 이야기의 범인을 찾았다. 정혜 씨였다. 그녀가 휴대폰을 귀에 대고 있는 그림자가 창틀을 넘어 밖으로 나왔다. 내가 그쪽을 바라보고 서 있는 모습을 그녀도 보았을 것이다. 그녀의 그림자가 흔들리더니 얇아졌다. 벽에 몸을 밀착시켜 벽과 한 몸이 되겠다는 의지가 보였다. 그런데 내 눈에 그녀가 보였다. 201호의 관찰 대상이 나인가 보다.

　"거울이 깨졌거든, 나? 놀랬지. 무거워서 혼자 버리지 못하잖아. 남동생? 그래 불렀지, 안 온다고 지랄하던 녀석을 살살 달래서."

　나는 그녀가 들려주는 이야기를 들으며 몸을 돌려 천천히 움직였다. 내 뒤에 나지막하게 들리는 그녀의 목소리에 나도 모르게 귀를 기울이게 되었고. 이야기는 점점 재밌어졌다. 이사도 혼자 한 그녀가 남동생을 불러야 한 일이 있었나 궁금했고 무거워서 혼자 버리지 못할 만한 크기의 거울이 있었는지도 처음 알았다. 그녀는 진지한 목소리로 이야기를 이어갔다.

　"그래도 그 녀석이 와서 깨진 유리를 박스 테이프로 꼼꼼히 아주 야무지게 감았거든. 깨질 때 놀랐고 깨진 유리가 테이프에 다 감겨서 놀랐어. 하하 그래, 그랬다니까."

　나는 좀 의아했다. '깨진 유리를 박스테이프로 감았다고?' 그녀는 약간 놀라고 경직된 목소리로 흉내를 냈다.

　"그래~ 글쎄 감기더라니까! 하하하 신기하지? 다쳤지, 아~ 씨… 손에서 피 봤거든. 짜증 나서 죽는 줄… 하여튼 둘이서 밖에 내다 놓았는데."

　그녀 그림자는 고개를 끄덕였고, 통화하는 누군가의 이야기에 강한 공감을 표시하는 것 같다. 그녀의 이야기에서 '깨졌다' '테이프로 감았다' '밖에 내놨다'는 몇 마디 단서를 가지고 지난번에 주차장에 나와 있던 깨진 커다란 거울이 생각났다.

　"무겁고… 유리조각들이 떨어질까 봐… 그래에, 조심조심… 알잖아, 여기 계단 좁은 거? 미치는 줄 알았어. 그 녀석은 막 짜증 내고, 아~놔 나도 짜증 폭발 중인데… 아주 부채질을 하잖아."

　통화하고 있는 그 사람이 이곳 계단 상황을 알고 있는 것을 보니 최근에 다녀간 것 같다. 동생에게도 고마움보다는 자기의 불편함을 견디지 못하는 이기적인 말과 행동을 듣고 누구에게나 자기만의 기준으로 대한다는 걸 알게 되었다. 정혜 씨는 어떤 이유로 감정이 각박해졌을까? 강아지를 바라보는 눈과 생각하는 마음은 솜사탕처럼 부드럽고 달콤했는데 사람을 대할 때는 언제나 불신과 경계를 늦추지 않았다. 안타까웠다. 그녀의 말은 이어졌다.

　"그래 살살 달랬지. 그래서 주차장 입구 벽에 세워두는 것까지 해야 하잖아? 정말 진심 숨소리까지 맞춰줬다. 깨진 거울 내려 한쪽에 세워 놓고 사진 찍고 올라왔거든, 그래 사진 찍어야지 그래야 인터넷으로 구청 청소과에 들어가서 사진 올리고 수거비용 지불하고 하지, 그래 그날 바로 다 처리했지."

　클라이맥스로 넘어가는 그녀의 이야기를 담벼락 벽 끝에 서서 계속 들었다.

　"그런데… 글쎄. 그 주인 여자가 전화를 한 거야, 깨진 거울을 이렇게 내다 놓으면 안 된다고. 내가 놀랐잖아, 이상한 거 아냐? 내게~ 어떻게 전화해서 물어보냐? 그리고 내가 버린 건 어떻게 알고… 무섭지 않니? 그래~ 에 그렇다니까~ 나 무서워 죽는 줄, 소름 쫙."

그랬다. 거울이 나와 있던 그날. 위험하게 서 있던 흉물을 보고 누가 여기 내다 버린 것인지 범인을 잡고 말겠다는 일념으로 하루치 CCTV 영상을 돌려봤었다. 내 수고로움은 그녀에게 이상한… 무서운 사이코패스… 아니, 스토커가 되었다. 그녀는 얼마 전에 주차장에 버려진 깨진 큰 거울 이야기를 하고 있는 것이다. 생각보다 그녀는 말 잘하는 사람이었다. 그날의 소름 돋은 이야기를 전화기 너머 누군가와 나누고 있는 그것이 일명 '깨진 거울 사건'이었다.

사건의 전말은 이랬다. 사건 전날 지방 출장으로 집을 하루 비웠다. 그다음 날 저녁 늦게 골목으로 들어서는데 멀리서 이상한 불빛들이 골목으로 들어오는 모든 것들을 끌어들여 삼켜버리는 세이렌(Siren) 같았다. 불빛은 점점 우리 집 쪽에서 선명해졌고 그 불빛의 의도대로 나는 불나방처럼 날아 들어갔다. 불빛에 가까이 갔을 때 그것은 깨져 있는 커다란 전신거울이라는 것을 알게 되었다. 깨진 조각들은 안전을 파괴하고 있고 구멍 나고 조각나고 기워지고 위협적으로 흔들거리며 서 있었다. 나는 주변을 좌우로 살폈다. 누가 여기다 위험한 물건을 당당하게 내어놨을까? 자기만 아는 이기적인 세상인 건 알지만 여기 이 작은 골목 세상까지 이기적인 악성 바이러스에 노출되었다니 화가 났다. 내 걱정과는 달리 깨진 거울 조각들은 달빛과 함께 '환장의 빛 파티'를 하고 있는 모습이 슬

··· 201호 정혜 씨 ···

폈다. 그리고 내 차 보닛(Bonnet) 위에 새로운 장르의 그림이 그려질 수 있는 위험한 위치에 있었다. 난감했다. 두세 걸음 뒤로 나와 한참을 바라봤다. 만신창이가 되어 위태롭게 서 있는 물건을 보고 있자니 '도대체 너는 어쩌다 이런 몰골로 여기까지 와서 이러고 있다니?'라고 생각이 드니 좀 짠했다. 그렇게 한참을 망가진 채로 밖으로 쫓겨난 거울을 바라보고 심란한 맘을 추스르고 있는데 옆집 순딩순딩 아저씨가 밖으로 나오셨다.

"이제 퇴근하시나봐~ 근데 거기서 뭐 하셔?"

"네, 이제 왔는데 이런 것이 있네요"

"오늘 아침에 나와보니 있던데… 저녁은?"

"하고 들어왔어요… 아저씨는요?"

"울 마나님과 노래교실 앞의 맛집에서 하고 왔지~"

"부부애가 부럽당~"

순딩순딩 아저씨는 내 쪽으로 걸어 올라왔다. 손으로 거울 틀과 박스테이프에 매달려 있는 파편들을 조심스럽게 손으로 만졌다.

"이런 물건은 잘못 건드리면 위험한데. 사모님은 어쩌시려고?"

"글쎄요… 저 지쳐서 퇴근했는데 이걸 보니 더 지치네요, 올라가서 CCTV 확인 좀 해보려고요."

"그래 참~!! 이 집은 CCTV 있지?"

순딩순딩 아저씨는 흘러내린 안경을 다시 올려 쓰시고는 어디서 온 건지 알 수 없는 거울을 다시 꼼꼼히 살폈다.

"어디 가시려고 나오신 거 아녀요?"

"아이쿠~ 내 정신 좀 봐 울 초대가수가 차가운 아이스크림 먹고 싶다고 해서."

"어여 사다 드리세요. 이 흉물은 제가 알아서 해볼게요."

"내가 안 도와드려도 되겠어? 혼자 힘들 텐데."

"아니에요. 어여~ 아이스크림, 집으로… 멋쟁이 초대가수님 기다리시겠다."

"누가 거울을… 에이 몹쓸 사람들, 그래 그럼."

"네네~ 걱정해 주셔서 고맙습니다. 또 봬요."

댄스곡이라도 나오면 춤이라도 춰야 하나 고민할 정도로 빛은 예뻤다. 휘영청 떠 있는 달도 간간이 빛나는 별도 파편이 된 유리 빛들과 함께 맛있게 신나게 버무려진 골목이 되었다. 범인은 꼭 범죄 현장에 다시 나타난다고 했다. 나는 탐정처럼 주변을 두리번거리며 순덩순덩 아저씨 내려가신 골목까지 내려갔다가 다시 올라왔다. 일단 길에서는 단서를 찾을 수 없었다. 이 골목은 5~10살 정도 되는 아이들이 낮에 모여 요란하게 뛰어노는 곳이다. 골목이 살아 있다는 표시이기도 하다. 산산이 조각난 유리 파편이 놀고 있는 아이들을 타깃으로 삼는다면… 안 될 일이다. 깨진 거울 앞에 세워놓을 고깔 봉 하나를 들고 마치 내가 몰래 내다 버린 사람처럼 주변을 두리번거리다 고깔 봉을 세웠다. 여장을 풀고 오랫동안 CCTV를 볼 수 있도록 편한 자세로 앉아 돌려봤다. 어제 늦은 밤 가장 어둠이 짙게 내리는 시간에 무언가 움직임이 포착되었다. 결과적으로 애들이 뛰어노는 시간에 깨진 거울이 밖에 있었던 것이다. 생각만 해도 그게 더 섬뜩하고 오싹했다. 별일 없는 게 얼마나 다행인지 모르겠다. CCTV 화면은 계속 돌아가고 있다.

2층 계단에 불이 켜졌다. 남자가 들어갔다. 한참을 더 돌려봤다. 내부와 외부 화면 5개를 눈이 빠지게 들여다봤다. 201호에서 누가 나왔고, 외부는 조용했고 내부는 움직였다고 화면은 말하고 있다. 화면에 더 집중하고 있는 나에게 CCTV는 그 상황을 계속 중계하고 있었다. 2층 복도에 다시 불이 켜지고 낯선 남자와 함께 무거운 뭔가를 들고나오는 모습이 보였다. 나는 눈을 더 화면에 가까이 대고 봤다. HD급 화질인데도 화면이 작아서 그런지 잘 보이지 않았다. 화면에 두 눈을 고정시키고 보고 있는데 두 사람이 긴 판 같은 것을 비스듬히 세웠다 눕혔다 반복하며 둘은 구령에 맞춰 걷는 군인처럼 발을 맞춰 조금씩 조금씩 나아갔다. 계단 앞에서 잠시 멈추더니 남자가 먼저 대문을 등지고 발 하나를 내려놓았다. 긴 판이 흔들렸고 그녀가 뒤로 묶은 머리가 앞으로 쏟아져 그녀의 앞을 방해하고 있었다. 둘은 잠시 멈췄다. 둘이 뭐라고 이야기를 하는 것 같았다. 우여곡절 끝에 대문을 밀어 열고 밖으로 나갔다. 그 둘은 대문 앞을 비추는 CCTV에 나타났다. 주차장 쪽으로 가더니 대문 담벼락과 주차장 입구 모서리에 세웠다. 가로등 빛이 긴 판의 깨진 유리 어떤 각도와 맞았는지 번개 치듯 번쩍거렸다. 찾았다. 범인은 내 집 안에 있었다. 이게 그 전신거울이었다. 둘이 새벽에 내려다 놓은 거. 나는 무릎을 쳤다. 집에 가지고 있기 위험하다고 생각해서 밖에 내놓은 것 같은데… 전화를 해서 확인해야 했다. 신호가 가고 있다. 그런데 내 심장이 왜 쿵쿵거리는지 알 수가 없었다. 숨이 가빴다. 범인을 찾아낸 흥분 때문인지 불편한 이야기를 해야 한다는 부담 때문인지 모르겠지만 내 가슴은 불안정하게 뛰었다. 무미건조한 그녀의 목소리가 들렸다.

'여보세요.'

"여보세요 정혜 님?"

'네 그런데요?'

"주차장 입구에 내놓으신 깨진 거울, 정혜 씨가 내놓으셨던데요?"

'네? 어… 그런데요 왜요?'

"깨진 거울을 비스듬히… 그것도 건물 벽 모서리를 축으로 세워 놓으시면 고정도 안 되고 작은 바람과 충격에도 흔들려서 위험합니다."

'당황하셨어요?'라고 묻고 싶을 정도로 그녀의 대답은 왜 그걸 묻는지 이해할 수 없다는 것처럼 들렸다. 그리고 그녀는 숨도 쉬지 않고 한 톤을 높여 내 말을 바로 받았다.

'위험하지 않아요. 뭐가 위험한데요?'

"수거하는 날 맞춰서 내놓으시면 좋겠습니다. 낮에 애들이 놀다가 혹여 사고가 날 수도 있어요. 깨진 유리들을 테이프로 고정시켰어도 위험합니다. 그리고 주차장이라 차들의 왕래가 있는 곳이어서 혹여 2차 사고가 날 소지도 있네요, 그 상태로는 위험해요."

그녀는 뭔가를 생각하는 듯 있다가 차분해진 목소리로 말했다.

'아니 난 그대로 두겠어요.'

"네에~ 그냥 두시겠다고요?"

나는 그녀의 말이 이해가 되지 않았다. 그녀는 당당했다.

'그거 어렵게 동생 불러서 내려다 놓은 거예요. 그리고 테이프로 단단히 묶어서 쏟아질 일도 없으니 걱정 마세요. 그리고 다시 가지

고 올라올 수도 없어요.'

"가지고 올라가는 것은 제가 도와드릴게요."

그녀의 목소리는 차가웠고 냉랭한 웃음소리가 작게 들렸다.

'아니 왜 도와주신다는 거죠? 제가 도와달라고 부탁한 것도 아닌데. 그리고 그거 내일 치워간다고 구청 청소과에 확인했으니… 내게 치워라 마라 하지 마세요.'

그녀는 말을 할수록 점점 얇아지는 목소리와 높아지는 톤으로 자기 감정을 표출하고 있었다. 점점 흥분하고 있는 그녀에게 어떻게 이야기해야 할지 생각을 해야 했다. 그녀는 다시 말을 이어갔다.

'아니 내가 구청 청소과와 이야기했는데 왜 주인이 치워라 마라 하는지 모르겠네요? 주인 갑질하시는 건가요?'

"네? 내가 지금 '갑질'하는 건가요? 깨진 거울이 위험해서 수거하는 날 다시 내놓으시면 좋겠다고 하는 건데."

'그게 갑질입니다. 그게 갑질이라고요. 요즘 세상이 어떤 세상인데 참 물정 모르시네요.'

내 목소리가 떨렸다. 고구마 100개 먹은 것처럼 답답했다.

"갑질이라고요?"

'네 갑질입니다. 모르셨어요? 지금 아셨으니 제게 고마워하셔야겠네요. 요즘 세상이 어떤 세상인데 임대인 방패를 들고 세입자에게 갑질이세요.'

"제가 확인해 보겠습니다, 갑질인지 아닌지… 그래도 위험한 물건이니 치웠으면 하는 게 제 생각입니다."

'주인 생각은 필요 없어요! 내일 치워간다고 청! 소! 과에서 확

인! 받았다고요.'

비아냥거리는 말투가 거슬렸지만 확고하게 내 생각을 전했고, 그녀는 스타카토처럼 큰소리로 강하게 하나하나 끊어가면서 말했다. 그리고 무참하게 전화는 끊겼다. '뭐야? 지금 무슨 이야길 들은 거지? 내가 갑질을?' 나는 스스로 자문자답해 봐도 내가 갑질을 한 것 같진 않았다. '갑질이라니…? 난 지금 심하게 을질을 당한 거 같은데…' 황당하고 섭섭하고… 그녀의 무례에 화가 났다. 속상하고 안타까운 시선으로 끊어진 전화기를 한참 들여다보았다. 한동안 멍하니 앉아 있었다. 어떡해도 변하지 않는 결과에 미련을 버리기로 했다. 부랴부랴 빈 종이를 찾았다. 불안한 마음이 고스란히 종이 위에 그려졌다.

윗 단에는 – 저는 수줍음이 많답니다. 그러니 쳐다보지 마세요. –

아랫단에는 – 깨진 거울 위험~!! 다가서면 위험~!! –

이라고 문구를 만들었다. 위험을 알리는 종이와 테이프를 들고 사건의 현장으로 갔다. 파편들이 떨어지지 않게 전신거울 허리춤을 잡았다. 블루스를 추듯이 손으로 힘을 주며 좌로 우로 조금씩 밀고 당겼다. 그 흉물은 주인을 닮아 움직이지 않을 것처럼 기세가 등등했다. 하지만 깨진 거울은 서 있는 자리가 바뀌면서 온몸에서 빛을 터트리던 괴물에서 야단맞고 쫓겨난 아이처럼 변했다. 마치 정혜 씨 같다는 생각이 불현듯 들었다. 맘이 아팠다. 서로 조심해주면 좋겠다는 말을 그렇게 공격적으로 받는 것이, 잘은 몰라도 세상이 모두 자기를 공격하는 것으로 생각하고 있는 것 같기도 했다. 한동안 내 입에서는 섭섭한 혼잣말이 폭포수처럼 쏟아졌다.

'갑질이라고? 잘해주면 잘해줄수록 더 양냥거린다더니… 버리긴 지가 버리고 치우긴 내가 치우고… 내가 을이지. 지금 치우고 돌아선 건 나니까~ 이게 말이 되냐고? 같이 사는 조그만 동네에서 서로 사고 없이 살아보자는데… 그게 갑질이야? 이러면 더 각박해지는 건데 에고… 내가 오지랖이지 뭐, 다아… 내 탓이야. 그러든지 말든지 다치든지 말든지 해야 되는데… 아니 그런 이야기 듣기 싫으면 공동주택 말고 아파트나 오피스텔… 그런 데 들어가 살아야지 왜 여기로 이사는 왔나 몰라?'

내 말을 소리 없이 삼켜버릴 듯한 어두운 골목길에 대고 가슴에 쌓인 노여움을 래퍼의 랩처럼 임금님 귀는 당나귀처럼 잿밥에만 관심 있는 중처럼 중얼거렸다. 쫓겨난 아이처럼 서 있는 깨진 거울 가운데 위험을 알리는 종이를 올리고 유리를 덮고 있는 테이프 위로 스카치테이프를 길게 잘라내어 한 바퀴 돌려 덧붙였다. 다시 뒤로 한 발 물러나서 보았다. 내 모습 중간이 붙여진 종이만큼 사라졌다. 1992년이었던가? 아마 그때쯤 개봉된 블랙 코미디 호러물 영화 〈죽어야 사는 여자〉 포스터를 보면 배가 동그랗게 구멍이 뚫린 채로 웃고 있는 여주인공처럼 내 몸 중간이 지금 그래 보인다. 헛웃음이 났다. 어깨와 배, 바지 끝자락과 불편한 마음까지 손으로 '툭툭' 털어냈다. 대문을 열고 계단을 올라갔다. 2층 복도에 센서 등이 켜졌다. 201호를 바라봤다. 현관문 틈 사이로 불빛이 새어 나왔다. '말씀대로 저는 언제쯤 똑똑해질까요?' 계단을 하나하나 밟고 올라갈 때마다 주절주절 자책하는 말들이 새어 나왔다. 안방 창문을 열어 주차장에 홀로 남겨진 거울과 마주하고 서 있는 차를 봤다. '이곳을 떠날 때까지 아무 일 없이 잘 서 있거라.' 한 번 더 보고 나니 안심이 되었다. '뭐 다~ 나 편하자고 하는 건데… 바라긴 뭘 바라.' 스스로를 다독이며 유독 피곤했던 그때가 생각이 난다. 이날을 나는 '깨진 거울 사건'으로 이름 지었다. 그때도 자기가 내다 버린 흉물을 힘들게 안쪽으로 움직이는 나를 그녀는 작은 창문을 통해 지켜보고 있었던 거다. 그날의 불편한 대화, 불편한 상황들이 생각이 나서 우울했다. '깨진 거울 사건'으로 정리한 그날, 내가 갑님이 된 날이 어제 일처럼 생생하다. 그녀가 누군가와 주고받는 말들이 이어 들린다.

"오늘은 주차가 잘 안 되는지 왔다 갔다 하던데, 지도 맘대로 안 되는 게 있다는 걸 알라나 몰라. 시동 아까 꺼졌는데… 이제 나온다… 야."

"누구 계셔요? 저와 이야기하고 싶으신 건가요? 편하게 나와서 이야기하시면 좋겠는데, 다 들리거든요."

소곤거리는 사람이 누군지 확실해져서 나는 2층 중간쯤에 대고 말했다.

"다 보이거든요, 이상하죠? 숨어 계시는데 보이고, 속닥이셨는데 다 들리고… 신기하죠? 저와는 나눌 이야기가 없으신가 봐요? 그럼, 제 이야기는 그만하시죠."

아무 소리도 들리지 않았다. 아무 말이 없었다. 움직임도 없었다. 한참 후 창문 닫는 소리가 들렸다. 주차장 안쪽 2층을 보고 이야기를 하고 있는 202호 아라 씨가 집에서 나오다가 내 곁으로 다가왔다. 2층 창문이 다시 조금 열린다.

"무슨 일… 이에요."

"아라 씨 집에 없는 줄 알았는데… 어디 가요?"

"몸이 안 좋아서 잤어요."

"지금은 괜찮아? 그런데 이 밤에 어디?"

"자고 나니까 몸이 가벼워져서 잠시 나갔다 오려고요. 그런데 누구랑 이야기하시는 거예요?"

"누구 있어, 그건 그렇고 다녀와 그리고 시간 날 때 차 한잔해."

"네."

그녀는 급히 발길을 돌려 아래로 내려갔다. 내가 아라 씨와 서서 이야기하는 동안에도 그녀는 창문 벽 쪽으로 몸을 붙이고 나를 관찰했다. 이제 그만하려나 싶어 돌아서는데 작은 소리가 또 들렸다.

"야 들었나 봐? 하여간 이상한 여자야. 아~ 몰라, 본 건 아니겠지, 못 봤을 거야. 됐어. 알았어, 됐다고."

창문에 그녀의 하얀 손이 앞으로 나오더니 창문 한쪽 틀을 잡고 문을 끌어당겼다. 창문이 닫히고 그녀의 수군거림도 사라졌다. 이제 그만하려는지 아니면 문 닫고 더 신나는 이야기를 하려는 건지는 알 수 없지만 내 귀에 소리는 더 이상 들리지 않았다. 아마 그때도 누군가와 이야기를 나누면서 주제가 내가 된 것 같다. 이왕이면 재미있었으면 좋겠다.

# 헐크가 아닌 슈렉

그리고 이른 겨울 섣부른 추위가 간간이 몸을 긴장시키는 계절이 왔다. 눈발이 간간이 날리며 날은 급격히 추워졌다. 며칠이 지났다. 나는 겨울 파자마 위에 롱패딩을 입은 옆집 순딩순딩 아저씨와 이런저런 이야기를 하며 골목을 한 바퀴 돌고, 아저씨는 들어가시고 나는 주차장과 집 앞을 쓸었다. 시간은 어슴푸레 뉘어지는 해를 밀고 어둠이 스며들 때쯤, 아마 그때쯤이었다. 앞집 호랑말코 아저씨 트럭이 여느 때보다 2~3시간 일찍 들어왔다. 아저씨는 자기 집 주차장에 있는 수도계량기 뚜껑을 열고 바닥에 엎드려 밸브를 잠그며 짜증을 냈다.

"아이 이놈의 수도관이 또 터졌네."

아저씨는 서둘러 지하로 내려가셨고 다시 주차장 수도계량기 게이지를 번갈아 보며 분주히 다니셨다. 잠시 후 '수도 누수 파열 공

··· 201호 정혜 씨 ···

사전문'이라고 래핑된 봉고차 하나가 들어왔다. 차에서 4~50대 남자 둘이 내렸고 열려 있는 봉고차 안에는 각종 도구와 장비들이 가득 들어 있었다. 두 남자와 앞집 아저씨는 한참을 이야기하더니 그 집 지하로 함께 내려갔다. 나는 궁금해서 앞집 앞에서 서성였다. 호랑말코 아저씨는 짜증 섞인 목소리로 어디에 누수가 생긴 건지, 찾을 수 있는지와 잠시 잠가놓은 밸브를 언제 열어 사용할 수 있는지를 계속 물었고 두 남자는 기계를 정확하게 대보고 확인해 봐야 알 수 있다며 다른 질문에 똑같은 답을 했다. 두 남자는 기계를 들고 주차장 수도계량기 앞에서 수압체크를 한다며 분주했다. 한 사람은 기계에 전원을 연결했고 한 사람은 바늘이 움직이는 작은 상자를 목에 걸고 이어폰 끼더니 마우스 같은 작은 물체로 지하 바닥을 이리저리 청진하듯 갖다 대었다. 두 사람은 주고받은 수신호로 압을 불어넣는 기계는 켜졌다 꺼졌다를 반복했다. 그 사이를 호랑말코 아저씨는 왔다 갔다 분주했다. 그렇게 1시간가량이 흘렀다. 바람과 공기는 차고 매웠지만, 다행히 눈은 내리지 않았다. 고양이들도 어둡고 추워서 그런지 그림자도 안 보인다. 나도 눈이 내리던 날 공사했던 생각에 걱정돼서 다시 나왔고 옆집 순덩순덩 아저씨도 이른 저녁을 먹고 소화시킨다고 슬리퍼를 신고 나와 그 광경을 개구지게 바라보며 다가왔다. 그냥 지나갈 리가 없었다. 또 두 사람이 부딪칠 게 뻔했다. 옆집 순덩순덩 아저씨는 뒷짐 지고 밝은 얼굴로 물었다.

"아까부터 뭣들 하시는 게요? 수도관이 어찌 되었소."

"…"

"수도가 터졌구먼. 작년 이맘때 우리 옆집도 그러더니 동네가 늙어서 그래."

"…"

두 아저씨는 대꾸 없이 본인의 일에 열심이었다. 옆집 아저씨는 겨울용 파자마를 끌며 허리를 적당히 구부린 채 두 아저씨 사이를 왔다 갔다 이리저리 살피고는 혀를 찼다. 그러다 호랑말코 아저씨와 어색하게 마주치더니 누가 먼저랄 것도 없이 거의 동시에 말을 했다.

"여기서 뭐 해? 정신없으니까 저리 가."

"수도가 또 터졌어? 처음에 좀 잘하지 그랬어."

"뭐야? 뭘 처음에 잘해 알지도 못하면서. 저리 가, 시끄럽게 뭘 안다고 훈수질이야."

진단이 끝났는지 작은 굴착기가 들어서고 주차장 땅이 파헤쳐졌다. 그 집 지하에 거대한 우물이 있는 양 바케스에 물이 계속 실려 나와 골목길에 버려졌다. 한 번, 두 번 쏟아져 내린 누렁물은 주차장과 골목을 황금빛 들녘으로 만들어 갔다. 아라 씨가 나와 보다 들어갔고 덕례 아니 하진이가 퇴근하다 뭔 일인가 들여다보고 '언제 시작했냐 언제 마무리 되냐.'고 묻더니 옷깃을 한 번 더 여미고는 수고하시라는 말을 남기고 들어갔다. 그렇게 한동안 어두워지는 만큼 땅이 파였고 사람들 그림자가 진해지고 길어지는 시간 201호 정혜 씨가 강아지를 안고 누렁물 흐르는 그 길을 까치발을 하고 올라왔다. 그녀는 앞집 호랑말코 아저씨 쪽으로 다가가더니 불편한 소리를 했다.

"길도 미끄러운데 여기다 물을 버리면 어떡해요? 밤에 얼어버릴 수도 있는데요."

"방해 말고 가던 길이나 가서, 아! 앞집 2층 아가씨 맞지? 그 강아지? 아가씨는 여기 신경쓰지 말고 본인 강아지나 잘 좀 관리하슈."

"네, 2층 맞아요. 여기 공사 소음과 길에 버린 물로 불편을 겪은 사람이기도 하고요. 사과 뭐 이런 말씀 하셔야 하는 거 아닌가요? 그런데 제게 강아지 뭘 관리하라는 거죠?"

"뭐라는 거야 가뜩이나 속상해 죽겠구만, 시끄럽고 아가씨도 그만하고 들어가요."

"공사는 언제까지 하는 거예요, 저도 알아야 할 거 아녀요? 나도 우리 강아지도 불편한데."

"공사하는 사람이 더 급하지 아가씨가 더 급한가? 며칠 안 걸리니까 고만하고 들어가요."

"사과 한마디 없고… 이기적이시다~"

아저씨는 그런 말에 대꾸하지 않으셨다. 정혜 씨는 강아지를 한 번 쓰다듬더니 '겨울이 되면 여기저기… 주택은 문제야 문제.'라며 들릴 듯 말 듯 한 목소리를 하고 돌아서서 들어갔다.

창문을 열고 앞집 공사를 보니 지난번 눈이 펑펑 내리던 날 우리 집 수도관이 터져 비슷하게 포크레인이 들어오고 땅이 파이고 고생했던 일이 생각났다. 공사하기 전달 수도요금 고지서가 날아와서야 상황을 알게 되었다. 고지서 금액을 보고 기절할 뻔했으니까 말이다. 글쎄, 수도요금이 500만 원이 넘게 부과돼서 우리 집 우체통에 얌전히 들어앉아 있었다. 수도국에 요금에 대해 물어봤

고, 담당자는 그동안 수도계량기 숫자가 터무니없이 올라가서 의
아해했다고 말했다. 대부분 관이 땅속 깊숙이 내설되어 있어 누수
상황이어도 잘 파악하기가 어려워 요금이 부과된 뒤 상황을 알 수
있는 경우가 종종 있다는 이야기를 들려줬다. 수도 검침원을 통
해 일정량 이상 계량기가 돌아가면 알려줘야 하는 거 아니냐고 따
졌지만 헛수고였다. 계속 춤추고 있는 수도 계량기 바늘을 멈추게
하려면 일단 어디서 누수가 발생하는지 알아내는 것이 급선무였
다. 오랫동안 우리 집 자질구레한 설비 일을 봐주시던 아저씨에게
급하게 연락했다. 내 호들갑에 득달같이 달려온 아저씨는 여기저
기 들여다보고 수도계량기관도 열어보고 앞집 공사 아저씨들처럼
압체크기로 여기저기 땅속의 소리를 들으며 누수가 되는 곳을 찾
아 헤맸다. 어디서 그러는지 찾아내기가 좀처럼 어려웠다. 물 새
는 곳을 찾아다니는 숨바꼭질은 하루 종일 이어졌다. 물은 약 올
리며 알려줄 듯 말 듯 계속 도망 다녔고 하늘은 답답하게 구름으
로 골목을 가득 메우더니 눈발을 천천히 내렸다. 꼭 이런 날은 날
씨도 도와주지 않는다. 신기한 일이다. 눈발은 점점 굵어지고 시
간이 갈수록 땅에 눈은 쌓여갔다. 시간만큼, 눈이 쌓이는 만큼 내
애간장은 녹아내렸다. 그러는 동안 세입자들은 아침에 잠깐 저녁
에 잠깐 물 사용이 제한적인 상황에 불만의 소리를 냈다. 드디어
물이 빠져나가는 길을 찾았다. 물길을 보는 순간 어이없었다. 내
집 수도관 수돗물은 땅속 깊은 곳에서 자기만의 길을 만들고 그곳
으로 막대한 물을 퍼 나르고 있었다. 멀리도 아니고 바로 뒷집으
로 말이다. 바늘도둑이 소도둑 된다는 옛말처럼 우리 집 물줄기는

당당한 소도둑이 되어 화려하게 뒷집 마당을 지나 배수구로 흘러 갔다. 철철철거리며 보란 듯이 신나게 흘러내리며 사라졌다. 물소리 리듬에 맞춰 수도계량기 바늘은 발레리나처럼 춤을 추며 한통속이 되었다.

이틀째 되는 날 주말이었다. 누수가 된 곳을 찾아 굴삭기가 와서 땅을 파고 수도관을 일부 도려냈다. 눈발은 그 위로 조용히 내렸다. 소란스러운 장비 소리 위로 공사로 엉망이 된 구덩이 속으로도 눈은 내렸다. 새까맣게 타들어 간 내 마음도 눈으로 하얗게 덮였으면 좋겠다는 생각이 들었다. 파헤쳐진 공사 현장을 보니 더 심란했다. 올려다본 하늘은 눈 먹은 구름으로 가득 찼다. 날씨까지 왜 이러는지 빨리 끝나야 하는데 속절없이 내렸다. 내 다급한 마음과 상관없는 구름들은 눈발들을 가득 싣고 와 공중에 잠시 머물렀다가 바람에 흔들리며 초코케이크 위에 흩뿌려지는 치즈가루처럼 그렇게 예쁘게 소담스럽게 내렸다. 2층 정혜 씨가 밖으로 나왔다. 주차장 수도계량기 쪽이 파헤쳐진 것을 보더니 한숨을 쉬었다.

"공사 언제 끝나요? 이틀째 물 사용이 어려워서 불편해요."

"파손된 관을 찾았으니 곧 마무리될 겁니다. 조금만 기다려 줘요."

"그러니까 얼마나 더 불편해야 제가 물을 편하게 쓸 수 있냐구요?"

"불편하시죠? 낮에 일 나가 계시는 동안 수도를 잠가놓는 거니까…"

하진이가 시끄러운 소리에 긴 머리를 산발하고 나왔다. 장씨도 빗자루를 들고나와서 집 앞 눈을 천천히 쓸어 모으면서 정혜 씨와 하진이가 서 있는 곳으로 다가왔다. 정혜 씨는 더 예민해졌다.

"다들 구경났어요?"

정혜 씨의 날카로운 한마디에 하진이가 머리를 한곳으로 쓸어 모으면 이해할 수 없다는 표정으로 말했다.

"아니~ 공사를 하고 있잖아요, 쪼까 기둘리면 편하게 쓸 수 있것는디, 보니께 그리 오래 걸리진 않겄구만. 지금 공사 안 하믄 그람 그리 새는디 그냥 냅둬요? 그건 암만 생각해도 아닌디~"

"그래도 빨리 찾아서 다행이네요, 못 찾으면 여기저기 다 파야 하는데…"

장씨도 비질을 하며 공사장 큰 구멍을 바라보다가 하진이를 한 번 보고 둘만 있는 것처럼 말했다. 두 사람 이야기에 눈을 한 번 질끈 감았다 뜨던 정혜 씨는 두 손으로 귀를 막았다.

"두 사람은 뭐예요? 당신들도 지금 불편하잖아요. 주인 앞이라 그러는 건가요?"

공사장 안쪽에 있던 나는 밖으로 나와 정혜 씨에게 지금 땅 파서 관 교체하니까 불편해도 공사가 잘 마무리될 수 있도록 협조해 달라며 오늘만 지나면 물 쓰는 데 조금 더 편해질 거라 설명했다. 하진이랑 정혜 씨를 보고 추우니까 들어들 가시라고 대문 한쪽을 열었다. 장씨도 두 아가씨에게 들어가라고 말하고 다시 비질을 했다. 정혜 씨는 목도리를 풀러 다시 목에 단단히 여미더니 '주택은 이래서 살기 힘들다.'고 볼멘소리를 툭 던지고는 들어갔다. 그녀의 말에 장씨는 비질을 멈췄고, 대문을 잡고 있던 나는 웃으면서 바라봤다. 잠시 뒤에 정혜 씨는 두툼한 외투에 에코백을 메고 강아지를 안고 나왔다.

"어디 나가시나요? 강아지까지 안고?"

"잠시 나갔다 오려고요, 시끄럽고 물도 못 쓰고 불편해서요."

"잘 되었네요, 그 사이에 공사가 조금 더 마무리되겠죠. 긍정적으로 생각합시다."

"긍정은… 혼자 맨날 긍정이래?"

그녀는 찬바람 불고 있는 곳에 태풍을 던져놓고 총총히 사라졌다. 세상 구경 나온 누런 흙더미 위로도 불편한 이야기들 위로도 구석구석 놓치지 않고 차분히 물들이며 눈발은 그렇게 내려앉았다. 깊이 파인 땅속에 새로운 관이 삽입되면서 큰 물줄기는 잡혔다. 다행이다. 물줄기 잡혔으니 공사 절반은 끝난 거고 밖에 쌓여 있는 자재들과 흙더미로 마음이 불편했지만 진정하려고 애쓰고 있었다. 인부들의 움직임은 덮인 눈 위로 도장처럼 찍혔다. 마치 공사장의 범위가 발자국으로 정해지듯 집 앞 골목 전체가 흰 눈 사이사이에 누렇게 '공사장 위험'이라고 안내되는 것 같았다. 추운 날 공사를 기꺼이 맡아줘서 고마운 아저씨들에게 뭔가 해야 했다. 장씨가 쓸어낸 그 길 위에 다시 그만큼 눈이 쌓였고 쌓인 눈 위로 발자국 도장은 다시 찍혔다. 기온이 영하인 이런 날은 뜨거운 믹스 커피가 제격이라 생각했다. 종이컵에 인부의 수만큼 몸을 녹일 따뜻한 커피를 나르며 잘 부탁한다는 인사를 폴더 폰처럼 했다. 커피는 한 잔이 두 잔 되고, 세 잔이 되었다.

"맛이 밍밍한데… 이 맛이 아니야?"

"왜 맛이 없어요? 이상한가요?"

한 모금 마시면서 혼잣말하듯 하는 인부에게 나는 다시 돌아서

서 조용히 물었다. 아저씨들은 괜찮다며 손사래를 쳤지만, 그들끼리 나누는 말들은 왜 그렇게 잘 들리는지 모르겠다. 2층 아라 씨작은 창문이 열렸다 닫혔다.

"맛이 없지? 뭔가 심심해 그치?"

"밍밍해. 너무 아낀다, 그치?"

"아끼는 것 같진 않고 아꼈으면 커피도 안 줬겠지?"

"그러네. 커피를 탈 줄 모르나? 솜씨가 없을 수도 있어."

"같은 커피를 줘도 맛있게 타는 금손 있고… 왜 있잖아, 똥손들…"

"추우니까 뜨거운 물 마신다 생각하고 이따 우리끼리 소주나 한잔합시다."

내가 아끼려고… 그건 아닌데, 그럼 뭐가 문제지? 레시피대로 했는데 왜 맛이 없다는 것인지 골똘히 생각하며 쟁반을 든 내 손을 내려다보았다. 내가 똥손은 아닌데 그래도 차 맛집 주인인데 뭐가 문젤까? '1개 더 넣어봐?' 2~3시간 후에 나는 다시 시도했다. 이번에는 종이컵에 커피믹스 스틱을 2개씩 넣었다. 그 위로 뜨거운 물을 부어가며 티스푼으로 저었다. 종이컵 속에서 손목 스냅에 맞춰 회오리치며 향이 퍼졌다. 저으면 저을수록 아까와는 확연히 다른 냄새가 올라왔다. 뭔가 끈적하고 달짝지근한 냄새 났다. '이 냄새가 진짠가?' 뜨거운 김을 타고 올라오는 텁텁하고 진한 향이 '훅'하고 내 콧속으로 들어왔다. 집안 곳곳에 배어 있는 디퓨저의 피톤치드 향이 한순간에 마법처럼 사라지게 만든 믹스커피 존재감이 느껴졌다. 믹스커피 두 봉지는 뜨거운 물과 만나더니 '나야

믹스커피!'라고 그 위엄을 과시했다. '이런 향이 나야 진정한 믹스커피 맛인가?' 알 수 없었지만 나는 만족스러운 눈썹을 올렸다 내렸다 했다. 내심 다시 '똥손'이란 말을 들을까 불안했다. 출출할 시간에 맞춰 그렇게 완성된 커피는 맛있게 구워진 고구마와 함께 쟁반 위에 놓여 내 걸음에 맞춰 찰랑찰랑 춤을 추었다. 옆집 아저씨는 언제 나오셨는지 파헤쳐진 곳을 뒷짐을 진 채 호기심 가득한 소년의 모습으로 들여다보고 있었다.

"아저씨 나오셨네요?"

"공사가 크네? 장씨는 어디 갔나?"

"네~ 여러 가지로 속상해요. 아 장씨요~ 잠시 다녀올 곳이 있다고 좀 전에 나가셨어요."

"여기 집 지은 지 30년 되었지 아마. 우리 집도 그렇고… 이 동네가 동시에 한 건설사가 지어 놔서 비슷비슷하게 고장들이 날 건데… 이런 거 보면 걱정돼서."

"동시에 태어난 쌍둥이들이네요~ 오래되니까 아프다고 하는 게 사람하고 똑같아요, 그죠?"

"그러게~ 사모님 공사하는 거 보니까 우리도 곧 이런 일이 생길 것 같아 걱정이네."

옆집 순딩순딩 아저씨는 흘러내린 두꺼운 겨울 파자마를 올리며 동시간대 지어진 앞뒷집을 찬찬히 둘러보셨다.

"커피 한잔하시겠어요? 고구마도~"

"내 것도 있어?"

"그럼요, 뜨거우니 조심하세요."

고구마와 커피를 먼저 드렸다. 옆집 순덩순덩 아저씨는 웃으며 고구마를 후후 불어 한입 베어 드시더니 촉촉한 게 달다고 하신다. 그러시고는 커피잔을 들고 인부들 옆으로 다가갔다. 쟁반 위에 놓인 고구마와 커피를 보고 아저씨들은 커피보다 고구마에 시선이 멈췄다. 아마도 커피는 그만하고 싶었고 고구마 출출해서 좋았던 것 같다. 입안 가득 고구마를 물고는 후루룩 불며 커피 한 모금 요란하게 마시던 옆집 순덩순덩 아저씨가 인부와 눈이 마주쳤다. 벌써 돌아와 공사 현장에 서 있는 정혜 씨가 강아지를 안고 인부들 차 마시는 곳을 사이사이 살피며 다니더니 관이 새로 교체된 것을 유심히 살펴보고 있었다.

"고구마가 다네. 커피도 진한 것이 맛있고 궁합이 좋네요. 추위가 녹아요, 녹아."

"그래요, 진해요?"

아저씨들은 의심의 눈초리를 옆집 아저씨에게 보내며 내가 건네는 고구마와 커피를 의심스러운 표정으로 받았다. 그리고 정혜 씨를 불편한 시선으로 좇았다. 아저씨는 공사비와 이것저것이 궁금했나 보다. 인부들과 함께 이런저런 궁금증을 주고받았다.

"공사는 잘 되고 있죠?"

"그럼요, 땅이 많이 얼었을까 걱정했는데 그렇게 깊이는 안 얼어서."

"이런 공사는 얼마나 드나요?"

"뭐~ 케이스 바이 케이스죠, 왜요? 어르신네도 공사할 게 있나요?"

"케이스 바이… 뭐 그런 공사는 아니고 우리도 수도관이 이 집과 같아서 걱정이라…"

··· 201호 정혜 씨 ···

"같은 시기에 수도배관 공사를 했으면 아마 관이 같을 거예요. 어려운 작업은 아니니까요."

"그래서 걱정되어서 나와봤네요. 천천히들 드시고 수고해요."

다른 인부 아저씨들과 나는 고구마와 커피를 맛있게 드시는 두 사람을 번갈아 보고 굴삭기 아저씨에게 맛이 어떠냐는 눈짓을 했다. 나름 맛 테스트였던 굴삭기 아저씨가 확실한 미소로 나를 보고 웃었다. 나는 큰소리로 '출출하실 텐데 고구마와 차 한잔하셔요.'라며 인부들에게 쟁반을 높이 들어 올렸다.

"허기지면 더 추워요, 따뜻한 고구마 하나와 커피 한 잔 드세요, 맛 궁합이 좋아요."

"맛있네, 맛있어. 달다 고구마~"

"그래? 고구마에 커피 맛있어? 농 아니지?"

모두들 한 손에 고구마, 한 손에 커피를 들고 모락모락 피어오르는 뜨거운 김을 후후 불어가며 고구마 한입, 커피 한 모금씩을 하셨다. 정혜 씨는 눈길도 안 주는 아저씨들을 지나 주변을 이리저리 꼼꼼히 살피며 서성이다 들어갔다.

"그래 이 맛이지. 추위가 녹네그려."

"어디는 주인이 내다보지도 않는데, 그래도 고맙네. 커피도 타주고… 그런데 아까 그 아가씨는 원래 그래요?"

"왜요? 뭐라고 하나요?"

"공사를 이렇게 하는 게 맞냐며 한참을 잔소리하더라구요."

"성격이 예민하고 꼼꼼해서 그래요, 좋게 생각해 주세요."

대문 앞에서 나는 인부들에게 손가락 2개로 V를 만들어 보이며 역시 믹스는 2개라고 말하며 웃었다. 옆집 아저씨도 마시던 커피를 들고 공사장을 벗어났고 나도 그곳을 나왔다. 그렇게 두세 시간이 흘렀다. 언제 외출했는지 검은 봉지 하나를 들고 들어선 정혜 씨를 보며 밖에서 서성이던 옆집 순딩순딩 아저씨는 웃으며 다가섰다.

"2층 아가씨. 좀 전에도 우리 잠깐 봤죠? 나, 옆집. 어디 갔다 와요?"

"저요? 아까 보셨나요? 저는 못 봤는데요. 저 아세요?"

"알죠~ 이사 올 때도 인사했고. 왜 그때… 벌써 1년 넘었나? 이사 들어오고 얼마 안 돼선가? 왜 있잖아, 아침에 한참 짖던 강아지 안고 나갈 때도 우리 집 앞에서 인사했는데… 좀 전에도 커피 마실 때 옆에 있었잖아."

"제가요?"

"그래서 자주 봐야 한다니까~ 우리 더 자주 봅시다."

"아저씨랑요? 그러고 싶지 않은데요~ 그럼…"

"그래도~ 우리 또 봐."

그녀는 검은 봉지를 흔들며 뒤도 돌아보지 않고 들어갔다. 옆집 순딩순딩 아저씨는 창문으로 밖을 내다보고 있는 나를 봤다.

"사모님, 2층 아가씨… 나는 자주 봐도 낯설어, 차갑다 못해 추워~"

"원래 차가운 사람이 어디 있겠어요?"

"어찌 된 건지 매번 찬바람이 불어, 2층 아가씨 보면 오늘 날씨보다 더 추운 것이 2층 두 아가씨가 너무 달라."

"많이 다르죠. 그냥 좀 짠해요. 무엇 때문에 마음에 문을 저리도 단단히 채웠을까? 왜 항상 가시를 세우며 다닐까? 걱정되다가도 정혜 씨 말에 저도 사람인지라 좀 그럴 때도 있어요."

"뭐가 짠해? 다 성격이지."

"글쎄요… 저러는 본인은 힘들 수도 있죠? 아닐 수도 있지만요~ 아이 몰라요…"

"그래~ 정작 본인은 힘들지 않을 수도 있어. 신경 쓰지 마."

"정혜 씨 보면 그냥 맘이 그러네요. 관심에도 예민하고 소음에도 예민하고… 그래요. 신경 쓰지 말고 들어가세요. 요즘 젊은 사람들 우리가 이해 못 해요. 그들도 우릴 이해 못 하겠죠~ 서로…"

"서로 각자 살아가는 거니까 그냥 넵둬~ 아까 덕분에 차 잘 마셨어. 고생해. 또 보자구~"

옆집 순덩순덩 아저씨는 말과 함께 옷깃을 여몄다. 그렇게 커피포트 물 주전자는 연신 연기를 뿜으며 물을 끓여댔던 일주일. 우리 집으로 들어온 이래로 가장 열심히 일하는 커피포트가 되었다. 나는 심란한데 날은 쨍하게 차가운 게 좋았다. 눈을 지그시 감았다. 코가 시리다. 공사가 끝날 때까지 눈은 공사 현장 감시자로 조용히 소복이 내렸다. 날은 추웠고 5일 동안 종종거리며 오르락내리락 분주하게 다녔다. 인부 아저씨들의 이야기에 의하면 2층 정혜 씨는 창문을 열고 시끄럽다고 하거나 직접 내려와서 얼마나 일이 진척이 있나 살피기도 했단다. 가끔 강아지를 안고 나와 일하는 분들을 한동안 서서 바라보다 사라지기도 했고 그녀가 예민한 날은 인부 아저씨들도 나도 많이 힘들었다. 이런저런 우여곡절 끝에 공사

… 헐크가 아닌 슈렉 …

가 잘 끝났다. 주차장 수도계량기 주변은 이번 공사 상처로 커다랗게 얼룩졌다. 수도사업부에 공사 사진과 영수증을 제출했지만 누수로 부과된 어마무시한 수도요금 중 일부만 인정되었다. 공사기간 동안 불편했을 세입자들에게 미안하기도 했다. 공사가 끝나고 얼마 지나지 않아 그녀는 내게 공사기간 동안 너무 힘들었다면서 집 관리 소홀로 인해 피해 본 보상으로 그달 수도요금을 못 내겠다고 문자로 연락이 왔다. 그녀는 확인하고 곱씹고 피하고 정리하고 다시 조정하기를 반복하면서도 피해자라고 생각하는 것 같다. 강하게 대해야 자기 자신을 지킬 수 있다는 생각을 한 것인지, 자기주장을 해야만 의견이 받아들여진다고 생각하는 것인지 나는 알 수 없었다. 평소에 조용한 그녀는 자신과 연결된 조그마한 불꽃에도 폭발한다. 그녀는 초록 헐크 같다. 이왕 초록이면 슈렉이 좋을 텐데… 그 부분이 내겐 좀 아쉽다. 그녀의 문자에 답신을 하지 않았다. 그녀는 내 문자를 기다렸나 보다. 다시 그녀의 문자가 떴다.

> 「아니 내 문자에 왜 답이 없으시나요? 내 이야기대로 안 내도 된다는 건가요, 뭔가요? 참 기분 나쁘게 하시네요.」

이런 문자가 내 손에 들려 있는 폰 속에서 환하게 읽혔다. 헐크가 된 그녀가 슈렉이 되길 바라면서 정산된 금액은 입금해 달라고 마무리 문자를 보내줬다. 그녀는 확인하고 또 확인을 할 것이다. 그렇지만 꼭 확인된 것으로 결정하진 않는다. 아무튼 그녀는 확인된 것이 본인의 생각과 맞으면 더 의기양양해지고 물론 맞지 않아도 의기양양할 것이다. 왜냐하면 그녀는 언제나 옳은 기준이 있기 때문이고, 그 기준은 상황마다 다르며 어떤 것보다 앞선 기준이기 때문이다. 두 달에 한 번씩 '수도사용 금액 정산 전쟁'에서도 난 늘 패배한다. 이기고 싶은 생각도 없다. 그녀가 자기 몫을 감당하지 않은 만큼 나머지는 내가 부담하고 있다. 사실 얼마 되지 않는 금액이다. 수도요금으로 내가 받는 스트레스를 생각하면 받지 않는 것이 이익이다. 요금청구를 하지 않아도 그녀가 어떤 말들로 공격할지 그림이 그려지면서 머리가 절레절레 흔들린다.

내가 그녀의 과녁이 되어 살면서 많이 단단해졌나 보다. 어찌 되었건 한바탕 난리가 있으면 곧 평화가 찾아온다. 이런 평화는 유리와 같다. 투명하게 맑고 화려하게 빛나지만 조심스럽게 다루지 않으면 깨지기 때문에 좋은데 싫고 편안한데 불안하다. 그래도 없는 것보다 훨씬 좋다. 그렇게 2층도 옆집도 앞집도 모두 평화로운 일상을 맞았었던, 수도공사 했던 눈 내리던 일주일이 생각난다.

앞집 호랑말코 아저씨네 수도공사는 늦은 오후가 되어서야 긴급조치가 된 곳에 파란색 두툼한 천막 비닐이 덮였다. 아마 내일 다시 두드리고 파내고 자르고 연결하고 덮고, 그런 과정이 기다리고 있을 것이다. 그리곤 우리 집 주차장처럼 그곳 주차장에도 공사로 인한 상흔이 남을 것이다. 눈이 펑펑 쏟아지던 날도 했는데, 이 정도 날씨면 행운이라고 생각한다. 모처럼 여유로운 오늘이다. 대문 앞에 있던 짝을 잃고 혼자 그곳을 지켰던 하얀 향국화에게 새로운 짝을 만들어 줄 수 있는 여유가 생겼다. 사라졌던 향국화 자리에 노란 향국화를 사서 식재를 해 넣었다. 옆집 순덩순덩 아저씨는 혀를 차며 누가 화초만 뿌리째 뽑아 가는지 아직도 범인을 못 찾았다며 속상해했다. 계단에서 사라진 향기가 진하고 풍성했던 애지중지했던 오렌지 픽시라는 나리꽃이 생각나신 것 같다.

"빈 곳에 채워 넣으시는 게요? 얼마 주셨소?"

"계속 빈 채로 두기가 좀 보기 흉해서요. 만 원 줬는데 또 뽑아가진 않겠죠?"

"모르죠, 탐나면 또 뽑아 갈지. 묶어놓을 수도 없고 별거 아니라 생각할 수 있는데 정 주고 기른 거라 없어지면 속상해…"

"동네 분이신 것 같던데 CCTV 영상 보고도 아직 못 찾았나 봐요?"

"아직 경찰서에서 이렇다 저렇다 하는 답변을 못 들었으니 못 찾은 게지."

"조금 더 기다리면 알 수 있지 않겠어요."

주머니 안에서 휴대폰이 번쩍이며 흔들렸다. 화면을 보니 201호 진정혜 님이라고 문자 메시지가 떴다. 조용하던 그녀가 움직였다. 오랜만에 문자가 온 것이다. 평화에 날아든 잔돌들은 곧 내 마음의 호수에 떨어질 것이고 깊고 넓은 파동으로 나를 불편하게 할 것이다. 부랴부랴 화분을 정리하고 손을 씻었다. 만 가지 생각이 지나간다. 잠자는 헐크인 그녀와 언젠간 진솔하게 이야기를 해봐야겠다.

「옆집 202호 요란한 소리는 못 견디겠습니다. 102호도 그러더니… 이야기 좀 해주세요.」

「202호 요란한 소리라뇨?」

… 201호 정혜 씨 …

「제가 무슨 이야기를 하는지 아시잖아요. 혼자 사는 곳이 아니니 조심해 달라고 해주세요.」

답은 하지 않았다. 202호 아라 씨가 요즘 사랑놀이에 불이 붙었는데… 소방차가 와도 안 될 텐데 걱정이다. 그녀가 202호 일로 더 예민해졌다. 태풍처럼 몰아치는 그녀의 날카로움에서 가끔은 자유로워지고 싶다. 전쟁 전 고요. 태풍이 불기 전의 바다. 바닥을 쓸고 지나가는 작은 바람 뒤에 있을 허리케인. 지금 나는 계단을 까치발로 오르고 있다. 정혜 씨의 날카로움은 이사 올 때보다 쨍해졌다. 고드름이 자라듯이 그녀의 날카로움도 자라는 중인가 아님 그녀의 세상도 내 세상만큼이나 어지럽고 복잡한가 알 수가 없다. 우리는 장기판 위의 말이 되기도 하고 그 말을 놓는 이가 되기도 하면서 외로운 게임을 한다. 시작도 다르고 방법도 다른 플레이어끼리 모여 있는 이곳에서 우리끼리는 같이 머리를 맞대고 나누면 좋겠다. 그러면 우리는 덜 헤매고 덜 다치며 즐겁고 재미나게 세상과 게임을 할 수 있지 않을까. 그녀에게 꼭 말해주고 싶다. 저녁을 먹고 잘 우려진 차 한 잔을 들고 옥상으로 갔다. 초록 줄무늬 파라솔이 펄럭인다. 눈 안에 가득 들어찬 투명한 달빛이 새콤매콤하다. 바람 분다. 멀리 달 구름을 가르며 비행기가 지나간다. 우리가 살고 있는 이 작은 공간에서조차 복잡한 걸 피해 갈 수 없다면 오늘은 좀 쉬어가도 좋겠고, 행복해지길 바라며 어려움 하나 극복해도 좋겠다. 그저 오늘 불어오는 바람을 맞을 수 있는 이 기적에 감사하며 말이다. 정혜 씨의 세상도 생각보다 복잡하다면 어제보다 오늘은 조금 무뎌지길 바라본다. 따뜻한 차를 한 모금 입 안에 가득 담았다. 그녀와 함께라면 좋겠다는 생각이 들었다. 휴대폰을 들고 용기를 내서 그녀에게 차 한잔하자는 문자를 보냈다.

「주말 토요일과 일요일 중, 정혜 씨 가능한 시간으로, 위치는 이왕이면 옥상(무릎 덮개 준비됨) – 추우면 우리 집 거실, 차(茶)는 캐모마일 외, 나와 정혜 씨 이렇게 둘이서. 답신 주셔요.」

# 202호
# 아라 씨

# 검은색 차

어두워지는 저녁과 하나가 되어 있는 이
곳, 나의 아지트 옥상에 202호 아라 씨가 올라왔다. 오랜만에 반가
웠다. 아라 씨는 가볍게 인사를 하더니 옥상에 올려놓았던 신발을
들었다. 그녀 손에 들린 신발은 남자 구두였다.

"아라 씨 오랜만이다 차 한잔할래요?"

"지금요? 지금은 좀 그런데요, 하실 말씀이라도…"

"요즘 일이 많아~? 201호 정혜 씨가 부쩍 예민해져서 이야기 좀
하려고 했죠."

"아… 네, 그럴 일 없을 겁니다."

"그런 일 없을 거라니… 진짜 무슨 일 있는 거야."

"아니… 그게… 담에 말씀드릴게요."

그녀는 신발을 뒤로 숨긴 채 잠시 서서 이야기하다 서둘러 내려

갔다. 그렇게 며칠을 아라 씨도 나도 예민쟁이 정혜 씨도 조용히 지냈다. 옆집 순덩순덩 아저씨의 동네 순찰은 계속되었고, 앞집 호랑말코 아저씨의 언성도 양념처럼 뿌려졌지만 나름 무난하게 하루하루를 보냈다. 주말이 되었다. 누군가의 비질로 깨끗해진 골목을 바라보며 편안한 주말 한때를 즐기고 싶었다. 그러나 나의 계획은 깨졌다. 주머니에서 드르륵거리는 폰이 열어보라고 손안에서 몸부림치고 있다. 정혜 씨일 거라고 생각하니 각오가 필요했다. 긴장된 맘으로 전화를 받았다.

"여보세요."

'사모님 저 202호 조아라예요.'

"아라 씨? 어~ 아라 씨. 잘 지내죠? 그런데 무슨 일로?"

'사모님 오늘 차가 1대 들어오는데 주차 때문이에요.'

"누가 오시나 봐~ 가능하죠."

'고맙습니다. 그럼 허락하신 걸로 알고 부탁 좀 드릴게요.'

"그래 그런데 오늘만인가?"

'일단 오늘은 주차를 할 거고요 가끔 하게 될 것 같아요. 그때마다 전화를 드려야겠죠?'

"전화 주시면 자리를 비워둘게."

'그럼 부탁드려요 사모님.'

의외의 전화였다. 그녀의 목소리는 차분했고 아이에게 상황을 설명하듯 부드러웠다. 나는 그 전화 한 통을 시작으로 그녀의 사랑에 대해 조금씩 조금씩 알게 되었다. 202호 아라 씨 집을 방문한 낯선 차량에 대한 이야기다. 그녀는 이곳 2층에 합류한 지 8년

째다. 그녀를 처음 보았을 때 느낌은 이랬다. 그녀가 살던 그 어디에 가을이면 황금빛이 물드는 넓고 푸르른 곳에서 청순하고 차분하게 살다 온 사람 같았다. 보고 있으면 여유가 느껴지는 것이 맘을 편안하게 했다. 그녀는 8년이라는 긴 시간 동안 없는 듯 있는 듯, 웃는 듯 아닌 듯, 그렇게 함께했다. 29살의 앳된 모습의 그녀는 학생들을 가르치는데 한곳에서가 아니라 학생이 있는 곳에 가서 방문 지도를 한다고 했다. 지금 그녀는 37살 미혼으로 현재도 같은 일을 하고 있다. 가끔 연천에 계신 부모님에게 다녀온다고 며칠씩 집을 비우거나 연수 다녀온다고 했을 때를 제외하고는 일반 직장인과 다를 바 없는 시간을 보냈다. 일을 하고 있는 나와 움직이는 시간이 조금 달라 자주 만날 수는 없었다. 하지만 가끔 볼 때 나눈 가벼운 인사나 안부로 현모양처의 부드러움과 전문직 종사자의 강직한 모습 이면에 순수해 보이고 성실함을 겸비한 사람이란 생각이 들었다. 그녀가 쉬는 날에는 옥상에 흔들리는 빨래들을 보며 차 한잔 속에 이런저런 보통 일상을 살아가는 이야기들을 담기도 했다. 그런 날은 문들을 열어 환기도 시키고, 묵은 청소를 했다. 배달이 아니라 장을 봐서 요리를 하기 시작하면 나는 맛있는 향기에 입맛을 다시곤 했다. 그녀가 그렇게 지내는 동안 찾아오는 사람은 딱히 없었다고 기억한다. 오늘 누가 온단다. 대박 사건이었다. 좋은 일이면 좋겠다. 퇴근 후 차를 주차하고 내 차 앞 유리창에 간단한 메모와 전화번호를 남겼다.

202호 오신 분이시면 이 번호로 전화 주세요. 바로 차량 이동시켜 드리겠습니다. 010-0000-0000.


주차 구조가 옆으로 나란히 2대를 댈 수 있는 공간이 아니라 일렬로 세워야 하는 직사각형 공간이라 차가 들어오면 앞차가 뒤로 이동시켜 줘야 주차할 수 있기 때문이다. 얼마 되지 않아 이름 없는 전화번호가 휴대폰에 떴다.

"여보세요."

'202호 방문한 사람입니다. 주차 때문에요.'

"네, 이야기 들었어요. 곧 내려갈게요. 잠시만요."

목소리는 남자였다. 약 40대 후반쯤 되는 목소리 톤이다. 오빠가? 아라 씨에게 오빠 있다는 이야기는 못 들었는데 그럼 오빠는 아닐 거다. 누군지 몹시 궁금했다. 나는 차 키를 찾아 들고 성큼성큼 계단을 내려갔다. 202호 현관문은 활짝 열어 고정시켰다. 나는 202호를 지나쳐 밖으로 나갔다. 앞 유리 선팅이 진해서 차 안의 사람은 보이지 않았다. 시동을 켜고 차를 골목 옆으로 이동시켰다. 낯선 차가 주차할 때까지 나는 차 안에서 기다렸다. 그 차는 몇 번 쓰윽 쓰윽 앞뒤로 움직이더니 능숙하게 주차를 했다. 차 문이 열리고 그 남자는 빠른 걸음으로 주차장을 벗어났다. 뒷모습과 옆모습만 잠깐 봤다. 키가 180cm 정도 덩치는 약 80~82kg, 머리 스타일은 굵은 파마를 한 건지 곱슬머리인지 정확하진 않지만, 뒤통수는 봉긋하게 솟아 있었다. 슈트 차림에 구두를 신었다. 제법 깔끔해 보인다. 한국 표준보다 건강하고 반듯한 체형을 가진 사람으로 보였다. 얼굴은 보지 못했지만 지나치며 잠시 본 전체적인 분위기는 나쁘지 않았던 것 같다. 그렇게 나는 낯선 차량 앞으로 주차를 하고 올라갔다. 202호 열려 있던 문이 닫혔다.

다음 날 아침. 낯선 차량은 그냥 그 자리에 있었다. 그러고 보니 이동 요청 전화도 없었다. 아라 씨 방은 하나인데 같이 있었던 건지 차를 놓고 간 건지 알 수가 없었다. 궁금했지만 거기서 멈췄다. 저녁에 귀가 후 주차장에 들어서는데 그 차는 들어온 그 모습 그대로 미동도 없이 그 자리를 지키고 있었다. 나는 그동안 없었던 지금의 상황에 대하여 궁금증이 스멀스멀 일었다. 뭐 공식적으로는 거주자가 늘어나면 정산할 것이 있기 때문이기도 했지만 이런 이유는 아주 작은 이유다.

그날 저녁은 분리수거 하는 날이라 대문 옆 담벼락에 내놓은 재활용과 쓰레기들을 정리했다. 종이박스와 비닐류를 분류해서 고정시킨 뒤에 한 발 멀리 서서 1층에서 옥상까지 올려다보았다. 1층에 불이 켜져 있는 걸 보니 덕례 아니 하진이는 일찍 퇴근했나 보다. 2층 202호도 불이 켜졌다. 소리가 없었는데 집에 있었던 건지 일찍 귀가한 건지는 알 수가 없었다. 창문은 닫혀 있었다. 정혜 씨는 집에 있는지 없는지 불빛으로는 알 수가 없다. 간혹 집에 있어도 불을 켜고 있지 않을 때가 있어서다. 달빛이 내가 서 있는 곳에 닿았다. 하늘에는 얇은 눈썹 모양의 달이 떠 있고 맑아서 그런지 주변에 별이 몇 개 보였다. 공기도 맑았다. 바람도 내 일상도 소음도 쉬어가는지 조용했다. 나는 양팔을 벌렸다 접으면서 심호흡을 몇 번 하고 몸도 약간 좌우로 비틀며 스트레칭을 했다. 몸에서 으드드득 소리를 내며 마디마디가 아우성이었지만 시원했다. 나온 김에 산책도 할 겸 뒷짐 지고 골목길을 따라 아랫길로 천천히 걸었다. 옆집 순덩순덩 아저씨가 초대가수 사모님 손을 잡고 내가 있는 곳으로 오고 계신다. 두 분이 도란도란 이야기하며 걷는 모습이 보기 좋다. 해가 떨어진 지 얼마 안 된 시간의 저녁 빛은 심오하다. 낮도 아닌 밤도 아닌, 검은빛도 아닌 회색빛도 아닌 시간 중간쯤 정리되지 않은 색으로 골목은 채색되었고 나는 그 안에 있었다. 한 발 한 발 걸을 때마다 골목 안으로 깊숙이 들어갔다. 초대가수 사모님은 나를 보고는 반갑다고 손을 들어 반겨주셨다.

"이 밤에 어디가시나."

"산책이요, 밤바람이 좋네요."

"걷기 좋은 밤이지, 다녀와~"

가볍게 인사를 나눈 뒤 두 분은 위로 난 아래로 걸었다. 이집 저집 창에 불이 들어온 집과 그렇지 않은 집들이 벽에 붙어 있는 피아노 건반 같았다. 마치 내가 알 듯 모를 듯싶은 곡을 연주하는지 귓가에 낮은 멜로디가 흘렀다. 골목으로 들어오는 차량의 불빛을 피하기도 하고 옆으로 공간을 내어주지 않고 걷는 아이들을 기다리기도 했다. 카트에 짐을 끌로 골목을 누비는 택배 아저씨들도 만나며 그렇게 걸었다. 그렇게 한참을 걸었나 보다. 그 검은색 차량은 어떤 이야기를 내려놓을지 궁금해진다. 이어폰에서는 라디오에서 윤도현이 읽어준 사연과 함께 신청곡으로 선정된 노래 박규의 '홀리나'를 여러 번 들었는데 지금 내 귀에 다시 들린다. 어느새 내 입으로 흥얼거렸다. 멜로디는 흥겨웠고 노래 가사는 달달했다.

이 노래에서 내가 좋아하는 대목이 있는데, 하나님의 말씀을 문자로 보내며 '나는 교회도 다니는 사람이야, 믿어도 돼.' 뭐 이런 안심을 시켜주면서 '너를 매일 매일 보려면 어떻게 해야 할까.'란 내용의 신나고 설레지만 뭔가 마음을 들키지 않으려고 하는 아슬아슬함이 있어 좋았다. 가까이 상대가 먼저 알아주길 기다리면서 멋져 보이고 싶은 그런 느낌이 좋다. 내가 사랑을 하고 있는 것이 아닌데 마치 그런 느낌의 짜릿짜릿함에 흥얼거리게 된다.

노랫말 끝에 의문의 낯선 차와 202호가 스쳐 지나간다. 주변 불빛들은 온통 '썸' 이야기를 내게 보낸다. 내가 몰래 사랑을 한 건 아닌데 내 얼굴이 점점 달아오르고 체온이 36.5도… 38도… 40도로 점점 뜨거워진다. 위험한 상상을 하고 있는 나를 발견하고 고개를 저어가며 몸을 털어냈다. 심호흡을 하고 다시 천천히 걸었다. 202호 아라의 사랑 이야기는 클라이맥스에서 화면이 멈추고 스크롤 자막이 올라가면서 다음 회 예고 영상을 감질나게 보여주었다. '아라 드라마' 본방사수를 외치는 애청자가 되어줄 수밖에 없게 한다. 연인인지 가족인지 그냥 인간관계인지 알 수는 없지만, 연인일 거 같은 촉이 온다. 보일 듯 보이지 않는 것이 상대에게 더 '궁금해 죽겠지?'가 되는데 자꾸 생각이 202호를 향했다. 신나는 기분으로 밤 산책을 마치고 다시 원점인 대문 앞에 섰다. 떨쳐버린 줄 알았던 궁금증은 나를 다시 2층을 올려다보게 했다. 2층 202호 불이 꺼졌다. 벌써 자나? 나갔나? 차는 있는데, 혼잣말을 하며 계단을 오르다 2층 센서 등이 켜졌다. 몰래 훔쳐보다 들킨 사람마냥 놀랐다. 202호에서 새어 나온 약한 불빛이 복도 쪽으로 나와 있었다.

요 며칠 계속 반복해서 들리는 소리들이 있다. 오늘도 비슷한 시간인 저녁 10시쯤 되었을까 TV를 보고 있는데 또 소리가 들렸다. 거실 TV 소리를 줄였다. 싸우는 소리 같아 현관문을 열고 밖을 내다봤다. 아무도 없었다. CCTV를 켰다. 낯선 소리는 집안 어느 곳에서도 보이지 않았다. 다시 거실 카펫 위에 누워 TV 소리를 올렸다. 또 소리가 들렸다. 일어나서 소리를 찾아 안방으로 갔다. 안방 벽을 타고 소리가 들렸다. 며칠 동안 이상한 소리가 나는 곳, 바로 202호에서 나는 소리였다. 처음에는 도란도란 이야기하는 사람 소리가 들렸고 그다음은 다투는 소리 같았고 물건들이 흔들리는 소리가 나다가 아무런 소리가 나지 않았다. 이런 패턴을 반복하고 있는 소리는 아라 씨가 있는 202호를 가리키고 있다. 다시 일어서서 거실로 나오는데 잠시 멈췄던 그 이상한 소리가 또 들렸다. 고양이 소리처럼 들리더니 사자 같은 소리도 들렸다. 201호가 지나가면서 문자로 날카롭게 컴플레인을 했던 그 소음이었다. 그런데 오늘은 정혜 씨가 조용하다. 아니 조용해서 더 무섭다. 다음 날 아침 일찍 뒤에 주차된 낯선 차가 차량이 나간다고 내 차를 이동해 달라는 전화였다. 부랴부랴 옷을 입고 나갔다. 검은색 차에는 시동이 켜져 있었다. 차 안에 사람이 흐릿하게 보였다. 자세히 볼 수 없었지만, 사람이 있다는 정도만 보았다. 내 차가 이동하자마자 나갈 공간이 확보되었는지 그 차는 기름 냄새를 뿜으며 골목길을 빠져나갔다. 많이 급했는지 더 이상 머무를 수 없다는 듯 사라진 골목 끝을 한동안 바라봤다. 출근준비를 하고 계단을 내려오다 아라 씨를 만났다.

"하이~ 굿모닝~ 그분은 아침 일찍 나가시던데…"

"네 출근 시간이 달라요."

"그럼 같이…?"

"아니에요."

"요 며칠 무슨 일 있었던 건 아니죠? 3층까지 소리가 들려서."

"아… 네… 죄송해요."

"아가씨 혼자라… 걱정이 되어서 물어보는 거니까 불편하면 안 물을게~"

"아뇨, 불편하긴요."

"별일 있는 건 아니라니 그럼 됐어~"

"… 며칠 좀 그랬죠?"

"나는 괜찮은데 201호가… 예민하니까 서로 조심해 주면 좋겠죠~ 오늘도 날이 좋네."

"그러네요, 날이 좋아요."

"그럼 출근 잘하시고, 또 봐. 아라 씨."

조심스럽게 그녀의 표정을 살피면서 물었고 그녀는 엷은 미소를 지으며 대답했다. 그리고 서로 잠깐 어색하게 바라보다 아라 씨는 어깨에 멘 가방끈을 고쳐 잡으며 바쁜 걸음으로 내 시야에서 벗어났다. 나도 서둘러 차에 시동을 걸었다. 그 뒤로 그다음 날도 또 그다음 날도 그녀는 오지 않았다. 정혜 씨가 생뚱맞게 내게 문자를 보냈다.

「요즘 202호가 조용하네요. 지난번처럼 그런 소리는 들리지 않아서 좋네요, 수고하셨어요.」

　　　　… 202호 아라 씨 …

정혜 씨는 아라 씨가 조용해졌다며 '수고하셨어요.'라는 칭찬인
지 흉인지 모를 모호한 문자를 남겼다. 사실 나는 아무것도 한 게
없다. 오히려 아라 씨에게 무슨 일이 있는 건 아닌지 걱정이 되었
다. 내가 아는 척해서 안 들어오는 건가? 다른 일이 있나? 보통 오
랫동안 집을 비우게 되면 미리 연락을 주는데 어쩐 일이지? 걱정
이 되었다. 나흘이 지나서 그녀 방에 불이 켜졌다. 대청소를 하는
지 부산스러운 소리가 났고 잠시 나가는가 싶더니 다시 들어오는
소리도 났다. 요리를 하는지 맛난 냄새가 진하게 3층으로 올라와
내 집 안에 가득 들어앉았다. 그리고 전화가 왔다.

'차 좀… 그때 그 차가 와요.'

"그렇구나. 그분이 또 오시네. 바로 자리 만들어 놓을게."

'고마워요, 사모님.'

"내가 물어봐도 되나 모르겠네?"

'네, 물어보세요.'

"3~4일 집에 안 들어오시던데…?"

'마산에 출장 다녀왔어요. 걱정하셨구나!'

"그럼, 다행이고 요즘 세상이 험해서… 걱정했어."

'고마워요, 이렇게 신경 써주시니까 엄마가 여기는 안심된다 하
시나 봐요.'

"그렇게 생각해 줘서 고마운데. 주차 자리 마련해 놓을게."

검은색 낯선 차는 그렇게 2~3일 머물다 갔다. 그 차가 오는 날 2
층은 동물원이 되었다. 고양이 소리와 강아지 소리, 그리고 우렁찬
사자 소리가 목청껏 짖어댔다. 가끔 고양이는 치타가 되고 사자는

표범이 되기도 했다. 동네에서 말이 나오기 시작했다.

"아니, 그 집에서 애들 부끄럽게 이상한 소리가 나고 그래?"

옆집 순딩순딩 아저씨는 얼굴이 빨개지며 내게 '도대체 누구냐.' 고 궁금해 죽겠다는 표정으로 물었고 앞집 호랑말코 아저씨는 부끄러운 줄 모른다며 타박이었다. 하진이는 부럽다고 했고 정혜 씨는 불면증과 예전 트라우마에 시달렸던 생각이 되살아나 괴롭다고도 했다. 그런 변화에도 불구하고 일정한 간격을 두고 검은색 낯선 차량이 들어오는 날은 장터 소 잡는 날처럼 소란스러웠다. 옆집 순딩순딩 아저씨는 나를 보면 내가 몰랐던 일들을 일러바쳤다.

"젊은 남녀가 사랑한다는데 어른들은 응원하고 박수 치면 되지 뭘 물어요?"

"아니, 생각하면 좋지만… 주인장 회사 가고 없는 낮에는 더 하다니까… 말로 전하기도 민망하네."

"낮에요?"

"그래, 몰랐구나?"

"평일 낮에는 제가 없으니까… 잘 모르죠."

"낮에 집 앞 양지바른 쪽에 나와 있으면 자연스레 2층을 보게 되는데… 창문이 한번은 쓰윽 하고 열리더라고… 근데 손만 보였어 이상하게."

"손만 보여요?"

"그래~ 손만 보였다니까 앉거나 누워서 창문을 열은 게지?"

"그럴 수도 있죠."

"창문 반쯤 열리면 소리가 더 크게 들리는데 아무튼 민망해."

"젊은 사람들 좀 예쁘게 봐주세요. 지금 하고 있는 사랑은 화상 입을 정도로 뜨거워요 펄펄 끓고 있다고요. 소방차 불러야 할 판이라니까요."

옆집 순딩순딩 아저씨는 손으로 민망하다는 표시를 하는 듯 자기 얼굴을 코와 입을 닦듯이 훔쳐 내렸고 나는 잘 봐달라고 읍소를 한 뒤 들어갔다. 201호에서 또 컴플레인이 들어왔다.

> 「다시 이게 뭡니까? 이젠 말하기도 싫습니다, 여긴 여러 사람이 사는 공동주택입니다. 주택답게 관리해 주세요.」

이 집이 오래된 집이긴 하지만 벽돌로 단단히 지어진 옛날 집이라 벽간 소음이 그리 크지 않았다. 예민한 정혜 씨는 오늘도 날이서 있다. 정혜 씨 집에서 들리는 소리로 트라우마에 시달린다는 말이 맘에 걸렸다. 그 뒤로 그 차는 하루 오고, 이틀 안 오고를 반복하며 점점 멀어지는 느낌이었다. 한 달쯤 그랬다. 검은색 낯선 그차는 지난번과 분위기가 달랐다. 뭔지 모르지만 여자들의 촉이랄까, 그랬다. 이번에는 화산 폭발 전야처럼 묵직한 진동을 몰고 왔고, 주택 금 가는 소리와 태풍에 거목이 부러지는 소리로 흔들었다. 함께 거주하는 사람들과 주변 사람들에 대해서 낯선 차와 그녀는 아랑곳하지 않았다. 최근에 본 아라 씨 모습은 야위었다. 아네모네처럼 선명했던 그녀는 점점 우울하게 빛바랜 낙엽이 되었다. 모습만이 아니라 일상의 변화도 왔다. 그 변화 하나는 평상시보다 퇴근 시간이 조금 빨랐고 출근 시간은 조금 늦었다. 일이 많아져서 야위나 보다 생각했다. 야윈 모습을 보던 그날 나는 집안일로 조금 일찍 들어왔다. 대문 앞쪽 벽에 바짝 붙여 세워진 차가 보였다. 주차 공간이 비어 있는데도 우리 집 담벼락 가까이 주차가 되어 있었다. 주차 봉을 치우면 주차할 수 있는데 굳이 다른 차들 지나다니기 어렵게 주차를 했을까 생각하다가 금방 나갈 차라고 생각했다. 그렇게 나는 주차장에 주차를 하고 낯선 차 유리 앞을 보았다. 아라 씨를 만나러 오던 그 남자 차 안을 들여다봤다. 룸미러에 늘어진 긴 줄에 사진 하나가 달랑거렸다. 사진이 자세히 보이지 않았지만 세 사람이 다정히 앉아서 찍은 네모난 사진이 걸려 있었다. 차량 앞 유리에도 동그란 표식이 붙어 있었다. 표식은 이랬다. 우진아파트 17동 906호. 아파트 입주자에게 배포하는 입주자 차량이라 확인해 주는 표식이다. 아파트 위치는 여기서 그리 멀지 않았다. 갑자기 불길한 생각이 들었다. '총각이 아닌가? 혹시… 이혼남? 유부남? 설마… 유부남인가?' 머리가 복잡했다. '아닐 거야. 형 차를 몰고 온 것일 수도 있잖아. 아님… 동생 차이거나 상황은 여러 가지일 수 있으니 불길한 생각은 말자. 나는 생각을 떨쳐버리려고 시선을 돌렸다. 궁금증을 이겨내지 못하고 결국 운전석 유리문에 얼굴을 가까이 대고 들여다보았다. 내 가슴이 콩콩 뛰었다. 내가 무슨 탐정도 아닌데 뭐 하나 싶다. 나도 모르게 뒤를 한 번 돌아보고 까치발을 들고 앞도 살폈다. 룸미러에 걸린 사진 말고 차 안에 가족사진 비슷한 것이 세워져 있었다. 심장이 요란하게 나대기 시작했다. 오른손으로 왼쪽 가슴을 부여잡았다. 식은땀이 났다. 나를 지켜보던 고양이가 다가오더니 멈춰 섰다. '야옹 야야옹, 그러다 들킨다 옹'하며 내 옆자리를 지켰다. 내 그림자가 떨고 있다. '저 사진은… 애기인가? 그럴 리가… 사진 속 남자가… 2층 그 남자인데… 뭐지?' 순간 번쩍하고 뭔가 지나면서 내 입에서 말이 튀어나왔다. '유부남 맞네~ 유부남 맞아. 이럴 수가 유부남이야. 우리 아라 어떻게 하지?' 사진이 가리키는 의미를 곱씹게 되었다. 그리고 아라의 웃음과 격렬한 몸짓도 생각했다. 그녀가 선택한 사랑이 이런 상황이라는 것을 알고 있기는 하는 걸까? 나는 떨리는 눈으로 2층을 올려다보았다. 때마침 201호 정혜 씨가 문을 열고 나왔다. 모자를 짓눌러 쓰고 후드티를 입고 흰 운동화를 신었다.

"마침 계셨네요."

"정혜 씨 어디 나가요?"

"집에 있을 수가 없어서 나왔죠. 요즘 무슨 일인지 모르겠네요. 너무 견디기 힘들어요."

"무슨…?"

"요즘은 평일도 밤도 낮도 없는 것 같아요, 숨이 막혀요."

"힘들겠지만 정혜 님이 이해 좀…"

"제가 일전에 말씀드렸듯이 트라우마가 있어요, 상처가 있다고요. 겨우 맘 추스르고 있는데… 이해하기도 싫고 하지도 않을 겁니다."

"아픈 일이 있었다니 뭐라 드릴 말이 없네요. 그런데 제가 자제시키는 게 쉬운 일이 아니라서. 사람 사는 거 어디나 다 비슷하잖아요. 이야기는 더 해볼게요."

"뭐라고요? 사람 사는 거 다 비슷하지 않아요, 저마다 다르다고요. 제게는 소름 돋는 소리니까 제발 내 귀에 들리지 않게 해달라구요."

정혜 씨는 잊었던 나쁜 기억이 되살아난 듯이 두 손으로 자기 귀를 막고 고개를 떨구고 몸을 떨었다. '주변의 모든 빌런들은 일부러 자기를 따라 다니며 괴롭힌다.'며 혼잣말을 내뱉었다. 그녀에게 무슨 일이 있었던 걸까 잠깐 생각했다. 그렇게 그녀는 벌새처럼 날아와 따끔하게 쏘더니 아픈 상처를 보이고 날아갔다. 다시 아라 생각으로 돌아왔다. 아라는 가정이 있다는 걸 알고 만나는 걸까? 내가 섣부른 생각을 하는 건 아닐까? 어떤 점이 그녀에게 이 선택이 옳다고 확신을 준 걸까? 질문에 질문이 꼬리를 물고 머릿속을 헤집어 놓고 있는데 2층 창문이 조금 열렸다. 나도 모르게 다시 고개를 돌렸다. 왜 내 마음이 심란한지 알 수 없었지만, 그냥 막 무거웠다. 안 좋은 쪽으로 생각 몰이를 하는 건가… 혼란스러웠다. 몸도 마음도 무거웠다. 이럴 때는 청소가 답이다 싶어 바쁘게 일 처리한 다음 청소 복장으로 갈아입었다. 그리고 호스를 연결하고 저녁 맞이 물세례를 했다. 물소리가 정혜 씨가 괴로워하는 소음들을 삼켜버리기를 바라며 물을 뿌리고 비질을 했다. 여전히 202호에서는 가쁜 호흡과 신음소리들 그리고 흔들리는 가구 소리들은 내 노력에도 아랑곳하지 않고 물소리와 비질 소리를 넘어 밖으로 밖으로 흘렀다. 낯선 차가 들어오는 날 작은 골목은 그야말로 부끄러운 홍당무가 되었다. 시간이 갈수록 그 안에 온갖 것들이 삐거덕거렸다. 모든 소리는 마지막이라고 말하는 것 같았다. 그녀의 숨소리도 남자의 거친 호흡도 삐거덕거리던 불협화음도 한참 후에 쏟아지는 물소리조차도 결별을 말하는 것 같았다. 그렇게 안으로 밖으로 기어 나온 소리는 손에 땀이 차도록 뜨거웠다. 들척지근한 살 냄새와 사랑의 흔적들은 어두워지는 골목 속에서 머물다 사라졌다. 언제 그런 일이 있었냐는 듯이 고요했다. 얼마 만에 찾아온 고요인지 모르겠다. 나는 거실 창을 열었다. 들어서는 바람이 부드럽다. 집 찾는 참새떼들이 오랜만에 날아들었다. 빨간 대문이 열리고 닥스훈트 여섯 마리는 저녁 산책을 앞으로 옆으로 뒤로 목줄이 팽팽하게 당기며 우리 집 앞을 지나 내 시야에서 사라졌다. 골바람이 불어온다. 머리카락이 날리고 바람 속에 잠의 요정이 숨어 있었는지 한참을 깊이 잠이 들었다. 눈을 뜨니 집안이 컴컴했다. 물을 한 잔 마시고 열린 창문으로 밖을 내다봤다. 대문 앞에 주차되어 있던 그 차는 가고 없었다. 그렇게 다 태워버리고 갔다. 다음 날, 그다음 날도 나는 그녀를 보지 못했다. 출퇴근은 잘하는지 평온한 소리가 났고 저녁이면 환하게 불이 켜졌다. 그렇게 몇 주가 지났다. 골목은 언제 그런 일이 있었냐는 듯이 평화로웠다.

재활용 배출하는 날 저녁 8시쯤 재활용을 정리하는데 검은 봉투를 잡았더니 그 속에서 맥주 캔이 우르르 바닥으로 쏟아져 나왔다. 캔들은 요란한 소리를 내며 골목길 내리막 방향을 안내하듯 미끄러지며 흩어졌다. 다양한 방향으로 엉망진창 널브러진 찌그러진 맥주 캔들을 물끄러미 바라봤다. 캔을 담은 택배 검은 비닐봉지는 입을 크게 벌리고 초라하게 늘어졌다. 비닐 위에 붙여진 주소는 202호가 내놓은 것이라고 알려줬다. 맥주를 이렇게 많이 혼자서? 텅 빈 맥주 캔들은 각기 다른 각과 깊이로 접혀 있어 그날그날의 이야기들을 말하고 있었다. 하루는 깊게 하루는 낮게 눌린 캔의 모습처럼 보내고 있는 아라 그녀의 모습이라고 생각이 들었다. 그녀가 상처를 내고 있는지, 상처받고 있는지 모르겠다. 매일 매일을 강하게 또 약하게 알코올의 힘으로 버티며 위로 아래로 스스로를 구기고 있지는 않은지 걱정이 될 뿐이다. 창문 여는 소리에 늘어진 봉투를 손에 들고 2층을 올려다보았다. 그녀가 내려다보고 있다. 나는 웃으며 먼저 인사를 건넸다.

"아라 씨 오랜만이네, 잘 지내죠?"

"네 그럭저럭요. 그런데 지금…"

그녀도 미소를 살짝 지으며 웃더니 내가 서 있는 주변에 쏟아져 흩어진 맥주 캔을 본 것 같다. 팔을 밖으로 내밀며 맥주 캔을 가리키며 물었다.

"지금… 쏟아진 거예요?"

"보시다시피 쏟아졌는데 다시 잘 담아서 묶어놓으면 돼~"

"잘 묶는다고 묶어서 내놨는데… 죄송해요, 제가 다시 정리할게요."

"괜찮~"

말을 다 하기도 전에 창문이 닫히고 현관문 여는 소리가 났다. 그녀는 안경을 쓰고 머리는 뒤로 묶고 롱스커트에 슬리퍼를 신고 긴 카디건을 여미며 내려왔다. 제자리를 떠난 재활용품들을 함께 정리했다. 둘 다 아무 말이 없었다. 흩어진 맥주 캔 집는 소리, 봉지에 넣는 소리, 그 안에서 부딪치는 소리만 요란했다. 그 소리 말고 다른 아무 소리도 들리지 않았다. 우리 둘은 소환된 아라의 마음들을 큰 투명 비닐봉지에 차곡차곡 담았다. 그리고 쓰러지지 않게 기대어 세웠다. 종이박스 접는 소리 비닐 바스락거리는 소리 병 부딪치는 소리를 내던 재활용품들도 제자리를 찾았다. 사람 하나

없는 우주 외딴 작은 별에 아라 씨 그리고 나 이렇게 둘만 덩그러니 서 있다. 황량했다. 둘은 정리를 끝내고 서로를 어색하게 바라봤다.

"재활용품을 내다 놓으면 재활용품들로 생계를 잇는 분들이 값나가는 것만 챙겨 가시거든."

"아 그래요?"

"그러면 단단히 여며도 풀어져서 누가 살짝 건드리기라도 하면 와르르 쏟아지니까… 신경 쓰지 마."

그녀의 눈은 나를 보고 있었지만 초점은 먼 곳에 있었다. 생각도 없었다. 그냥 몸만 나와 있는 것 같았다. 나는 아라 씨의 눈을 봤다. 내 앞에 있는 사람이 아라 씨 맞다. 나는 아라 씨 이야기를 들어야겠다고 생각했다. 멀리 영혼을 보내버린 아라 씨가 아니라 나와 8년을 한 곳에서 지낸 아라 씨를 찾아서 그와 이야기를 해야 했다. 아라 씨가 영혼 없는 목소리로 내 말에 대답을 했다.

"저도 본 것 같긴 해요."

"그래서 잘 묶어서 내놔도 이렇게 돼~ 그래서 수거 전에 나와서 확인하지. 잘 여며져 있지 않으면 환경미화원님들이 수거 안 해 가시거든."

"저는 몰랐어요. 늘 대문 앞이 깨끗해서 그냥 잘 수거되는 줄만 알았는데…"

그녀는 배시시 웃었다. 나도 그녀를 보고 물컹하게 웃으며 말했다.

"안 그래, 항상 사람 손을 타 애기들처럼. 안 그러면 애기들 떼쓰듯이 대문 앞이 난장판이 되는데~"

"맥주 캔은 돈이 좀 될 텐데 안 가져가셨네요?"

"아마 보이지 않는 비닐봉지에 들어 있어서 모르셨던 것 같아, 다음에 재활용은 투명 비닐봉지에 담아서 내놔주면 좋지."

벽에 기대어 있는 봉지 속 맥주 캔을 보며 그녀의 표정을 살폈다.

"네 담에 그렇게 할게요."

"맥주 좋아해~?"

"즐기진 않는데… 요즘 좀 마시게 되네요."

"맥주 시원하게 한잔하고 자면 좋죠."

"그러게요, 맥주가 이렇게 맛있는 건지 몰랐어요. 그래서 그런지 자주 마시게 돼요, 맛있어서…"

"함께하니 금방 끝났네~ 고마워 아라 씨."

"아니에요, 사모님이 재활용 정리하는 소리를 들으면서도 나와 볼 생각을 못 했어요."

그녀는 살짝 애교스러운 미소를 지으며 말꼬리를 흐렸다. 둘이서 정리하니 금방 정리가 되었다. 그녀는 2층 자기 방 창문을 올려다보고 있었다. 한참을 쳐다보고 있는 그녀에게 조심스럽게 말을 건넸다.

"요즘 핼쑥해 보이는데 어디 아픈 건 아니죠? 몸이든 마음이든."

그녀는 천천히 고개를 숙이며 말이 없었다.

"아니, 아니… 내가 오지랖이야. 기분 나빴다면 미안. 걱정이 돼서 물어본 거니까."

"아뇨, 기분 나쁘지 않아요. 매번 걱정해 주셔서 고맙죠. 좀 맘 아픈 일이 있긴 한데요… 제가 잘 해결해야겠죠. 괜히 신경 쓰시게 했나 봐요?"

아라는 앞으로 쏟아진 머리카락을 두 손으로 정리한 뒤 카디건을 깊숙이 여몄다. 그녀의 얼굴빛을 자세히 볼 수는 없었지만 절규하고 있었다. 이내 불안과 포기의 여유가 느껴졌다. 애써 웃어주고 있는 그녀는 추워 보였다. 다시 한번 카디건 앞섶을 잡고 여미듯이 팔짱을 꼈다. 전신주 끝에 매달린 가로등은 우리 두 사람의 그림자를 가늘고 길게 골목길 아래 끝까지 늘어뜨렸다. 며칠이 지났다. 그녀는 일주일 정도 연수를 간다며 내게 알려왔다. 그녀가 돌아온다는 날이 되었다. 내가 내 마음을 다스릴 수 없을 때, 그때가 지옥이라는데 그녀는 어떤 지옥에서 헤매고 있는 것일까?

# 정말 좋았어, 보고 싶다

........................................................................................

그녀는 다시 일상을 찾아갔다. 일주일 동안의 연수가 도움이 된 모양이다. 언제 그랬냐는 듯이 7시 전후로 대문을 나섰고 종종걸음으로 골목에서 사라졌다. 저녁 어둑어둑해질 시간이면 무거운 걸음으로 대문을 열고 들어선다. 그녀의 일상이 재미없어 보였다. 소금기 없는 밍밍한 국 한 사발 마신 표정이랄까 그랬다. 주말이면 운동복 차림으로 팔과 다리를 가볍게 풀고 제자리 뛰기를 몇 번 한 뒤 골목을 빠져나가 가까이에 있는 공원으로 갔다. 기진맥진해서 돌아온 그녀는 젖은 머리카락은 얼굴 여기저기에 붙어 있고 이마와 콧등에는 땀방울이 송글송글 맺혀 있었다. 운동복 상의 지퍼가 열리면 만둣집 솥뚜껑 열리면 쏟아져 나오는 김처럼 열기가 빠져나갔다.

오늘도 날이 좋다. 집에만 있으면 억울할 것 같은 그런 날이다.

옥상에 널린 흰색 이불 홑청과 목화솜 배드, 그리고 수건들이 햇살에 물기를 날렸다. 이불 속에 목화솜은 날아든 햇살을 욕심껏 담아 햇볕 냄새를 솜 사이사이에 가뒀다. 일정한 간격을 두고 널린 수건은 오븐 속에 들어앉은 비스킷처럼 바삭하게 구워지고 있다. 바람도 조금씩 불어주고 참새들이 무리 지어 날아드니 비둘기 두세 마리는 자리를 양보한다. 길에 고양이들도 어슬렁거리며 산책을 나왔다. 빨간 대문 닥스훈트도 마실 나오는지 요란한 소리가 옥상에 닿았다. 골목 여기저기 앞집 뒷집에서 창문이 열리는 소리가 리드미컬하게 들린다. 햇살 쨍쨍한 이른 시간부터 이 길을 점령한 점령군처럼 누비고 다니는 검은 점박이 고양이들과 전선 위에 날아든 두 마리 산비둘기까지 그야말로 완벽하다. 이 작은 곳에 모처럼 찾아온 평화다.

아라 씨는 귀에 커다란 헤드셋을 끼고 아침 일찍 운동복 차림으로 나섰고, 다 태워버릴 듯한 열기를 품으며 돌아왔다. 집에 들어선 그녀는 샤워 후 달그락거리는 소리와 칼로 도마 치는 소리를 내며 뭔가를 만드는 것 같았다. 202호 현관문과 창문이 활짝 열리고 음식 냄새가 위층으로 올라왔다. 생선조림이다. 날씨 좋은 날 비릿한 생선조림 냄새가 이상하게 잘 어울린다. 달큰한 무가 두툼하게 깔리고 그 위로 물에 한두 번 가볍게 행군 김치를 두른 생선 토막과 굵게 썬 대파가 토핑된 전골냄비가 가스레인지 위에 놓였다. 전골냄비 속에서 생선조림 국물이 만든 보글보글 조림 풍선들이 전골 맨 밑에서부터 각종 재료 사이를 비집고 올라와 터질 때 그 향이 넓게 퍼졌다. 무가 익어갈수록 냄새는 진했다. 옥상 화단에 뿌리던 물은 계단청소로 이어졌다. 3층에서 2층으로 물을 흘려보내며 솔질했다. 촉촉이 젖은 계단 바닥은 어제 앉은 때를 밀어냈고 쨍한 빛에 마르며 발그레해졌다. 그렇게 팔이 저릴 때쯤 허리를 펴고 뒤를 돌아보니 202호 앞이다. 열린 문을 잡고 아라 씨를 불렀다.

"아라 씨~ 나 3층."

아라 씨는 머리에는 수건을 말아 올리고 주방에 서서 숟가락으로 간을 보던 모습으로 얼굴을 내밀었다.

"쓰읍, 네! 사모님, 잘 지내시죠?"

"그럼 나야 뭐 늘 똑같지. 아라 씨는 요즘 어때?"

"저요… 저야, 청소하시는구나~ 근데, 식사하셨어요?"

"옥상 조그만 화단에 물 주다 보니 청소까지… 깨끗한 게 좋잖아. 마무리하고 먹으려고."

"그래도 여기는 깨끗해요, 사모님."

"관리를 잘해야 같이 사시는 분들도 좋고 나도 좋고."

"살면서 느끼는 거지만, 진심! 사모님 계셔서 하는 말이 아니고, 여기는 깨끗하고 조용하고 또 안전하다는 생각이 드는 곳이에요, 특히 옥상은 너무 좋아요. 가끔 파라솔 밑에서 차 한잔하고 있으면…"

아라는 눈을 지그시 감았다 뜨면서 웃었다.

"누가 그러는데 그건 기본이라며 생색내지 말라던데에~ 하하."

"누가 그래요?"

"모르지… 누가 그랬는지는, 하하하."

그녀는 찌개가 끓고 있는 가스 불을 한 손으로 낮추며 말했고 나는 물에 젖은 솔로 얼룩들을 비비며 말에 장단을 맞췄다.

"집도 그렇지만 집 주변도 내 맘도 어수선하면 들어오기 싫고… 그렇긴 하죠."

"나도 그런데 세입자들은 어떻겠어? 나 좋자고 하다 보니 모두가 좋은 거죠."

"요기는 두셔요, 제가 할게요."

"괜찮아. 하는 김에 다 하면 되는데 뭘. 근데 맛있는 냄새가 나는데, 오늘의 요리가?"

"요리랄게 있나요 고등어랑 쓰고 남은 무가 있어서 냉장고 털이하고 있어요."

"냉장고는 한 번씩 털어야지 안 그러면 검은 봉지 뒤집어쓰고 터줏대감처럼 자리 잡고 앉아 자리만 차지하지. 결국에는 다 버리게 되더라구 아라 씨는 살림꾼이네?"

"아녀요, 살림꾼은요… 식사… 같이하실래요?"

"냄새를 맡아서 그런가? 배가 꿀렁꿀렁하는 게 출출해지긴 한데. 초대하는 거죠?"

"그럼요, 초대합니다 사모님~"

"그럼 감사한 맘으로 받겠습니다. 근데… 불편하지 않겠어?"

"불편은요… 같이 산 세월이 얼만데요? 입에 맞으실지 걱정이라면 몰라도."

"그렇긴 하죠, 같이 산 세월을 시간으로만 계산해도."

그녀의 젖은 머리를 감싸고 있던 수건이 한쪽으로 흘러내리자 손으로 붙잡으며 웃었다.

"조금 더 졸여야 무가 말캉해지니까 조금 더 졸이려고요."

"무가 말캉하면 무만 먹어도 맛있죠."

"그럼 10여 분 정도 뒤에 오세요. 반찬은 없지만 같이 식사하시게요."

"청소 마무리하고 반찬은 내가 몇 개 들고 갈게."

그녀는 화장실 문을 열고 머리를 감쌌던 수건으로 긴 머리를 털어 말리기 시작했다. 가스레인지 위에서 보글보글 끓고 있는 조림은 유리 뚜껑을 밀어낼 듯 작은 거품들을 터뜨리며 익어가고 있다. 나는 1층까지 마무리하고 정리했다. 호스를 동그랗게 말아서 옥상에 올렸다. 그사이에 옥상 물기는 산뜻하게 말라 있었다. 그곳은 날아다니는 나비들과 참새떼들의 놀이터가 되었다. 빨래는 시간이 지난 만큼 바스락거리며 흔들렸다. 집으로 들어와 냉장고를 열고 반찬 통에 들어 있는 반찬을 접시에 담았다. 콩자반 시금치 무침 깻잎김치 멸치볶음 무말랭이무침 그리고 1인용 김 두 봉지를 쟁반에 올리고 밥 2개를 쟁반 위에 얹어 202호로 내려갔다. 문은 열려 있었다. 무가 말캉해지는 냄새가 났다. 쟁반을 안으로 들이밀며 신발을 하나 벗었다.

"아라 씨 나 들어간다!"

"네, 머리 말리고 있는데요, 들어오세요. 괜찮아요."

어디선가 들리는 그녀의 말을 듣고 주방에 붙어 있는 작은 식탁 위에 반찬을 하나씩 내려놓았다. 그녀는 머리를 하나로 말아 올려 큰 핀으로 고정시키며 주방으로 다가왔다. 그리고 식탁 위에 놓인 반찬을 보고 눈이 커지더니 두 손으로 입을 가리며 놀라는 어깻짓을 했다.

"어머~ 무슨 반찬을 이렇게 많이…?"

"냉장고에 있는 거 조금 가져왔어~ 나도 냉장고 털이!"

"잠시만요. 조림은 다 됐으니까 냄비 받침 놓고, 수저 놓고."

아라 씨를 보며 웃었다. 그녀는 행동을 하나하나 할 때마다 말을
했다.

"물컵 놓고… 아~ 아 참, 물병도 놔야지."

"내가 거들 거 있어?"

"아녀요 앉아계셔요, 하나씩 생각하고 확인하면서 하는 버릇이
있어서 그래요."

내가 알지 못한 귀여운 면이 있었다. 그녀의 눈은 식탁 위와 가
스레인지 위 그리고 수저통과 싱크대 위와 아래를 번갈아 보면서
식탁 테이블 위를 채워나갔다.

"참한 건 알고 있었는데 내가 생각했던 것보다 더 꼼꼼하네."

"실상 그렇지 못해요. '학습지 선생' 일이란 것이 일을 하면서 애
들과 함께하는 시간이 많다 보니 이렇게 변하더라고요. 애들 엄
마? 보호자? 그런 사람으로요…"

"그렇구나, 힘들겠다."

"애들 눈높이에 맞춰서 하다 보니 애도 안 낳아봤는데 매일 5~7명
의 애들을 가르치고 이야기하고 들어주고… 뭐 키우고 있는 거죠."

"미리 연습한다 생각하고 하면…"

애를 키운다는 것은 참 어마어마한 일이다. 옛날 말에 애기 하나
낳으면 동네가 키운다는 말이 있다. 한 사람 인생을 잘 가르쳐서

건강한 성인이 될 때까지 많은 사람들의 손을 빌려야 한다는 말일 것이다.

"직업에 따라 성격이 변하긴 하나 봐요… 그런데 정말 변했나 하고 생각하면 그건 아닌 것 같아요 아마 어디 깊숙한 곳에 잠시 넣어둔 건지 모르죠."

"변함이 기본적인 기질까지 바꾸진 못하는 것 같아. 50이 넘게 살아도 잘 모르겠더라구 근데 한 가지는 분명해. 내 본분과 위치에 어울리게 생각하고 행동한다는 거 그거 하나?"

"다 상황에 맞게 변하긴 하지만 뭐~ 안 그런 사람들도 있긴 하더라고요. 제가 하는 일이 이직률이 높아요. 그건 아마도… 상황에 맞추기 어려워서 그런 게 아닐까요."

"우리 밥 먹기 전에 너무 심오한 이야기를 하는 것 같은데."

"그러네요."

서로 이야기를 주고받으며 웃는 웃음이 공중에 퍼졌다. 초대 메인메뉴가 식탁 위에 놓여 유리 뚜껑이 열리자 하얀 김이 뭉실뭉실 피어올랐다. 어렴풋이 보이는 푸욱 익은 무 위로 김치를 두른 고등어가 살을 붉게 염색하고 맛있는 자태를 뽐내며 들어 있다.

"맛있게 드셔요."

"아라 씨도 맛있게 드셔~"

나도 아라도 숟가락을 들고 동시에 전골냄비 속으로 향했다. 생선조림 국물을 한 숟가락씩 떴다. 입 속에서 혀로 후루룩 말아 돌린 뒤 삼킨 국물 맛은 시원하고 칼칼하고 구수했다.

"캬아~ 시원하다. 해장하는 기분인데요?"

"그러게, 칼칼한 게 그렇게 맵지 않고 좋네~"

"무가 말캉해서 밥 위에 얹어 먹으니 부드럽고 달고 맛있다~"

냄비 가장 아래에 깔린 무를 숟가락을 세워 쪼갠 다음 밥 위에 올렸다. 무에서 흘러내린 붉은 국물이 밥알 사이사이로 흘러내렸다. 숟가락으로 흘러내린 국물이 묻은 밥 위에 얹어진 무가 한꺼번에 떠지도록 욕심껏 숟가락을 돌렸다. 그렇게 떠 올린 맛있는 밥 한 숟가락을 입에 넣었다. 무가 연두부처럼 부드러웠다. 입 안에서 사르르 녹았다. 매콤하게 알싸한 것이 묘하게 기분이 좋았다. 눈이 초승달처럼 얇아진다. 입 양쪽에 묻은 국물 자국을 손가락으로 닦아가며 먹었다.

"사모님 무말랭이가 맛이 있네요."

"무말랭이 좋아하는구나 나도 엄청 좋아하거든. 맛있지?"

"네. 식감이 좋아요~"

"같은 문데 어떤 무는 불 위에서 말캉해져야 맛있고, 어떤 무는 햇볕에 바짝 말려서 바득바득 무쳐야 맛있고… 참 쓰임이란 묘해."

"그러게요?"

"누굴 만나서 어떤 과정을 거치느냐에 따라 쓰임과 그 맛이 결정되는 거겠지. 조림용 무는 아라 씨 만나서 맛있어지고 햇볕에 쪼그라진 무는 날 만나서 맛있어지고."

오독오독 씹히는 맛이 일품인 무말랭이는 친구가 직접 짜서 보내준 참기름으로 코팅이 되어 있었다. 우리는 반찬 이야기를 서로 주거니 받거니 하면서 밥 한 그릇을 뚝 딱 해치웠다. 비워진 밥공기를 보고 서로 웃었다. 무언으로 '조금 더!'를 외치면서 말이다.

"우리 한 그릇 가지고 반반 나눠서… 마저?"

"네~ 좋아요. 이걸로는 조금 아쉽긴 하죠."

"그렇지 이렇게 맛있는 반찬들을 두고 여기서 접으면 안 되지, 이건 생선조림에 대한 모욕이야."

나는 손에 들고 있던 밥그릇 뚜껑을 열었다. 밥 위에 반으로 선을 그었다. 반은 아라 씨 밥그릇에 남은 반은 내 빈 밥그릇에 옮겨 담았다. 우리는 밥그릇을 보고 웃었다. 다시 걸쭉한 조림 국물을 밥을 적셔 한숟가락 뜬 뒤 김치를 젓가락으로 길게 찢어 잘 발라 놓은 고등어 살과 함께 둘둘 말아 한입 가득 넣었다. 다음은 깻잎김치에 고등어 살을 싸서 밥과 함께 한입 가득 국물 적신 밥과 볶음 멸치와 한입 고등어살과 밥을 김에 말아 한입 그렇게 아라 씨와 나는 점심을 거하게 먹었다. 휴일은 다 내려놓고 확실하게 쉬어야 하는 날이다. 특히 오늘처럼 완벽한 날에는 말이다. 자신에게 선사하는 선물 같은 점심이었다. 골목으로 지나가는 사람들의 도란도란 이야기 소리 안에 귀에 익은 소리가 들린다. 옆집 순덩순덩 아저씨 목소리다. 아마 아들 내외가 다녀가는가 보다. 또 다른 일행들의 발자국 소리와 강아지 소리들이 들린다. 아이들이 뛰노는지 아이들 소리에도 와글와글하다.

"아라 씨 설거지하고 있어~ 나는 위에 가서 후식으로 차를 준비해 올게, 어때?"

"좋아요~ 제가 치우고 있을게요."

나는 반찬 담은 접시와 빈 밥그릇을 쟁반 위에 담아서 집으로 왔다. 설거지통에 빈 그릇을 우르르 쏟아 넣었다. 로스팅한 커피 원

두를 그라인더에 넣고 갈았다. 몇 알이 강하게 튀며 타타타악 거리더니 묵직하게 갈렸다. 향이 좋다. 물을 끓였다. 사랑스러운 커피잔 2개를 준비하고 커피 거름종이와 거름 받침을 준비했다. 쟁반은 좀 전과는 다른 것을 품고 아라 씨네 집으로 갔다. 그 사이 테이블은 말끔하게 치워져 있었다. 그곳에서 커피를 천천히 내렸다. 끓인 물로 원을 그렸다가 별을 그렸다가 그 사이사이 갈린 원두는 거품이 올랐다 내렸다 반복하며 맑은 커피가 풍미와 함께 잔에 채워졌다. 검은 다이아몬드처럼 영롱한 커피가 한 방울씩 떨어지며 고급스러운 향이 퍼졌다. 아라 씨는 내 주변을 서성이며 '음~ 커피 향 좋다.'라며 코를 벌름거리며 왔다 갔다 했다. 조금 전 생선조림 냄새와 섞여 맛있는 냄새인지 고소한 냄새인지 커피 냄새인지 다 혼합되었지만 그래도 좋았다.

"아라 씨 선풍기 가장 센 놈으로 돌려서 냄새를 뺄까?"

"좋아요, 잠시만요."

"그래 천천히… 문을 다 열어놨는데도 맛있는 녀석들은 알아서 빠져줘야 하는지 머물러야 하는지 잘 모르더라고 눈치껏 빠져주면 좋은데 말이야. 눈치만 있어도 세상 사는 데 그리 불편하지 않은데 말이야 그지?"

"그러게요, 선풍기 틀었어요. 음~ 와~ 커피 향 좋은데요?"

"조금만 있으면 우리는 피렌체 어느 노상 카페에 와 있는 것처럼 이국적인 향에 취하게 될걸."

잔에 가득 커피가 차올랐다. 선풍기는 커피 향을 말아서 앞선 생선조림 냄새를 창밖으로 현관 밖으로 밀어내고 그 자리를 채웠다.

두 잔의 맑은 커피가 만들어졌다.

"아라 씨 이리 와. 커피 다 내렸어."

양치를 하고 나오던 아라 씨는 방으로 들어갔다.

"네~ 선풍기 끄고요… 향이 예술인데요?"

"나는 양치도 안 했는데… 아라 씨는 커피 맛 제대로 느끼겠네?"

나는 커피잔을 코끝에 놓고 향을 맡았다. 고소하고 연한 초콜릿 향이 난다. 그녀도 눈을 지그시 감고 향을 음미했다. 그렇게 둘은 오롯이 여유롭게 커피를 즐겼다. 머리가 맑아지고 기분도 좋았다. 우리는 커피를 한 모금 입에 물고는 한참을 있었다. 그렇게 한 잔을 천천히 시간을 녹여내며 마셨다. 집안으로 밀려 들어오는 오후 햇살이 방 한쪽을 차지하고 앉았다. 주말에는 시간의 속도가 평일보다 두 배는 빠르게 지나는 것 같다.

"사모님은 혼자이신 것 같은데… 여쭤봐도 되나요?"

"나? 나 혼자지."

"혼자시면… 사귀는 사람은 없으세요?"

"없어."

"왜 없어요?"

"그러는 아라 씨는…?"

"저요?"

아련한 시선이 작은방 창으로 나갔다. 계단에 놓인 구문초 잔잔한 꽃들이 무리 지어 흔들린다. 잠시 고요했다. 나는 커피잔 크기를 넘어설 수 없는 여울을 만들었다. 잔 안에 갇힌 파동들은 크기를 줄여가며 약해졌다. 그녀는 커피잔을 빙글빙글 돌리면서 그 속에 시선을 넣었다. 처음 내릴 때는 뜨겁고 가벼운 향이 났다면 지금은 잔 안에서 서서히 식어가며 향은 무거웠다.

"사모님, 그래도 시도는 해보셔요, 혹시 알아요, 좋은 사람 만날지."

"내 나이에 나를 왕비마마 대하듯 해주려는 사람이 있을까? 아마 내 나이 되면 서로 사랑보다 보살핌을 받고 싶은 그런 생각이 더 많을 거야, 그런데 두 사람 다 사랑보다 보살핌을 더 받고 싶어 한다면 깨지기 쉽지. 누군가는 상대를 더 배려하고 보살피는 사랑을 해줘야 관계가 만들어지는 거니까… 안 그래?"

"아마도 저희들과는 다르겠죠?"

"상대에게 내가 필요하다면 관계가 오래갈 것이고, 그 필요가 적어지면 뜸해질 것이고, 필요 없다면 헤어지려 할 것 아니겠어? 그렇다면 내가 상대에게 필요한 사람이 되기 위한 노력을 해야겠지. 물론 상대도 마찬가지고. 나는 나를 만족시키기도 힘든데 상대에게까지… 음… 어려운 일이야… 난 그럴 자신이… 없네요!"

"그렇죠… 그런데 따지고 보면 우리도 같아요. 사랑이란 이름으로 필요가 많으면 뜨거워지는 거고, 그 필요한 부분이 다른 것으로 대체되면 미지근해지고 완전히 쓸모없어지면 차갑게… 뭐 그렇죠."

"사람이 필요하다는 강도를 어떻게 매번 체크하나 피곤해서…? 내 친구들 보니까 나중에는 좋게 마무리되지 않더라고."

그녀는 일어서서 안방 창가로 걸어갔다.

"잘 살펴보고 필요한 사람이 되기 위해서 조금 더 준다고 생각하면… 약간 손해 본다고 생각하면… 그 약간이 미치는 밑지는 장사를 해야 오래가는 거겠지만요."

말끝을 흐리며 고개를 숙였다. 주변이 조용했다. 어디선가 강아지 짖는 소리가 난다. 고양이들은 어디 마실 갔나 야옹 소리보다 멍멍 소리가 많은 보기 드문 날이다. 바람도 좋고 배도 부르고 커피 향도 좋은데, 무엇 하나 부족한 게 없는데 그런데 뭔가 부족하다.

"사랑이 거래가 아닌데… 듣고 보니 좀 슬프다."

"사랑이 거래는 아니죠."

"아라 씨는 사귀는 사람 있는 것 같던데? 그 검은색 승용차…"

"네… 사귀는 거는 아니고요 좋아서 만나는 거로 해두죠."

"사귀는 건 아니고… 좋아서 만나는 건 또 뭐야?"

"그런 게 있다고 해요, 그냥."

"그래… 뭐 그런 게 있다 하자! 나는 남자가 이성으로 안 보여서 못 만나. 만나면 다 선후배로 정리되니까 진전… 이런 거 없더라고, 사랑하는 것도 잘 배워야 하는데 가르쳐 주는 데가 없잖아. 있음 당장 등록할 텐데 말이야."

궁금했던 검은 승용차 이야기를 하며 그녀 눈치를 봤던 나는 너스레를 떨었다. 그런 나를 보고 그녀는 샐쭉이 웃었다.

"사모님 매력 있는데…?"

"그래? 아라 씨만 나를 매력 있다고 생각하나 본데."

"그런가요? 아닌데…"

"그나저나 그 검은색… 좋아서 만났다던…?"

다시 묻는 검은색 승용차에 대해 그녀는 입가에 미소를 흘렸다. 불어 들어온 바람에 틀어 올린 머리카락 몇 개가 얼굴 앞에서 날렸다. 그녀는 손으로 머리카락을 쓸어 넘겼다.

"저는 그 사람이 시간만 내면 다 즐길 수 있게 쉴 수 있게 했어요."

"그래야 해? 난 모르겠네… 그렇게 할 자신도 없고."

찻잔을 들고 그녀 옆에 섰다. 밖에서 불어 들어오는 바람에 눈을 지그시 감았다. 짧은 앞머리가 이마를 간지럽혔다. 분 단위로 햇살은 더 높게 더 환하게 우리 옆에 있었다. 골목길을 위로 아래로 구석구석 섭섭한 곳 생기지 않게 시선을 옮겼다. 어디 있다 나타난 건지 느릿느릿 걸어가는 고양이와 그 그림자들이 도란도란 평화롭다. 골목 끝 빨간 대문이 열렸다. 강아지 소리들이 들린다. 조만간 우리 앞으로 여섯 마리의 닥스훈트들이 서로 먼저 가겠다고 버둥거리며 목줄을 잡고 있는 주인을 끌며 지나갈 것이다. 여섯 마리 시커먼 녀석들의 소리에 고양이들은 경계를 했다.

"그 사람 좋아서 만나기 시작하니까 떨어져 있고 싶지 않더라구요. 그래서 출장 간다고 하면 '동행 가능하냐?'고 물었고, 가능하다고 하면 그때부터 제가 출장지 근처 호텔 예약하고 식당 예약해서 내 차로 내가 운전하고 함께 갔어요."

"본인이? 본인 일정은 어떻게 하고?"

"미리 일정을 조정했죠. 진도를 조금 일찍 빼기도 하고, 다녀와서 나머지 공부 보충하기도 하면서요."

"피곤하진 않았어?"

"피곤은요~ 시간이 어떻게 간지 모르게 가더라구요… 함께 있어 그런가."

그녀의 얼굴에 미소가 퍼졌다. 대문을 열고 201호 정혜 씨가 명품 강아지를 안고 나가는 모습이 보였다. 정혜 씨는 뒤돌아 2층 창가에 있는 우리를 봤다. 머리에 노랑 리본을 한 요크셔테리어와 함께 미소 없는 눈인사를 하더니 사라졌다.

"출장 준비를 다 해주는데 싫어할 사람이 어딨어? 운전해 줘 숙소 예약해 줘 식당도 좋은 곳으로 알아서 정리 척척 다 해주니 좋겠지?"

"그 사람도 좋아하더라고요. 한 달에 한 번 정도는 함께 출장 여행을 갔어요. 준비는 내가 다 했지만 준비하면서도 좋았고 같이 차를 타고 고속도로를 달릴 때도 좋았어요."

"한 달에 한 번씩 그렇게 '출장 여행'이란 걸 갔었구나?"

나는 그녀를 바라봤다. 그녀는 몽환적인 표정으로 허공에 시선을 두었다. 텅 비어 있던 전선 위에 비둘기 한 마리가 날아와 앉았다. '거어 거어욱' 비둘기가 짝을 찾는지 구구거렸다.

"또 술을 많이 마시는 날에도 내게 전화를 해요. 어디 있으니까 데리러 오라고…"

"아니 택시 불러 가면 되지 집에 있는 사람보고 데려다 달라는 건 좀~ 그런데?"

"사모님~ 좋으면 다 좋아요. 술 마시다 내 생각을 했다는 것만으로도 좋았는데… 뭘 못 하겠어요? 달려나가야죠."

"그래… 그럴 수도 있겠지만 그래도 그건 그린라이트는 아닌 것 같다."

"안전하게 그 사람 집에 들여보내고 돌아올 때는 맘이 편해요."

"그 사람 욕심쟁이네."

"맞아요. 그 사람 욕심쟁이예요. 말은 하죠 '나는 좋아서 하는 거지만 당신 입장에서 보면 사랑하는 거 따로 때때로 이렇게 저렇게 이용하는 거 따로… 알고는 있어라.' 이렇게 말은 하지만…"

"말한다고 자기가 스스로 '내가 당신 이용하는 거 맞아.' 이렇게 바로 인정하는 사람… 있을까?"

"인정할 때도 있고~ 부정할 때도 있어요."

"그 사람 어디가 좋았어?"

"그 사람은요…"

아라 씨는 하늘을 올려다봤다. 그리고 나를 한 번 보더니 웃었다.

"그 사람은 자상해요, 말도 부드럽고 나에 대해서는 뭐든 다 알고 있는 것 같아요."

"자상하면 치명적이지, 시간이 걸리긴 하지만 마음을 주면서, 나만을 위한 자상함이라고 착각하게 된다니까."

"그래요, 요즘 남자들 다 자기만 알죠… 전화 자주 해주고, 어떠냐고 물어봐 주고, 나보다 더 내 생일에 관심 가져주고, 볼 때마다 웃어주고, 이렇게 옆에서 세심하게 챙겨주는 남자들은 거의 없어요? 이 세상에 그런 남자들이 있다면 죄다 사기꾼들이거나 TV 속에만 있다는 거죠."

"그렇지… 좋은 남자도, 매력적인 남자도, 나쁜 남자도, 죄다 TV 속에 있지. 그럼 우리는 어떻게 꺼내 와야 할까?"

"그런데 그 사람은 TV 속에서 나온 것 같아요."

"아라 씨는 사람을 TV 속에서 꺼낼 수도 있구나?"

우리는 둘 다 쳐다보며 배꼽을 잡고 웃었다.

"누가 시켜서 하겠어요? 배운다고 하겠어요? 미쳐서 하는 거죠."

"그래 사랑은 미쳐야 된다고 들었어. 근데 난 미쳐지지가 않아서 못 하나 봐."

"타고난 사주? 뭐 그런 데 빠져서 허우적대는 것처럼, 보이지 않는 어떤 힘이 작용하는 것 같아요. 돈 준다고 하겠어요? 시킨다고 하겠어요?"

"그래 궁합이 맞아야 하지."

주거니 받거니 이야기를 할수록 친구끼리 나누는 이야기처럼 시간 가는 줄 몰랐다. 역사적으로 남녀 간의 사랑 이야기에는 몰입되는 게 정석인가 보다. 아라는 내가 말한 궁합 이야기에 얼굴이 붉어졌다. 한 손으로 달아오른 볼을 쓸어내렸다.

"이런 거까지 이야기해도 되나 모르겠지만… 요, 들으시면 속없다고 생각하실 수도…"

"편하게 해, 우리끼린데 뭐."

"저는 만족스럽거든요, 만족을 주는 그런 사람 만나기도 쉽지 않다고 하잖아요? 쑥스럽긴 한데… 사랑의 결정은 정서적 포만감도 중요하지만 육체적인 포만감도 중요하잖아요. 저는 할 때마다 만족스러웠어요, 그리고 계속 생각나요. 제가 밝히는 건 아닌데… 왜 그러나 모르겠어요. 그냥 살을 대고 있으면 좋아요."

"왜 그러긴 좋아서 그런 거지. 살만 대고 있어도 좋음, 좋은 거야."

그녀의 두 볼과 입술이 붉은 장밋빛이 되었다. 그녀에게서 사랑스러운 장미향이 난다. 한동안 마음을 앓은 것도 다 잊은 것 같다. 아직도 그 사람을 기다리나 보다. 그녀는 두 손으로 얼굴을 감싸 쥐더니 힘을 줘서 눌렀다. 장미수가 떨어질 것 같았다. 한동안 그렇게 있더니 손을 떼고 다시 찻잔을 들었다.

"그 사람은 정서적으로는 나를 부드럽게 하고, 육체적으로는 강하게 했어요. 남자라는 동물이 2개의 포만감을 주는 사람 별로 없잖아요? 그런 사람 찾기 어렵죠."

"…"

"그 사람 앞에서는 뭘 요구하지 않아도 내가 스스로 알아서 다 맞춰주게 돼요."

"다 맞춰줘 가며 사랑을 한다니 정말 대단하다."

그녀를 물끄러미 바라봤다. 내 옆에 사랑을 하는 한 여자가 서 있다. 생각도 마음도 행동도 하나가 되는 '완전한 관계', 그런 사랑을 그리워하는 한 여자를 내가 쳐다보고 있다. 성숙한 한 여자가 자기 사랑 이야기인 '완전한 관계'에 대하여 이야기한다. 그녀는 다시 밖을 내다보고 서서 커피 한 모금을 했다. 비둘기들과 참새 떼들이 앞서거니 뒤서거니 한 바퀴 돌더니 어디론가 급히 날아가고 전선 위는 넓고 조용했다. 한참 만에 201호 정혜 씨가 종이 쇼핑백에 가득 뭘 담고 강아지를 안고 대문을 열고 들어섰다. 정혜 씨 대문 닫히는 쇠 울음소리가 정적을 깼다. 우리를 보고 한마디 해도 이상하지 않았을 텐데 그녀는 아무 말 없이 우리 시야에서 사라졌다. 아라 씨도 정혜 씨를 보고 말이 없었다. 길에 옆집 순덩순덩 아저씨가 트레이닝 바지에 운동화를 신으셨다. 초대가수 사모님 모시러 가시는가 보다. 주변을 두리번거리더니 윗길로 걸어나가셨다.

"감정적 육체적 포만감을 주는 그 사람… 지금은 어때?"

"…"

"아라 씨가 한동안 술 마시고 연수 간다고 집도 비우고 정신없이 지내잖아… 이제 조금 웃는 거 보는데? 괜찮은 거야?"

"…그래도 그립죠."

"속궁합이 맞으면 헤어질 수 없다던데… 연락은 없고?"

"속궁합이 맞으면 헤어질 수 없대요?"

"난 그렇게 들었어. 어릴 때 할머니에게서 들은 것 같아 서로 속궁합이 맞으면 그때 그 환각이 그리워 다시 찾는다고…"

"환각!! 그래요. 마치 환각 상태처럼 몽환적이고 자극적이에요."

"당사자들은 몽환적이었구나? 듣기만 해도 난 좀 부끄럽다…"

"제가 괜히 이야기를 꺼내서…"

"그런 건 아닌데, 한동안 시끄러웠잖아, 아까 강아지 안고 들어간 왜~ 201호 정혜 씨가 아주 힘들어했어. 자기는 모르겠지만, 남녀 문제에 대하여 안 좋은 경험이 있는지 트라우마가 있다고 그러더라구… 동네 어르신들도 이런저런 말씀들도 하시고… 나를 보면 다 물어보는데 내가 대답을 할 수가 있어야지."

"… 죄송해요."

"아니야 죄송은? 사랑하는데 누가 말리겠어. 그런데, 검은색 차, 한동안 여기 안 오는 것 같던데?"

"좀 되었죠. 보긴 매일 봐요. 필요 없어진 상태로 보는 거지만…"

"생각해 보니 좀이 아닌데 오래된 것 같다."

"아까도 말씀드렸지만, 한쪽만 필요하면 이뤄지기 어렵잖아요? 지금은 한쪽만 필요한 상태인 거죠, 저만요. 하지만 정말 좋아했으니까요. 그 사람이 나를 다시 필요하게 될 거라 생각하고 있어요. 저는 그 사람과 함께 있을 때도, 그 사람과 사랑을 나눌 때도 다 좋았어요. 행복했어요. 사랑받고 또 사랑하고 있다는 것이 느껴져서 좋았어요."

그녀는 애써 미소를 지었다. 좀 전까지도 밝았던 그녀의 얼굴이 어두워졌다. 그리고 긴 한숨을 내쉬었다. 나는 그녀의 눈치를 살폈다. 간간이 쉬어가며 독백처럼 말을 잇는 그녀를 말없이 바라봤다. 나는 커피잔 바닥에 조금 남은 커피를 바라보다 한입에 담았다. 목 울림이 생기더니 길을 잘못 찾아든 몇 방울의 커피는 작은 기침으로 벗어나려 몸부림쳤다. 그녀가 길잃은 눈동자를 껌벅거리며 '정말 좋았어, 행복했는데… 보고 싶다.'고 혼잣말을 했다.

"좋은 시간이 또 올 거야, 기운 내자."

"그럼요, 얼마 만에 온 사랑인데… 고마워요, 사모님도 좋아하는 사람을 만나 사랑을 해보세요."

"알겠어… 한번 시도해 보지 뭐. 그런데 이 늙은이 누가 만나주기나 할까 싶지만."

나는 아라 씨를 보고 개구진 웃음을 지었다. 그녀 얼굴이 다시 밝아졌다.

"사모님이요? 한참이죠. 만나는 사람은 행운이죠, 만나봐요~"

"아라 씨가 이야기하니까 한번 도전해 보지 뭐. 아라 씨도 사랑 잘 지키고 아파하지 않길 바라."

"제가 지킨다고 지켜지는 게 아니라서요 제가 잘 알아서 할게요."

"오늘 생선조림 맛있었어. 함께 먹자고 해줘서 고맙고."

"저도 덕분에 맛있는 찬 여러 개 놓고 포식했어요. 무말랭이도 좋았지만 특히 깻잎김치 정말 최고였어요. 생선 냄새도 잡아주고…"

아라 씨는 최고라고 엄지손가락을 치켜주며 다시 한번 웃었다.

"내가 아라 씨 주말을 다 빼앗았네. 피곤할 텐데 쉬어 난 갈게."

"차도 잘 마셨어요 사모님도 쉬셔요."

쟁반에 가져왔던 물건들을 하나씩 담아 들고나왔다. 그녀의 현관문이 닫혔다. 계단 하나하나를 딛고 올라가는데 내 귀에 그녀의 혼잣말이 맴돌았다.

'정말 좋았어 보고 싶다… 보고 싶다.'

계단 코너에 구문초 꽃들과 꽃 뭉치를 떨군 라일락 잎들이 경쟁하듯 반짝반짝거린다.

# 상처 위의 상처

........................................................................................................................

그 뒤로 한 달쯤 지나서였을까? 집 앞에
그 차가 다시 나타났다. 검은색 차는 주차장 뒤편을 요구하지도 않
았다. 대문 앞 골목길을 막고 주차했고, 머무는 시간은 그리 길지
않았다. 낯선 차가 이 골목으로 다시 들어서면서 골목은 긴장감이
맴돌았다. 뭐랄까, 콜로세움 광장에서 목숨을 건 전투사들이 품어
내는 숨소리와 공기로 가득하달까? 지하 감옥처럼 음침하고 습하
다 할까, 지금 이곳은 그렇다. 그 남자가 들어서고 얼마 지나지 않
아 시작되는 것은 로마 한복판에서 벌어지는 목숨 건 노예의 처절
한 전투 같았다. 격정의 나눔은 여러 곳으로 옮겨졌다. 이런 반복
은 한 달 전과는 조금 달랐다. 남자의 소리가 크게 울리면서 점점
얇아진 그녀의 소리를 삼켜버렸다. 그녀와 함께하고 있는 시간에
는 다툼과 처절한 관계 확인이 계속되었다. 집 앞과 골목은 202호

그 현장이 되어 골목에 모든 것을 빨아들였다. 그런 날은 주변의 시선들이 내게 묻는다.

"아니 그 집 2층은 신혼이야 아주 요란해, 나도 젊었을 때 우리 가수님에게 맹수처럼 달려들었던 그때만은 못하지만, 그래도 이 건…"

옆집 순딩순딩 아저씨는 실웃음을 보이며 자랑과 궁금증을 내게 짓궂은 표정과 말투로 물었다.

"아니 도대체 왜 그래? 잊어버릴 만하면 난리니 참…"

앞집 호랑말코 아저씨도 주차를 하면서 구시렁거렸다. 두 아저씨가 모처럼 같은 마음이 되었다. 두 아저씨뿐만이 아니었다. 정혜 씨도 만만치 않았다. 지난번 말 수위보다 한 단계 높아졌다. 옆집 순딩순딩 아저씨 말을 앞집 호랑말코 아저씨가 받으며 불구경에 신나 보였다.

"그 집 2층 아가씨는 참해 보이던데? 보이는 게 다는 아닌가 봐~"

"같이 나서는 남자 말이야~ 나이 차이가 좀 있어 보여. 그렇지?"

"요즘은 다투기도 하는지 언성이 점점 높아지고 더, 시끄러워졌어."

"맞아~ 내 눈에 정상적으로 보이지 않더구먼. 내 새끼가 저럴까 겁나는데…"

모처럼 두 분이 의기투합하게 한 걸 보니 사건은 사건인가 보다. 자식은 다 품 안의 자식인데, 큰 자식이 맘대로 되는 집이 몇 집이나 있겠나 싶었다. 마치 자기 집은 별문제 없다는 듯이 말하는 게 싫었다. 자기 허물은 보지 못한다지만 두 분의 이야기가 좀 야속했다.

"두 분 어르신~!! 다 큰 성인이에요. 그리고 요즘 젊은 사람들

부모하고 상의 안 해요."

"그 집 부모는 아는지 몰라? 내 새끼면 가만 안 둬~!"

"요즘 젊은 사람에게 그랬다간 봉변당해… 조용히 해."

옆집 순딩순딩 아저씨는 앞집 호랑말코 아저씨를 보고 눈을 살짝 흘겼지만 아랑곳하지 않는 호랑말코 아저씨는 신이 나셨다.

"주차 때문에 남자를 내가 한두 번 봤는데 차 빼달라고 했더니 눈을 부라리더라고 글쎄 젊은 놈이…"

"좋게 차량 이동 부탁했어?"

"아니 내가 내 집 앞에 불법으로 주차된 차에 뭐 상냥하게 말해야 되나?"

옆집 순딩순딩 아저씨는 앞집 호랑말코 아저씨 거친 말에 언제 한 팀이었냐는 듯이 호랑말코 아저씨에게 손가락질을 하며 말했다.

"참 성질머리하곤… 또 자기 집 앞이라고 하네? 참~ 나… 그렇게 말하는데 누가 좋게 말 들어주겠어? 참 그 버릇 못 쓰겠구먼."

"뭐야~ 당신이 뭔데 쓰니 마니 해?"

"그만하시구 이제 그만 들어들 가세요."

나는 두 아저씨에게 그만하고 들어가시라며 등을 밀었다. 앞집 호랑말코 아저씨는 안 들어가겠다고 버티면서 코를 벌름거렸다.

"아, 놔요~ 그 집 2층이나 조용하게 하든가 이사를 가라고 하든가 해, 듣기 싫어 죽겠으니까. 어디서 난잡하게 지랄들이야 고양이 발정 난 것도 아니고 이 동네를 우습게 보고 말이야 감히?"

아저씨 목소리는 골목 안을 가득 채우고 내일 부릴 것처럼 남았다. 2층 아라 씨도 들었을 것 같다. 정말 이런 상황은 싫다.

"제 귀엔 두 분이 아주 막 신나신 것처럼 들리는데요, 아닌가요? 그리고 검은색 차가 골목에 주차를 했어도 전화 받고 이동했을 거잖아요. 다 지난 일이고 오늘은 그런 일 없는데 그만들 하세요. 고만! 어여 들어가셔요."

"이동은 뭔 이동, 한동안 소리치고 전화하고 난리를 치고도 10여 분 걸렸어."

"그래도 이동시켰으니 되었죠."

예전에도 주차 문제로 온 동네 사람들과 격투기 안 해본 적이 없는 사람인데… 그 상황은 안 봐도 보였다.

"차 빼달라고 이야기한 지가 언젠데 이제 나오느냐고 했더니만, 말없이 한동안 째려보더니 차를 빼서 휑하니 나가버리더라고… 요즘 것들은 경우가 없어 경우가."

"그 집 손님인데 주의 좀 시켜줘. 뭐야~ 이게, 작은 동네에서 창피하게?"

"만나면 이야긴 할게요, 그런데 주차 말고 다른 말씀은 개인적인 일이니 삼가주세요."

나는 눈을 한 번 질끈 감았다. 앞집 호랑말코 아저씨는 이때다 싶은지 한마디 더 얹었다.

"개인적인데 그렇게 요란해!! 낯부끄럽게 그거 정상적이지 않아 보이던데 말이야? 요즘은 아주 대놓고 당당하니 세상이 참 말세야, 말세. 세상 어떻게 되려고 그러는지, 나 원 참."

까칠한 말투로 언짢은 심기를 주체 못 하고 주차 봉을 들어 경계선으로 던지듯 옮겼다. 그런 모습에 옆집 순딩순딩 아저씨는 성질

머리 보라며 툴툴대는 것에 아랑곳하지 않고 한 발 크게 다가서서 뒷짐 지고 2층 아라 씨네 창문을 한동안 바라봤다.

"불편하신 건 알겠는데 확인도 되지 않은 말씀 하시면 곤란해요. 듣기도 거북합니다."

"설마 대놓고 하겠어? 난 부럽기만 하구만, 그래도 조금 소리는 낮추면 좋겠어, 우리 같은 사람 그 소리 들으면 죽어. 젊음이 좋지, 좋아."

옆집 순딩순딩 아저씨가 개구지게 웃으면서, 앞집 호랑말코 아저씨에게 들어가라며 손 인사를 하고 발길을 돌렸다. 호랑말코 아저씨는 밤일도 이기고 싶은지 뒤돌아서는 순딩순딩 아저씨를 보고 으름장을 놓듯이 말했다.

"뭐가 죽어… 난 안 죽어."

"안 죽긴 뭐가 안 죽어, 허풍은?"

2층 창문이 열렸다 닫히는 소리가 났다. 아마 그녀도 이 이야기를 들었으리라. 속상했을까? 신경이 쓰였다. 그녀 방 안 깊숙이 펼쳐지는 은밀한 이야기도, 밖에서 떠드는 가십적인 이야기도 다 들었으리라. 나는 한동안 그곳에 서 있었다. 사랑이면 좋고, 상처면 아플 텐데 어떤 상황인지 내가 알 수는 없었다. 알 수가 없으니, 조언을 해줄 수도, 조심하라는 주변의 이야기를 전할 수도 없었다. 심란한 마음에 주차장과 대문 앞 골목까지 상처 난 말들이 남아 있지 못하도록, 꼼꼼히 비질하며 쓸어냈다. 땀을 흘리고 나니 개운했다. 기분 전환이 필요했다. 조금 긴 골목을 택해서 걸었다. 누가 그랬다. 처음부터 길이라는 것은 없었다고. 혼자 걷고 함께 걷고 다 같이 걷다 보니 길이라는 것이 생긴 거라고 말이다. 혼자보다 함께 걷는 길이 더 좋을 수 있는데 누군가가 손을 먼저 내밀어 주면 좋겠다고 생각했던 때가 생각났다. 그렇게 한참을 말없이 아무 생각 없이 걷다 보니 현대슈퍼가 보였다. 문을 여니 땡땡 작은 종소리가 들렸고 작은 공간에 갇혀 있던 슈퍼 아주머니는 반갑게 인사를 했다.

"어디 갔다 와요?"

"좀 걸었어요."

"사모님은 참 걷는 거 좋아해 난 여기 꼼짝없이 갇혀 있으니 사모님이 부러워요."

"저는 제가 살고 있는 여기가 참 좋아요. 암만 생각해도 이사 잘한 것 같아."

"뜬금없이… 나도 그렇긴 한데… 여기서 애 낳고 키우고 학교 다보내고, 한 놈은 이제 직장 다니고, 한 놈은 다시 학교 간다고 하니… 조금 더 뒷바라지 해야 될 것 같아요. 이렇게 저렇게 이 자리에서 내 젊음을 다 보냈네요."

그녀는 1남 1녀를 두고 남편과 같이 슈퍼를 운영하고 있다. 내가 이사 오기 전부터 이 슈퍼는 운영되고 있었으니 20년은 족히 그 자리를 지키고 있었나 보다. 그녀의 짧은 말 속에 청춘이 화살처럼 지나간다. 이마에 가로 새겨진 주름 2개가 유난히 깊어 보인다.

"이사 처음 들어올 때 제일 좋았던 건 건물들이 낮아서 하늘이 많이 보인다는 거였어요 지금도 옥상에서 하늘 보는 게 취미니까. 그런데 그 하늘이 점점 잘려나가서 잘려나간 만큼 속상해져서 맘

··· 202호 아라 씨 ···

이…"

"하늘 보는 거요? 심심한 취미를 가지고 있네요?"

"또 좋은 것은… 거주자가 적어 붐비지 않고, 조용하고, 골목의 작은 변화들이 보물찾기처럼 찾아내는 기쁨도 있고… 여튼 재미있어요."

"좋겠어요? 나는 통유리 창에 담겨진 것만 보고 사는데. 올려다보면 천장에 전등이 보이고, 밖을 보면 지나가는 차들만 보이고… 가끔 삭막해 여기가."

슈퍼 아주머니는 계산대 안에 앉아서 나를 올려다보았다.

"뭐 줘요? 참 이야기 들었어요? 화초도난사건?"

"들었지 그 피해자기도 하고… 오늘은 우유하고…"

나는 매장 안 깊숙이 들어갔다.

"그래요, 사실이구나~ 어서 오세요, 뭐를 찾으시나?"

"네…"

아주머니가 들어서는 손님에게 인사하는 소리가 들렸다. 손님은 말이 없이 내가 있는 깊숙한 매장 안으로 들어왔다.

"사모님도~ 피해자라고?"

"어디서 들었대 이 공간이 전부인 사람이."

"경찰이 얼마 전에 다녀가서 알았지만 설마 했는데."

인기척에 돌아보니 202호였다. 나도 모르게 뒤로 주춤거렸다.

"뭐 사러 오셨구나?"

그녀는 어색한 미소를 지었다.

"네, 라면이랑 두부랑 뭐 이것저것 사려고요."

"나도 우유랑 계란이랑 사러 왔는데, 그러고 보니 다 단백질이네, 하하하."

나는 작은 알통을 만들어 보이며 그녀를 보고 어색하게 웃었다.

"생선조림도 먹어보니까 아라 씨는 요리를 잘하는 것 같아."

"밑반찬 먹어보니 사모님도 요리 좀 하시던데요."

"큰 요리는 못 하고 밑반찬만. 왜 있잖아? 요리 못 하는 사람이 연장만 들면 다친다는 말이 있는데 내가 딱 그렇거든…"

이야기하다 보니 피식 웃음이 새어 나왔다. 아라 씨는 물건을 들고 카운터로 향했다. 나와 그녀는 나란히 계산을 하고 검은 봉지에 물건을 담았다. 각자 봉지를 양손에 하나씩 들고 걸었다. 걸을 때마다 잡고 있던 봉지가 흔들렸다. 우리는 그렇게 봉지를 흔들며 집까지 같이 걸었다. 옆집 순딩순딩 아저씨 말과 앞집 호랑말코 아저씨 말을 전하려고 눈치를 봤다.

"낯선 차… 그 남자… 물어봐도 돼? 불편하면 그냥…"

"그냥 편하게 말씀하세요."

말을 하라는데도 말이 나오지 않았다. 그냥 걸었다. 오르막길을 벗어나 평지에서 그녀의 호흡과 발소리 그리고 봉지가 스치는 소리가 잠든 골목을 흔들어 깨우는 것처럼 크게 들렸다. 집 앞에 도착했다. 그녀는 잠깐 멈췄다. 뭔가 생각을 하더니 나를 봤다. 무표정하다고 해야 할까? 중요한 뭔가를 잃어버린 표정이랄까? 난해한 표정을 지었다.

"이사 갈까 해요."

그녀가 툭 내뱉은 말에 놀랐다. 그 남자에 대해 물었는데 이사라는 강수를 두었다.

"이사를? 갑자기?"

"담당 지역이 변경되었어요 여기서 다니기가 멀어서…"

"발령… 받으셨구나?"

"네, 그런 셈이죠."

"시간 되면 우리 옥상에서 차 한잔할까?"

그녀는 말끝을 흐리며 고개를 끄덕였다. 우리는 옥상에서 만났다. 햇살이 얄미울 정도로 부드러웠다. 색이 바랜 초록 줄무늬 파라솔과 낮은 티 테이블과 물 빠진 캠핑의자 2개가 우릴 기다렸다. 나는 낮은 티 테이블 위로 국화차와 사과 한 접시 그리고 포크 2개가 놓인 쟁반을 올려놓았다.

"향이 좋아요."

"그렇죠, 여기 은근 차 맛집~ 내가 좋아하는 찬데. 머리 복잡하거나 지끈지끈 아프면 한 잔씩 하는 찬데, 좋다니 다행이네."

그녀는 말없이 후후 불더니 차를 한 모금 더 마셨다. 나도 뜨거운 김을 불어가며 한 모금 했다. 그녀와 내 주변은 국화차 향기로 띠를 둘렀다.

"지난번 커피도 맛있었어요, 사모님 댁은 차 맛집이 맞나 봐요."

"그렇게 말해주니 좋은데."

"사모님, 제가 본의 아니게 피해를 많이 드렸죠? 지난 주말 낮에… 앞집?"

"들었구나. 두 아저씨들이 주책이지 그날은 쌍으로 그러시니… 신경 쓰지 마."

"그래도… 그날 내내 불편했어요."

"불편했겠지, 그런 말 듣고 편할 사람이 어디 있겠어? 노인네들이라 고리타분해서 그런 거니까 아라 씨가 이해해. 부러워서 그랬을 수도 있고."

"그분들 말이 전혀 틀린 건 아니라서요."

그녀는 찻잔을 두 손으로 쥐고 말려 있던 국화꽃이 찻잔 안에서 환하게 피어오르는 것을 보고 있다. 자연스럽게 그녀의 눈치를 봤다. 주변도 우리가 앉아 있는 곳도 조용해졌다. 그 많던 고양이도 한 마리 보이지 않는다.

"그래도… 신경 쓸 거 없어."

"환기도 할 겸해서 창문을 조금 열어놓는데… 가끔 아저씨들 하시는 이야기 간간이 듣게 되거든요. 그래서 알고는 있었어요. 이런 저런 이야기들… 그런데도 어쩌질 못했네요."

나는 아무 말도 할 수 없었다. 그녀는 찻잔을 내려놓고 손가락으로 찻잔 위를 천천히 쓸어 만졌다.

"이야기를 들었다니 많이 불편했겠다."

"왜~ 전에 점심, 같이 먹으면서 말했잖아? 한없이 다 해주고 싶다던 검은색 차 그 남자!"

"그때는 다 이야기하고 싶지 않아서… 그 사람을 향한 내 감정만 내 상황만 이야기했는데… 오늘은 이야기를 드리려고 해요."

"굳이 안 해도 되는데. 사람 좋아하는 거 어떻게 맘대로 안 되는 일이잖아. 맘대로 안 되지…"

내 눈은 그녀를 향했다. 그녀는 우리와는 다른 공간에 있는 사람처럼 앉아 있었다.

"그분을 제가 많이 좋아했어요. 가정이 있는 줄 알았지만 맘대로 안 되더라고요."

"가정… 알고…"

"그 사람은 제가 담당하는 지역 지부장이고 딸아이가 하나 있는 유부남이에요. 자상하고 깔끔한 사람이죠. 유독 내게 친절했고요."

내가 걱정했던 부분인데 직접 이야기를 들으니 나도 모르게 한숨이 나왔다. 나는 뭐라 더 할 말이 없었다. 그녀는 말을 이어나갔다. 그녀를 보고 있는 내 가슴이 답답해졌다. 숨을 편하게 쉴 수가 없었다. 그러면 안 될 것 같다.

"그랬구나, 그런데 내게 이야기해도 되겠어?"

그녀는 고개를 끄덕였다. 목을 타고 입 안 가득 쓴 물이 올라오는지 차를 한 모금 물고 한참 있다 삼켰다. 그녀는 자세를 고쳐 앉았다.

"그 사람이랑 만난 지는 좀 되었어요. 저녁 늦게까지 일하는 나를 기다려 주고 식사를 물어봐 주고 그러면서 시작됐죠. 자연스럽게 밖에서 같이 차를 마셨고 그리고 술도 한잔 기울이고 남들처럼 연애하는 시간을 보냈어요. 저는 그 시간이 좋았어요. 혼자 있는 시간보다 함께하는 시간들이 좋아지니까…"

"그럴 수 있지만… 그래도…"

들릴 듯 말 듯 한 목소리로 말을 하고는 헛기침 한 번 하고 이 자리는 완벽하게 아라 씨 편에서 듣고 말해 주리라 맘을 다시 먹었다.

"허긴 나도 외로움 많이 타는데… 그럴 때는 시간에 닻을 매단 것처럼 더디 가긴 하더라고."

　아라는 테이블 위에 손을 얹더니 손을 만지작거렸다. 불안해 보였다. 찻잔 둥그런 볼을 손으로 감싸며 온기를 느꼈다. 그녀는 내 말은 듣지 못한 것 같았다. 긴 독백처럼 자신의 이야기를 이어갔다.

　"그 사람을 기다리는 것이 좋았고, 늦은 저녁을 같이 먹는 것도 그 사람의 살 냄새도 다 좋았어요. 왜 그렇게 좋았을까요?"

　이 순간만큼은 옥상이 무대가 되었고 빛바랜 초록 줄무늬 파라솔과 티 테이블은 무대 세트가 되었다. 그 안에 그녀는 배우였다. 나는 당연히 그녀를 바라보는 관객이 되었고 조명은 그녀를 쫓았다.

　"그때는 아무것도 생각 안 하고 저만 생각하기로 욕심을 냈어요. 그 사람도 좋다고 했고 그래서 정기적으로 방을 빌려서 만났죠. 행복했어요. 행복했지만 뭔가 조금 아쉬웠고 그래서 더 완벽해지려고 저의 공간으로 초대를 해야겠다 생각했죠. 제가 처음 사모님께 주차로 전화를 드렸을 때가 집으로 초대한 첫날이었으니 그날이야말로 완벽한 날이라고 저는 생각했어요."

　"그럼 얼마 되지 않았네… 한 3~4개월 되었나?"

　내 말에 대답하지 않았지만 그녀의 표정은 맑았고 먼 곳에 둔 시선과 아래 입가에는 엷은 미소가 피었다. 두 손으로 찻잔을 감싸 쥐고는 천천히 식어가는 차를 후후 불며 말을 이어갔다.

　"지난번에 말씀드렸듯이 간간이 여행도 같이 다녔어요. 출장 여행이요. 제 인생에서 사랑의 감정은 처음이라 재미있고 신나고 행복했어요. 정말이에요!"

　그녀는 나를 보고 미소를 지었다. 나를 보고 짓는 게 아니다. 그녀 앞에 내가 아닌 검은색 차 그 남자가 있었고 그에게 하는 그녀의 말이었다. 그녀 눈에 그날이 보였다. 아련한 눈빛은 과거를 이야기하고 있었지만 지금도 같은 감정이 복받쳐 오르고 있었다. 나는 점점 그녀의 이야기에 빠져들었다.

"6개월쯤 지났나… 저는 점점 몰입했고 그 사람은 지쳐가고 그… 랬나 봐요. 어느 날 저녁 먹는 자리에서 먹는 둥 마는 둥 하더니 수저를 놓더라고요. 그래서 '요즘 당신이 좀 이상하다.'고 물었죠. 그는 날 무시하는 눈빛으로 쏘아보며 '당신 사람 참 지치게 하는 재주가 있어.' 그러더라구요 '나의 어떤 부분이 당신을 지치게 하나요? 내가 하는 말 아님, 행동? 그것도 아님, 나와 함께하는 시간들… 뭐가 당신을 힘들게 하는지 알아야 제가 맞춰줄 수 있는데… 말해봐요.' 그랬더니 '바로 그런 당신이 날 지치게 한다고! 모르겠어?'라며 언성을 높였어요."

그녀의 시선은 바닥을 향했다. 숨소리도 들리지 않았다. 나는 그녀를 안쓰럽게 바라봤다. 그녀는 용기를 내려고 하는지 자기 손을 내려다보며 양손을 야무지게 말아 쥐었다 폈다를 반복했다.

"그 사람에게 다시 물었어요. '내 존재 자체가 부담스럽다고 이야기하는 거냐?' 그랬더니 '난 당신 자체가 이제는 부담스러워. 각자 자기 시간을 갖자고.' 그러면서 눈을 피했어요."

"…"

나는 아무 말도 하지 않았다. 내 안에서 스멀스멀 화가 났다. 손에 분노의 땀이 찼다.

"저는 혹시 부인이 알았나 하는 생각에 '각자 자기 시간을 갖자는 건…?'하고 물으니, 그건 아니었나 봐요. 그는 '똑똑하니까 잘 알아들었을 거라 생각해도 되겠지?'라면서 살짝 비아냥거리는 게 느껴졌죠. '알아듣긴 하겠는데…'라고 했더니 '오늘 저녁 한 걸로 난 내가 예의 갖출 건 다 갖춰줬다 생각할 건데… 너도 그렇게 생 각할 거지?'라며 다짐을 받듯이 눈을 크게 뜨고 얼굴을 내 앞으로 내밀며 확인을 하더라고요. 반사적으로 피했지만 온몸이 긴장되 었어요."

그녀의 말은 공허했다. 초월한 듯 보이는 시선과 차분한 자세가 지금 상태를 그대로 보여주고 있었다.

"그 사람의 위협적인 행동과 말에 조금 당황했죠. 자세를 고쳐 앉 으며 '예의요?'라고 되물었더니 그 사람 반응이 더 재미있어졌죠. '그 래 예의… 선생이니까 잘 알잖아, 예의가 뭔지?'라며 마치 나를 부정 한 사람 나무라듯이 했어요. 학생주임 앞에 불려 나온 학생처럼 나 는 떨고 있었고, 그는 학생주임의 눈빛으로 저를 다그쳤죠."

나는 그냥 그녀의 말을 듣기만 했다. 듣기만 하는데도 불쾌하고 숨이 가빴다. 마치 그 남자가 나를 향해 비아냥거리는 표정으로 위 아래 훑어보며 그런 말을 뱉는 것 같았다. 그녀는 공허한 목소리를 계속 쏟아냈다.

"나는 멍하니 그만 바라봤어요. 냅킨을 한 장 집어 들더니 입을 쓱 닦고 테이블 위에 던지고는 바로 일어서서 나가던데요… 저는 혼자 남겨졌고 식당의 다른 사람들이 나를 바라보는 시선이 느껴 졌어요. 그래도 그냥 있었어요."

"그냥 있었다고? 바로 나오지 왜? 속상하게…"

"아니 그냥 있고 싶었어요. 그곳에 그 사람 냄새가 남아 있잖아요. 그리고 혼자 남은 밥을 한 숟가락, 한 숟가락 천천히 다 먹었어요. 깨끗이 먹고 물도 한 잔 마셨죠."

"혼자서… 밥을 다 먹었다고? 그게 들어가? 그걸 왜 먹고 있었어? 나가는 뒤통수에 대고 소리라도 질러주지? '당신이 지친다는 그 사랑 나 혼자 했냐.'라고 말이야. 둘이 한 거지 혼자 한 게 아니잖아."

나는 참았던 말을 마구 쏟았다. 나도 왜 그랬는지 모르겠다. 마음속으로는 그만하라고 말렸지만 머리는 생각난 날 것 그대로 자판기 잔돈 튕겨내듯이 멈추지 않았다. 그녀는 내 말에 다른 답을 했다.

"그 사람이 앞에 '앉아 있다.' 생각했고 먹으면서도… 미련하게 몰랐어요. 내가 어떤 상태인지. 미련해도 이렇게 미련할 수가 있을까요?"

그녀의 음성이 떨렸다. 두 다리를 의자 위로 올려 팔로 모아 잡고 그 위에 얼굴을 비스듬히 얹었다. 두 다리를 잡고 있는 손등에 힘줄이 굵어졌다. 깍지 낀 손가락들은 점점 혈색을 잃었다. 잠시 정적이 흘렀다. 옥상은 온통 고요로 휘감겼다. 앞이 안 보이고 불안했다. 입이 바짝바짝 말랐다.

"그런데 계산하고 식당 문을 나올 때 눅눅한 바람이 불었어요. 머리카락이 날렸죠. 그때 알았어요. 지금 난 슬프다는 걸요. 그랬죠, 바람 때문인지 기다렸다는 듯이 무섭게 눈물이 흐르는데… 눈물을 말릴 수가 없었어요."

"아니, 매너 좋고 멋진 사람이라며…?"

그녀는 한 호흡을 멈추더니 다음 숨과 함께 몰아서 내쉬었다. 나도 따라서 깊은숨을 몰아쉬었다.

"손으로 닦았는데 또 흐르고 또 흐르고… 손으로 닦았는데도… 턱밑으로 떨어지는 눈물은 잡을 수 없어서 당황했어요. 비가 한두 방울씩 떨어지더라구요. 마치 내 눈물을 가려주려고 그러는 것처럼 투둑 투두둑 하고 말이죠."

"감정적인 포만감을 주는 사람이라고 하지 않았나…?"

"네 그랬죠. 그동안 그 사람이 먹여주는 감정에 배불렀어요. 안전하고 포근한 느낌이요."

그녀의 눈가는 촉촉해졌고 이내 흘러내렸다. 그러다 다시 표정이 밝아졌다. 그녀는 이야기하면서도 인간이 가질 수 있는 감정의 소용돌이에 갇힌 것 같다. 도대체 그 사람이 주는 감정을 얼마나 받아먹은 건지… 얼마나 받아먹으면 이렇게 속박되는지 궁금했다.

"매일 감정 한 그릇 사랑 한 그릇… 그렇게 아라 씨를 길들인 거 아니야? 자기 필요에 의해서… 요즘 이런 걸 두고 '데이트 가스라이팅'이라고 하던데… 그런 건 아닌가 모르겠네?"

나는 무너져 내리는 그녀에게 그녀의 편에서 무슨 말이라도 해줘야 했다.

"내 생각에는 아라 씨가 가스라이팅 당한 것 같아. 정말 매너 좋고 아라 씨를 진심으로 사랑했다면 식사 중에… 그것도 사람 많은 곳에서 언성을 높이며 이야기하는 것은 아라 씨를 염두에 두고 한 행동이라고 생각하기 어려운데…?"

"저는 그 상황에서도 그 사람만 보이더라고요. 말소리는 들리지도 않아서 무슨 말을 하는지 몰랐고 화가 난 표정만 저를 불안하게 했어요."

"아라 씨, 그 사람이 교주야? 그 상황에서도 그 사람 화난 것만 걱정하게?"

"'지금 이게 무슨 상황일까?'하고 생각했어요."

그녀는 다리 사이에 묻었던 얼굴을 힘겹게 들어 올렸다. 천천히 다리를 붙잡고 있던 손을 풀어 찻잔을 찾아 더듬거렸다. 차를 한 모금 삼켰다. 마른 입술을 축였다. 나도 한 모금 마셨다. 차는 식어서 쓴맛이 강했고 찻잔 가득 피어올랐던 국화는 시들어 잔 밑에 가라앉았다. 그녀는 자기 이야기를 하나씩 확인하면서 정리하듯 차분해져 갔고 내 입술은 타들어 갔다. 그곳에 있었던 사람처럼 그 상황을 다 지켜본 사람처럼 내 가슴이 먹먹했다. '외로웠구나. 사랑했구나. 놀랬구나. 당황했구나. 아팠구나. 오래가겠구나.' 싶다. 문득 이런 생각이 든다. 어쩌면 다양한 사랑 행위도 그 사랑에 기본은 배워야 하는 게 아닐까. 막연한 생각만 가지고 사랑을 한다면 본인이 생각했던 결과랑 전혀 생각도 못 해본 결과에 놀랄 수 있다. 전등불을 보고 날아든 나방처럼 말이다. 세상에 인간으로 인간이기 때문에 배워야 할 게 너무 많다. 배우는 거 이제 버겁다.

# 사악한 사랑의 종말

접시 위에 이쁘게 놓인 사과는 감히 먹을 엄두가 나지 않았다. 빨간 옷을 입고 노란 살을 가지고 있던 사과는 무거운 공기를 만나더니 처음 먹고 싶던 모습은 어디 가고 마녀의 웃음처럼 사악한 모습으로 접시 위에 악취를 풍기며 누워 있다. 사과는 모르겠지, 누구의 선택도 받지 못한 모습이 되었다는 걸? 그녀는 사과처럼 접시 위에 생명을 잃은 모습으로 누워 있었다. 쨍하던 햇살은 어느새 지고 낮도 밤도 아닌 지금 작은 소리라도 나면 안 될 것 같은 긴장감이 옥상 가득 돌고 있다. 내가 마신 찻물은 내 목젖을 힘겹게 타고 넘어가면서 얼어붙은 정적을 두드려 깼다.

"이런!! 한꺼번에 많이 물었나 봐 목이 다 아프네. 크어억!"

아라는 배시시 웃었다. 내가 마신 한 모금의 찻물로 깊은 아픔에 갇힌 아라를 이곳으로 꺼내 온 것 같다. 그래도 그녀의 두 볼을 타고 흐르는 눈물을 막을 수는 없었나 보다. 티슈 두 장을 그녀 손에 쥐여줬다. 찻잔을 내려놓더니 티슈를 건네받았다. 그녀는 손에 들린 휴지를 반으로 접고 또 접었다.

"밖에서 점점 거세지는 비를 맞으니 좀 정신이 차려지더라고요. 전화가 울렸어요."

그녀 손에 있는 휴지는 최대한 작은 세모로 단단하게 접혔다. 그렇게 접힌 휴지 모서리는 그녀가 그린 대로 찻잔 옆에 둥그렇게 원을 그렸다. 붓이 된 휴지 끝에 시선을 두더니 그리던 원 가운데로 옮기다 멈췄다.

"그 사람 전화였어요. '이제 그만 만났으면 한다.'고 하면서 '다시 한번 말하는 것이다.' 그러더라고요. 전화가 끊기고 몸에 힘이 다 빠져나간 건지 휘청했죠."

"확인 사살하는 거야 뭐야 그 사람? 다치진 않았고?"

"다행히 나무를 짚고 버티면서 생각했어요, 그래야 된다고."

"뭘 그래? 뭘 그래야 된다고 생각한 건데?"

접힌 휴지들은 볼에 흐르는 눈물을 먹물 빨아들이듯이 흡수했다.

"식당에서 이야기할 때는 저 스스로도 여지가 있을 거라 생각했나 봐요. 간간이 이런 일이 있다가 다시 만나곤 했으니. 이번도 그럴 거라고 말이죠."

"영혼을 나누며 사랑했잖아? 사랑하면 안 되는 사람인 줄 알면서도, 힘든 일이 생길 줄 알면서도 했잖아? 그러니…"

"그때 '그래 나도 그만 만나고 싶었는데 먼저 말해줘서 고마워

요, 우리 오늘 저녁 식사를 마지막으로 정리한 거죠, 깔끔하게?'
이렇게 말했어야 했는데… 그렇게 하지 못한 게 더 화가 났어요."

　나는 속상했다. '왜 그렇게 다 줬어, 미련하게?'라고 말하며 등짝을 한 대 때려주고 싶었다. 그녀는 젖은 휴지를 다시 펼치더니 반대로 다시 접더니 볼을 닦았다. 눈물은 계속 흘렀다. 그녀는 속삭이듯이 혼잣말을 했다. '보고 싶어요, 지금도 보고 싶은걸요.' 나는 그녀의 말을 못 들은 척하고 그녀의 등을 다독여 줬다.

　"집에 어떻게 왔는지 사실 기억도 안 나요. 다 젖은 옷도 신발도 다 허물 벗듯이 벗어 던지고 눈물에 빗물에 범벅이 된 화장을 지우지 않고 그냥 침대에 누웠어요. 눈물이 막 나는데… 닦아내고 싶지 않았어요. 그러다 한 곳을 봤는데… 흐릿한 눈에 들어온 것이, 그 사람이 집에 왔을 때 입었던 검은색 아디다스 반바지라는 게 더 화가 났어요."

　"휴지통에 버려버리지 그랬어?"

　"반바지에서 그 사람 냄새가 나니까 더 그립더라고요. 맘이 찢어진다는 게 이런 건가 할 만큼 아팠어요."

　"참… 사랑이란 게 뭔지… 힘들다, 힘들어."

　내 손은 그녀 등 위에서 토닥토닥 움직였다. 그녀에게 휴지를 두 장 더 빼줬다. 그녀는 내가 건넨 휴지를 한 손에 받아 들고 젖은 휴지는 내려놨다.

　"내 자신이 한없이 초라해져서… 땅속으로 꺼져버리고 싶었죠. 난 사랑을 했는데 왜 죄책감이 드는지 그는 왜 그렇게 떠난 건지, 뭐가 잘못된 건지 모르겠다는 게 더 속상했어요. 그 사람 원망이 파도처럼 밀려왔어요."

그녀는 코를 세게 풀고 비틀어 닦았다. 코가 빨개졌다. 오뚝한 콧날은 어디 가고 술주정뱅이 코주부처럼 붉고 둥그렇게 부어 있었다.

"그런 날이면 맥주를 한 캔씩 마셨죠. 맥주는 그 사람을 생각나게 하거든요. 편의점에서 맥주 네 캔에 만 원하는 종류로 고르고 안주를 같이 사서 간단한 안주에 한 캔씩 마시며 나눴던 이야기… 나눴던 몸짓… 맥주는 제게 그 사람의 분신 같은 존재였어요."

손에 들린 휴지는 더 이상 찢을 수 없을 정도로 가루가 되었다. 그녀는 휴지를 더 뽑아 들었다. 가루가 된 휴지는 손에서 동그랗게 뭉쳐졌고 옥상 한쪽에 던져졌다. 어둑어둑해지는 저녁 공기가 탁했다. 무거웠다.

"어디서 바람이라도 불어오면 좋겠다, 그치?"

"그러게요, 오늘은 바람도 안 부네요."

멀리서 하나둘씩 켜지는 불빛들이 힘내라고 응원을 보내주는 빛이 되어 옥상 이곳에 모여드는 것 같았다. 기다리던 바람이 분다. 무거워진 옥상 공기를 밀어냈다. 위로 아래로 불어든 바람은 수채화 물감처럼 가볍고 시원한 공기로 바꿔주었다. 답답한 마음에 일어서 옥상을 천천히 걸으며 그녀에게 따뜻한 미소를 보냈다. 그게 내가 할 수 있는 일이었다. '힘내 아라 씨. 끝이 보이는 사랑을 한 거야, 알잖아. 난 아라 씨가 덜 아팠으면 좋겠어.'라고 이야기를 해주고 싶었다. 그런데 참았다. 그녀의 이야기가 다 끝난 뒤에, 그 뒤에 해줄 것이다.

"우리 차 한 잔 더 할까? 차도 다 식어서 쓴맛만 나던데… 어때?"

"저는 괜찮아요. 그냥 남은 거 마실게요."

나는 포트에 물을 끓였다. 내 찻잔에 뜨거운 물을 부었다. 밑바닥에 가라앉은 국화꽃은 다시 피어오르지 않지만 마지막 향을 토해냈다. 뜨거운 김이 모락모락 올라오다 얇은 바람결에 춤을 췄다. 하얗게 부서지는 춤을 추었다. 다시 아라 옆에 앉았다.

"그래서 그때 그렇게 맥주 캔이 많이 나왔구나. 그럼 맘고생 한 게 좀 된 일이네."

"함께 마셨던 맥주인데 어떻게 잊어요? 혼자 마시고 있어도 내 앞에 있는 것 같아서… 한 캔 두 캔 취기가 올라오면 좋았던 기억만 생각나는 거예요. 미칠 것 같았어요. 미친 거죠, 사모님 제가 미친 거 같아요."

그녀는 웃다가 화를 내다가 소리를 낮게 읊조리다가 다시 큰 소리로 이야기했다. 눈가가 촉촉해졌다. 눈이 빨개졌다. 그대로 멈췄다. 그녀도 나도. 바람을 타고 참새 떼들 지저귀는 소리가 들어왔다.

"더 맘이 아픈 건…"

"더 안 좋은 게 있었어?"

"그게…"

"아침마다 사무실에서 만나는 게… 너무 고달팠어요."

"매일… 아침마다?"

그녀는 고개를 사정없이 흔들었다. 나는 너무 놀랐다. 지부장이라 해서 최소한 다른 층, 다른 건물이겠거니 했는데… 한 사무실에서 근무하는 사람이었던 거다. 인터넷 신문에서 가끔 가십거리로 기사가 실리는 '오피스 와이프' 같은 내용 다른 상황. 이런 내용의 기사들이 내 가까이에서 일어난 것이다. 그녀는 목이 타는지 다 식은 차를 한 모금 마셨다. 쓴맛에 눈을 찡그리며 입술을 작게 오므렸다. 나도 그녀도 함께 내쉰 한숨에 옥상이 내려앉을 것만 같았다. 날아들던 참새 떼들도 그녀 이야기에 조용해졌다. 배달 오토바이 소리가 요란하게 들린다. '치킨이요.'라는 말이 선명하게 들린다.

"제가 못 참고 시간 좀 내달라고 했어요."

그녀를 바라봤다. 처음 이야기 시작할 때보다 얼굴은 평온해졌지만 조금 부었다. 그동안 봐온 성격대로 차분하게 조용히 움직임 작게 이야기를 이어갔다.

"차를 한 잔 마시면서 '당신은 내 생각이 나지 않아요?'라고 물어봤죠. 그 사람도 '매일매일 고문이다.'라고 말하더라고요. 그래서 어떤 것이 고문이냐고 물었죠."

그녀는 헛웃음을 지었다. 그러더니 눈빛이 날카로워졌다. 손에 들고 있던 돌돌 말린 휴지를 아까와는 반대쪽으로 던졌다. 던져진 휴지는 옥상 펜스를 맞고 떨어졌다.

"제 몸이 생각난다는 거예요. 손안에 꽉 차는 가슴과 입 안 가득 들어오는 유두가, 단단한 듯 부드러운 배, 그리고 통통하고 찰진 엉덩이. 정말 어이가 없었어요. 내가 알고 있었던 사람 맞나 하고 다시 한번 쳐다봤죠. 그런데 내 몸 부분부분 잘라서 자세히 묘사하고, 노리개가 되어버린 내 몸… 사랑이 아니었죠."

나는 입 안에 뱅뱅 도는 말이 있었지만 밖으로 내뱉지 않았다. 그녀는 고개를 돌렸다. 또 운다. 나는 화가 났다.

"내 몸을 허공에 그리듯 징그러운 손짓, 그리고 눈빛으로 내 가슴과 배를 바라보는데… 몸에 소름이 쫘악 돋더라고요. 그러다 그 사람과 눈이 마주쳤는데 그 말과 손짓과 눈빛에 묘하게 흥분되는 거예요. 고맙다고 해야 할지… 어떻게 생각해야 할지 혼란스러웠어요."

이해할 수 없었지만 그렇다고 뭐라 말도 할 수 없었다. 그녀의 진심이 느껴졌기 때문이다. 말을 이어가던 그녀는 흥분하는 것 같았다. 얼굴이 붉게 달아올랐다. 고정되었던 몸이 점점 풀렸다. 뜨거워졌다. 눈도 지그시 감았다. 나는 그녀를 지켜만 봤다. 그녀는 고개를 푹 숙이더니 달아오른 몸을 진정시키려는 듯 눈을 크게 떴다. 그리고 두 손으로 목부터 허리까지 몸을 누르듯 쓸어 만졌다. 그리곤 긴 숨을 내쉬었다. 아라 씨가 나를 멍하니 바라봤다. 그녀는 그 사람과 사랑을 나누던 그때 그 시간으로 돌아가 있었다. 눈동자가 약간 풀리고 볼이 발그레해졌다.

"그 사람의 징그럽고 음흉한 말과 눈빛을 보면서 '그럼 오늘 시간 어떠냐?'고 물었고, 마치 시간 괜찮다는 답을 기다리는 길들여진 몸종처럼 말이죠. 저도 말하면서 놀랐어요. 불쑥 튀어나온 말에 손이 떨리고 당황했지만 다시 주워 담을 수는 없었어요."

그녀는 두 손으로 카디건 앞을 여몄다. 접고 앉았던 다리를 길게 뻗으며 자기 어깨를 감쌌다. 자신이 하는 말로 상처 위에 또 상처를 내며 보이지 않는 피를 흘리고 있다. 계속 '난 아파요.'란 말을 하고 있는 것이다. 마음 깊숙이 어딘가에 내재 된 생각들 그 무의식이 그녀에게 그렇게 말하라고 명령을 내린 건가, 그녀는 씁쓸한 입맛을 다셨다. 옆집 창문 열리는 소리가 났다. 서너 마리 길고양이들이 애처롭게 야옹거리며 주변을 맴돈다. 시간도 째깍이기만 한다. 우리는 둘 다 찻잔을 두 손에 모아들고 남아 있을 리 없는 향을 맡았다. 한 모금 마셨다.

"혹시 '나도 사랑이 아니고 육체를 탐했던 것인가?'하고요."

나는 화들짝 놀랐다. 그녀가 무심결에 내놓은 말이긴 하지만… 듣고만 있는 내 입이 바짝바짝 타들어 갔다.

"시간이 된다고 하기에 집에서 보자고 하고 일찍 퇴근을 했어요."

"그게 언제…?"

"집에 도착하고 10분도 안 되어서 주차하고 뛰어들어 오더라고요."

난 좀 이해가 되지 않았지만 그냥 들었다.

"그날 제 방에서 여느 때보다 격렬하게 사랑을 나눴어요. 그 사람이 손으로 힘껏 쥔 내 젖가슴이 터질 것 같았거든요. 좋았어요. 온몸에 땀과 살 냄새 그리고 끈끈한 무언가가 나와 그 사람 사이에서 계속 흘렀죠. 그는 미친 사자처럼 저를 갈기갈기 찢었고 저는 심한 매질을 당하는 노예처럼 처절하게 즐겼어요."

그녀를 바라봤다. 그녀는 스스로 벌을 주고 있다. 자세한 표현이 불편했지만, 그것도 그녀가 잊고 싶어 하는 것 중 하나라 생각했다. 그녀는 눈을 지그시 감았다. '나는 고통스럽다.'고 그렇게 말하고 있었다. 눈가에 아련함이 흘렀다. 다리를 끌어 접으면서 자세를 고쳐 앉더니 갈증이 나는지 입술에 침을 발랐다.

"그런 시간이 반복될수록 그 사람은 생각날 때마다 저에게 전화해서 들어오라고 했어요."

그녀의 눈을 쳐다볼 수 없어 갈변된 사과 옆에 놓인 포크만 들었다 났다 했다. 골목길 지나가는 사람들의 말소가 도란도란 들린다. 애들이 나와서 공을 차는지 뛰는 소리와 공이 벽에 부딪히는 소리도 들린다. 누가 나가는지 대문이 열렸다 닫히면서 나는 쇠 울음소리도 옥상에 우리가 앉아 있는 여기까지 다다르지 못했다. 밖은 우리가 있는 옥상과 다른 시간이 흐르고 있다.

"그래서 낮에도 그 차가 서 있었던 거군요?"

그녀가 처음으로 내 말에 반응했다.

"네, 먼저 도착하면 제게 전화를 해요. 기다리는 시간이 길어지면 화를 냈고, 화난 만큼 더 강하게 몰아쳤어요."

202호의 사랑놀이가 사람들에게 자주 오르내리게 된 이유가 이거였다. 두 사람이 마지막일 것처럼 나눈 몸의 대화는 사람에게 가십이 되었던 것이다. 한쪽은 가해자처럼 한쪽은 피해자처럼 일방적인 말들이 만들어지고 점점 더 크게 부풀었다. 내가 없었을 때 벌어지는 일들에 대해 옆집 순딩순딩 아저씨와 앞집 호랑말코 아저씨의 난잡한 표현과 표정을 이제야 이해할 수 있었다.

"그는 발정 난 야수처럼 변했고 머리부터 발끝까지 작고 강한 터치가 얼마나 사랑스럽게 느껴지던지… 그가 지나가고 나면 방안에 널브러진 수건들과 함께 나뒹굴고 있는 저를 발견하게 돼요. 다 쓰고 버려진 휴지처럼 말이죠."

그녀와 눈이 마주치지 않길 바라면서 그녀를 봤다. 매일 낮에 일하다 말고 그녀의 집에서 그렇게 하고 싶은 대로 다 하고 갔다는 말이었다. 나쁜 사람이다. 못된 사람이다. 더러운 사람이다. 정말 더 듣기가 싫었다. 막냇동생 같은 그녀가 걱정됐다.

"다친 곳은 없었구?"

이번에도 그녀는 허공에 대고 답을 했다.

"가학적이진 않았어요. 뭐 살짝… 다칠 정도는 아니었어요."

"몸에 상처 나고 그러면 안 되는데…?"

"그가 떠난 뒤 좁은 방안 열기에 화상 입을 것 같아 창문을 조금 열어두곤 했는데 그런 날이면 여지없이 주변에서 수군대는 소리가 들렸죠."

"동네 아저씨들이 몇 차례 이야기를 했으니… 그중 하나였겠네?"

다 듣고 있었다고 생각하니 그녀가 안쓰러웠다. 바람이 제법 불었다. 옥상 화단에 낭창낭창한 꽃 무리가 흔들렸다. 그 옆에 바늘 꽃 무리들도 날씬한 키를 자랑하듯 하늘거리며 흔들렸다. 세상에 찬란한 빛과 아름다운 꽃들이 만개한 이 계절에 그녀는… 지금 차가운 바람이 휘몰아치는 겨울이다. 그녀의 심장이 얼었다. 그녀는 머리를 좌우로 흔들면서 말을 이어갔다.

"그런 수군댐이 싫지 않았어요. 그만큼 격렬했다는 거니까요. 내가 선택한 시간이고 누가 뭐라 해도 이건 내 삶이잖아요?"

갑자기 그녀는 말에 힘을 실었다. 어디를 향해 자신을 변호하듯 보였다. 나를 똑바로 바라보며 물었다.

"그런 반응은 내가 순간순간 열정적이었다는 반증이잖아요 안 그래요? 나쁜 게 아니잖아요?"

그녀는 잠시 호흡을 가다듬었다. 자기 세뇌 같았다. 자문자답을 하면서 웃었다가 표정을 조였다 풀었다 던졌다 거두었다 했다. 그녀는 찢어진 휴지들을 하나씩 하나씩 집어 들었고 나는 그런 그녀를 살피며 물었다.

"지금은 괜찮아?"

나는 빈 찻잔을 한쪽으로 치우기 좋게 모았다. 찻잔 부딪치는 소리가 맑았다.

"그렇게 2주 정도 보내고 허울뿐인 내 사랑만 남아서… 내가 미칠 것 같아서…"

"그런데… 왜 이사는…?"

조심스럽게 그녀를 보며 '이사' 이야기에 대해 꺼냈다. 지금껏 들은 그녀의 이야기만으로도 충분히 이사를 결심할 수 있겠다 생각했지만, 그래도 물어보고 싶었다. 그녀는 눈빛에 결기가 보였고 단호했다.

"이런 만남도 이제 그만하자며 몸도 지친다고…"

그녀의 단호한 말투가 흔들렸다. 나는 듣기만 하려 했는데 한마디 해버리고 말았다.

"몸도 지친대…? 어떻게 그런 말을…?"

주워 담을 수 없다. 젠장… 그녀가 더 상처받으면 어떡하나 싶어 한마디 더 했다.

"미안. 내 말은… 더 상처받지 않았음 해서… 그런 건데. 큰 홍역을 앓고 나면 상처가 남거든 그냥 큰 홍역 앓았다 생각하자. 남녀 문제는 남녀만 아는 것이라 뭐라 더 이야기를 해야 할지 모르겠네."

그녀는 나를 보며 괜찮다는 듯이 웃었다. 나도 따라 어색하게 웃었지만 어딘지 모르게 그녀가 측은했다. 좀 멋진 이야기로 위로하고 지지하고 싶었는데 맘대로 되지 않아 속상했다.

"나는 아라 씨가 다치지 않기를 바라는 마음 하나로 살폈던 건데…"

그녀는 괜찮다는 듯이 고개를 앞뒤로 천천히 끄덕거렸다.

"그 남자는 단호했어요, 자기를 바로잡지 않으면 저도 위험하다고 경고했죠."

"별일이 다 있었구나. 이 상황을 이해했다면 거짓말이지만… 뭔가 이해하고 싶어진다."

"그리고 저를 다른 지점으로 발령을 냈어요. 그날 밤에 또 집에서 만났죠. 그날이 진짜로 마지막이었어요."

"다른 곳으로 발령을 내고 여기 와서 아라를 또 만났다는 거야? 그 사람은 책임… 뭐 이런 것은 없는 사람인가?"

나는 옆에 모아둔 찻잔을 만지작거렸다. 지나가는 사람들이 담배를 피우며 걷는지 담배 냄새가 났다. 한참 담배 연기가 올라오더니 가래침을 뱉는지 요란한 소리가 났다. 역했다. 바람은 종일 불었다. 사람들 소리도 앞집 창문 여는 소리도 담배 연기도 참새 떼들 소리도 길고양이 배고픈 소리도 다 실어 나르며 그녀 곁을 맴돌았다.

"그랬구나? 그래서 요즘 조용했나 보네."

그녀는 포크를 들어 갈변된 사과 하나를 집었다. 포크에 눌린 자리에서 사과즙이 흘렀다. 그녀는 사과를 들고 한참을 쳐다봤지만 한 입도 베어 먹진 않았다.

"사랑… 그냥도 어려운데… 참 어렵다. 그 사람은 아라 씨 만나기 전으로 돌아간 건가?"

"소문에 다른 사람과도 이런 생활을 해온 것 같아요. 저를 정리하고 그쪽으로 더 집중하는 거겠죠."

남자의 종족 번식 욕구가 대단하다고는 하지만 정말 놀랍다.

"참… 그러네요. 문지방 넘을 힘만 있어도 여자를 찾는다더니…"

그녀는 벌거벗어지고 더 감출 것이 없었다. 마음도 몸도 사랑도 창피함도 다 내려놓은 평온한 목소리로 오히려 괜찮다며 나를 달랬다.

"그냥 짧고 진하게 사랑하고 헤어졌다, 그렇게 생각하기로 했어요."

"지나간 일에 흔들리지 말고 맘을 단단히 먹어. 남은 시간 더 잘 보내면 되지. 보여줄 것까진 없지만 그래도 보란 듯이 말이야."

나는 그녀의 손을 잡았고 그녀는 고개를 끄덕였다. 그녀는 자기 손에 들고 있던 포크에 찔린 사과를 이리저리 돌리다 그대로 접시 위에 내려놨다.

"그동안 여기저기서 말을 많이 듣게 해서 사모님께 죄송했어요. 특히 제가 201호 님을 더 힘들게 했다는 것도요. 많은 사람들에게 미안한 맘뿐입니다. 이기적이었던 저를 이해해 주세요. 그리고 부동산에 방 내놔주세요. 방이 빠지는 날 바로 이사할게요. 미리 빼주셔도 좋구요."

"그냥 살아도 되는데 왜 아라 씨가… 피해도 그 사람이 피해야지."

"이곳은 너무 많은 생각을 하게 해서요. 그래서 다 두고 가려고요."

세상살이 별거 없다. 아프고 나면 개운한 날도 있고 슬픈 날이 있으면 기쁜 날도 있는 거다. 어느 한쪽만 집중적으로 주어지지 않기에 세상 살 만하다고 하는 거 아닐까? 나는 그녀의 손을 꼭 잡았다. 그리고 그녀의 등을 가볍게 토닥여 줬다. 힘내라고 꽉 안아주고 싶었지만 참았다.

"고마웠어요. 8년이 넘게 내 집처럼 편안하게 살다 갑니다. 오늘도 이야기 들어주셔서 고맙고 죄송하고 그러네요."

"별말씀을… 지내는 동안 불편한 건 없었는지 내가 더 미안하네."

"왠지 사모님께는 말씀 다 드리고 가야겠다고 생각해서 말씀드린 겁니다. 불쾌하셨다면 죄송해요."

"불쾌는… 아픔은 나누면 반으로 준다니까 지금 이 순간부터는 반만 아프기로 약속!"

"네, 약속! 다시 생각해도 저는 사랑을 했나 봐요. 이야기를 하는 내내 그 사람이 많이 생각났어요. 지금도 그렇고요."

"힘내 아라 씨. 끝이 보이는 사랑을 한 거야, 알잖아. 난 아라 씨가 덜 아팠으면 좋겠다."

나는 그녀에게 해주고 싶은 말을 다 못 했지만 그녀도 나도 그자리에서 일어섰다. 오랫동안 앉아 있어 그런지 그녀는 휘청했다. 내게 가볍게 인사를 남기고 돌아간 그녀가 가고 없는 자리에 그녀의 온기가 남아 있다. 갈변된 사과와 포크에 찔려 넘어진 사과 그리고 그녀가 마시고 남긴 국화차가 차갑게 남아 있다. 그간의 일들을 잊으라는 듯이 바람은 계속 불어 들어 공기를 바꿨지만, 그녀의 이야기를 다 밀어내지 못하고 그 자리에 여운이 되어 맴돌았다. 아픈 흔적을 담고 있는 휴지도 쓸모를 다한 모습으로 던져진 그 자리에 놓여 있다. 그녀가 내게 들려준 이야기는 모두 사랑이다. 아픔까지도 사랑이다. 사랑은 영혼이 찢어지는 고통이라 하지만 사랑은 변하는 거고, 새로운 사랑이 옛사랑의 아픔을 치료한다고 하니 새로운 사랑이 그녀에게 찾아들길 바랄 뿐이다. 202호 조아라는 가벼운 여행가방을 들고 떠났다.

일주일쯤 지났으려나 문자 한 통이 날아왔다.

「사모님 제가 연천 어머님 집에 와 있습니다. 당분간 집에 가기 어려울 것 같아요. 방이 나가기 전이라도 이사를 했으면 하는데, 날짜를 주시면 가서 정리할게요. 잘 지내시고 연락 주세요.」

연천이라고 연락이 온 것을 보면 그녀는 그 일을 그만둔 것 같다. 나는 부동산에 방을 내놓았고 금세 새사람을 맞을 것이다.

날은 무심하게 좋았고 앞집 옆집 아저씨 둘은 여전히 투닥거렸다. 초대가수 사모님은 오늘도 화려하게 외출하신다. 경찰차 1대가 들어오더니 나를 찾았다. 경찰은 내가 건넨 두 번째 CCTV로 화초 범인을 잡았다고 알려주러 왔다고 했고 일련의 진행된 일에 대해 설명을 했다. 범인은 1년 반 전에 새로이 이사 온 혼자 사시는 할머니였다. 그분이 이사 오시면서 블루베리를 시작으로 새벽마다 칼과 마대자루를 들고 서리를 하셨던 거다. 시기적으로 따져보니 얼추 맞았다. 꽃무늬 셔츠 아주머니 텃밭 고추와 가지 서리도 옆집 순딩순딩 아저씨네 오렌지 픽셔 나리꽃도, 우리 집 향국화도 순차적으로 말이다. 경찰이 집에 가보니 방과 거실 화장실까지 가져온 화초들과 흙이 가득했다고 한다. 심겨지지 않은 화초들은 그대로 말라 죽어 있었고 경찰의 질문에 할머님은 횡설수설하셨다고 했다. 자초지종을 알아보니 그 할머님은 시골에서 밭농사도 짓고 집 뜰에 화초도 가꾸며 사시다가 치매가 심해져 딸이 살고 있는 서울로 가까이 모신 것이었다. 사회 복지사 등 국가 지원을 받아 엄마를 돌보고 있었지만 그분들이 가고 없는 동안에 그런 일이 벌어진 것이었다. 딸은 집에 올 때마다 어디선가 가져다 놓은 죽은 화초들을 보고 치우려 해도 손도 못 대게 하셔서 그대로 두었다고 했다. 죽은 화초들은 방과 거실 그리고 화장실을 나눠 할머니의 몸이 기억하는 농작을 하셨던 것 같다고 경찰은 말했다. 그 집 딸이 진술을 대신했고 변상을 하겠다고 약속한 뒤 피해를 본 집마다 다니면서 죄송하다고 읍소를 했다. 귀한 화초를 잃은 사람들은 사정 이야기를 듣고 사람이 살아가면서 죽는 그날까지 가장 불쌍한 것이 몸은 멀쩡한데 정신을 놓는 거라며 남 일 같지 않다고 노여움을 풀며 안타까워했다. 잔잔하게 동네를 한 번씩 두려움에 떨게 했던 '기억을 놓은 할머님의 기억 농사' 사건은 그렇게 마무리되었다. 다시 생각해도 마음이 아프다.

아라 씨가 비운 골목에 오랜 사건이 하나 해결이 되었다.

202호 이사 가는 날이 정해졌고 이사 가는 날이 되었다. 오랜만에 그녀가 나타났다. 청바지에 흰 티셔츠 그리고 운동화를 신었다. 좋아 보였다. 긴 머리는 짧은 단발이 되었고 피부도 살짝 그을린 것이 건강해 보였다. 잘 어울렸다. 연천에서 어머님이 준비해 주신 거라며 커다란 검은 봉지 하나를 내밀었다. 비릿한 생선 냄새가 났다. 봉지를 열어보니 쌀가루를 발라 말린 생선 여러 종류가 들어 있었다.

"어떻게 해 먹는 거야?"

그녀는 언제 그런 일이 있었냐는 듯이 웃으면서 요리해 먹는 방법을 알려줬다.

"찜기에 쪄서 먹으면 생선 살이 꼬들꼬들해서 맛있어요. 간도 적당히 배어 있어서 갓 지은 밥 위에 얹어 먹으면 고소하고 쫀쫀한 게 밥을 부르는 맛이에요 맛있을 거예요."

오랜만에 맑게 웃는 모습을 보았다. 그녀는 선생님처럼 천천히 꼼꼼하게 알려줬다. 그런 뒤 짐이 빠진 2층을 천천히 아주 천천히 돌아보았다. 현관문은 그녀 손에 의해 조용히 닫혔고 지내온 추억도 닫혔다. 그녀는 2층 202호에서 벚꽃 만개한 계절에 나와 만나 이곳에서 다양한 이야기를 키우며 동네 주민으로 함께했다. 이 골목에 입성하던 날 그녀가 가지고 온 이야기에 다시 8년의 이야기를 가지고 떠났다. 우주에서는 지구도 하나의 별이듯이 온통 별들의 세상에서 그녀의 인생이 아름답고 빛나기를, 좋았던 날만 생각하고 살아가길. 사랑이 뭔지 헤어짐이 뭔지 그 투명 교각을 넘나들며 스릴과 불안을 함께했을 순간은 인생에 있어 보이지도 않는 하나의 티끌이니 그저 잠시 지나가는 것일 뿐이기를. 아픈 마음이 어루만져지길 바라본다. 그녀는 연천에서 잘 있을까? 그렇게 낙엽 떨어지는 이른 가을에 그녀가 떠나고 며칠이 지났다. 부동산에서 전화가 왔다. 중개사의 걸쭉한 목소리가 들린다.

"잘 지내셨죠?"

"네, 중개사님도 잘 지내시죠? 근데 무슨 일?"

"아직 202호 비었죠?"

"네, 아직…"

"그럼 잘됐네. 좋은 사람인데… 쉐프래요. 혼자고 여자고 어때요?"

"이 집과 좋은 인연이 되는 사람이면 다 좋죠."

"그럼 연결합니다."

"네, 신경 써줘서 고마워요."

"사모님과 잘 맞을 거예요, 전화해 보고 바로 연락드릴게요."

중개사의 전화가 끊어졌다. 조아라 씨가 떠난 202호에 새로운 인연이 오려나 보다. 하늘이 맑고 높다. 옥상에 널린 하얀 이불 홑청이 흔들린다. 새들은 어제처럼 날아들고 고양이도 같은 걸음걸이로 걷고 있는데 무엇 하나 변한 것이 없어 보이는데, 바람은 어제 불던 바람이 아니다. 조금 전에 머물렀던 바람도 아니다.

산뜻한 바람이 분다.

# 옥상 상담소

| 555번지 사람들 |

초판 1쇄 발행   2024. 3. 25.

**지은이**  구름
**펴낸이**  김병호
**펴낸곳**  주식회사 바른북스

**편집진행**  황금주
**디자인**  한채린

**등록**  2019년 4월 3일 제2019-000040호
**주소**  서울시 성동구 연무장5길 9-16, 301호 (성수동2가, 블루스톤타워)
**대표전화**  070-7857-9719 | **경영지원**  02-3409-9719 | **팩스**  070-7610-9820

•바른북스는 여러분의 다양한 아이디어와 원고 투고를 설레는 마음으로 기다리고 있습니다.

**이메일**  barunbooks21@naver.com | **원고투고**  barunbooks21@naver.com
**홈페이지**  www.barunbooks.com | **공식 블로그**  blog.naver.com/barunbooks7
**공식 포스트**  post.naver.com/barunbooks7 | **페이스북**  facebook.com/barunbooks7

ⓒ 구름, 2024
**ISBN** 979-11-93879-33-7 03810